古典珍品

经典回到生活　阅读从心开始

中华古典珍品

『中华古典珍品』丛书遴选了清代《四库全书》的精华，而且每一种书在注释、译文、解读等方面做了大量的、扎实的工作。

——傅璇琮

国学就是中国人的学问。『中华古典珍品』是一套非常适合大众阅读的国学经典丛书。国学的传承和发展迫切需要好的大众读本。

——毛佩琦

《四库全书》浩如烟海，真正的必读经典就这百余部。

——任德山

国学是相互通融的，切忌断章或是割裂。今人只有从《周易》等原始经典入手，才能真正找到进入国学的门径。

——刘君祖

中华古典珍品

古典珍品

图解诗经

佚名 著

崇贤书院 释译

黄山书社

阅读指南

诗文解读揭示诗作主旨及内涵

充分照顾现代人的思维特点，以独特视角对诗篇内容进行分析解读，帮助读者准确把握诗歌的精髓。

释文注音扫除阅读障碍

将原文生僻字、古今异读字、多音字一一标注读音，便于读者诵读，为难点词注释，让每一位读者都能理解诗句。

精选古版画诠释诗歌内容

精选二百余幅与诗篇内容相符的古代版画，以图释诗，让读者以直观的方式了解诗篇、理解诗意。

还原《诗经》本来的文化特色

全面展现我国第一部诗歌总集的辉煌面貌，让《诗经》在每一个热爱诗歌的读者面前，呈现出其本来的文化特色。

◈ 诗文解读

● 出现于相应诗篇的前面，文字简明扼要。

● 点出诗篇主题，阐释诗篇的主旨。

● 分析诗篇写作特色，阐述诗篇文化风格。

◈ 以古版画与经典诗篇相配

● 精心挑选古代名家版画，清晰传神，质感上乘。

● 以图释文，文图意境相配。

◈ 选字注音

● 将生僻字、古今异读字、多音字一一标注读音，帮助读者扫清阅读障碍。

图解诗经

唐 风

《蟋蟀》解读

本诗描写的是一位古代官员的内心独白。蟋蟀在叫，年复一年，眨眼间又到了年底。主人公慨叹时光飞逝，主张及时行乐。同时也告诫人们要居安思危，在行乐时也不要耽误正事，生活劳逸结合。只有这样才是贤士的所为。蟋蟀的存在提示时间的流转，行乐和公职是主人公最为在意和关心的两件事情。从诗句的叙述中我们可以看到时人对于时间、行乐、公职的一种健康而理智的看法和态度。

蟋蟀

蟋蟀在堂①，岁聿其莫②。今我不乐，日月其除③。
无已大康④，职思其居⑤。好乐无荒⑥，良士瞿瞿⑦。
蟋蟀在堂，岁聿其逝。今我不乐，日月其迈⑧。
无已大康，职思其外⑨。好乐无荒，良士蹶蹶(juě)⑩。
蟋蟀在堂，役车其休⑪。今我不乐，日月其慆(tāo)⑫。
无以大康，职思其忧⑬。好乐无荒，良士休休⑭。

蟋蟀，《诗经集传》插图

[注释]

①堂：堂屋。②聿：语气助词，没有实义。莫：同"暮"。③除：消逝，过去。④已：过度，过分。大康：康乐，安乐。⑤职：主要职务。居：所处的地位。⑥好：喜欢。荒：荒废。⑦瞿瞿：心中警戒的样子。⑧迈：消逝，过去。⑨外：指分外的事。⑩蹶蹶：勤劳敏捷的样子。⑪役车：服役出差乘坐的车。休：休息。⑫慆：逝去。⑬忧：忧患。⑭休休：安闲自得的样子。

[译文]

天冷蟋蟀进堂屋，一年将尽又岁末。如今我若不享乐，光阴如流身边过。
也别过分享安乐，还要想着做工作。喜欢享乐业别废，贤良常常自警戒。

102

风

天冷蟋蟀进堂屋，一年时光将逝去。如今我若不享乐，光阴似箭不可留。
也别过分享安乐，分外之事要思虑。喜欢享乐业别废，贤良之士勤刻苦。
天冷蟋蟀进堂屋，役车休息回故乡。如今我若不享乐，光阴如箭不回还。
也别过分享安乐，国家忧患还要想。喜爱享乐业别废，贤良之士心安详。

《山有枢》解读

本诗从表面上看是诗人在规劝那些有钱有势的贵族要及时行乐，因为人生苦短，年华易逝，而且钱财死不带去。其实，本诗采用的是暗讽的写法，其真意是在讽刺那些贵族贪婪、吝啬的守财奴嘴脸。这种写法，使得其讽刺意味更加浓烈。

山有枢

山有枢①，隰有榆②。子有衣裳，弗曳(yè)弗娄③。
子有车马，弗驰弗驱。宛其死矣④，他人是愉。
山有栲⑤，隰有杻(niǔ)⑥。
子有廷内⑦，弗洒弗扫。
子有钟鼓，弗鼓弗考⑧。
宛其死矣，他人是保⑨。
山有漆⑩，隰有栗⑪。
子有酒食，何不日鼓瑟？
且以喜乐，且以永日。
宛其死矣，他人入室。

枢，《诗经集传》插图

[注释]

①枢：树名，即刺榆树。②隰：潮湿的低地。榆：树名。③曳：拖。娄：牵。曳、拖在这里是指穿着。④宛：死去的样子。⑤栲：树名，即山樗。⑥杻：树名。⑦廷内：庭院和房屋。⑧考：敲击。⑨保：占有，据为己有。⑩漆：漆树。⑪栗：栗子树。

[译文]

高山之上长刺榆，低湿土地生白榆。你有许多好衣裳，向来不穿也不取。

103

◈ 诗篇译文

● 用生动的语言翻译诗作的内容。

● 译文力求简明、准确，保持诗歌的原汁原味。

◈ 注释

● 准确、严谨，以简明易懂为宗旨。

● 力求博采众说，时出己见。

总 序

国学是什么？简单说，国学就是中国人之所以成为中国人的学问。因此，国学不仅包括数千年积累流传下来的经典，比如“四书五经”、《老子》、《庄子》、《孙子》、《史记》、《汉书》、唐诗、宋词，也包含研究中国人思维方式、生活方式、行为方式乃至娱乐方式的各种学问。广言之，国学研究的对象不仅包括文献，也包括实物；不仅包括物质文化遗产，也包括非物质文化遗产，如我国各民族的建筑、服饰、饮食、音乐、绘画、医药、戏曲，等等。

国学是不断丰富、不断发展的学问。上面说的从“四书五经”到唐诗、宋词就是一个不断丰富发展的过程。近代以来，国学的研究范围还在不断地扩大，比如敦煌学、甲骨学，是随着有关文物的出土而兴起的；比如红学，是随着文学理论和学术风气的发展变化而兴起和发展的。随着时间的推移和学术的进步，必将有更多的学问被纳入国学研究的范围。

数千年来，中国人做学问形成了自己独特的理论和方法，比如思想理论、史学理论、文学理论，以及训诂学、考据学、音韵学，等等。但这些理论和方法并不是一成不变的。比如，在史学研究领域，由于地下文物的出土，王国维等人提出了以地下文物与传世文献相补充互证的“二重证据法”。近代以来，西风劲吹。国人主动借鉴西方学术研究的理论和方法，研究中国学问。王国维借鉴尼采的哲学理论研究中国的文学戏剧，胡适以杜威的实验主义研究中国的“国故”。国学从来没有拒绝外国学问的融合，佛教传入中国后，经过改造，形成了中国独特的佛学、因明学；自明朝末年西学传入中国后，中国的天文学、数学等就已经融入了西学的因素。马克思主义传入中国后，不少人用马克思主义理论研究中国历史文化，它们自然也成为了国学的一部分。因此，国学又是开放的、随时代而进步的。那么，当今我们研究、振兴国学，不允许也不应该倒退，不允许也不应该僵化。

然而，国学又是与西学明显区分的。国学是西学的对应物，是与西学完全不同的学术体系。在近代，西学挟坚船利炮强势进入中国之后，中国人还视自我，对于中国固有之学问的称呼出现了中学、国故学、国粹、国学这样的名称。面对“帝国主义”的强大，很多中国人自愧不如，一方面拼命地学习、引进西学，另一方面拼命地贬低、抛弃国学。虽然也有一些人，如张之洞为保护中华文化之根本，提出“中学为体，西学为用”，如胡适，提出“整理国故”，以“再造文明”“建立民族自信心”，但其声音终被时代淹没。国学一再被严重曲解和轻视，造成了中国历史文化的大断裂。也许，这一历史过程是必然的。但回顾过去，中国在走向独立富强的过程中，国学所付出的代价实在太大、太惨重了。

新中国成立后，饱受屈辱的中国人站立了起来，民族自信心大大加强，但没有能够及时认识到国学在新时代的重要性，甚至仅存的一点点国学遗产也进一步成为被抛弃的对象。改革开放三十年之后，走向富强的国人终于幡然醒悟，保护和振兴国学逐渐成为全民的共识。一个强大的自立于世界民族之林的国家，必然要有与之相匹配的伟大的民族文化。中国人，从领导者、学术界到普通百姓，都在重新发现国学的现代价值。同时，在走向全球化的进程中，东西方各国也把目光投向了中国。中国学问，中国的一切都在被重新评价。中国不仅为了自身的建设和发展需要从传统文化中汲取智慧，而且面临着以优秀的中华文化向全人类贡献智慧的责任和挑战。

那么，这套丛书的编纂就是可喜的，编纂者的初衷和努力就是可敬的。希望这套丛书能发挥点滴作用，如同涓涓细水与千百万有志者的努力一道汇成大潮，去迎接中华民族的伟大复兴！

是为序。

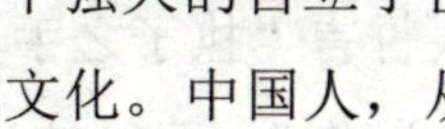

前言

身为华夏儿女的一员，我们都以作为四大文明古国之一的国民而自豪，我们都为中华文化五千年的繁荣而骄傲。我们都知道在长达数千年里，我国以光辉灿烂的文学成就荣耀于世界的东方。而作为我国第一部诗歌总集的《诗经》，便是我国文学光辉的起点。诞生于先秦时期的《诗经》，分为《风》《雅》《颂》三个部分，收录自西周初期到春秋中叶（公元前11世纪至公元前6世纪）大约五百年间的三百零五篇诗歌。

《诗经》里的诗篇，以抒情诗为主体，从多方面表现了那个时代丰富多彩的现实生活，展示了那个时期人们的心灵世界。的确，《诗经》就是一部表白心灵的作品，对于心中的淑女，诗人直言“窈窕淑女，君子好逑”；在思念情人时，诗人吟唱“一日不见，如三秋兮”；为表达对爱情的坚定，诗人誓言“执子之手，与子偕老”；对于人际交往，诗人表示“投我以桃，报之以李”；面对统治阶层的贪婪，诗人大呼“硕鼠硕鼠，无食我黍”；在自己所敬仰的人面前，诗人赞叹“如切如磋，如琢如磨”……时过境迁，今天的人们，生活环境与先秦诗人们所生活的时代，已截然不同，但先秦诗人们所发出的声音，却依然在我们的耳边回荡。在这一首首优美而古老的诗歌里，我们也可以看到现代人生活的一些侧面，发现我们与那些先秦诗人之间心灵依旧相通。在阅读这些先秦诗篇的时候，我们感受这一种朴实而真切的意境美，我们会用心去思考我们今天的现实生活，我们会在诗人的文字里找到思想的共鸣。

《诗经》的情感与我们今人是相通的，表达这些情感的文字本身也是优美的，正是这个原因，直到今天，我们生活中仍然有大量直接来自《诗经》的词汇：“求之不得”“逃（桃）之夭夭”“鸠占鹊巢”“忧心忡忡”“信誓旦旦”“人言可畏”，源自风诗；“小心翼翼”“天作之合”“明哲保身”“绰绰有余（裕）”，来于雅诗；“高高在上”“无所适从”“惩前毖后”“斤斤计较”

等，则出于颂歌。两千多年后的我们仍然使用这些生动的词汇，充分证明了《诗经》的文字魅力。

当然，《诗经》虽美，可毕竟离我们已太过久远，陌生的词汇，拗口的文言，都给现代的读者带来了不小的阻力，让我们在阅读《诗经》时常常产生不必要的停顿。为了让每一位本书的读者都能顺畅地阅读，我们为诗中的生僻字、古今异体字、多音字进行了注音。我们相信这样做，必可为读者省去很多的查阅时间，让读者顺畅地阅读本书，更直接地感受《诗经》的语言美。

语言都是由词汇构成的。考虑到先秦文言与现代汉语已经产生了极大的差别，《诗经》中的很多词语普通读者未必能准确理解，因此在本书中，我们首先对每一首诗进行了解读，让读者对诗作有一个大概的了解；在诗的后面，又配上了详细的注释和精彩的译文。这些解读和注释参照了社会上一些经典、通用的版本，同时我们也力求使其更加简洁、准确，以便读者直观而深入地理解诗文。希望这些解读、注释与译文能给您的阅读带来方便，能让您更准确地把握诗篇的精髓，体验诗人内心最真实的情感。

此外，我们还为《诗经》配上了精美的古版画。这些古版画，主要源自《诗经集传》《唐诗画谱》《诗余画谱》《飞影阁士记画册》《帝说图鉴》《顾氏画谱》《吴友如画集》等精美古籍画册。这些精心挑选的古版画，与《诗经》意味相符，相信有助于增加读者的阅读兴趣，有助于读者对相关诗作的理解，能让读者轻松、愉快地阅读《诗经》，这正是我们真诚的心愿。

《诗经》历经千年历史变迁，走到了21世纪的今天，其在中国文学领域里的地位，依然不可动摇。现代的我们阅读《诗经》，仍然可以触摸到古人心灵的脉动，获得相应的心灵感悟。就让我们一同感受《诗经》，一同在《诗经》的智慧和文化里汲取营养吧！

目录

风

周　南…………………………003
关　雎…………………………003
葛　覃…………………………004
卷　耳…………………………005
樛　木…………………………006
螽　斯…………………………007
桃　夭…………………………008
兔　罝…………………………008
芣　苢…………………………009
汉　广…………………………010
汝　坟…………………………011
麟之趾…………………………012
召　南…………………………013
鹊　巢…………………………013

采　蘩…………………………013
草　虫…………………………014
采　蘋…………………………015
甘　棠…………………………016
行　露…………………………017
羔　羊…………………………018
殷其雷…………………………018
摽有梅…………………………019
小　星…………………………020
江有汜…………………………021
野有死麕…………………………022
何彼秾矣…………………………022

驺　虞……023
邶　风……024
柏　舟……024
绿　衣……025
燕　燕……026
日　月……027
终　风……028
击　鼓……029
凯　风……030
雄　雉……031
匏有苦叶……031
谷　风……032
式　微……034
旄　丘……035
简　兮……036

泉　水……036
北　门……038
北　风……038
静　女……039
新　台……040
二子乘舟……041
鄘　风……042
柏　舟……042
墙有茨……043
君子偕老……044
桑　中……045
鹑之奔奔……046
定之方中……046
蝃　蝀……047
相　鼠……048
干　旄……049
载　驰……050

卫　风……………………………………051

淇　奥……………………………………051

考　槃……………………………………052

硕　人……………………………………053

氓……………………………………054

竹　竿……………………………………056

芄　兰……………………………………057

河　广……………………………………057

伯　兮……………………………………058

有　狐……………………………………059

木　瓜……………………………………060

王　风……………………………………061

黍　离……………………………………061

君子于役……………………………………062

君子阳阳……………………………………063

扬之水……………………………………063

中谷有蓷……………………………………064

兔　爰……………………………………065

葛　藟……………………………………066

采　葛……………………………………067

大　车……………………………………068

丘中有麻……………………………………068

郑　风……………………………………070

缁　衣……………………………………070

将仲子……………………………………071

叔于田……………………………………072

大叔于田……………………………………073

清　人……………………………………074

羔　裘……………………………………075

遵大路……………………………………075

女曰鸡鸣……………………………………076

有女同车……077
山有扶苏……077
萚　兮……078
狡　童……078
褰　裳……079
丰……080
东门之墠……080
风　雨……081
子　衿……082
扬之水……082
出其东门……083
野有蔓草……084
溱　洧……084
齐　风……086
鸡　鸣……086

还……086
著……087
东方之日……088
东方未明……089
南　山……089
甫　田……090
卢　令……091
敝　笱……092
载　驱……092
猗　嗟……093
魏　风……095
葛　屦……095
汾沮洳……096
园有桃……097
陟　岵……098
十亩之间……099

伐 檀 ……………………………… 099
硕 鼠 ……………………………… 100
唐 风 ……………………………… 102
蟋 蟀 ……………………………… 102
山有枢 ……………………………… 103
扬之水 ……………………………… 104
椒 聊 ……………………………… 105
绸 缪 ……………………………… 105
杕 杜 ……………………………… 106
羔 裘 ……………………………… 107
鸨 羽 ……………………………… 108
无 衣 ……………………………… 109
有杕之杜 ……………………………… 109
葛 生 ……………………………… 110

采 苓 ……………………………… 111
秦 风 ……………………………… 112
车 邻 ……………………………… 112
驷 驖 ……………………………… 113
小 戎 ……………………………… 114
蒹 葭 ……………………………… 115
终 南 ……………………………… 116
黄 鸟 ……………………………… 117
晨 风 ……………………………… 118
无 衣 ……………………………… 119
渭 阳 ……………………………… 120
权 舆 ……………………………… 120
陈 风 ……………………………… 122
宛 丘 ……………………………… 122
东门之枌 ……………………………… 123
衡 门 ……………………………… 123

东门之池 ……………………………… 124
东门之杨 ……………………………… 125
墓　门 ………………………………… 125
防有鹊巢 ……………………………… 126
月　出 ………………………………… 127
株　林 ………………………………… 128
泽　陂 ………………………………… 128
桧　风 ………………………………… 130
羔　裘 ………………………………… 130
素　冠 ………………………………… 130
隰有苌楚 ……………………………… 131
匪　风 ………………………………… 132
曹　风 ………………………………… 133
蜉　蝣 ………………………………… 133

候　人 ………………………………… 134
鸤　鸠 ………………………………… 134
下　泉 ………………………………… 135
豳　风 ………………………………… 137
七　月 ………………………………… 137
鸱　鸮 ………………………………… 139
东　山 ………………………………… 141
破　斧 ………………………………… 142
伐　柯 ………………………………… 143
九　罭 ………………………………… 144
狼　跋 ………………………………… 144

雅

小　雅 ………………………………… 147
鹿　鸣 ………………………………… 147
四　牡 ………………………………… 148

皇皇者华 …………………… 149
常 棣 …………………… 150
伐 木 …………………… 151
天 保 …………………… 152
采 薇 …………………… 154
出 车 …………………… 155
杕 杜 …………………… 157
鱼 丽 …………………… 158
南有嘉鱼 …………………… 159
南山有台 …………………… 159
蓼 萧 …………………… 160
湛 露 …………………… 162
彤 弓 …………………… 162
菁菁者莪 …………………… 163
六 月 …………………… 164
采 芑 …………………… 165
车 攻 …………………… 167
吉 日 …………………… 168
鸿 雁 …………………… 170
庭 燎 …………………… 171
沔 水 …………………… 171
鹤 鸣 …………………… 172
祈 父 …………………… 173
白 驹 …………………… 174
黄 鸟 …………………… 175
我行其野 …………………… 176
斯 干 …………………… 177
无 羊 …………………… 178
节南山 …………………… 179
正 月 …………………… 181

十月之交 …………………………184
雨无正 ……………………………185
小　旻 ……………………………187
小　宛 ……………………………188
小　弁 ……………………………190
巧　言 ……………………………191
何人斯 ……………………………193
巷　伯 ……………………………194
谷　风 ……………………………195
蓼　莪 ……………………………196
大　东 ……………………………197
四　月 ……………………………199
北　山 ……………………………200
无将大车 …………………………201
小　明 ……………………………202

鼓　钟 ……………………………203
楚　茨 ……………………………204
信南山 ……………………………206
甫　田 ……………………………207
大　田 ……………………………208
瞻彼洛矣 …………………………210
裳裳者华 …………………………210
桑　扈 ……………………………211
鸳　鸯 ……………………………212
頍　弁 ……………………………213
车　辖 ……………………………214
青　蝇 ……………………………215
宾之初筵 …………………………216
鱼　藻 ……………………………218
采　菽 ……………………………219
角　弓 ……………………………220

菀　柳 ……………………… 221
都人士 ……………………… 222
采　绿 ……………………… 223
黍　苗 ……………………… 224
隰　桑 ……………………… 224
白　华 ……………………… 225
绵　蛮 ……………………… 226
瓠　叶 ……………………… 227
渐渐之石 …………………… 228
苕之华 ……………………… 229
何草不黄 …………………… 230
大　雅 ……………………… 231
文　王 ……………………… 231
大　明 ……………………… 232
绵 …………………………… 234

棫　朴 ……………………… 236
旱　麓 ……………………… 237
思　齐 ……………………… 238
皇　矣 ……………………… 239
灵　台 ……………………… 241
下　武 ……………………… 242
文王有声 …………………… 243
生　民 ……………………… 244
行　苇 ……………………… 246
既　醉 ……………………… 247
凫　鹥 ……………………… 248
假　乐 ……………………… 249
公　刘 ……………………… 250
泂　酌 ……………………… 252
卷　阿 ……………………… 253
民　劳 ……………………… 254

板 ······ 256
荡 ······ 257
抑 ······ 259
桑　柔 ······ 262
云　汉 ······ 265
崧　高 ······ 267
烝　民 ······ 268
韩　奕 ······ 270
江　汉 ······ 272
常　武 ······ 273
瞻　卬 ······ 275
召　旻 ······ 277

颂

周　颂 ······ 281
清　庙 ······ 281
维天之命 ······ 281
维　清 ······ 282
烈　文 ······ 282
天　作 ······ 283
昊天有成命 ······ 284
我　将 ······ 284
时　迈 ······ 285
执　竞 ······ 286
思　文 ······ 286
臣　工 ······ 287
噫　嘻 ······ 287
振　鹭 ······ 288
丰　年 ······ 289
有　瞽 ······ 289

潜 ……………………………… 290
雝 ……………………………… 290
载 见 ……………………………… 291
有 客 ……………………………… 292
武 ……………………………… 292
闵予小子 ……………………………… 293
访 落 ……………………………… 293
敬 之 ……………………………… 294
小 毖 ……………………………… 295
载 芟 ……………………………… 296
良 耜 ……………………………… 297
丝 衣 ……………………………… 297
酌 ……………………………… 298
桓 ……………………………… 298
赉 ……………………………… 299

般 ……………………………… 299
鲁 颂 ……………………………… 301
駉 ……………………………… 301
有 駜 ……………………………… 302
泮 水 ……………………………… 303
閟 宫 ……………………………… 305
商 颂 ……………………………… 308
那 ……………………………… 308
烈 祖 ……………………………… 309
玄 鸟 ……………………………… 309
长 发 ……………………………… 310
殷 武 ……………………………… 312

风

周南

《关雎》解读

这是我国第一首经典情诗。诗的格调纯净清新、高雅热烈，流露出我国古代人民那种爽朗、明快、自由的爱情观。全诗没有直接描写梦寐以求的淑女的容貌，而是借助作者的苦苦相思将淑女的美好、可人展现出来，由此读者可以感受到一位纤纤女子迎面而来。同时，从全诗那种真实、毫无保留的直接抒情当中，我们也可以深刻地感受到那位相思男子的性情、姿态和品格，并深深地为其所折服。《关雎》是一首自由恋爱的赞歌，活在爱情之中的人，是最有魅力、最有激情的人。

关雎(jū)

关关雎鸠(jiū)①，在河之洲②。窈窕淑女③，君子好逑④。
参差荇(cēn cī xìng)菜⑤，左右流之⑥。窈窕淑女⑦，寤寐求之⑧。
求之不得，寤寐(wù mèi)思服⑨。悠哉悠哉⑩，辗转反侧⑪。
参差荇菜，左右采之⑫。窈窕淑女，琴瑟友之⑬。
参差荇菜，左右芼(mào)之⑭。窈窕淑女，钟鼓乐之。

[注释]

①关关：水鸟鸣叫的声音。雎鸠：一种水鸟。②洲：水中的陆地。③窈窕：内心、外貌美好的样子。淑：好，善。④君子：这里是女子对男子的尊称。逑：配偶。⑤参差：长短不齐的样子。荇菜：一种多年生长的水草，叶子可以食用。⑥流：用作“求”，意思是选取，择取。⑦窈窕：轻盈、俏丽。淑：善良、端庄。⑧寤：睡醒。寐：睡着。⑨思：语气助词，没有实义。服：思念。⑩悠：忧思的样子。⑪辗转：转动。反侧：翻来覆去。⑫采：摘取。⑬琴瑟：琴和瑟都是古时的弦乐器。友：友好交往，亲近。⑭芼：采摘。

《飞影阁士记画册》插图

[译文]

睢鸠应和相鸣唱，在那河水小岛上。美丽善良好姑娘，她是我的好对象。
荇菜有高又有低，左挑右选忙采摘。美丽善良好姑娘，一心梦里想求娶。
求娶心思未实现，日夜把她勤思念。愁思绵绵把忧添，翻来覆去难入眠。
荇菜高低一棵棵，左挑右选忙采摘。美丽善良好姑娘，弹琴奏瑟相亲热。
荇菜高低一棵棵，左挑右选忙采摘。美丽善良好姑娘，敲钟打鼓逗她乐。

《葛覃》解读

这是一位身处异地、想要回家的少女所作的诗，主要描写她想向女师请假回家的心情。细品此诗，从中可以强烈地感受到一位少女天真无邪的欢快情绪。眼前浮现的画面色彩纯净鲜艳、亮丽轻快。葛藤、黄鸟、灌木丛和谐相依，自然贴切地融为一体。“归宁父母”是本诗的主旨所在，少女回家是为了看望父母，让父母放心。“归宁父母”感情的舒畅和紧张真实质朴地表达了她对于家庭、对于父母深切的感激和牵挂。“归宁”日后专指已嫁妇女回娘家省亲。

葛覃(tán)

葛之覃兮(xī)①，施(yì)于中谷②，维叶萋萋③。
黄鸟于飞④，集于灌木，其鸣喈喈(jiē)⑤。
葛之覃兮，施于中谷，维叶莫莫⑥。
是刈(yì)是濩(huò)⑦，为絺(chī)为绤(xì)⑧，服之无斁(yì)⑨。
言告师氏⑩，言告言归⑪。薄污我私⑫，
薄浣(huàn)我衣⑬。害浣害否⑭？归宁父母⑮。

[注释]

①葛：葛藤，一种多年生草本植物，纤维可以用来织布。覃：长。兮：语气词，多用于韵文的句末或句中，表示停顿或感叹，相当于现代汉语中的“啊”。②施：蔓延。中谷：谷中，即山谷当中。③维：语气助词，没有实义。萋萋：茂盛的样子。④黄鸟：黄鹂。于：语气助词，没有实义。⑤喈喈：鸟儿鸣叫的声音。⑥莫莫：茂密的样子。⑦刈：用刀割。濩：煮。⑧絺：细葛纤维织成的布。绤：粗葛纤维织成的布。⑨服：穿着。无斁：心里不厌弃。⑩言：语气助词，无实义。告：告诉。师氏：女师。⑪归：指回娘家。⑫薄：语气助词，没有实义。污：洗去污垢。私：内衣。⑬浣：洗涤。⑭害：曷，何，什么。否：不。⑮归：回家。宁：使……安心。

[译文]

葛草儿到处生长，藤条伸向谷中央，叶儿繁茂色郁郁。

黄莺儿低空翱翔，聚集在灌木丛上，喈喈和鸣在欢唱。

葛草儿蔓延生长，藤条伸向谷中央，叶儿繁茂色葱葱。

割葛煮藤日夜忙，织成细布织粗布，穿在身上乐洋洋。

忙把心事告女师，我要回家看父母。内衣污垢快洗除，

外衣洗净莫耽误。哪件该洗不该洗，回家来安慰父母。

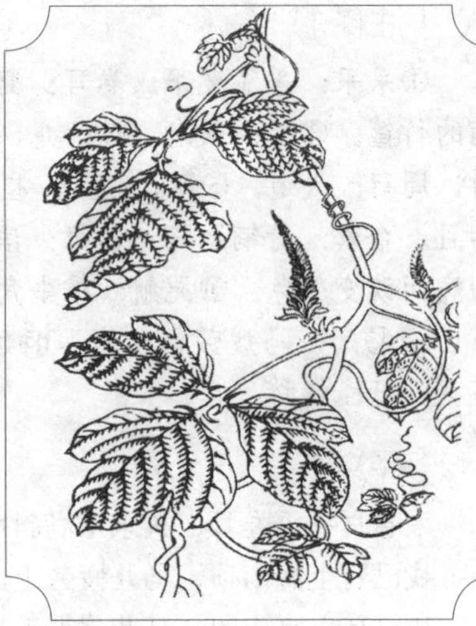

葛，《诗经集传》插图

《卷耳》解读

这是一首表现思念、愁苦的诗。第一节，描写妇女的思夫之情，从采摘卷耳的活动中漫溢出来，她的心思并没有放在采卷耳上，而是放在思念远方的“他”上。第二至四节采摘活动停止，笔墨浸入思念的内容，写妇女想象中“他”在艰难地爬坡，以及在路途中的困顿。诗的两部分都用了第一人称，两个看似无关本末的部分，被诗中蕴含的一片真情紧紧地维系在一起。采卷耳的意象贯穿全诗，以怎么也采不满的浅筐突出了这份思念的真切。全诗结构安排得十分巧妙，由事言情，把情感体现得强烈而深刻，读来十分感人。

卷耳

采采卷耳①，不盈顷筐②。嗟(jiē)我怀人③，寘(zhì)彼周行④。

陟(zhì)彼崔嵬(cuī wéi)⑤，我马虺隤(huī tuí)⑥。我姑酌彼金罍(léi)⑦，维以不永怀⑧。

陟彼高冈，我马玄黄⑨。我姑酌彼兕觥(sì gōng)⑩，维以不永伤⑪。

陟彼砠(jū)矣⑫，我马瘏(tú)矣⑬，我仆痡(fū)矣⑭，云何吁(xū)矣⑮！

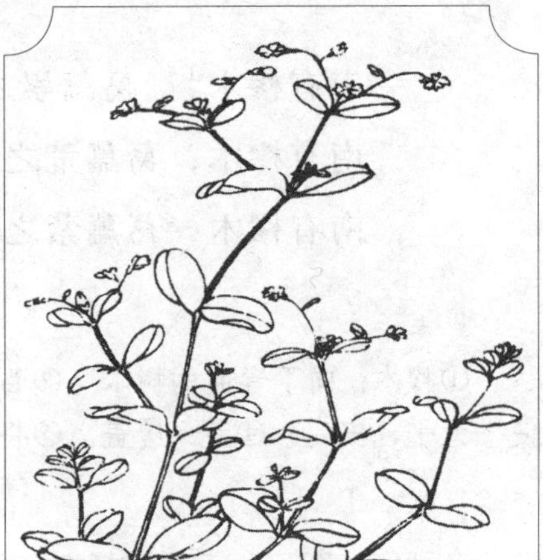

卷耳，《诗经集传》插图

[注释]

①采采：采了又采。卷耳：野菜名，又叫苍耳。②盈：满。顷筐：浅而容易装满的竹筐。③嗟：叹息。怀：想，想念。④寘：放置。彼：那、那里，与“此”相对。周行：大道。⑤陟：登上。崔嵬：山势高低不平。⑥隤：因疲乏而生病。⑦姑：姑且。金罍：青铜酒杯。⑧维：语气助词，无实义。永怀：长久思念。⑨玄黄：马因病而改变颜色。⑩兕觥：犀牛角做成的酒杯。⑪永伤：长久思念。⑫砠：有土的石山。⑬瘏：马疲劳而生病。⑭痡：过度劳累。⑮云：语气助词，没有实义。何：多么。吁：忧愁。

[译文]

采卷耳啊采卷耳，久采未满斜口筐。可叹我把丈夫念，搁下浅筐大路旁。
我已登上高山顶，马儿疲劳上山难。且把浊酒来斟满，借此免把亲人念。
我已登上高山冈，马儿累得毛黑黄。且把浊酒来斟满，借此浇去久忧伤。
我已登上多石山，马儿累倒在山间。车夫累病难向前，许多忧痛心不安。

《樛木》解读

这是一首祝福君子安享福禄的赞美诗。诗的描写由树及人，两者相互对应。伟岸的大树，谦和怡乐的君子，把人当成大树，树就是人，人就是树，人与树构成一幅美好、和谐的画面：大树的垂藤将人环抱，将人缠绕，表达出作者对君子的敬仰和美好祝愿。

樛(jiū)木

南有樛木①，葛藟(lěi lěi)累之②。乐只君子，福履绥(suí)之③。
南有樛木，葛藟荒之④。乐只君子，福履将之⑤。
南有樛木，葛藟萦之⑥。乐只君子，福履成之⑦。

[注释]

①樛木：向下弯曲的树木。②葛藟：蔓草名。累：纠缠。③福履：福禄。绥之：使之太平、安定。④荒：覆盖。⑤将：保佑、庇护。⑥萦：回旋缠绕。⑦成：成就。

[译文]

南国乔木真是高，巨藟依托把它绕。欢快君子乐陶陶，幸福安乐已来到。
南国乔木真是高，巨藟长蔓覆树梢。欢快君子乐悠悠，天赐幸福把他保。
南国乔木真是高，巨藟相缭有长藤。欢快君子乐融融，天降幸福把他成。

《螽斯》解读

这是一首祝愿别人多子多孙的诗。全诗意象单纯、明快，节奏感很强。蝗虫翅膀的振动有力，正是子孙生息繁衍的生动写照。所以作者并没有一上来就直接表达自己的良好祝愿，而是借助了蝗虫翅膀振动这一动作，进而引导人们去展开联想，展现了一幅子孙世代昌盛、和睦相处、安乐祥和的情景，具有强烈的直观性和感染力。

螽（zhōng）斯

螽斯羽[①]，诜（shēn）诜兮[②]。

宜尔子孙[③]，振（zhēn）振兮[④]。

螽斯羽，薨（hōng）薨兮[⑤]。

宜尔子孙，绳绳兮[⑥]。

螽斯羽，揖揖兮[⑦]。

宜尔子孙，蛰（zhé）蛰兮[⑧]。

宜尔子孙，振振兮

[注释]

①螽斯：蝗虫。羽：翅膀。②诜诜：同“莘莘”，众多的样子。③宜：多。④振振：繁盛的样子。⑤薨薨：很多虫飞的声音。⑥绳绳：延绵不绝的样子。⑦揖揖：会聚的样子。⑧蛰蛰：多，聚集。

[译文]

蝗虫儿展翅飞翔，密密麻麻聚四方。你的子孙多又多，精神振奋个个强。

蝗虫儿振翅飞翔，两股相摩薨薨响。你的子孙多又多，成群相聚在一起。

蝗虫儿鼓翅飞翔，团结飞聚天天忙。你的子孙多又多，和睦美满乐洋洋。

《桃夭》解读

此诗语句简洁明朗、短小精悍。诗以盛开的桃花象征即将出嫁的女子。盛开的桃花娇艳美丽，出嫁的新娘全身喜气，两相对比，色彩鲜明，气氛热烈，表达了对出嫁女子建立幸福家庭的美好祝愿。诗将桃花、女子两个形象有机结合，从桃花写到桃儿，再写到桃叶，完整地概括了女子即将迎来的幸福生活。人与物得到准确、生动的展现，毫无瑕疵地融为一体，既和谐又美丽，传达出一种激动、喜悦的情感。

桃夭

桃之夭夭①，灼灼其华②。
之子于归③，宜其室家④。
桃之夭夭，有蕡（fén）其实⑤。
之子于归，宜其家室。
桃之夭夭，其叶蓁蓁（zhēn）⑥。
之子于归，宜其家人。

桃，《诗经集传》插图

［注释］

①夭夭：桃树含苞欲放的样子。②灼灼：花开鲜艳的样子。华：花。③之：这，这个。子：指出嫁的姑娘。于：语气助词，无实义。归：女子出嫁。④宜：和顺，和善。室家：指夫妇。⑤蕡：果实很多的样子。⑥蓁蓁：树叶茂盛的样子。

［译文］

桃树茂盛幼枝发，枝枝绽放花鲜艳。这个姑娘要出嫁，善待夫婿大家夸。
桃树茂盛幼枝发，桃子嫩白多肥大。这个姑娘要出嫁，善待夫婿大家夸。
桃树茂盛幼枝发，叶儿繁多压枝杈。这个姑娘要出嫁，善待夫婿大家夸。

《兔罝》解读

这是一首赞美优秀武士和英勇士兵的诗。全诗简洁明快、布局合理，很有阳刚之气。诗由善于捕兔的勇敢猎人写起，写了他们为捕兔所进行的周密布置，从进行木桩的敲打到罗网摆布位置的设置，每一个环节都透露着细致谨慎，进而促使人联想到勇猛的士兵和优秀的武士，威严而不失缜密的态度。有了这样的士兵和武士，社稷将得到保卫，公侯、国土将拥有坚实的屏障。

兔罝（jiē）

肃肃兔罝①，椓（zhuó）之丁丁②。赳赳（jiū）武夫③，公侯干城④。
肃肃兔罝，施于中逵⑤。赳赳武夫，公侯好仇（qiú）⑥。
肃肃兔罝，施于中林⑦。赳赳武夫，公侯腹心⑧。

［注释］

①肃肃：密密的样子。兔罝：捕兔的网。②椓：敲击。丁丁：敲击木桩的声音。③赳赳：威武的样子。④干城：干为盾牌，城为城郭，这里比喻坚强的护卫者。⑤逵：四通八达的大路。⑥仇：同“逑”，指同伴。⑦施：设置、安放。中林：林中，树林里。⑧腹心：心腹，忠心的人。

［译文］

网眼密密是兔网，打桩叮当设兽网。威武雄壮好勇士，他是公侯好护卫。

网眼密密是兔网，放在大路的中央。威武雄壮好勇士，他是公侯好帮手。

网眼密密是兔网，安放郊野树林里。威武雄壮好勇士，他是公侯好亲信。

《芣苢》解读

诗中概括了采芣苢这一劳动的全过程。这首明快的短诗，描写一群采芣苢的人欢唱着劳作的画面。紧张有序的劳动和轻快愉悦的心情交织在一起，读起来让人激动和赞叹。全诗明快有力的节奏，象征着劳动的欢快热烈。读者品读此诗，就像在看一幅人们热火朝天、愉快劳动的生动场景，心灵也会因此而受到鼓舞。

芣（fú）苢（yǐ）

采采芣苢[①]，薄言采之[②]。采采芣苢，薄言有之[③]。

采采芣苢，薄言掇之[④]。采采芣苢，薄言捋（luō）之[⑤]。

采采芣苢，薄言袺（jié）之[⑥]。采采芣苢，薄言襭（xié）之[⑦]。

［注释］

①芣苢：植物名称，即车前子，种子和草可作药用。②薄言：发语词，没有实义。采：采摘。③有：得到。④掇：拾取。⑤捋：用手握物，向一端滑动。⑥袺：用手提着衣襟兜东西。⑦襭：把衣襟别在腰间兜东西。

［译文］

我们采车前草啊，赶忙把它采下来。我们采车前草啊，赶紧把它摘下来。

我们采车前草啊，迅速把它取下来。我们采车前草啊，快速把它捋下来。

我们采车前草啊，急用衣襟揣起来。我们采车前草啊，忙用衣襟兜起来。

《汉广》解读

这是一首纯洁的情诗，全诗充满了由衷的仰慕和深深的感叹之情。在本诗中，诗人并没有正面描写这个女子的相貌，但是通过诗人自己的感受，我们便可以感受到女子的姣好和缥缈。“游”字用得十分精妙，使读者如临其境，亦真亦幻，亦虚亦实。而“不可”又表明了现实中的不可得，显现了这份感情的质朴和深沉。全诗将现实与想象融为一体，不着痕迹，描绘出一幅才子与佳人的美好图画，体现了爱的纯洁和高雅。

汉广

南有乔木①，不可休思②。汉有游女③，不可求思④。

汉之广矣⑤，不可泳思⑥。江之永矣⑦，不可方思⑧。

翘(qiáo)翘错薪⑨，言刈(yì)其楚⑩。之子于归，言秣(mò)其马⑪。

汉之广矣，不可泳思。江之永矣，不可方思。

翘翘错薪，言刈其蒌(lóu)⑫。之子于归，言秣其驹⑬。

汉之广矣，不可泳思。江之永矣，不可方思。

[注释]

①南：南边。乔木：高耸的树木。②休：停靠、休息，在树下停靠、休息。思：语气助词，没有实义。③汉：指汉水。游女：在汉水岸上出游的女子。④求：追求。⑤广：宽广。⑥泳：泅渡。⑦江：指长江。永：水流很长。⑧方：渡河的木排。这里指乘筏渡河。⑨翘翘：树枝挺出的样子。错薪：杂乱的柴草。⑩刈：割。楚：灌木的名称，即荆条。⑪秣：喂马。⑫蒌：蒿草。⑬驹：小马。

汉有游女，不可求思

[译文]

南方有树高又高，不能乘凉树荫间。汉水有女在游玩，不能求爱吐真言。

汉水河面宽又宽，不可渡河到对岸。长江水流长又长，不可乘船到对面。

薪柴众多杂又乱，我割荆条放一旁。这个姑娘要出嫁，我喂马驹忙又忙。

汉水河面宽又宽，不能游泳到对面。长江水流长又长，不可坐舟过大江。

薪柴众多杂又乱，我割蒌蒿置身旁。这个姑娘要出嫁，我喂马驹忙又忙。

汉水河面宽又宽，不能游泳到对面。长江水流长又长，不可坐船过大江。

《汝坟》解读

《汝坟》是我们能见到的歌颂汝州风土人情最早的一首诗。该诗写一位妇女在汝河岸边一边砍柴，一边思念远征未归的丈夫。全诗用语简洁，比喻奇特，思念和哀怨化作缕缕青丝，弥漫于字里行间，纯情感人。

汝坟

遵彼汝坟①，伐其条枚②。未见君子，惄（nì）如调（zhāo）饥③。

遵彼汝坟，伐其条肄（yì）④。既见君子，不我遐（xiá）弃⑤。

鲂鱼赪（chēng）尾⑥，王室如燬（huǐ）⑦。虽则如燬，父母孔迩（ěr）⑧！

[注释]

①遵：循，沿着。汝：水名，即汝水，淮河的支流。坟：堤岸。②条枚：枝干。树枝叫条，树干叫枚。③惄：忧愁。调饥：即朝饥，指早上饥饿思食。调，通朝，早上。④肄：树枝砍后再生的小枝。⑤遐：远。遐弃：远离。⑥赪尾：红色的鱼尾巴。⑦燬：烈火焚烧。⑧孔：很、非常。迩：近。

鲂，《诗经集传》插图

[译文]

顺着汝堤我前行，砍下枝干来烧火。未见丈夫回故乡，忧如早晨特饥渴。

顺着汝堤我前行，砍下新枝来烧火。看见丈夫来眼前，欣喜他未远弃我。

鲂鱼疲劳尾巴红，朝政暴虐似火烧。虽然朝政如火烧，亲近父母是礼道。

《麟之趾》解读

这首简洁、明快的短诗赞美了国君子孙的高贵和仁厚。全诗突出了一个“仁”字，可见君主的仁厚与否对百姓和国家的重要性。麒麟并非现实中所有，而是中国古代传说中的一种动物，与凤、龟、龙共称为“四灵”，被称为圣兽王，并且是神的坐骑。麒麟是先人的想象创造，集中了那些备受人们喜爱的动物所具备的优点。从其外部形状上看：麋身、牛尾、马蹄、鱼鳞皮，有一角，角端有肉，黄色。据说麒麟有足不踢人，有角不撞人，有额不顶人，因此称其为“仁兽”。诗人也抓住了这一特点，寄托了自己美好的愿望。

麟之趾

麟之趾[①]，振振公子[②]，于嗟麟兮[③]！
麟之定[④]，振振公姓[⑤]，于嗟麟兮！
麟之角，振振公族[⑥]，于嗟麟兮！

［注释］

①麟：麒麟。趾：脚。②振振：仁厚的样子。公子：诸侯的儿子。③于嗟：叹词，相当于“啊”“呀”。④定：额头。⑤公姓：公孙，诸侯的子孙。⑥公族：诸侯的宗族子弟。

［译文］

麒麟有蹄不踢人，公子振奋大有为，仁义之极好麒麟！

麒麟有额不抵人，公孙振奋大有为，仁义之极好麒麟！

麒麟有角不顶人，公族振奋大有为，仁义之极好麒麟！

麟，《诗经集传》插图

召南

《鹊巢》解读

这是一首祝贺新娘，祝愿她结婚后能安居夫家的诗。此诗先描写了鸠占鹊巢的行为，不过这里并没有贬义，而是以之来象征新娘的出嫁。而“百两成之”更是写出了婚礼的盛况，有百辆车来迎娶。全诗结构紧凑，前后呼应，从出嫁有家开始到对自己家园的维护和热爱，写出了对新娘的美好祝愿，意味深长，使人感觉亲切。

鹊巢

维鹊有巢①，维鸠居之②。之子于归，百两御之③。

维鹊有巢，维鸠方之④。之子于归，百两将之⑤。

维鹊有巢，维鸠盈之⑥。之子于归，百两成之⑦。

[注释]

①维：发语词，无实义。鹊：喜鹊。②鸠：布谷鸟。传说布谷鸟不筑巢。居：居住。③两：同“辆”。百两：很多车辆。御：迎接。④方：占有，占据。⑤将：护送。⑥盈：满，充满。⑦成：完成了结婚的仪式。

[译文]

树顶喜鹊把窝做，布谷鸟占有来居住。这位姑娘要出嫁，百辆车儿接她去。

树顶喜鹊把窝做，成双布谷鸟同居住。这位姑娘要出嫁，百辆车儿送她去。

树顶喜鹊把窝做，双双布谷鸟住满巢。这位姑娘要出嫁，百车送婚礼周到。

《采蘩》解读

这首诗描写了蚕妇们为公侯采白蒿养蚕的生动画面。诗句采用了一问一答的形式，这也是自问自答，流露出蚕妇们内心的哀怨和不满。最后一节则采用了细节描写，聚焦在蚕妇们发髻的变化上，描写十分生动，以细节的刻画表现蚕妇们养蚕、喂蚕的辛苦。

采蘩

于以采蘩①？于沼于沚②。于以用之③？公侯之事④。

于以采蘩？于涧(jiàn)之中⑤。于以用之？公侯之宫⑥。

被之僮(tóng)僮⑦，夙(sù)夜在公⑧。被之祁(qí)祁⑨，薄言还归⑩。

蘩，《诗经集传》插图

［注释］

①于以：到哪里去。蘩：水草名，即白蒿。②沼：沼泽。沚：水中小洲。③用之：使用它。④事：祭祀之事。⑤涧：山间水道。⑥宫：宗庙，代指祭典。⑦被：用作"皮"，意思是女子戴的首饰。僮僮：童童，意思是首饰繁多。⑧夙夜：早晨和晚上。公：公家之事。⑨祁祁：首饰繁多的样子。⑩薄言：语助词，放在动词之前，无实义。还归：回家去。

［译文］

我们何地采白蒿？就在那边沚与沼。什么地方用白蒿？
公侯养蚕正需要。我们何地采白蒿？山涧水边到处有。
采来白蒿用哪里？公侯祭典正需求。蚕妇头饰好繁多，
人人养蚕昼夜忙。蚕妇成群多劳碌，采桑归来回家去。

《草虫》解读

这是一位痴情女子在等待男子时的内心独白。全诗采用了对比的手法，将男子没来之前与他来到之后女子截然不同的两种状态进行了鲜明的对比。久等不来，心里很是着急；他到来之后，又马上笑逐颜开。全诗一唱三和、一波三折，把女子的痴情表现得淋漓尽致。诗体结构紧凑，读起来朗朗上口，展示了该女子由着急等待到兴高采烈的心理变化。

草虫

喓(yāo)喓草虫①，趯(tì)趯阜螽②。未见君子，忧心忡忡③。
亦既见止④，亦既觏(gòu)止⑤，我心则降⑥。
陟彼南山，言采其蕨(jué)⑦。未见君子，忧心惙(chuò)惙⑧。
亦既见止，亦既觏止，我心则说(yuè)⑨。
陟彼南山，言采其薇。未见君子，我心伤悲。
亦既见止，亦既觏止，我心则夷⑩。

[注释]

①喓喓：昆虫鸣叫的声音。草虫：蝈蝈。②趯趯：昆虫跳跃的样子。阜螽：蚱蜢。③忡忡：心里跳动，形容心里不安，心神不定。④止：语气助词，没有实义。⑤觏：相遇，遇见。⑥降：悦服、平静。⑦言：语气助词，没有实义。蕨：一种野菜，可食用。⑧惙惙：忧愁的样子。⑨说：同“悦”，高兴。⑩夷：平静，安定。

《飞影阁士记画册》插图

[译文]

蝈蝈喓喓在鸣叫，蚱蜢时时在跳跃。没有见到我丈夫，无限忧伤心烦躁。

若能立即见到他，若能立即相遇见，忧愁消除心情好。登上那边南山坡，我把蕨菜来采摘。没有见到我丈夫，心中无乐忧伤多。若能立即见到他，若能立即相遇见，我的心中就快乐。登上那边南山坡，我把薇菜来采摘。没有见到我丈夫，心中悲伤无欢乐。若能立即见到他，若能立即相遇见，我的心中就快活。

《采蘋》解读

本诗描写了一位少女采白蘋祭祀宗庙的过程。从采白蘋、装白蘋、煮白蘋到最后的祭祀，过程描写得十分细致。另外，全诗由问答形式组成，很生动，表现了少女祭祀的虔诚。视角采用第三人称，带有客观描绘的性质，表现出当时人们对祭祀活动的重视与所持有的庄重和神圣的态度。

采蘋(pín)

于以采蘋①？南涧之滨②。于以采藻③？于彼行潦(lǎo)④。
于以盛之⑤？维筐及筥(jǔ)⑥。于以湘之⑦？维锜(yǐ)及釜⑧。
于以奠之⑨？宗室牖(yǒu)下⑩。谁其尸之⑪？有齐(zhāi)季女⑫。

[注释]

①于以：在哪里。蘋：水草，可食。②滨：水边。③藻：一种水草，可食。④行：道路。潦：积水。⑤于以盛之：用什么来装它？⑥筐：方筐。筥：圆箩。⑦湘：煮。⑧锜：三只脚的锅。釜：古代的炊具，相当于现在的锅。⑨奠：放置。

⑩牖：窗户。⑪尸：主持。⑫齐：同“斋”，斋戒，表示虔敬。季女：少女。

[译文]

我们何地采蘋草？就在南边河水旁。我们何地采藻草？

那边水沟好地方。什么东西装水草？使用方筐和圆筥。

什么东西能煮好？有脚锅来无脚锅。祭品放置在何地？

宗庙窗下最适合。谁来主持这祭祀？美貌少女主其事。

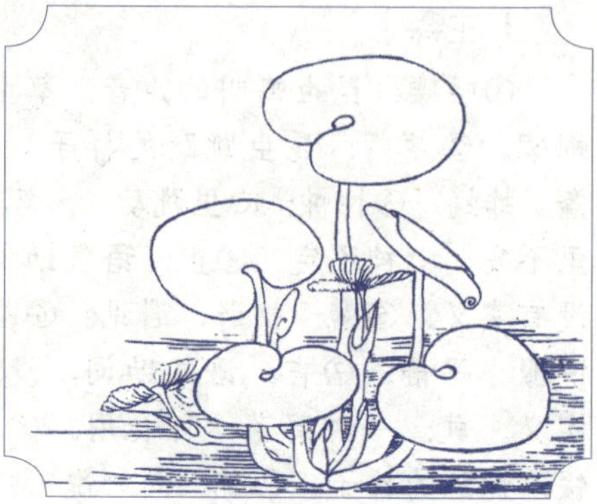

蘋，《诗经集传》插图

《甘棠》解读

这首诗主要描写了人们爱护甘棠，敬重召伯的事件。召伯是周文王的儿子，与周公共同辅佐成王。召伯为政贤明，传说他曾在甘棠树下主持正义决断案件。人民因为爱戴召伯，进而爱屋及乌地爱护甘棠，反映出人民的明理和召伯的贤德。

甘 棠

蔽(fèi)芾甘棠①，勿剪勿伐②，召伯所茇(bá)③。
蔽芾甘棠，勿剪勿败④，召伯所憩(qì)⑤。
蔽芾甘棠，勿剪勿拜⑥，召伯所说(shuì)⑦。

[注释]

①蔽芾：树木茂盛的样子。甘棠：棠梨树。落叶乔木，果实甜美。②剪：意思是修剪。③茇：草屋，这里是指在草屋中居住。④败：破坏，摧毁。⑤憩：休息。⑥拜：用作“拔”，意思是拔除。⑦说：同“税”，休息，歇息。

[译文]

棠梨树枝高叶繁，不要剪枝莫砍伐，召伯曾居树荫下。
棠梨树枝高叶繁，不要剪枝莫毁它，召伯曾憩树荫下。
棠梨树枝高叶繁，不要剪枝切莫拔，召伯曾歇树荫下。

《行露》解读

这首诗是一位女子对古代强买强卖婚姻的痛恨与控诉。对于逼婚之人，该女子给予了明确的否定回答。虽然对方可以将她诉讼，可以将她送进牢房，但她一点也没有屈服。全诗的亮点为“麻雀”“老鼠”等词，这些比喻把女子的鄙视、痛恨和深深的控诉表现得淋漓尽致。几个设问强化了诗的节奏、语气，把女子所处情境及其个性、态度明确地展现出来，给人以鲜明的印象。

行露

厌浥(qì yì)行露[1]，岂不夙(sù)夜[2]，谓行多露[3]。
谁谓雀无角[4]，何以穿我屋[5]？谁谓女无家[6]？
何以速我狱[7]。虽速我狱[8]，室家不足[9]。
谁谓鼠无牙，何以穿我墉(yōng)[10]？谁谓女无家，
何以速我讼[11]？虽速我讼，亦不女从！

[注释]

①厌浥：潮湿的样子。行：道路。行露：道路上有露水。②夙夜：这里指早夜，即天没亮的时候。③谓：同“畏”，畏惧、担忧。④谁谓：谁说，谁认为。角：喙，鸟兽的嘴。⑤何以：以何，用什么、怎么。穿：洞穿、啄穿。⑥女：同“汝”，你。无家：没有家室，这里指尚未婚配。⑦何以：为何，为什么。速：招致。狱：诉讼，打官司。⑧虽：虽然、即使，表示假设、让步。⑨室家不足：意思是说求为家室的理由不足。⑩墉：墙，墙壁。⑪讼：诉讼，官司。

雀，《诗经集传》插图

[译文]

道上露水湿漉漉，难道没想早启程？只怕道上露水浓。
谁说麻雀没有嘴？用何啄透我的屋？谁说女子没夫家？
为何把官来投诉？虽然诉讼打官司，强求娶我理不足！

谁说老鼠没有牙？凭何咬破我的墙？谁说女子没夫家？
为何诉讼上公堂？虽然诉讼打官司，决不向你来屈服！

《羔羊》解读

这首诗赞美了古代廉洁、清正的官员们。他们虽然没有大富大贵，却也生活得安详、悠闲。全诗对他们散朝回家后的安闲生活进行描写，对于他们那种安然的心态进行了生动的刻画。诗中对小羊软皮袄的描述是对他们清正的一种期望及美好的祝福。

羔 羊

羔羊之皮①，素丝五纶②。退食自公③，委蛇（wēi yí）④委蛇！
羔羊之革⑤，素丝五緎（yù）⑥。委蛇委蛇！自公退食⑦。
羔羊之缝⑧，素丝五总⑨。委蛇委蛇！退食自公。

[注释]

①羔羊之皮：小羊软皮袄。②素：白颜色。纶：丝线数，五根丝线为一纶。③退食自公：吃完公饭回家。④委蛇：神态从容自得。⑤革：没毛的皮。⑥緎：四纶为一緎。⑦自公退食：同“退食自公”。⑧缝：缝纫、制作。⑨总：同“纶”“緎”。

[译文]

羔羊的皮需要缝，白丝交叉缝得好。吃罢公饭往家走，悠闲得意且逍遥！
羔羊的皮需要缝，白丝密密缝得佳。悠闲得意且逍遥！吃罢公饭方回家。
羔羊的皮需要缝，白丝密密缝得妙。悠然得意且逍遥！吃罢公饭缓回家。

《殷其雷》解读

这首诗描写了一位妇女思念在外的丈夫，期盼丈夫早日回家的心情。外部环境是肃杀、混乱的，并经由“殷其雷”把这种环境描绘得很深刻、很真实，突显了妇女着急担忧的情绪。同时，妇女也很无奈，她除了等待，别无他法，因而那种着急更显难过。全诗通篇渲染的是一种焦虑、紧张的气氛，以这种气氛来刻画主人公着急、紧张的心情。

殷其雷

殷其雷①，在南山之阳②。何斯违斯③？莫敢或遑（huáng）④。
振振君子⑤，归哉归哉⑥！

殷其雷，在南山之侧[7]。
何斯违斯？莫敢遑息[8]。
振振君子，归哉归哉！
殷其雷，在南山之下。
何斯违斯？莫敢遑处[9]。
振振君子，归哉归哉！

《飞影阁士记画册》插图

[注释]

①殷：形容雷声。②阳：山的南边。③何：为什么。斯：这个人。违斯：离开这里。④莫敢：不敢。或：有。遑：空闲。⑤振振：仁厚的样子。君子：指自己的丈夫。⑥归哉归哉：回来吧，回来吧。⑦侧：两边、两旁。⑧遑息：有闲暇休息。⑨处：停下来。

[译文]

雷声啊殷殷震响，在那南山的南边。丈夫此时何离乡？没有敢休息啊。
忠厚勤奋我丈夫，回故乡呀回故乡！
雷声啊殷殷震响，就在那边南山旁。丈夫此时何离乡？没有敢休息啊。
忠厚勤奋我丈夫，回故乡呀回故乡！
雷声啊殷殷震响，在那南山最下方。丈夫此时何离乡？没有敢闲暇啊。
忠厚勤奋我丈夫，回故乡呀回故乡！

《摽有梅》解读

这是一首年轻女子所唱的欢快的情歌。全诗结构紧凑，毫无突兀之感，读起来也朗朗上口。从中我们可以看出该女子的活泼、开放、火热的个性以及当地特有的风俗。此外，女子自比树上快要成熟的梅子也很贴切，是全诗的一大亮点。诗的节奏紧凑，以梅子成熟反映女子强烈期盼的心情，形象突出，过程流畅，让人不由为之心动，并报之以热烈的赞叹。

摽(biào)有梅

摽有梅[1]，其实七兮[2]。求我庶士[3]，迨(dài)其吉兮[4]。
摽有梅，其实三兮。求我庶士，迨其今兮[5]。
摽有梅，顷筐塈(qì)之[6]。求我庶士，迨其谓之[7]。

[注释]

①摽：落下，坠落。有：助词，没有实义。梅：梅树，果实就是梅子。②七：七成。③庶：众，多。士：指年轻的未婚男子。④迨：及时。吉：吉日。⑤今：今日，现在。⑥顷筐：浅筐。塈：拾取。⑦谓：以言相告。

[译文]

树上有梅纷纷落，还有七成挂枝头。
向我寻爱众小伙，趁着吉日快追求。
树上有梅纷纷落，还有三成挂枝上。
向我求婚众小伙，乘着今日好时光。
树上有梅纷纷落，斜口竹筐取落梅。
向我求爱众小伙，及时说话就得成。

梅，《诗经集传》插图

《小星》解读

这首诗是写一个官职比较低下的小官吏为了公务不得不白天晚上奔波的内心独白。他心中充满了不平衡的感觉，慨叹自己的命不好，不像那些达官贵人一样生活安逸。清冷的夜晚，天空中几颗闪着微光的小星，正和此时孤独的自己形成照应，这也加重了自己的孤独感和不平衡感。全诗由小吏星夜赶路这一视角出发，揭示了当时社会中下层人民的苦难生活和他们的万般无奈。

小星

嘒(huì)彼小星①，三五在东②。
肃肃宵征③，夙夜在公，寔命不同④。
嘒彼小星，维参(shēn)与昴(mǎo)⑤。
肃肃宵征，抱衾(qīn)与裯(chóu)⑥，寔命不犹⑦。

[注释]

①嘒：暗淡的样子。②三五：用数字表示星星的稀少。③肃肃：奔走忙碌的样子。宵：夜晚。征：行走。④寔：即“实”，确实，实在。⑤维：语气助词，没有实义。参与昴：星宿名。⑥抱：抱着。衾：被子。裯：被单。⑦犹：同，一样。

[译文]

天空星星闪闪亮，三三五五挂东方。

匆匆忙忙夜间行，早早晚晚为公忙，命运与人不一样。

天空星星闪闪亮，参星昴星悬东方。

匆匆忙忙夜间行，抱着被子和床帐，命运与人不一样。

《江有汜》解读

这首诗描写的是一个失恋男子的内心独白与呼唤。自己的恋人已经出嫁他人，自己的内心久久难以平静。以奔流而出的江水会重归大江比喻感情的回归，期盼有一天自己的女友能够回心转意，重投自己的怀抱。由此看来，该男子还是爱着女子的。对于女子的出嫁，虽然该男子语气表面故作潇洒，但其实包含深切的悔恨和懊恼。

江有汜(sì)

江有汜①，之子归，不我以②。不我以，其后也悔③。

江有渚④，之子归，不我与⑤。不我与，其后也处⑥。

江有沱⑦，之子归，不我过⑧。不我过，其啸(xiào)也歌⑨。

[注释]

①汜：江水决堤冲出后又重退回江。②不我以：不用我，不需要我。以，用，需要。③其后也悔：想必以后会后悔。其，副词，表推测。也，句中语气词。④渚：水中的小沙洲。⑤不我与：不同我交往。与，交往、相交。⑥处：忧愁。⑦沱：江水的支流。⑧不我过：不到我这里来。过，来、至。⑨啸：号，心口不平而呼。

[译文]

长江流水有倒流，这个姑娘出嫁去，不肯友善来待我。不肯友善来待我，料她日后必后悔。

长江洲岛把水分，这个姑娘出嫁忙，不肯友善来看我。不肯友善来看我，想她今后有忧伤。

长江之水有支流，这个姑娘出嫁了，你不找我使人愁，不找我呀心烦闷，悲歌长啸我哀叹。

江有汜，之子归，不我以

《野有死麕》解读

这首诗描写了一对男女在野外偷情的场面，这种场面在《诗经》中很少见。诗的开篇即点明地点是在野外——“野有死麕”，很明显是在野地里。同时，对白茅的描写和少女的描写是相通的，我们由此可以联想到少女的温柔、皮肤的细腻、相貌的美丽等。诗中通过女子的话语描写了偷情的场面，可谓是直接描写。但是，这种笔法的运用却让人感到欢愉并无猥亵之感。整首诗情景优美，意境纯净、透明，感觉自然而清新，毫不做作。

野有死麕(jūn)

野有死麕①，白茅包之②。有女怀春③，吉士诱之④。

林有朴樕(sù)⑤，野有死鹿。白茅纯束⑥，有女如玉。

舒而脱脱(tuì)兮⑦，无感我帨(shuì)兮⑧，无使尨(máng)也吠(fèi)⑨。

［注释］

①麕：獐子，与鹿相似，没有角。②白茅：一种白而软的草，可用以包裹。③怀春：对异性产生爱慕。④吉士：古时对男子的美称，当指青年猎人。诱：求，指求爱。⑤朴樕：小树。⑥纯束：包裹，捆扎。⑦舒：慢慢的，轻柔的。脱脱：舒缓的样子。⑧感：同“撼”，意思是动摇。帨：女子的佩巾。⑨尨：长毛狗，多毛狗。

［译文］

猎获獐子在野外，都用白茅包起来。有个姑娘思配偶，猎人引诱来求爱。

林中小树嫩又青，郊外猎获那野鹿。快用白茅捆死鹿，那位姑娘纯如玉。

你的动作需舒缓，别碰围裙莫慌张，勿使狗儿叫得欢。

《何彼秾矣》解读

这首诗描写了齐侯嫁女的场面。诗中并没有正面描写，而是通过当时的观众，即人民的眼睛观察来写的。这种写法既反映了当时齐侯嫁女这一事件的隆重、盛大，也说明了百姓对公侯的崇拜与羡慕。齐侯嫁女情景的所有描绘都是和人民目之所及、心之所系的美好事物相关联的，这在一定程度上衬托出人民生活的恬淡、和谐。由此感叹在人民那里，美随处可见，而且不缺乏发现美的眼睛。

何彼秾(nóng)矣

何彼秾矣①？唐棣(dì)之华②。曷不肃雍③？王姬之车④。

何彼秾矣？华(huá)如桃李⑤。平王之孙，齐侯之子。

mín

其钓维何？维丝伊缗⑥。齐侯之子，平王之孙。

［注释］

①秾：多而密。②唐棣：“棠棣”，李树的一种。华：指花。③肃：庄重。雍：和谐。④王姬：君主的女儿。⑤华：鲜艳美丽。⑥伊：作为。缗：钓鱼的绳线。

［译文］

何物繁茂那样美？乃是棠棣盛开花。何未雍容特华贵？王女嫁车人人夸。

何物繁茂那样美？如同桃李花儿鲜。她是平王乖孙女，她是齐侯好千金。

需拿何物去钓鱼？合成钓绳丝线纯。她是齐侯乖千金，她是平王好孙女。

《驺虞》解读

本诗短小精悍，描绘了猎人射杀野猪的场面，赞美了猎人的高超本领。在芦苇、杂草丛生的野外，猎人一箭射中了五头雌野猪，又一箭射中了五头小野猪，这虽然有些夸张，但让读者不由得佩服猎人的精湛射术。茁壮的芦苇与蒿草对应功夫精湛的猎人，环境与人的呼应在全诗表达得很清晰，从而让读者跟随猎人回归到原始的野外生存猎杀情景，语气间充满自信和豪迈。

zōu yú

驺虞

bā

彼茁者葭①，壹发五豝②。于嗟乎驺虞③！

zōng

彼茁者蓬④，壹发五豵⑤。于嗟乎驺虞！

［注释］

①茁：草木初生出来壮盛的样子。葭：初生的芦苇。②发：射箭出去。豝：雌野猪。③于嗟：感叹词。驺虞：指猎人。④蓬：蒿草。⑤豵：小野猪。

［译文］

片片芦苇多繁盛，一箭射中五雌猪，嘿嘿猎人真英雄！

片片飞蓬多繁盛，一箭又中五小猪，嘿嘿猎人真神勇！

邶风

《柏舟》解读

本篇是一位失意之人的内心独白。诗的开篇是一条小木舟在波涛汹涌的江里身不由己地随波逐流，象征着诗人所处的恶劣环境，同时也表明了诗人对此的愤怒与不满。从中我们可以看出，诗人的心性是高洁的，只不过所处的大环境是小人横行的官场。最后，诗人说出了他失意的根源：理想和抱负虽有，心性纵也高洁，但现实是“不能奋飞”。诗人通过文字表达，从而化解了先前种种的忧愁、悲愤，使跳跃、激昂的情绪回归静寂。所谓不平则鸣，当是这首诗的情结所在。

柏舟

汎（fàn）彼柏舟①，亦汎其流②。
耿耿不寐（mèi）③，如有隐忧④。
微我无酒⑤，以敖（áo）以游⑥。
我心匪鉴⑦，不可以茹⑧。
亦有兄弟，不可以据⑨。
薄言往愬⑩，逢彼之怒⑪。
我心匪石，不可转也。
我心匪席，不可卷也。
威仪棣棣⑫，不可选也⑬。
忧心悄悄⑭，愠于群小⑮。
觏闵（gòu mǐn）既多⑯，受侮不少⑰。
静言思之，寤辟有摽⑱。
日居月诸⑲。胡迭而微⑳？
心之忧矣，如匪浣衣㉑。
静言思之，不能奋飞。

《顾氏画谱》插图

[注释]

①汎：同“泛”，意思是在水面上漂浮。柏舟：柏木制成的小船。②流：水流

的中间。③耿耿：心中忧愁不安的样子。寐：睡着。④隐忧：内心深处的痛苦。⑤微：非，无，不是。⑥敖：同“遨”，出游。⑦匪：非、不是。鉴：镜子。⑧茹：容纳，包容。⑨据：依靠。⑩薄言：语气助词，无义。愬：同“诉”，告诉，倾诉。⑪逢：碰上、遇到。⑫威仪：庄严的容貌举止。棣棣：雍容娴雅的样子。⑬选：屈挠退让。⑭悄悄：心里忧愁的样子。⑮愠：心里动怒。群小：众多奸邪的小人。⑯觏：遭受。闵：痛苦、忧伤。⑰受侮：遭受侮辱。⑱寤：醒来。辟：同“僻”，意思是捶胸。摽：捶胸的样子。⑲居、诸：语气助词，没有实义。⑳胡：为什么。迭：更换，更动。微：昏暗无光。㉑如匪浣衣：就像没有洗衣服。

［译文］

双手划起柏木船，船儿漂荡水中流。心烦意乱难入眠，如同心中蓄深忧。

不是无酒来浇愁，也非不能去遨游。我心不是照面镜，不能美丑皆兼容。

虽然亦有亲兄弟，不能前往相依托。我向他们去诉说，他们怒把我数落。

我心不是小石头，不能随便来翻转。我心不是一张席，不能随意把它卷。

威仪端庄又娴雅，不能委屈退一边。我心忧愁甚不安，怨怒相加是奸人。

遭受忧患多又多，蒙受侮辱也不少。静心细细来思考，醒来拍胸气难消。

太阳月亮挂天上，为何轮番黑无光？心中烦恼有忧伤，好像没洗脏衣裳。

静心仔细来思量，不能奋力高飞翔。

《绿衣》解读

这首诗是一位丈夫为了悼念已故的妻子所作，感情真挚，充满悲伤，十分感人。诗中并没有直接描写妻子，而是直接描写了绿色的外衣和黄色的内衣，从对衣服的反复描写我们可以推断，这衣服很可能就是妻子亲手缝制的。睹物思人，心里怎能不悲伤，怎会不想念妻子以及往日的幸福生活？从诗句起伏、递进的节奏和情感表达，我们可以想象这份感情的真挚和哀伤。

绿衣

绿兮衣兮，绿衣黄里①。心之忧矣，曷维其已②！

绿兮衣兮，绿衣黄裳。心之忧矣，曷维其亡③！

绿兮丝兮，女所治兮④。我思古人⑤，俾无訧（yóu）兮⑥！

絺兮绤兮⑦，凄其以风⑧。我思古人，实获我心。

［注释］

①里：指在里面的衣服。②曷：何，怎么。维：语气助同，没有实义。已：止息，停止。③亡：用作“忘”，忘记。④女：同“汝”，你。治：纺织。⑤古人：故

人，这里指亡故的妻子。⑥俾：使。訧：同“尤”，过错。⑦絺：细葛布。绤：粗葛布。⑧凄：寒意，凉意。

［译文］

绿颜色啊绿上衣，绿上衣来黄内衣。睹物忧伤把妻思，忧思何时才能止！

绿颜色啊黄内衣，上衣绿色裙子黄。睹物忧伤把妻思，忧思何时才能止！

绿的颜色好细丝，你把衣裙来裁制。心中想念我亡妻，不会使我有过失！

细葛布啊粗葛布，穿它似觉秋风凉。心中想念我亡妻，事事称心我难忘。

《燕燕》解读

本诗以飞过天空的燕子起兴，描写一位国君送妹妹远嫁的情景。本诗很独特，全诗充满了忧伤的情调，没有一点喜气。该国君和妹妹的感情非常好，因此十分舍不得。在当时的社会环境下，妹妹远嫁之后再想见面是很困难的，因此会有一种哀伤悲凉之感，近乎生离死别。由此我们可以看出，这份兄妹、骨肉间的亲情是多么厚实、珍贵。在这里，昔日的情和今日的景互为促进，把诗的意境和场面拓展得十分开阔、辽远，读来深挚、至诚。

燕燕

燕燕于飞[①]，差池其羽[②]。之子于归，远送于野[③]。瞻望弗及[④]，泣涕如雨。

燕燕于飞，颉（jié）之颃（háng）之[⑤]。之子于归，远于将之[⑥]。瞻望弗及，伫立以泣。

燕燕于飞，下上其音[⑦]。之子于归，远送于南。瞻望弗及，实劳我心[⑧]。

仲氏任只[⑨]，其心塞渊[⑩]。终温且惠[⑪]，淑慎其身[⑫]。先君之思，以勖（xù）寡人[⑬]。

［注释］

①燕燕：指燕子啊燕子。于：助词，无实义。②差池：参差，长短不齐的样子。③远送于野：远远地送到郊野。④瞻望：远望。弗及：达不到。⑤颉：鸟飞向上。颃：鸟飞向下。⑥将：送。⑦下上其音：声音忽高忽低。⑧劳：使操劳。⑨仲：排行第二。氏：姓氏。任：信任。只：语气助词，没有实义。⑩塞：秉性诚实。渊：宽厚、博大。⑪终：既。⑫淑：善良。慎：小心、谨慎。⑬勖：勉励。

[译文]

长空燕儿双双飞，扬翅相随时上下。这个姑娘要出嫁，亲来送她到郊外。倩影远逝望不见，泪落如雨思念她。长空燕儿双双飞，扬翅相随忽上下。这个姑娘要出嫁，前往远处来送她。倩影远逝望不见，久立泪落思念她。长空燕儿双双飞，上下和鸣甚凄凉。这个姑娘要出嫁，远送南郊意凄凉。倩影远逝望不见，我心劳苦甚忧伤。二妹诚信能依靠，心地诚实思虑深。她既温柔又和顺，自身善良又谨慎。临别叮嘱勿忘君，她的劝勉记在心。

《日月》解读

主人公满腹的委屈、愤怒无处宣泄，没有人可以诉说，只好对着太阳、月亮倾诉。丈夫已经变了心，自己却没有办法去控诉丈夫的失德行为。这首诗的气势比较宏大，这对主人公感情的抒发起到了很好的衬托作用。太阳与月亮的永恒同自己丈夫行为的失德是很好的对比，突现了主人公的伤心和愤慨，同时内在暗藏着对一份真挚且永恒情感的期盼，其心性中的孤高由此可见一斑。诗的格局开阔，句子中情感的表达爱恨分明，语气坚决而又不失妩媚、温柔。

日月

日居月诸[①]，照临下土[②]。乃如之人兮[③]，逝不古处[④]。胡能有定[⑤]？宁不我顾[⑥]。

日居月诸，下土是冒[⑦]。乃如之人兮，逝不相好[⑧]。胡能有定？宁不我报[⑨]。

日居月诸，出自东方。乃如之人兮，德音无良[⑩]。胡能有定？俾(bǐ)也可忘[⑪]。

日居月诸，东方自出。父兮母兮，畜我不卒[⑫]。胡能有定？报我不述[⑬]。

日居月诸，东方自出

[注释]

①居、诸：语气助词，没有实意。②下土：在下面的地方，大地。③乃如：就像。之人：这样的人。④逝：语气词，没有实意。不：不能。古处：像从前那样相处。⑤胡：哪里、怎么。定：止，

停止，止息。⑥宁：岂，难道。顾：顾念，顾怜。⑦冒：覆盖，普照。⑧相好：和我交好。⑨报：理会，搭理。⑩德音：言辞动听。无良：行为不善。⑪俾：使。也：助词。⑫畜：同“慉”，意思是养育。卒：终，到底。⑬不述：指不遵循义理。述，循，依循。

[译文]

天上的太阳和月亮，光辉普照在大地上。至于提起你这个人，
不肯相处似从前。为何德行没有定准？竟然不肯去思念我。
天上的太阳和月亮，光照在四方大地上。至于提起你这个人，
不肯和我相来往。为何德行没在定准？一心爱你没回响。
天上的太阳与月亮，升高到蓝天在东方。至于提起你这个人，
言辞动听行不端。为何德行没有定准？使我也能把他忘。
天上的太阳和月亮，升至到东方蓝天上。我的父亲和母亲，
何不一生把我养。何时丈夫有定准？待我无道我心伤。

《终风》解读

这首诗是一个痴情怨女的内心独白。从诗中的描写我们可以得知女子喜欢的男人对她并不是真心喜欢，只是取乐，因此有难忍的愤怒与埋怨要倾诉。事实上女子也正是如此做的。一面埋怨，一面又喜欢，她那矛盾的心态展现得淋漓尽致。诗的最后一节写了环境，天上的乌云、隆隆的雷声、黑夜的孤独，这些都烘托了主人公复杂无奈的心情。全诗以风雨、雷暴、阴霾起兴，反映主人公所面对、所遭遇的情景，因而让人不由对那女子心生叹惋。

终风

终风且暴①，顾我则笑。谑(xuè)浪笑敖②，中心是悼③。

终风且霾(mái)④，惠然肯来⑤。莫往莫来，悠悠我思⑥。

终风且曀(yī)，不日有曀⑦。寤言不寐⑧，愿言则嚏(tì)⑨。

曀曀其阴，虺(huǐ)虺其雷⑩。寤言不寐，愿言则怀⑪。

终风且暴，顾我则笑

[注释]

①终……且：既……又。暴：大雨。②浪：放荡。敖：同“傲”。③中心：心中。悼：悲伤，痛苦。④霾：阴尘。⑤惠然：友好的样子。肯：愿意。⑥悠悠：忧思不已的样子。⑦不日：没有太阳。有：通“又”。⑧寤：醒。言：连词，而。⑨愿：思念，想念。⑩虺虺：雷声震动的样子。⑪怀：忧伤。

[译文]

疾风骤雨霎时起，丈夫见我笑嘻嘻。戏谑放荡把我欺，难忘心中伤心事。

风急雨骤太张狂，丈夫佯顺到身旁。他若不肯相来往，我又时时想起他。

风急天昏飞尘扬，霎时又见天昏昏。醒而不眠意沉沉，愿他想我打喷嚏。

尘土飞扬天昏昏，雷声滚滚满天响。醒而不眠意沉沉，露齿忍痛心忧伤。

《击鼓》解读

这首诗是战场上的一个普通小士兵的内心独白。该打的仗已经打完，可是长官不让回家，还要“我独南行”——即还要去南方打仗。士兵心里充满了对长官的愤慨，同时表达出对妻子的深深思念，可是未来却很不确定，打仗的日子还没有尽头，自己也随时可能战死，对未来很是担心。诗中把现实的残酷与内心的矛盾、担心描写得很深刻。士兵的柔情映衬着现实的悲哀，从而加深了我们对士兵生活的印象。那种动荡莫测的怅惘和恍惚，在“执子之手，与子偕老”的誓言中有着别样的悲壮和感动。

击鼓

击鼓其镗(tāng)①，踊跃用兵②。土国城漕(cáo)③，我独南行。

从孙子仲④，平陈与宋⑤。不我以归，忧心有忡(chōng)。

爰(yuán)居爰处⑥，爰丧其马。于以求之？于林之下。

死生契(qì)阔⑦，与子成说⑧。执子之手，与子偕老。

于嗟阔兮⑨，不我活兮。于嗟洵兮⑩，不我信兮⑪！

[注释]

①镗：击鼓的声音。②兵：刀枪等武器。③土国：为国家兴土功。④孙子仲：人名，统兵的主帅。⑤平：和好。⑥爰：语气助词，没有实义。⑦契阔：离散聚合。⑧成说：预先约定的话。⑨于嗟：感叹词。阔：远离。⑩洵：远。⑪信：实践、履行。

[译文]

击起战鼓咚咚响，手持武器奔沙场。宁肯修城在都漕，随军南征不曾想。

跟随统帅孙子仲，联合盟国陈和宋。不愿让我回卫国，致使我忧心忡忡。

军队留驻在何方，战马丢失在何乡。何地寻找那失马？就在树林正中央。

一同生死不分离，我们早已立誓言。拉着你的一双手，白头偕老是我愿。

哀叹你我相离远，没有缘分相会合。哀叹你我相离远，无法坚定守信约！

《凯风》解读

这首诗描写了母爱的伟大与子女的自责和惭愧。全诗使用的是对比手法，将母爱的博大、美好与儿女的深深自责进行对比。对于母爱，并没有直接去写，而是采取了象征手法，把母爱比作了和煦的南风、清澈的泉水，突出了“孝顺”的主题。借助万物生长的意象，整首诗把对母爱的称颂和感激完整、形象地表达出来，同时让我们看到作为子女因无所报答而由衷地愧疚，从而使母亲和孩子融合在彼此相敬相依的温暖情感里。

凯 风

凯风自南①，吹彼棘(jí)心②。棘心夭夭③，母氏劬(qú)劳④。

凯风自南，吹彼棘薪。母氏圣善，我无令人⑤。

爰有寒泉，在浚之下⑥。有子七人，母氏劳苦。

睍睆(xiànhuǎn)黄鸟⑦，载好其音。有子七人，莫慰母心。

[注释]

①凯风：催生万物的南风。②棘：酸枣树。③夭夭：茁壮茂盛的样子。④劬：辛苦。⑤令：善，美好。⑥浚：卫国的地名。⑦睍睆：鸟儿婉转清和的声音。

棘，《诗经集传》插图

[译文]

暖风由南吹过来，轻轻吹那枣树苗。苗儿日日长得旺，老娘时时付辛劳。

暖风由南吹过来，吹得枣树成了柴。老娘爱子甚贤明，我们个个不成材。

寒泉之水可浇苗，浚邑城下尽流淌。一生养了七个儿，老娘至今劳苦忙。

黄莺婉转相鸣叫，尽心唱出悦耳音。一生养了七个儿，没人安慰老娘心。

《雄雉》解读

这首诗描写的是一位妇女对出征在外的丈夫的深切思念。诗中的环境描写起到了衬托主人公心情的作用。此时妇女与丈夫相隔很远，对于丈夫很是思念，对于丈夫的状况也很是担心。最后一节对所谓君子的深刻痛斥直接而生动地表现了对丈夫的记挂，情感发展到了热烈的高潮，是种赤裸裸的宣泄和表达。

雄雉

雄雉于飞①，泄(yì)泄其羽②。我之怀矣，自诒(yí)伊阻③？

雄雉于飞，下上其音。展矣君子④，实劳我心？

瞻彼日月，悠悠我思。道之云远，曷云能来⑤？

百尔君子⑥，不知德行。不忮(zhì)不求⑦，何用不臧⑧？

[注释]

①雉：野鸡。②泄泄：慢慢飞的样子。③诒：同“贻”，遗留。伊：语气助词，没有实义。阻：隔离。④展：诚实。⑤云：语气助词，没有实义。⑥百：全部，所有。⑦忮：嫉妒。求：贪心。⑧臧：善，好。

[译文]

雄性野鸡在翱翔，双翅缓缓飞远方。我的心中把他想，独留阻隔心忧伤？

雄性野鸡在翱翔，歌声高低甚悠扬。丈夫远行真劳苦，能不苦苦把他想？

远望太阳与月亮，思夫之情悠悠长。道路相离太遥远，何时他能归故乡？

天下男人都一样，不知修养德和行。不去害人不求富，想做何事能不成？

《匏有苦叶》解读

本诗描写的是一位少女在河边焦急地等待自己喜欢的男子到来的情景。叶子已经枯黄，河水正在上涨，人们都已过河，暗示时间已是深秋。情郎还没有来，自己等得更加焦急。诗中眼前的情景与女子的内心活动相照应，成为本诗的一个特点。在情感的带动下，景物描写由开始的细致逐渐转为疏淡，最后只剩自己一个人，这种配合的贴切巧妙显示了作者对人物心理的娴熟把握。

匏(páo)有苦叶

匏有苦叶①，济有深涉②。深则厉③，浅则揭④。

有瀰济盈⑤，有鷕(yǎo)雉鸣⑥。济盈不濡轨⑦，雉鸣求其牡。

yōng dài pàn
雝雝鸣雁⑧，旭日始旦。士如归妻，迨冰未泮⑨。

áng
招招舟子⑩，人涉卬否⑪。人涉卬否，卬须我友⑫。

[注释]

①匏：葫芦，挖空后可以绑在人身上漂浮渡河。②济：河的名称。涉：可以踏着水渡过的地方。③厉：穿着衣服渡河。④揭：牵着衣服渡河。⑤瀰：水满的样子。盈：满。⑥鷕：雌野鸡的叫声。⑦不：语气助词，没有实义。濡：被水浸湿。轨：大车的轴头。⑧雝雝：鸟和谐的叫声。⑨迨：及时。泮：冰已融化。⑩招招：船摇动的样子。舟子：摇船的人。⑪卬否：我不愿走。卬，我。⑫友：指爱侣。

匏，《诗经集传》插图

[译文]

葫芦成熟叶儿黄，济河渡口河水涨。水深穿着衣裳过，水浅提裳将河蹚。

济河水满白茫茫，野鸡鸣叫声啾啾。水满未过车轴头，野鸡鸣叫急求偶。

大雁和鸣相呼叫，朝阳初升天已亮。哥若有情把我娶，要趁冰雪尚未化。

船夫摇桨摆渡船，有人渡河我不过。有人渡河我不过，耐心等我情哥来。

《谷风》解读

这是一位遭丈夫遗弃的女子所唱的悲歌。全诗充满了该女子的委屈与悲苦，催人泪下。女子和丈夫同甘共苦，一路走来，如今丈夫变心，抛弃自己，自己怎能不委屈、不流泪？同时，这位女子也在规劝丈夫，希望他醒悟，眷恋一下旧情。诗中往事的详细描述是对自己的怜惜，更是对丈夫薄情寡义的揭示，然而女子的善良终究敌不过残酷的现实，她的希望在我们看来全无价值，所以诗的凄楚哀伤其实正是诗人对这位美好女子的境遇所寄予的深刻同情。

谷风

mǐn
习习谷风①，以阴以雨。黾勉同心②，不宜有怒。

fēng
采葑采菲③，无以下体④。德音莫违⑤，及尔同死。

jī
行道迟迟⑥，中心有违⑦。不远伊迩⑧，薄送我畿⑨。

谁谓荼(tú)苦⑩，其甘如荠(jì)⑪。宴尔新婚⑫，如兄如弟。
泾以渭浊⑬，湜(shí)湜其沚⑭。宴尔新婚，不我屑以⑮。
毋逝我梁⑯，毋发我笱(gǒu)⑰。我躬不阅⑱，遑(huáng)恤我后⑲。
就其深矣，方之舟之⑳。就其浅矣，泳之游之。
何有何亡，黾勉求之。凡民有丧㉑，匍匐救之㉒。
不我能慉(xù)㉓，反以我为雠(chóu)㉔。既阻我德㉕，贾用不售㉖。
昔育恐育鞫(jū)㉗，及尔颠覆㉘。既生既育，比予于毒㉙。
我有旨蓄㉚，亦以御冬。宴尔新婚，以我御穷。
有洸(guāng)有溃㉛，既诒(yí)我肄㉜。不念昔者，伊余来塈(jì)㉝。

[注释]

葑，《诗经集传》插图

①习习：暖和舒适的样子。谷风：山谷里来的风。②黾勉：努力，勤奋。③葑、菲：蔓菁、萝卜一类的菜。④无以：不用。下体：根部。⑤德音：指夫妻间的誓言。违：背，背弃。⑥迟迟：缓慢的样子。⑦中心：心中。违：恨，怨恨。⑧伊：是。迩：近。⑨薄：语气助词，没有实义。畿：门槛。⑩荼：苦菜。⑪荠：荠菜，味甜。⑫宴尔：安乐。⑬泾：泾水，其水清澈。渭：渭水，其水浑浊。⑭湜湜：水清见底的样子。沚：止，沉淀。⑮不我屑以：不愿意同我亲近。⑯梁：河中为捕鱼垒成的石堤。⑰发：打开。笱：捕鱼的竹笼。⑱躬：自身。阅：容纳。⑲遑：空闲。恤：忧，顾念。⑳方：用木筏渡河。舟：用船渡河。㉑丧：灾祸。㉒匍匐：爬行。这里的意思是尽力而为。㉓慉：好，爱。㉔雠：同“仇”。㉕阻：拒绝。㉖贾：卖。不售：卖不掉。㉗育恐：生活在恐惧中。育鞫：生活在贫穷中。㉘颠覆：艰难，患难。㉙毒：害人之物。㉚旨蓄：储藏的美味蔬菜。㉛洸：粗暴。溃：发怒。㉜既：尽。诒：遗留，留下。肄：辛劳。㉝伊：惟，只有。余：我。来：语气助词，没有实义。塈：爱。

[译文]

山谷大风不停止，天阴下雨不放晴。勤勉持家心向你，不该发怒不停止。

采摘蔓菁和萝卜，不要舍弃那根茎。情语婚约莫背弃，发誓与你同死生。
走在路上慢悠悠，心里愁多不欢喜。不求远送望近送，你只送到门槛里。
谁说荼菜苦又苦，我来品尝甜如荠。你俩新婚多快乐，就像一对亲兄弟。
渭水入泾泾水浊，渭若静止清见底。你俩新婚多欢乐，竟然不肯把我理。
新人莫上我鱼梁，莫开水塘里鱼篓。自身既不被容纳，谁还顾到我后代。
走向深深大水中，可以坐筏到对岸。走进浅浅小水中，可以游泳至对面。
东西无论有没有，我都努力来搜求。大凡邻居有祸殃，我都竭力补救全。
你竟不肯把我爱，视同仇人来相待。我的挚爱你拒绝，就像卖货难甩开。
从前有病又穷困，同你艰难日月挨。待到生儿和育女，视我如毒抛门外。
我有一些储藏菜，冬天缺菜端上来。你们新婚多欢快，防御穷困把我派。
暴怒异常把我待，苦累活儿我担待。丝毫不想往日爱，你思我爱一场空。

《式微》解读

天色已晚，家人盼望你回家，为何还不回家？因为要给那些有权有势的人干活！没日没夜地干活，风餐露宿，不管泥泞跋涉。全诗短小精悍，感情强烈，充满了穷苦人民的愤懑和埋怨。一方面是君王的无情无义，另一方面是劳苦人民的辛勤困顿。全诗通过第三者之口，采用一问一答的形式把统治者与劳苦人民双方的性格特征都表露出来了，深化了劳苦人民对统治阶级的不满。

式 微

式微式微①，胡不归②？微君之故③，胡为乎中露④！

式微式微，胡不归？微君之躬⑤，胡为乎泥中！

式微式微，胡不归

[注释]

①式：语气助词，没有实义。微：幽暗不明。②胡：为什么。③微：非，不是。故：为了某事。④中露：露中，露水之中。⑤躬：本身、自己。

[译文]

天已黑啊天已黑，为何不能把家还？若是不为君王事，何须奔波沾露水！

天已黑啊天已黑，为何不能把家还？若非供养君王他，何须忙碌沾泥水！

《旄丘》解读

这首诗描写了黎国人民遭受苦难，流离失所，而卫国并不相援救，因此黎国人民发出呼声，谴责卫国。全诗以叔伯的相称起兴，表达出黎国人民对卫国的期盼。然而殷切的期盼并没有换来相应的救助，是有什么原因呢？其实不然。全诗把黎国人民对卫国的尊重和信赖与卫国的无动于衷相对比，表达了对卫国的蔑视和讥讽。此外，另一说此诗是一位妇女被丈夫遗弃所作，心中充满悲伤与声讨。

旄（máo）丘

旄丘之葛兮①，何诞之节兮②？叔兮伯兮③，何多日也④？

何其处也⑤？必有与也⑥。何其久也？必有以也⑦。

狐裘蒙戎⑧，匪车不东。叔兮伯兮，靡所与同⑨。

琐兮尾兮⑩，流离之子⑪。叔兮伯兮，褎（xiù）如充耳⑫。

[注释]

①旄丘：前高后低的土山。②何诞之节兮：它的枝节为什么那么长？何，为什么。诞，长。③叔：同辈中的年少者。伯：同辈中的年长者。④多：增加、延长。⑤何：为何。其：助词，无义。处：居住。⑥必有与也：想必有新欢。⑦以：原因、蹊跷。⑧蒙戎：纷乱之状。⑨靡：没有谁。同：在一起。⑩琐、尾：年轻、漂亮的样子。⑪流离：黄莺。⑫褎：美盛的样子。充耳：把耳朵塞住。

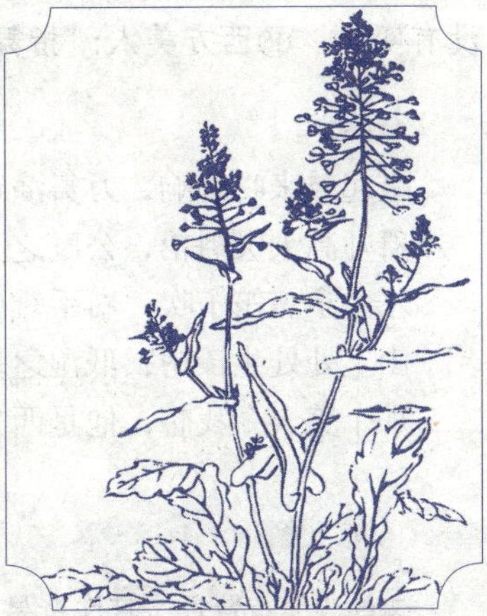

苓，《诗经集传》插图

[译文]

葛藤生于高丘上，为何藤蔓悠悠长？我的小弟和大哥，为何久不回故乡？

为何安居不出门？你们必然有新欢。为何许久不回还？必定有因在其中。

身穿狐裘毛茸茸，你们行车不往东。我的小弟和大哥，咱们所思不相同。

既年轻来又漂亮，小小黄莺令人爱。我的小弟和大哥，服饰美盛垂充耳。

《简兮》解读

这首诗写的是一位女子对一位跳舞的男子的爱慕。该男子是表演舞蹈的伶人，他的舞蹈雄健有力、气势豪迈，很有阳刚之气，令这位女子喜欢不已。男子身材高大、神采奕奕，是西国的才俊。从诗中我们可以体会当时舞蹈的特色，也可以想象当时隆重的宗庙祭祀及庆典。

简兮

简兮简兮①，方将万舞②。日之方中③，在前上处④。

硕人俣(yǔ)俣⑤，公庭万舞⑥。有力如虎，执辔(pèi)如组⑦。

左手执籥(yuè)⑧，右手秉翟(dí)⑨。赫如渥(wò)赭(zhě)⑩，公言锡(xī)爵(jué)⑪。

山有榛(zhēn)⑫，隰(xí)有苓(líng)⑬。云谁之思⑭，西方美人⑮。

彼美人兮，西方之人兮。

［注释］

①简：鼓声。②方将：将要。万舞：一种大规模的舞蹈，分为文舞、武舞两部分。③方中：正中。④在前上处：在行列前方。⑤硕人：身材高大魁梧的人。俣俣：大而美的样子。⑥公庭：国君朝堂之庭。⑦辔：马缰绳。组：用丝织成的宽带子。⑧籥：古时一种乐器的名称。⑨秉：持。翟：野鸡尾巴的毛。⑩赫：红色。渥：厚。赭：红褐色的土。⑪公：指卫国国君。锡：赐。爵：古时的酒器。⑫榛：树名，一种落叶乔木，果仁可食。⑬隰：低湿的地方。苓：药名。⑭云：语气词，没有实义。⑮西方美人：指舞师。

［译文］

敲起鼓来咚咚响，万舞演员来登场。正午太阳当空照，舞师领队在前方。
舞师高大又魁梧，公庭之上演万舞。他的力大似猛虎，手握缰绳像丝组。
左手拿着笛子吹，右手雉尾尽情扬。脸庞红光像染色，卫君命令把酒赏。
山上处处生榛树，低湿之地苓草长。我的心里思念谁，西方美人生得棒。
那个美人令我想，他是西方好儿郎。

《泉水》解读

这首诗很有背景，其作者是卫国的许穆夫人。许穆夫人被认为是世界上第一位女诗人。她远嫁他乡，怀念祖国，这首诗就是她为怀念故土所作。诗中有现实情况，亦有想象之景，感情强烈，表达了对故土的担忧和深切思念。诗以泉水为引，带动思乡，既表明这份情感的真实，又显示出主人公对泉水、故土的依恋和热爱。

泉水

毖(bì)彼泉水①，亦流于淇(qí)②。有怀于卫，靡日不思③。

娈(luán)彼诸姬④，聊与之谋。出宿于泲⑤，饮饯于祢(mí)⑥。

女子有行[7]，远父母兄弟。问我诸姑，遂及伯姊[8]。

出宿于干[9]，饮饯于言[10]。载脂载舝[11]，还车言迈[12]。

遄（chuán）臻于卫[13]，不瑕（xiá）有害[14]。我思肥泉[15]，兹之永叹[16]。

思须与漕（cáo）[17]，我心悠悠。驾言出游，以写我忧[18]。

[注释]

①毖：泉水流淌的样子。②淇：河的名称。③靡：无。④娈：美好的样子。诸姬：随嫁的姬姓女子。⑤泲：地名，即济水。⑥饯：饯行。祢：地名。⑦有行：出嫁。⑧伯姊：大姐。⑨干：地名。⑩言：地名。⑪载：语气助词，没有实义。脂：涂在车轴上的油脂。⑫还车：掉转车头。还，返回，回转。迈：行。⑬遄：迅速。臻：至，到达。⑭不瑕：不无，不何。⑮肥泉：卫国的水名。⑯兹：滋，更加。⑰须、漕：都是卫国地名。⑱写：用作“泻”，意思是宣泄。

《诗余画谱》插图

[译文]

泉水湍急在流淌，流进淇河浩荡荡。怀念卫国欲回家，没有一日不曾念。

美丽姬家女亲眷，且与她们来相商。出嫁头宿住济水，饮酒饯行在祢邑。

女子一旦要成婚，远离父母与兄弟。问候我的姑姑们，还向大姐表心意。

归家投宿住干邑，饮酒饯行就在言。油脂涂车安好轴，我回娘家车头转。

赶紧回到卫国去，又有什么妨害呢。我心思念那肥泉，日益长叹心烦忧。

还有须地与漕邑，心中常常来思念。驾起车儿去游玩，借以消忧寻心欢。

《北门》解读

这首诗描写的是一个官职卑微的小官员的倾诉。他在官场上不得志，公差一个接着一个，回到家也很不如意。因此，满腹牢骚宣泄而出。公事、家事都是如此，小官员在发牢骚中也充满了无奈，认为这是“天实为之”，而自己也没有办法。细读全诗，体会诗中主人公的语气、措辞，一位生动的小差吏的形象跃然而出，虽满腹牢骚，但十分真实、可爱。

北 门

出自北门，忧心殷殷①。终窭(jù)且贫②，莫知我艰。

已焉哉③！天实为之，谓之何哉！

王事适我④，政事一埤(pí)益我⑤。我入自外，室人交徧(biàn)谪(zhé)我⑥。

已焉哉！天实为之，谓之何哉！

王事敦我，政事一埤遗我。我入自外，室人交徧摧我⑦。

已焉哉！天实为之，谓之何哉！

[注释]

①殷殷：忧伤的样子。②窭：贫寒。③已焉哉：算了吧。④王事：王室的差事。适：掷，扔。⑤一：完全。埤益：增加。⑥交：普遍。徧：同“遍”。谪：责备。⑦摧：讽刺，嘲讽。

[译文]

我由北门走出来，满怀忧伤无可言。我家生活太贫困，有谁知道这艰难。
算了吧！上天如此来安排，我们完全无奈何！
君王之事抛给我，政事全部交给我。我从外面回家来，家人一起责备我。
算了吧！上天如此来安排，我们完全无奈何！
君王之事逼我做，政事全部交与我。我从外面回家来，家人全部讽刺我。
算了吧！上天如此来安排，我们完全无奈何！

《北风》解读

这首诗歌颂了美丽的爱情，情人相爱愿在风雪严寒中一同归去。全诗采用了对比的手法，北风凛冽，大雪纷飞，可是严酷的环境抵挡不住火热的爱情，相爱的人不顾一切，想在风雪中牵手，一同回家。诗人感情强烈，敢爱敢恨以及为爱不怕艰苦、共同跋涉的精神很能感染读者。全诗的节奏、问答很好地配合和衬托了这种毫无畏惧的场面和情景，给人以深刻印象。

北 风

北风其凉①，雨雪其雱(páng)②。惠而好我③，携手同行。

其虚其邪④，既亟只且⑤！

北风其喈⑥，雨雪其霏⑦。惠而好我，携手同归。

其虚其邪，既亟只且！

莫赤匪狐[8]，莫黑匪乌[9]。惠而好我，携手同车。

其虚其邪，既亟只且！

[注释]

①凉：冰冷刺骨。②雱：雪大的样子。③惠：依赖、信任。好：喜欢。④其：助词，无义。虚、邪：舒缓的样子。⑤亟：急。只且：语气词。⑥喈：快的样子。⑦霏：雨雪纷飞。⑧莫：无。赤：红色。匪：通“非”，不。狐：狐狸。⑨乌：乌鸦。

[译文]

北风吹啊天气凉，雪花满天纷扬扬。喜欢我的人儿呀，携手同行远逃亡。

欲逃且勿慢悠悠，形势危急甚紧张！

北风吹来呼呼响，大雪漫天纷扬扬。喜欢我的人儿呀，携手同归到他乡。

欲逃且勿慢悠悠，形势危急甚慌张！

天下狐狸一般赤，天下乌鸦一般黑！喜欢我的人儿呀，携手逃奔不须归。

欲逃且勿慢悠悠，形势危急甚紧张！

《静女》解读

这首诗描写的是一对青年男女约会的情景。本诗的场景描写十分美丽，从等待、见面到约会都透露着美感，给人的感觉很像是初恋。在初恋的情人眼里一切都是美好的，那种对美好情感的期待和想象赋予它周围相关事物以无限的生机和活力，全诗很好地描绘和表达了这层内在的含义，借此我们仿佛看到一个温柔女孩和一个纯真少年俏丽活泼的姿态。

静女

《唐诗画谱》插图

静女其姝[1]，俟(sì)我于城隅[2]。爱而不见[3]，搔首踟蹰(chí chú)[4]。

静女其娈，贻我彤(tóng)管[5]。彤管有炜(wěi)[6]，说怿(yuè yì)女美[7]。

自牧归荑[8]，洵(xún)美且异[9]。匪女之为美，美人之贻。

[注释]

①静：娴雅贞洁。姝：美好的样子。②城隅：城角。③爱：隐藏。④踟蹰：心思不定，徘徊不前。⑤贻：赠。彤管：指红管草。⑥炜：红色的光彩。⑦说怿：喜悦。⑧牧：旷野，野外。归：赠送。荑：一种香草，男女相赠表示结下爱情。⑨洵：信，实在。异：奇特，别致。

[译文]

娴静姑娘真艳丽，久立城角等我来。姑娘藏身不露面，心急挠头我徘徊。

娴静姑娘真娇美，赠我彤管表深情。彤管美丽有光泽，爱它美艳特真诚。

郊外归来赠白茅，白茅美丽惹人爱。不是白茅它美丽，因为是那美人赠。

《新台》解读

这首诗反映了卫宣公的荒淫无道。本来是他的儿子娶妻，但当他得知该女子很漂亮的时候，就赶忙派人在河中筑台，将新娘半路截下，据为己有。本诗的感情色彩很鲜明，说明卫宣公的行为已经痛失民心。全诗以新鲜气派的新台为兴，配以浩荡苍茫的河水，情景可谓优美，但在卫宣公丑陋、无耻的行径下所有景色大失其色，变成对卫宣公极大的讽刺和嘲讽。

新台

新台有泚(cǐ)①，河水弥弥②。燕婉之求③，籧篨(qú chú)不鲜④。

新台有洒(cuǐ)⑤，河水浼浼(měi)⑥。燕婉之求，籧篨不殄(tiǎn)⑦。

鱼网之设⑧，鸿则离之⑨。燕婉之求，得此戚施⑩。

[注释]

①泚：鲜明的样子。②弥弥：水满的样子。③燕婉：高尚、美好。求：同“逑”伴侣。④籧篨：长着鸡胸的丑八怪。鲜：鲜艳、漂亮。⑤洒：高大气派。⑥浼浼：碧波荡漾。⑦殄：和善。⑧鱼网之设：宾语前置句，即设置渔网。⑨鸿：蛤蟆。离：碰到，撞进。之：指代鱼网。⑩戚施：驼背的人。

[译文]

新台新鲜又气派，河水满溢波荡漾。想嫁和顺好男子，鸡胸驼背成新郎。

新台新鲜而气派，河水之上水茫茫。想嫁和顺好男子，鸡胸驼背成新郎。

撒下渔网要捕鱼，蛤蟆不料钻进网。想嫁和顺好男子，驼背病人成新郎。

《二子乘舟》解读

本诗写的是孩子驾舟远行，做父母的便开始为孩子的安全担心。本诗很短小，只有两节，但其中的感情表达得十分强烈。小船悠悠无所顾忌地渐渐远去，母亲的心充满挂牵，却只能在心里为孩子默默地祈祷祝福。另有一说是：卫宣公的两个儿子由于相争而死，人民伤之，因而作诗来表示对宣公的抗议，也表达了对死者的哀思。

二子乘舟

二子乘舟，泛泛其景①。愿言思子②，中心养养③。

二子乘舟，泛泛其逝④。愿言思子，不瑕有害⑤。

[注释]

①泛泛：船在水中行走的样子。景：同“憬”，远行的样子。②愿：思念的样子。言：语气助词，没有实义。③中心：心中。养养：忧愁不定的样子。④逝：往。⑤不瑕：该不会。

[译文]

兄弟两人乘小船，漂漂荡荡走远方。深深怀念把他想，心中不安很忧伤。

兄弟两人乘小船，漂漂荡荡奔远方。深深怀念把他想，不至遭遇那祸殃。

二子乘舟，泛泛其景

鄘风

《柏舟》解读

这首诗感情抒发得十分到位，女主人公在诗中表达了她对爱情的忠贞至死不渝，同时也对母亲的反对态度进行了抗议。该诗的起兴很形象，在包办婚姻制度下，该女子就像随水漂流的小舟一样任人摆布，对于爱情、对于婚姻完全处于被动地位。因此，本诗也是对古代那种不自由的婚姻爱情观的批判。

柏舟

泛彼柏舟，在彼中河①。髧(dàn)彼两髦(máo)②，实维我仪③。

之死矢靡它④。母也天只⑤，不谅人只⑥！

泛彼柏舟，在彼河侧。髧彼两髦，实维我特⑦。

之死矢靡慝⑧。母也天只，不谅人只！

[注释]

①中河：河中。②髧：头发下垂的样子。两髦：古时未成年男子的发式，头发向两边分流。③实：是。维：为。仪：配偶。④之：到。矢：誓。靡：无。⑤也、只：语气词，没有实义。⑥谅：相信。⑦特：配偶。⑧慝：改变，变心。

[译文]

双手划动柏木船，河中自由来漂荡。两髦下垂好儿郎，他是我的好对象。

死不移情把他想。啊呀母亲和老天，不肯体谅我衷肠！

双手划动柏木船，自由漂荡河那边。两髦下垂好儿郎，是我未来新郎官。

死不变心把他恋。高喊母亲和苍天，不肯体谅我心愿！

《墙有茨》解读

这首诗是对卫国朝廷中荒淫无道的行为、风气的强烈批判。朝廷中的丑闻数不胜数，但诗中并没有直接举例进行批判，而是采取了侧面描写，以没办法说出口进行暗示，表达出人民的强烈厌恶。全诗从小到大，把宫廷种种丑闻一一涵盖进来，并以夸张而写实的手法生动地对这些丑闻加以讽刺、抨击，语气中不乏冷静、审慎，体现出人民的智慧和精神。

墙有茨

墙有茨(cí)①，不可扫也②。中冓(gòu)之言③，不可道也。所可道也，言之丑也。

墙有茨，不可襄也④。中冓之言，不可详也⑤。所可详也，言之长也。

墙有茨，不可束也⑥。中冓之言，不可读也⑦。所可读也，言之辱也⑧。

[注释]

①茨：蒺藜，草本植物，果实有刺。②扫：除去。③中冓：宫室内部。④襄：消除。⑤详：详细讲述。⑥束：捆扎。⑦读：宣扬。⑧辱：羞辱，耻辱。

[译文]

墙头上面长蒺藜，不能把它尽扫除。宫廷里面私房话，不能把它尽说完。如果能够说出来，那话丑陋太粗俗。

墙头上面长蒺藜，不能将它全扫除。宫廷里面私房话，不能详细来张扬。如果能够详尽说，那话一定要很长。

墙头上面长蒺藜，不能捆起一扫光。宫廷里面私房话，不能反复来张扬。如果能够反复说，定感羞辱使人伤。

茨，《诗经集传》插图

《君子偕老》解读

本诗描写了一位古代贵妇人的美丽容貌和她的华贵服饰，看似赞扬她的美丽与端庄，其实恰恰相反，“子之不淑”一语道破，说明这位贵妇人品德不好，不善良、不贤淑。因此，讽刺才是本诗的主旨所在。一说该诗描述的是卫宣公的夫人宣姜，人们讽刺她的行为放荡。除去讽刺意味，诗中对这位贵妇人的描述可谓精彩、细致，美丽绝伦。

君子偕老

君子偕老①，副笄（jī）六珈（jiā）②。委委佗（tuó）佗③，如山如河，象服是宜④。子之不淑，云如之何？

玼（cǐ）兮玼兮⑤，其之翟也⑥。鬒（zhěn）发如云⑦，不屑髢（dí）也⑧。玉之瑱（tiàn）也⑨，象之揥（tì）也⑩，扬且之皙（xī）也⑪。胡然而天也⑫！胡然而帝也⑬！

瑳（cuō）兮瑳兮⑭，其之展也⑮。蒙彼绉絺⑯，是绁袢（xiè pàn）也⑰。子之清扬⑱，扬且之颜也⑲。展如之人兮⑳，邦之媛也㉑！

委委佗佗，如山如河

［注释］

①偕：一起，共同。②副：妇人的一种首饰。笄：用来盘发的簪子。六珈：笄饰。③委委佗佗：华贵大方。④象服：带有花纹图案的礼服。宜：恰当，得体。⑤玼：鲜艳夺目。⑥翟：画着野鸡彩绘的衣服。⑦鬒：黑发。⑧髢：假发。⑨瑱：耳旁的垂玉。⑩象之揥：象牙簪。⑪扬：额（宽）。皙：（肤）白。⑫胡：为什么。然：这样。天：天然美丽。⑬帝：高贵，端庄。⑭瑳：玉色鲜明洁白。⑮展：诚。⑯蒙：披，罩。绉絺：都是细麻布。⑰绁袢：贴身的内衣。⑱子：贵妇。清扬：眉目清秀。⑲颜：容貌。⑳展：的确。如：象。之人：这个人。㉑邦：国家。媛：美人。

［译文］

她是丈夫终生伴，头戴发髻金玉簪。举止端庄仪态美，
庄重深沉似河山，穿起礼服身份显。她的品行太丑恶，
还有何话可以说？华丽鲜明真高贵，绣雉礼服穿身上。
头发如同乌云黑，假髻无须戴头间。美玉充耳垂耳边，
象牙簪子真漂亮，眉宇宽阔白肤现。何似美丽天仙般！
何似天神降人寰！华丽鲜亮真显贵，白纱礼服身上穿。
上罩薄薄细纱衣，贴身内衣在里边。清秀美丽有气质，
眉宇宽阔美容颜。确实就像这个人，倾城美人多娇艳！

《桑中》解读

这首诗写的是一对青年男女约期幽会的情景。全诗生动优美，流畅明快。诗中对情景的描写、地点的引入以及女子的出现，都顺着情感脉络徐徐道来。诗句明了、简洁、大方，表现了当时人们感情追求的自由和抒放。从诗中的景物描写和女子心态的描写可以看出，两人间的爱情是很浪漫的，从而体现了爱情的美好。

桑中

爰采唐矣①？沬之乡矣②。云谁之思③？美孟姜矣。

期我乎桑中④，要（yāo）我乎上宫⑤，送我乎淇之上矣。

爰采麦矣⑥？沬之北矣。云谁之思？美孟弋矣。

期我乎桑中，要我乎上宫，送我乎淇之上矣。

爰采葑矣⑦？沬之东矣。云谁之思？美孟庸矣。

期我乎桑中，要我乎上宫，送我乎淇之上矣。

［注释］

①爰：于何，在哪。唐：一种野菜。②沬：沬城，卫国的一座城市。③云谁之思：思谁，想念哪个人。云：助词，无义。之：代词，于动词前复指前置宾语。④期：约定时间。⑤要：同“邀”，邀请。⑥麦：麦子。⑦葑：蔓草，可食。

［译文］

什么地方采野菜？就在沬邑那地方。我的心中把谁想？
姜家大姐真美丽。约我幽会桑林中，邀我相会在上宫，
送我直到淇水上。收获麦子在何方？沬邑北边好地方。
我的心中把谁想？弋家大姐真漂亮。约我幽会桑林中，
邀我相会在上宫，送我直到淇水上。采割葑菜到何方？
沬邑东边好去处。我的心中把谁想？庸家大姐真好看。
约我幽会桑林中，邀我相会在上宫，送我直到淇水上。

《鹑之奔奔》解读

这首诗是卫国人民为了讽刺卫公子顽和宣姜而作。宣姜为卫宣公的夫人，但她不顾礼义廉耻，和公子顽私通，卫国人民知道了这件事情，感到十分愤怒。诗的前半部分讽刺了公子顽，后半部分讽刺了宣姜。其中，对比强烈，鹌鹑与喜鹊，流氓与兄长，娼妇与国母等都很鲜明，表达了人民对这一事件的强烈讽刺。

鹑(chún)之奔奔

鹑之奔奔①，鹊之彊彊②。人之无良③，我以为兄④。
鹊之彊彊，鹑之奔奔。人之无良⑤，我以为君⑥。

［注释］

①鹑：鹌鹑。奔奔：雌雄一起飞的样子。②鹊：喜鹊。彊彊：同“奔奔”。③人：指公子顽。良：品行高尚。④兄：兄长。⑤人：此处特指宣姜。⑥君：小君，是春秋时对国君夫人的敬称。

［译文］

鹌鹑成双相随飞，喜鹊成对来飞翔。公子品德实在坏，我得称他为兄长。
喜鹊成对来飞翔，鹌鹑成双相飞翔。宣姜品德真是糟，我得称她为小君。

《定之方中》解读

这首诗描写了卫国战后重建家园的场面。诗的前两节描写了具体的重建场面，如大兴农业、繁殖六畜、克勤克俭等；第三节写到了卫文公的为人，说他正直、务实、深谋远虑。本诗格调淳朴，体现出卫国人民对于战后重建的乐观态度，同时表达了他们对未来的美好憧憬以及对自己的国君卫文公的爱戴。

定之方中

定之方中①，作于楚宫②。揆之以日③，作于楚室④。
树之榛栗⑤，椅桐梓(zǐ)漆⑥，爰伐琴瑟⑦。
升彼虚矣⑧，以望楚矣。望楚与堂⑨，景山与京⑩。
降观于桑⑪，卜云其吉⑫，终然允臧⑬。
灵雨既零⑭，命彼倌人。星言夙驾⑮，说于桑田⑯。
匪直也人⑰，秉心塞渊⑱，騋(lái)牝三千⑲。

［注释］

①定：定星，星宿名，俗称营室星。方中：天的正当中。②作于楚宫：在楚丘营建宫庙。作，营建。于，在。楚，楚丘。宫，宫庙。③揆：度，测量。以日：用太阳的影子。④室：居室，房屋。⑤树：作动词，种树。榛栗：榛和栗两种树。⑥椅桐梓漆：四种不同的树木。⑦琴瑟：乐器。⑧升：登上。虚：

废墟。⑨堂：地名，位于楚丘旁。⑩景山：大山。京：高岭。⑪降：从上往下走。观：查看。⑫卜：算卦的人。⑬终然：结果。允臧：的确很好。⑭灵雨：好雨。既：已经。零：飘落，降下。⑮星：晴。夙：早。⑯说：通“税”，休息。⑰匪：“彼”的假借，那个。直：正直。⑱秉心：秉性，性情。塞：丰富，诚实。渊：宽厚、仁德。⑲騋：高大的马。牝：母马。三千：泛指多。

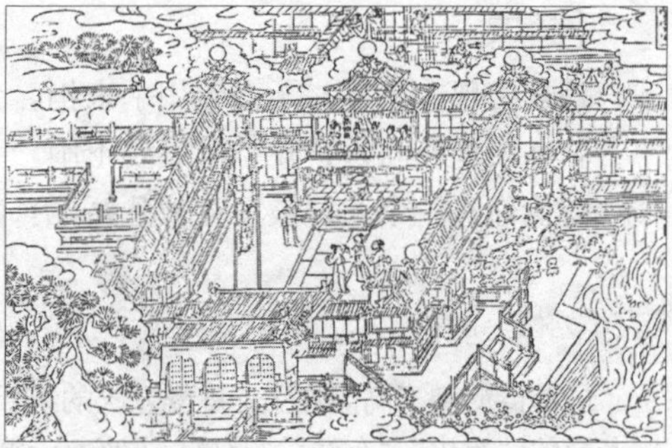
定之方中，作于楚宫

［译文］

营室星儿照中央，楚丘宗庙已动工。细看日影定方位，修筑楚丘新室宫。
种那榛树和栗树，椅桐梓漆也要栽，砍柴来做成琴瑟。
登上漕邑那废墟，向那楚丘放眼望。观罢楚丘再望堂，要看大山和高冈。
下山考察那桑田，卜卦说是甚吉祥，最终确定好地方。
好雨及时从天降，告诉掌车那马官。天晴驾车早上路，休息就在那桑田。
他是正直好君王，心诚虑远非平常，高大母马有三千。

《蝃蝀》解读

这首诗就是一篇短小的议论文。诗的前两节举出一个事件，第三节发表对此事的看法。本诗同样描写了一个女子不顾父母之命，与她的爱人要私奔的故事。但与其他诗篇截然不同，它对这一行为给予了强烈谴责，而不像其他诗那样给予赞赏。这也说明在当时的社会，人们对恋爱自由、婚姻自由还是存在很多不同的看法的。

蝃（dì）蝀（dòng）

蝃蝀在东①，莫之敢指②。女子有行③，远父母兄弟。
朝隮（jī）于西④，崇朝其雨⑤。女子有行，远兄弟父母。
乃如之人也⑥，怀昏姻也⑦！大无信也⑧，不知命也⑨！

［注释］

①蝃蝀：虹，旧以为婚姻错乱则虹气盛。②莫：没有人。指：用手指点。古代以指虹为忌。③有行：原指出嫁，这里指私奔。④朝：早上。隮：也就是虹。⑤崇朝：终朝，整个早上。⑥乃如：就像。⑦怀：坏的借字，破坏、败坏。昏：同“婚”。⑧大：很，特别。无信：不讲信用。⑨知命：遵从父母之命。

[译文]

暮虹出现在东方，无人敢用手来指。女子出嫁到夫家，远离父母与兄弟。

朝虹出现在西方，整个早晨要下雨。女子出嫁到夫家，远离兄弟和父母。

就像你这一个人，破坏礼教乱婚姻！特别不把信用守，不知顺从父母命！

《相鼠》解读

这首诗讽刺了高高在上、贪得无厌的统治者，表达了百姓对他们的痛恨。诗以老鼠起兴，将老鼠的“有皮”“有法”“有体”与统治者的“无仪”“无止”“无礼”进行对比，形象而深刻。写了统治者的没有信义、不进行节约、不知道礼仪，进而诅咒他们赶快死去。全诗文字生动形象，语气强烈，在讽刺咒骂统治者的同时也反映了当时人们对礼仪的重视和推崇。

相鼠

相鼠有皮[①]，人而无仪[②]。人而无仪，不死何为？

相鼠有齿，人而无止[③]。人而无止，不死何俟(sì)[④]？

相鼠有体，人而无礼[⑤]。人而无礼，胡不遄(chuán)死[⑥]？

[注释]

①相：察看。②仪：礼仪。③止：指节制，一说同“耻”。④俟：等待。⑤礼：道义，道理。⑥遄：迅速。

鼠，《诗经集传》插图

[译文]

瞧那老鼠尚有皮，你是活人无礼仪。你是活人无礼仪，不死还干什么呢？

瞧那老鼠尚有齿，你是活人无羞耻。你是活人无羞耻，不死心中何所期？

瞧那老鼠尚有体，你是活人无道义。你是活人无道义，何不快死离人世？

《干旄》解读

这首诗描述了战后的卫国百废待兴，卫文公为了重建卫国，竖起求贤旗帜，广纳贤良的事件。诗中把贤良比作美人，喻指不可多得之意。诗中也体现了卫文公求贤若渴的心态，“何以畀之”，“何以予之”，“何以告之”即是证明。诗中对丝绢、良马的描绘深刻地反映了贤良之士的难得，以及当时人们对于贤良之士的尊重和敬仰。

干旄

孑孑干旄[①]，在浚之郊[②]。素丝纰之[③]，良马四之[④]。
彼姝者子[⑤]，何以畀之[⑥]？
孑孑干旟[⑦]，在浚之都[⑧]。素丝组之[⑨]，良马五之。
彼姝者子，何以予之？
孑孑干旌[⑩]，在浚之城。素丝祝之[⑪]，良马六之。
彼姝者子，何以告之[⑫]？

[注释]

①孑孑：高耸独立的样子。干：通“竿”。旄：竿头以牦牛尾为装饰的旗子。②浚：浚城，卫国的城邑。郊：城郊。③纰：在衣冠或旗帜上镶边。④四之：用四匹马拉。⑤姝：美好的样子。⑥畀之：给予。⑦旟：有老鹰图案的旗子。⑧都：古时区域名，指四方城邑。⑨组：组织，编织。⑩旌：用羽毛装饰的旗子。⑪祝：通“组”。⑫告：忠言。

[译文]

旄旗高举随风摆，来至浚邑那城郊。
白丝线儿缝彩旗，四匹好马齐奔跑。
那位美好大贤才，赠送什么是最好？
鹰隼大旗高高飘，来至浚邑那近郊。
白丝线儿缀彩旗，五匹好马齐奔跑。
那位美好大贤才，赠送什么方是好？
旌旗高举随风摆，来至浚邑都城里。
白丝线儿缀彩旗，六匹良马跑得齐。
那位美好大贤才，该拿什么赠送你？

马，《诗经集传》插图

《载驰》解读

本诗是我国第一位女诗人许穆夫人所作。诗一开篇就把我们带入了一个紧张的氛围中，让人感到当时形势十分紧迫，也能体会到许穆夫人急于回国的心情。当时卫国被狄所灭，许穆夫人赶回祖国，慰问新国君卫文公，接着去齐国求救，最终得到齐桓公的帮助，使卫国得以重建。本诗慷慨激昂，体现出许穆夫人强烈的爱国主义精神。

载驰

载驰载驱[①]，归唁卫侯[②]。驱马悠悠，言至于漕(cáo)[③]。

大夫跋涉，我心则忧。

既不我嘉[④]，不能旋反[⑤]。视尔不臧[⑥]，我思不远。

既不我嘉，不能旋济[⑦]。视尔不臧，我思不閟(bì)[⑧]。

陟彼阿(ē)丘[⑨]，言采其蝱(méng)[⑩]。女子善怀[⑪]，亦各有行[⑫]。

许人尤之[⑬]，众稚且狂[⑭]。

我行其野，芃(péng)芃其麦[⑮]。控于大邦[⑯]，谁因谁极[⑰]。

大夫君子，无我有尤！百尔所思，不如我所之。

[注释]

①载：语气词，没有实义。驰、驱：车马奔跑。②唁：哀吊失国。③漕：卫国的邑名。④嘉：嘉许，赞成。⑤旋反：返回。⑥臧：善。⑦济：止，停止，阻止。⑧閟：同“毖”，意思是谨慎。⑨阿丘：一边倾斜的山丘。⑩蝱：药名，贝母。⑪善怀：多愁善感。⑫行：道路。⑬许人：许国的人。尤：怨恨，责备。⑭稚：幼稚。狂：愚妄。⑮芃芃：草木茂盛的样子。⑯控：告诉。⑰因：亲近，依靠。极：至，到。

[译文]

驱马疾驰回卫国，慰问哥哥失故国。赶马前进路漫漫，来到漕邑心难过。

许国大夫远跋涉，挡我回卫忧虑多。

救卫主张遭阻挠，不能马上把卫返。比起你们坏主张，我的考虑近可求。

救卫主张遭反对，决不渡河再回头。比起你们坏主张，我的谋划岂不慎。

登上阿丘高山坡，我把贝母来采取。女子喜欢勤思索，都有道理益处多。

许国大夫怪罪我，既稚又愚乱斥责。

走在郊外大道上，麦苗茂盛长得旺。我向大国来求援，求谁谁就来帮助。

许国大夫与君子，莫要认定我罪状。上百主意你们出，全都不如我所想。

卫风

《淇奥》解读

这首诗写的是一位女子对一男子的赞美，表达了她对男子的倾心仰慕之情。他仪表堂堂，文采风流，举止潇洒，性格风趣，怎能不让这少女为之心动？从诗句中我们可以看出，该女子用了许多十分美的词语来描述那男子，可知他确实不同一般。尤其是他从不欺侮别人，不做损人利己的事情，这点最让该女子欣赏。诗中的翠竹、美玉无不是对这位男子优秀德行的辉映。

淇奥

瞻彼淇奥[1]，绿竹猗猗[2]。
有匪君子[3]，如切如磋[4]，
如琢如磨[5]。瑟兮僩（xiàn）兮[6]，
赫兮咺（xuān）兮[7]。有匪君子，
终不可谖（xuān）兮[8]！
瞻彼淇奥，绿竹青青[9]。
有匪君子，充耳琇莹[10]，
会弁（biàn）如星[11]。瑟兮僩兮，
赫兮咺兮。有匪君子，
终不可谖兮！
瞻彼淇奥，绿竹如箦[12]。
有匪君子，如金如锡，
如圭如璧[13]。宽兮绰兮[14]，
猗重较兮[15]。善戏谑兮[16]，
不为虐兮[17]！

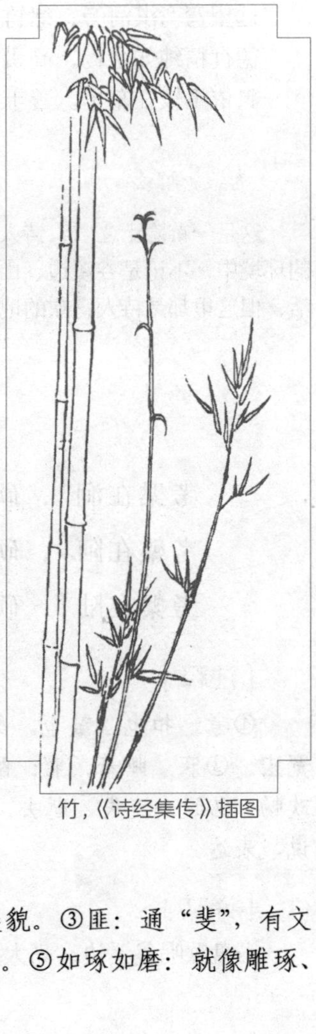

竹，《诗经集传》插图

［注释］

①奥：通“澳”，水边弯曲的地方。②猗猗：长而美貌。③匪：通“斐”，有文采的样子。④如切如磋：就像切割打磨过的象牙般精致。⑤如琢如磨：就像雕琢、

磨光过的玉石般温润。⑥瑟：庄严的样子。⑦赫：光明的样子。咺：威严的样子。⑧谖：遗忘，忘怀。⑨青青：同“菁菁”，繁盛的样子。⑩充耳：用以塞耳的垂玉。琇莹：美石。⑪会弁：鹿皮帽的缝合处。⑫箦：通“积”，堆集。⑬圭、璧：美玉。⑭绰：旷达的样子。⑮猗：通“倚”，依靠。重较：车两边的扶手。⑯戏谑：说笑。⑰虐：刻薄，伤人。

[译文]

远望弯弯淇河旁，绿竹青翠叶婆娑。文采奕奕那君子，
好像细切细磋过，似已精琢又细磨。光彩照人多勇武，
德行显赫美名播。文采奕奕那君子，永不忘却记心里！
远望弯弯淇河旁，绿竹青翠叶婆娑。文采奕奕那君子，
美玉充耳光闪烁，帽缝镶玉如星火。光彩照人多勇武，
德行显赫美名播。文采奕奕那君子，永不忘却记心里！
远望弯弯淇河旁，绿竹有如栅栏密。文采奕奕那君子，
德行精纯如金锡，高贵如同圭和璧。心胸开阔多美好，
斜依重较在车里。善于诙谐来谈笑，却不刻薄把人欺！

《考槃》解读

这是一首隐士之歌，诗人对隐居给予了极高的赞美。从诗中可以看出，诗人隐居在优雅的环境中，不论是谷溪边、山坡上，还是高原上，这些地方虽然远离了市井、远离了官宦生活，但这里都是诗人喜欢的地方，隐居的生活让诗人感到无比的自由。

考槃

考槃在涧①，硕人之宽②。独寐寤言③，永矢弗谖④。
考槃在阿⑤，硕人之薖(kē)⑥。独寐寤歌，永矢弗过⑦。
考槃在陆⑧，硕人之轴⑨。独寐寤宿，永矢弗告⑩。

[注释]

①考：扣也，敲也。槃：同“盘”，敲盘以歌。②硕人：身材高大的人。宽：宽宏。③寐：睡着。寤：醒来。④矢：誓。谖：忘记。⑤阿：山坳。⑥薖：舒适，欢畅。⑦过：流失，逝去。⑧陆：高而平的地方。⑨轴：徘徊不愿离去。⑩告：述说，表达。

[译文]

击盘歌唱谷溪边，高大人儿心地广。独睡独醒独自说，

誓记此乐不相忘。击盘歌唱在山坡，高大人儿心欢畅。

独睡独醒独歌唱，誓记此乐不相忘。击盘唱歌高原上，

高大人儿心不放。独睡独醒独自卧，誓记此乐不相忘。

《硕人》解读

这首诗描写了卫庄公的妻子庄姜的美丽与贤淑，表达了人民对她的赞美之情。诗中第一节主要介绍了庄姜的身份和她的周边关系，第二节详细地描写了她美丽的容貌和端庄的神态，三、四节主要写了她出嫁时的盛大场景。通过本诗对于庄姜的描述与解读，不仅当时的观者，就连我们当代的读者也为她的美丽所倾倒。其中对于她美貌的那段描述十分生动贴切，意象鲜明。

硕人

硕人其颀(qí)①，衣(yì)锦褧(jiǒng)衣②。齐侯之子，卫侯之妻，

东宫之妹③。邢(xíng)侯之姨，谭公维私④。

手如柔荑⑤，肤如凝脂。领如蝤蛴(qiú qí)⑥，齿如瓠犀(hù xī)⑦，

螓(qín)首蛾眉⑧。巧笑倩兮⑨，美目盼兮⑩。

硕人敖敖⑪，说(shuì)于农郊⑫。四牡有骄⑬，朱幩(fén)镳镳⑭，

翟茀(dí fú)以朝⑮。大夫夙退，无使君劳。

河水洋洋⑯，北流活活⑰。施罛(gū huò)涉涉⑱，

鳣鲔(zhān wěi)发(bō)发⑲，

葭菼(tǎn)揭揭⑳。庶姜孽孽㉑，庶士有朅(qiè)㉒。

手如柔荑，肤如凝脂

[注释]

①硕：美。颀：身材修长的样子。②褧：麻布制的罩衣，用来遮灰尘。③东宫：指太子。④私：姊妹的丈夫。⑤荑：白茅初生的嫩芽。⑥领：脖子。蝤蛴：天牛的幼虫，身体长而白。⑦瓠犀：葫芦籽，洁白整齐。⑧螓：蝉类，头宽广方正。蛾：蛾眉，指眉细长而黑。⑨倩：笑时脸颊现出酒窝的样子。⑩盼：眼睛里黑白分明。⑪敖敖：身材苗条的样子。⑫说：同“税”，停息。农郊：近郊。⑬牡：雄，这里指雄马。骄：指马身体雄壮。⑭朱：

红色。幩：马嚼铁外挂的绸子。镳镳：马嚼子。⑮翟茀：车后遮挡围子上的野鸡毛，用作装饰。⑯洋洋：河水盛大的样子。⑰北流：向北流的河。活活：水奔流的样子。⑱施：设，放下。罛：大鱼网。涉涉：撒网的声音。⑲鳣：蝗鱼。鲔：鲟鱼。发发：鱼多的样子。⑳葭：初生的芦苇。菼：初生的荻。揭揭：长的长长的样子。㉑庶姜：众姜，指随嫁的姜姓女子。孽孽：装饰华丽的样子。㉒士：指陪嫁的媵臣。朅：威武的样子。

[译文]

个子高大卫庄姜，身穿斗篷新嫁娘。父乃齐国之国君，丈夫就是卫君王，东宫太子是兄长。姐夫是那邢国王，谭侯是她的妹婿。手如柔荑嫩而白，肤如凝固柔脂膏。脖似蝤蛴白又长，齿如葫籽齐而好，额像螓首蛾须眉。两腮酒窝因俏笑，美目流盼情态姣。身材高高卫庄姜，停车城郊修整忙。四匹公马多健壮，马衔红绸随风扬，她坐翟车见君王。大夫尽早退朝堂，莫使庄姜劳累伤。河水流淌浩荡荡，流向北方哗哗响。苏苏之声撒渔网，鳣鲟摆尾畅游荡，芦荻茂盛向高长。陪嫁齐女盛饰忙，送嫁大夫多雄壮。

《氓》解读

这首诗是一位遭丈夫遗弃的女子的深刻控诉，向人哭诉了她的不幸遭遇。诗从男子的求婚开始一直写到女子被遗弃，这不仅展示了此事件发生的全过程，也描述了女子心理变化的全过程。面对所遭遇的悲惨境遇、最后女子的狠心决绝让人不由拍手称赞。诗中书写的感情真挚而强烈，让人不禁给予该女子深深的同情，同时也对古代的夫权婚姻表示出强烈的不满。

氓(méng)

氓之蚩(chī)蚩[1]，抱布贸丝[2]。匪来贸丝[3]，来即我谋[4]。
送子涉淇[5]，至于顿丘[6]。匪我愆期[7]，子无良媒。
将子无怒[8]，秋以为期。
乘彼垝垣(guǐ yuán)[9]，以望复关[10]。不见复关，泣涕涟涟。
既见复关，载笑载言。尔卜尔筮(shì)，体无咎(jiù)言[11]。
以尔车来，以我贿(huì)迁[12]。
桑之未落，其叶沃若[13]。于嗟鸠兮！无食桑葚(shèn)。
于嗟女兮！无与士耽(dān)[14]。士之耽兮，犹可说也[15]。
女之耽兮，不可说也。

桑之落矣，其黄而陨。自我徂尔[16]，三岁食贫。

淇水汤汤，渐车帷裳[17]。女也不爽[18]，士贰其行。

士也罔极[19]，二三其德。

三岁为妇，靡室劳矣。夙兴夜寐，靡有朝矣。

言既遂矣[20]，至于暴矣。兄弟不知，咥其笑矣。

静言思之，躬自悼矣。

及尔偕老，老使我怨。淇则有岸，隰则有泮[21]。

总角之宴[22]，言笑晏晏[23]。信誓旦旦[24]，不思其反。

反是不思，亦已焉哉！

[注释]

①氓：民。蚩蚩：笑嘻嘻的样子。②布：古时的货币，即布币。贸：交换。③匪：非。④即我：到我这里来。谋：商议，这里指商谈婚事。⑤涉：渡过。淇：河名。⑥顿丘：地名。⑦愆：过，拖延。⑧将：请。⑨乘：登上。垝垣：毁坏了的墙。⑩复关：地名，诗中男子居住的地方。⑪体：卜卦的征兆。咎言：不吉利的话。⑫贿：财物，这里指嫁妆。⑬沃若：润泽的样子。⑭耽：沉迷，迷恋。⑮说：同“脱”，摆脱。⑯徂：去，往。⑰渐：沾湿，浸湿。帷裳：车饰的帷幔。⑱爽：差错，过失。⑲罔极：无常，不可测。⑳遂：安定无忧。㉑隰：“湿”，河名，指漯河。泮：岸。㉒总角：古时儿童的发式，借指童年。宴：逸乐。㉓晏晏：和好柔顺的样子。㉔旦旦：诚恳的样子。

[译文]

那人前来笑嘻嘻，手持钱币来买丝。非是真想把丝买，实来同我议婚事。
送你渡过淇水河，直到顿丘把步止。非我特意拖婚期，你无良媒把婚提。
希望你啊别发怒，秋天结婚好日期。
登上倒塌旧城墙，遥望复关把他想。复关未见他身影，眼泪涟涟好心伤。
我见情郎到复关，又说又笑好舒畅。你在家中忙卜筮，卦言显兆皆吉祥。
迎亲礼车至我家，满载嫁妆上路忙。
桑树生长正勃勃，桑叶翠绿有光泽。可叹那些斑鸠鸟！不要多吃桑树果。
可叹年少好姑娘！莫与男人太亲热。男人女人太亲热，男人尚可得解脱。
女人男人太亲热，女人没法来摆脱。
桑树生机已衰微，叶儿变黄而后落。自从来到你们家，多年煎熬苦生活。
淇水满溢浩荡荡，水湿车幔心事多。想来自身无过错，丈夫德行有大错。
他的行为无准则，朝三暮四变化多。

多年为妻患难多，从不逃避苦和累。早起晚睡家常事，累死累活非一朝。
你的誓言抛脑后，
异常暴怒对待我。兄弟知我被遗弃，嘻嘻哈哈嘲笑我。
静心思考这婚变，只能自悲又自责。白头到老心不变，
到老使我心愤怨。淇水虽深尚有岸，漯河虽宽还有边。
少年一同多欢乐，说笑和乐心相安。诚恳发誓意志坚，
谁料你把诺言反。违背誓言你不改，与你分手意志坚！

《竹竿》解读

这首诗的作者是我国第一位女诗人许穆夫人。这首诗抒发的感情非常优美，从她对少女时光的怀念中，我们可以看出她对祖国、对从前快乐生活的怀念。故国的一草一木，曾经的朋友们一一在头脑中闪现，与身处异域、远别故土的现实很好地映衬，凸显了这种怀乡之情的纯粹和清澈，使这首诗的光辉更加耀眼。

竹 竿

籊(dí)籊竹竿[①]，以钓于淇[②]。岂不尔思[③]？远莫致之[④]。
泉源在左，淇水在右。女子有行，远兄弟父母。
淇水在右，泉源在左。巧笑之瑳(cuō)[⑤]，佩玉之傩(nuó)[⑥]。
淇水滺(yóu)滺[⑦]，桧楫松舟[⑧]。驾言出游，以写我忧。

[注释]

①籊籊：长而尖的样子。②以：连词，表示目的。③岂：难道。不尔思：不思尔，不思念你们。④致：到达。⑤瑳：巧笑的样子。⑥傩：轻盈优美。⑦滺滺：水流的样子。⑧桧楫：桧木做的桨。

《飞影阁士记画册》插图

[译文]

细细竹竿长又长，拿它钓鱼淇水边。岂是不把你们想？回乡路远不能还。泉源之水流左边，淇水奔流在右边。

姑娘出嫁来夫家，远离兄弟和爹娘。淇水流淌在右边，泉源之水在左边。露

齿巧笑是当年，身姿飘逸玉铿锵。

淇水缓缓日夜流，桧木船桨松木舟。划起船儿去远游，借此倾泻满腹愁。

《芄兰》解读

这首诗描写了一位少女的青春悸动。古时候，男女之间的接近是有限制的，未成年时比较松，成年后就严格了许多。本诗描写的就是这样的情景。少男少女即将成年，心中不免悸动。诗中的少女一方面心中掀起波澜，怀有期待，另一方面又调侃那“童子”假装成人，流露了她带有些许矛盾的心理状态。

芄（wán）兰

芄兰之支①，童子佩觿②。虽则佩觿，能不我知。

容兮遂兮③，垂带悸兮④。

芄兰之叶，童子佩韘（shè）⑤。虽则佩韘，能不我甲⑥。

容兮遂兮，垂带悸兮。

［注释］

①芄兰：草本植物，即萝藦，有藤蔓生。支：同“枝”。②觿：解发结的工具，用象骨制成，供成年男子使用和佩戴。③容、遂：指傲慢放肆的样子。④悸：带子下垂的样子。⑤韘：拉弓弦的用具，俗称“扳指”。⑥甲：同“狎”，亲近。

［译文］

芄兰生有尖尖荚，解结锥儿童子佩。虽已佩戴解结锥，但不和我相匹配。

大摇大摆佩玉响，左摆右摇衣带垂。

芄兰有叶向后弯，箭扳指啊童子佩。虽已佩戴箭扳指，却不和我相亲昵。

大摇大摆佩玉响，左摆右摇衣带垂。

《河广》解读

本诗将空间极大地缩小。虽是想象，但是这种想象很独特，把宽广的黄河看成容不下一条小船，把遥远的宋国说成一个早上就能赶到，这种写法更加烘托了作者对祖国的怀念。他想回乡，实际上却不可能实现，借此造成了理想与现实的强烈对比。

河广

谁谓河广①？一苇杭之②。谁谓宋远？跂（qǐ）予望之③。

谁谓河广？曾不容刀④。谁谓宋远？曾不崇朝⑤。

[注释]

①河：指黄河。②苇：指用芦苇制成的小筏子。杭：航。③跂：踮起脚站着。④刀：小船。⑤崇：结束，终结。朝：上午。

[译文]

谁说黄河水宽广？一片苇叶渡对岸。谁说宋国路途远？我一抬脚望得见。

谁说黄河水宽广？难容小船来划桨。谁说宋国路途远？过河无需一早上。

《伯兮》解读

这首诗是一位妇女思念丈夫的抒情诗。丈夫在外为国征战，但诗中并没有体现出她对丈夫情况的担心，而只是单纯的表达了对丈夫的想念和急于想见到丈夫的心情，日常的生活都因此混乱起来。虽然如此，对于丈夫的为国征战，她还是感到很自豪的，同时也表明了自己对爱情的忠贞，让人感受到她的胸怀和他们夫妇间的深厚感情。

伯 兮

伯兮朅(qiè)兮①，邦之杰兮②。
伯也执殳(shū)③，为王前驱④。
自伯之东⑤，首如飞蓬⑥。
岂无膏沐⑦？谁适为容⑧？
其雨其雨⑨，杲(gǎo)杲出日⑩。
愿言思伯⑪，甘心首疾⑫。
焉得谖草⑬，言树之背⑭。
愿言思伯，使我心痗(mèi)⑮。

谖草，《诗经集传》插图

[注释]

①朅：威武的样子。②杰：杰出。③殳：古代的一种兵器。④为：是。前驱：先锋。⑤之：到……去。⑥首：头发。飞蓬：草。⑦膏沐：妇女润发的油脂。⑧适：取悦。为容：打扮。⑨其：语气词。雨：下雨。⑩杲杲：日出的样子。⑪愿：每一次。言：副词词尾无实义。伯：指丈夫。⑫首疾：头痛。⑬谖草：忘忧草。⑭言：助词，用在单音动词之前。树：用作动词，种树。背：屋子的北面。⑮痗：疾病。

[译文]

我的丈夫多英豪，卫国豪杰英名显。丈夫持殳去从军，卫王先锋走在前。
自从丈夫去东方，我头如蓬不装扮。非无发膏来洗发，打扮漂亮给谁看？
期盼天上能下雨，太阳出来光灿灿。念念不忘思丈夫，想得头疼也心甘。
哪里能获忘忧草，将它栽种北檐下。念念不忘思丈夫，想得有病也不怕。

《有狐》解读

这首诗描写了社会遭到战火的严重摧残之后，社会底层人民的生活状况。一位女子对一个衣服残破的服役男子的深深同情。在诗中，狐狸象征那位男子，狐狸的徘徊象征着他的孤苦无依，淇水边上的萧瑟景象象征着他流离失所后的落魄与无奈。本诗用词贴切，感情表达诚恳自然，引起人们的无限同情。

有狐

有狐绥绥①，在彼淇梁②。心之忧矣，之子无裳③。

有狐绥绥，在彼淇厉④。心之忧矣，之子无带。

有狐绥绥，在彼淇侧。心之忧矣，之子无服。

狐狸，《诗经集传》插图

[注释]

①狐：在这里比喻男子。绥绥：独自慢走求偶的样子。②梁：桥梁。③之子：这个人。④厉：水边浅滩。

[译文]

狐狸慢慢随意走，在那淇河桥梁上。我的心中有忧愁，服役男子无衣裳。
狐狸慢慢随意走，在那淇河沙滩边。我的心中有忧愁，男子无带系腰间。
狐狸慢慢随意走，在那淇河岸上边。我的心中有忧愁，服役男子无衣穿。

《木瓜》解读

这是一首优美的抒情诗。诗句简洁易懂，赞美了爱情的美好。在诗中，“她”送给“他”木瓜、桃子、李子等水果，而“他”却回赠“她”美玉。这看起来很不对等，但正是这种不对等，深刻揭示了爱情的实质不是获取，而是给予。诗中也给出了说明，“他”并不是为了回报，而是为了能和“她”天长地久，永不分离。

木瓜

投我以木瓜[①]，报之以琼琚[②]。匪报也[③]，永以为好也[④]。
投我以木桃，报之以琼瑶[⑤]。匪报也，永以为好也。
投我以木李，报之以琼玖[⑥]。匪报也，永以为好也。

[注释]

①投：投送。②琼：美玉。琚：佩玉。③匪：非。④永以为好也：希望能永久相爱。⑤瑶：美玉。⑥玖：浅黑色的玉。

[译文]

她将木瓜赠送我，我拿琼琚回赠她。
此非回赠相报答，欲结深情永爱她。
她将木桃赠送我，我拿琼瑶回赠她。
此非回赠相报答，欲结深情永爱她。
她将木李赠送我，我拿琼玖回赠她。
此非回赠相报答，欲结深情永爱她。

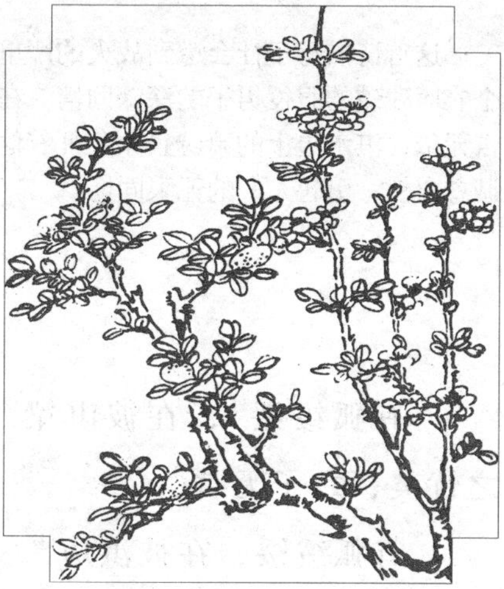

木瓜，《诗经集传》插图

王风

《黍离》解读

这首诗以黍谷成熟起兴，诗中描写了一位东周的官员重游西周故土时，触景生情而作此诗。运用了对比手法将庄稼的成熟与西周遗址的破败景象进行对比，表达了作者对昔日的回忆与感伤。同时，诗人也向苍天发问，到底是谁把国家弄成这样，表达了他对西周覆亡的感慨，其间也透露着对周幽王的声讨。

黍（shǔ）离

彼黍离离[①]，彼稷之苗[②]。行迈靡靡[③]，中心摇摇[④]。
知我者[⑤]，谓我心忧[⑥]。不知我者，谓我何求。
悠悠苍天，此何人哉[⑦]？
彼黍离离，彼稷之穗[⑧]。行迈靡靡[⑨]，中心如醉。
知我者，谓我心忧。不知我者，谓我何求。
悠悠苍天，此何人哉？
彼黍离离，彼稷之实[⑩]。行迈靡靡，中心如噎[⑪]。
知我者，谓我心忧。不知我者，谓我何求。
悠悠苍天，此何人哉？

[注释]

①黍：谷物名。离离：成排成行的样子。②稷：高粱。③行迈：前行。靡靡：步行缓慢的样子。④中心：心中。摇摇：心中不安的样子。⑤知我者：了解我的人。⑥谓：说。心忧：心里有忧愁。⑦此何人哉：这是怎样的人呢？⑧穗：谷穗。⑨行迈：走路。靡靡：迟缓的样子。⑩实：果实，种子。⑪噎：忧闷已极而气塞，无法喘息。

[译文]

那边黍秧一排排，那边稷苗长得旺。远行路上慢腾腾，心有隐忧暗悲怆。
了解我的人们呀，说我心中有忧伤。不知我的人们呀，说我寻物为哪桩。
请问遥远上苍天，这是何人造灾殃？
那边黍秧一排排，高粱结穗长得旺。远行路上慢腾腾，心中如醉暗凄怆。

了解我的人们呀，说我心中有忧伤。不知我的人们呀，说我寻物为哪桩。
请问遥远上苍天，这是何人造灾殃？
那边黍秧一排排，高粱结粒田地上。远行路上慢腾腾，心如堵塞暗悲怆。
了解我的人们呀，说我心中有忧伤。不知我的人们呀，说我寻物为哪桩。
请问遥远上苍天，这是何人造灾殃？

《君子于役》解读

这首诗描写的是丈夫在外为国打仗，妻子在家里思念丈夫的情景。丈夫在外征战，“不知其期”，说明时间已经很长了，怎能不让妻子担心、想念呢？诗中写到了太阳下山，鸡、牛、羊等已经回圈了，此时应是人们归家的时间，恰好与丈夫在外形成鲜明对比，更加衬托了妻子的想念之情。

君子于役

《飞影阁士记画册》插图

君子于役，不知其期[1]。曷至哉[2]？鸡栖于埘(shí)[3]，日之夕矣，羊牛下来。君子于役，如之何勿思？

君子于役，不日不月[4]。曷其有佸(huó)[5]？鸡栖于桀[6]，日之夕矣，羊牛下括[7]。君子于役，苟无饥渴[8]！

[注释]

①期：行期，期限。②曷：什么时候。至：回到家。③埘：墙壁上挖洞做成的鸡窠。④不日不月：不分日月。⑤有：“又”，再一次。佸：相见，相聚。⑥桀：鸡栖木。⑦括：来。⑧苟：句首语气词，表示希望。

[译文]

丈夫前去服劳役，不知何时是归期。什么时候回家乡？小鸡栖息土窝里，太阳落山已黄昏，牛羊成群回圈里。丈夫前去服劳役，怎能让我不思念？

丈夫前去服劳役，不知归来是何日，什么时候回家里？木橛上面鸡栖息。太阳落山已黄昏，牛羊自外进圈里。丈夫前去服劳役，盼他不渴也不饿！

《君子阳阳》解读

这首诗简洁明快，读来让人感觉轻松、快乐。诗中的男女正在调情，双方脸上都洋溢着喜悦和自豪。男子的表现借助女子的眼睛精确地反映和传达，女子的情态通过内心直接的惊叹呼之而出。整首诗应该出自该女子之手，我们由此完全可以想象当时该女子边唱边跳围绕在心仪的男子身边，两人相顾相知、充满欢乐的动人情景。

君子阳阳

君子阳阳①，左执簧（huáng）②，右招我由房③。其乐只且④！

君子陶陶⑤，左执翿（dào）⑥，右招我由敖⑦。其乐只且！

《诗余画谱》插图

[注释]

①阳阳：得意的样子。②簧：古时的一种吹奏乐器。③由房：游乐。由，同“游”。房，同“放”。④只、且：语气助词，没有实义。⑤陶陶：快乐的样子。⑥翿：羽毛做成的舞具。⑦由敖：游遨。敖，同“遨”。

[译文]

情哥脸上喜滋滋，他的左手拿着簧，右手招我去游乐。那种欢乐真难忘！

情哥脸上乐陶陶，他的左手持着翿。右手招我去游遨。那种快乐真难忘！

《扬之水》解读

这首诗与《君子于役》刚好相呼应。本诗是以男子的角度写自己出征在外多年，不知什么时候才能回家与妻子团聚。表达了他对连年征战的无奈和对妻子、家乡的深切思念。诗中以“扬之水”起兴，小河之水力量能有多大？对河水力量弱小的感叹，其实是对自己无力改变现实处境的一种无奈的表达，读者读来有感同身受之想，不禁与他一起期盼。

扬之水

扬之水①，不流束薪②。彼其（jì）之子，不与我成申③。

怀哉怀哉，曷月予还归哉？

扬之水，不流束楚④。彼其之子，不与我戍甫。

怀哉怀哉，曷月予还归哉？

扬之水，不流束蒲⑤。彼其之子，不与我戍许。

怀哉怀哉，曷月予还归哉？

蒲，《诗经集传》插图

[注释]

①扬：缓慢的。②不流：带不走。束：捆。薪：柴。③不与我：不和我一起。戍申：驻守申地。④楚：灌木，荆条。⑤蒲：蒲柳。

[译文]

小河水啊河水小，不能冲走一捆柴。那个人啊是我妻，守申不能带她来。

怀念她啊把她想，何时见妻释心怀？

小河水啊河水小，一捆荆条冲不走。那个人啊是我妻，不能同我戍甫地。

怀念她啊把她想，何时见妻释心怀？

小河水啊河水小，一捆蒲草冲不走。那个人啊是我妻，不能跟我戍许地。

怀念她啊把她想，何时见妻释心怀？

《中谷有蓷》解读

这首诗描写了大旱之年，庄稼颗粒无收，一位妇女在此时被丈夫遗弃，流着眼泪四处飘零。这是首弃妇之词，表达了弃妇内心的痛苦以及对丈夫的控诉。在诗中，枯萎的益母草象征着破败的社会环境，衬托了此时该妇女的悲惨处境。她的无言、哀叹、泪水与其说是因为她被丈夫抛弃，不如说是因为当时环境的无情，她由此得到人们的深深同情。

中谷有蓷(tuī)

中谷有蓷①，暵(hàn)其干矣②。有女仳(pǐ)离③，嘅其叹矣④。

嘅其叹矣，遇人之艰难矣⑤。

中谷有蓷，暵其修矣⑥。有女仳离，条其啸矣。

条其啸矣，遇人之不淑矣。

中谷有蓷，暵其湿矣⑦。有女仳离，啜其泣矣⑧。

啜其泣矣，何嗟及矣⑨。

[注释]

①蓷：益母草。②暵：天气大旱。③仳：别。④慨其叹：慨叹。嘅，同“慨”。⑤遇人：所遇之人，这里指自己的丈夫。艰难：窘迫，困顿。⑥修：干涸，枯死。⑦湿：通“曝”。⑧啜：哭泣。⑨嗟：悲叹。

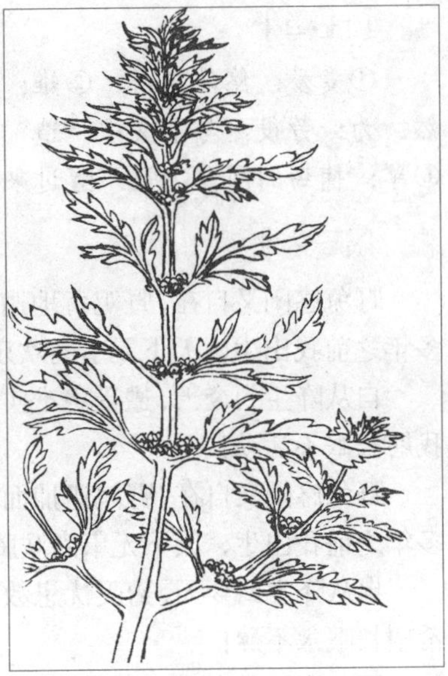

蓷，《诗经集传》插图

[译文]

山谷之中益母草，天旱早都全枯干。被你遗抛永分离，忧愁慨叹伤心肝。

忧愁慨叹伤心肝，丈夫全无恩义感。

山谷之中益母草，天旱早都全枯萎。被你遗抛永分离，大声悲啸我叹悔。

大声悲啸我叹悔，愚人不善恩义违。

山谷之中益母草，天旱早都全枯干。被你遗抛永分离，只能呜咽多悲叹。

只能呜咽多悲叹，后悔莫及徒遗憾。

《兔爰》解读

本诗是一个生活不如意的人的自诉，感慨生不逢时，老天对其不公。诗中将活得很舒服的兔子与在网子里备受折磨的野鸡进行对比，喻指自己现在就像那野鸡一样，事事不顺。同时，诗人想采取逃避的方法不去面对这些烦恼，不听、不说、沉睡不醒等，表达了诗人的无奈。诗中主人公试图通过对兔子和野鸡的调侃来做自我的一种安慰，但事与愿违，我们首先关注的是“他”而不是兔子和野鸡，或许这正是主人公写作的真正目的所在。

兔爰(yuán)

有兔爰爰[①]，雉离于罗[②]。我生之初，尚无为[③]。
我生之后，逢此百罹(lí)[④]。尚寐无吪(é)[⑤]！
有兔爰爰，雉离于罦(fú)[⑥]。我生之初，尚无造。
我生之后，逢此百忧。尚寐无觉[⑦]！
有兔爰爰，雉离于罿(tóng)[⑧]。我生之初，尚无庸。
我生之后，逢此百凶。尚寐无聪[⑨]！

[注释]

①爰爰：悠然自得。②雉：野鸡。离：撞上，碰上。罗：罗网。③尚：还，仍然。为：劳役，与下文中“造”“庸”同义。④罹：祸患。⑤尚：还是。吪：活动。⑥罦：捕鸟的网。⑦觉：醒过来。⑧罿：同“罦”。⑨聪：听。

[译文]

野兔悠闲又自在，野鸡背地遭网罗。
多年之前我出生，天下无事尚欢乐。
自从降生到今天，遭受患难实在多。
我愿长眠不活动！
野兔悠闲又自在，野鸡遭捕而丧生。
多年之前我出生，天下无事尚欢腾。
自从降生到今天，遭受忧患数不清。
希望长眠永不醒！
野兔悠闲又自在，野鸡遭罦而丧生。
多年之前我出生，没有劳役尚轻松。
自从降生到今天，遭受忧患数不清。希望长眠不想听！

兔，《诗经集传》插图

《葛藟》解读

这首诗描写的是一个无家可归的人的痛苦自诉。在社会环境恶劣的大背景下，他流离失所，身边没有一个亲人，遭受极大劫难。他现在叫天天不应，叫地地不灵，没有人帮助他，因此他很痛苦也很无奈。绵绵的葛藤不理会也不懂人间的这些种种悲凉，只是蓬勃地生长，两相对比让读者不由得对当时主人公的遭遇产生怜悯。

葛 藟

绵绵葛藟①，在河之浒(hǔ)②。终远兄弟③，谓他人父。
谓他人父，亦莫我顾④。
绵绵葛藟，在河之涘(sì)⑤。终远兄弟，谓他人母。
谓他人母，亦莫我有⑥。
绵绵葛藟，在河之漘(chún)⑦。终远兄弟，谓他人昆⑧。
谓他人昆，亦莫我闻⑨。

[注释]

①绵绵：延长不断的样子。葛藟：藤蔓。②浒：水边。③终：既然，已经。

④顾：亲近，关爱。⑤涘：水边。⑥有：同“友”，友善，友好。⑦漘：同“涘”，水边。⑧昆：兄，哥哥。⑨闻：问，问候。

[译文]

葛藟藤蔓长绵绵，生长丰盛在河边。既已远离亲兄弟，称人父亲乞人怜。
就是叫人亲爸爸，人家不肯相照看。
葛藟藤蔓长绵绵，生长丰盛在河岸。既已远离亲兄弟，称人母亲乞人怜。
就是叫人为妈妈，人家不肯慈爱俺。
葛藟藤蔓长绵绵，生长就在那河畔。既已远离亲兄弟，称人哥哥欲人怜。
就是叫人亲兄长，人家不肯恤问俺。

《采葛》解读

这首诗简洁明快，是一位男子表达对中意女子的相思之情。诗中反复吟唱了一天不见就像隔了“三月”“三秋”“三岁”那样长的时间。可见该男子的心情有多急迫。成语“一日不见，如隔三秋”即源于此，成为对恋爱中人物心理描写的一个典范，由此可见作者落笔时用心的质朴和细腻。

采葛

彼采葛兮[①]，一日不见，如三月兮！
彼采萧兮[②]，一日不见，如三秋兮[③]！
彼采艾(ài)兮[④]，一日不见，如三岁兮！

[注释]

①葛：葛麻。②萧：芦荻，用火烧有香气，古时用来祭祀。③三秋：这里指三季。④艾：艾草。

[译文]

那位采葛好姑娘，一日未能把她见，好像三月未见面！
那位采萧好姑娘，一日未能把她见，好像九月未见面！
那位采艾好姑娘，一日未能把她见，好像三年未见面！

《大车》解读

这首诗描写的是一对青年男女之间的爱情。但是，他们的地位是不对等的，男子是一位朝廷的官员，女子是一位普通人家的女儿。在古代，像他们这种非“门当户对”的爱情是不大可能有结果的。本诗的语气坚定，表明了一方对他们之间爱情的忠贞态度，同时也是在向对方发问，试探对方的态度是否坚定。

大 车

大车槛（kǎn）槛①，毳（cuì）衣如菼（tǎn）②。岂不尔思？畏子不敢。

大车哼（tūn）哼③，毳衣如璊（mén）④。岂不尔思？畏子不奔⑤。

谷则异室⑥，死则同穴。谓予不信，有如皦（jiǎo）日⑦。

[注释]

①槛槛：车辆行驶的声音。②毳衣：毛织的衣服。菼：青翠的芦苇。③哼哼：车行迟缓的声音。④璊：红色的玉。⑤奔：私奔。⑥谷：活着的时候。异室：不住在一起。⑦皦：同“皎”，明亮的意思。

[译文]

大车走过坎坎响，他穿嫩绿毛衣裳。岂能不把你来思？怕你相爱无胆量。

大车慢慢向前行，红色衣服身上穿。岂能不把你来思？与你私奔你不敢。

活时无法相结合，死后同葬一墓穴。以为这话不可信，明亮太阳把证作。

《丘中有麻》解读

这首诗描写的是一位女子在焦急地等待情郎的情景。久等不来，女子有点胡思乱想了，猜想可能他是被别的女子给缠住了，因此，越想越急。诗的最后一节，并不是实写，而是女子自我安慰的想象，也是她的愿望。诗中的子嗟、子国、之子三者指的是同一个人，都是在说情郎。

丘中有麻

丘中有麻，彼留子嗟①。彼留子嗟，将其来施施②。

丘中有麦，彼留子国③。彼留子国，将其来食。

丘中有李，彼留之子④。彼留之子，贻我佩玖⑤。

[注释]

①子嗟：人名。②将：请，愿，希望。施施：高兴貌。③子国：人名。④之子：这个人。⑤佩玖：黑色佩玉。

[译文]

山地之中有麻田，我等子嗟来见面。我等子嗟来见面，盼他到来相欢聚。

山地之中有麦田，我等子国来见面。我等子国来见面，盼他到来相交欢。

山地之中有李树，我等这人寻欢乐。我等这人寻欢乐，他把佩玉赠给我。

郑风

《缁衣》解读

情郎的衣服破旧了，女子给他重新做了一件，还把新衣送到了情郎工作的公馆，体现了女子对情郎的体贴与关怀，也表达了对古代这种爱情的赞美。这首诗结构鲜明活泼，“敝”“还”等皆为一字一句，起强调作用，事实是女子可以借由重做一件给自己的情郎，表达自己对他的深情厚意。句子越是短促，表达的内容越是强烈和不容置疑，读来很有趣味，很见新意。

缁（zī）衣

缁衣之宜兮①，敝②，予又改为兮③。

适子之馆兮④，还⑤，予授子之粲兮⑥。

缁衣之好兮，敝，予又改造兮。

适子之馆兮，还，予授子之粲兮。

缁衣之席兮⑦，敝，予又改作兮。

适子之馆兮，还，予授子之粲兮。

[注释]

①缁衣：黑色的朝服。②敝：坏。③予：我。又：再。改：重新。为：做。④馆：客舍。⑤还：回来。⑥粲：餐，饭食。⑦席：又宽又大。

[译文]

你穿黑衣很合身，衣旧，我给你改成新衣。

早晨你去那官府，归家，我把美餐献给你。

你穿黑衣很英俊，衣旧，我把它改成新装。

早晨你去那官府，归家，我把美餐献给你。

你穿黑衣很宽松，衣旧，我为你改新衣裳。

《飞影阁士记画册》插图

早晨你去那官府，归家，我把美餐献给你。

《将仲子》解读

这首诗描写了一位恋爱中的女子的矛盾心情。一方面，她对情人苦苦相思，很想见到对方。另一方面，家人的强烈反对，周围的流言蜚语，真的让她难以承受，所以十分苦恼。本诗用“将仲子”这样一种请求和无奈的语气开头，将女子的矛盾心情刻画得淋漓尽致。在当时的社会，这种矛盾很普遍，也很残酷，更加深了我们对古代婚姻、爱情的体会。

将(qiāng)仲子

将仲子兮①，无逾我里②，无折我树杞③。岂敢爱之④？

畏我父母⑤。仲可怀也⑥，父母之言，亦可畏也。

将仲子兮，无逾我墙，无折我树桑。岂敢爱之？

畏我诸兄。仲可怀也，诸兄之言，亦可畏也。

将仲子兮，无逾我园，无折我树檀⑦。岂敢爱之？

畏人之多言⑧。仲可怀也，

人之多言，亦可畏也。

[注释]

①将：请，希望。仲子：诗中男子的名字。②逾：越过。里：闾里。③杞：树木名，即杞树。④爱：吝惜，痛惜。⑤畏：害怕。⑥可怀：值得想念。⑦檀：檀树。⑧多言：说闲话。

[译文]

只想我的小二哥，莫越里墙进我里，别翻杞树来约会。岂是吝啬杞树枝？

父母知晓真可畏。二哥真是可怀恋，父母知道这件事，开口说话真可畏。

只想我的小二哥，莫要越墙进我里，莫爬桑树来约会。岂是吝啬桑树枝？

诸兄知晓太可畏。二哥真是可怀恋，诸兄若要知此事，开口说话真可畏。

《诗余画谱》插图

只想我的小二哥，莫过园墙到我家，莫爬檀树来约会。岂敢吝啬檀树枝？

人言纷纷甚可畏。二哥真是可怀恋，他人若是知此事，开口说话真可畏。

《叔于田》解读

这首诗描写的是一女子对自己喜欢的人的表白与赞美。他高大威猛，英俊潇洒，为人豪爽，对人有情有义，怎么不让人心动啊？本诗的写法很夸张，见到他时，别人就好像不存在了，都不如他，使人体会到那种爱恋时的“眼里只有他”的感觉，语气中充满纯净和率真，清晰地表达了女子强烈的爱恋。

叔于田

叔于田①，巷无居人②。岂无居人？
不如叔也，洵美且仁③。
叔于狩④，巷无饮酒⑤。岂无饮酒？
不如叔也，洵美且好。
叔适野⑥，巷无服马⑦。岂无服马？
不如叔也，洵美且武⑧。

[注释]

①田：田猎。②巷：城市或村庄里的道路。居人：居住的人。③洵：实在，确实。仁：仁爱。④狩：冬猎。⑤饮酒：能喝酒的人。⑥适：往，到……去。野：郊外。⑦服马：驾。⑧武：威武。

[译文]

阿叔出门去打猎，里巷没人全不在。难道里巷真没人？
没人能比那阿叔，确实漂亮又仁爱。
阿叔冬天去打猎，里巷没人来喝酒。真的没人来喝酒？
没人能比那阿叔，确实漂亮心地好。
阿叔郊外去打猎，里巷无人驾车出。真的没人把车驾？
没人能比那阿叔，确实英俊又勇武。

《大叔于田》解读

这首诗描写的是猎人打猎的场面。场面描写很精彩，也很细致。通过对他飞车冲进森林、赤膊擒虎、搭弓射箭等动作的描写，充分展现了他高超的武艺和英武豪气。这首诗的视角应该是一位女子，其感情抒发得很细腻，也很真切，表达了她对猎人的赞美与仰慕。跟随她的目光和想象，我们可以体验到当时猎人狩猎的激动场面。

大叔于田

叔于田，乘乘(chéngshèng)马①。执辔如组②，两骖如舞③。
叔在薮(sǒu)④，火烈具举⑤。襢裼(tǎn xī)暴虎⑥，献于公所⑦。
将叔无狃(niǔ)⑧，戒其伤女⑨。
叔于田，乘乘黄。两服上襄⑩，两骖雁行。
叔在薮，火烈具扬⑪。叔善射忌⑫，又良御忌⑬。
抑磬控忌⑭，抑纵送忌⑮。
叔于田，乘乘鸨(bǎo)⑯。两服齐首⑰，两骖如手⑱。
叔在薮，火烈具阜。叔马慢忌，叔发罕忌。
抑释掤(bīng)忌，抑鬯(chàng)弓忌。

[注释]

①乘马：四匹马。②执辔：挥动缰绳。组：编织丝带。③骖：四马中靠两边的马。如舞：像在跳舞，比喻有节奏。④薮：低地沼泽。⑤火烈：放火烧草，隔断野兽逃跑的路。具举：全都举起。⑥襢裼：脱掉衣服。暴：徒手搏击。⑦公所：官府所在地。⑧狃：疏忽，大意。⑨戒：防备。⑩服：四马中间的辕马。上：在前面。襄：驾车。⑪扬：旺盛。⑫忌：语气词，表示赞美。⑬良：精通。⑭磬：放马疾驰。控：勒住马。⑮纵：放箭。送：追逐。⑯鸨：花马。⑰齐首：齐头。⑱如手：像左右手一样。

《南柯梦》插图

[译文]

阿叔出外去打猎，四马驾车已上路。手执马缰像丝带，两匹骖马如跳舞。阿叔处在沼泽中，燃起猎火把兽阻。赤手空拳打猛虎，打到猎物献公府。我请阿叔要小心，谨防猛虎伤筋骨。

阿叔出外去打猎，四匹黄马套车上。两匹服马走在前，两匹骖马像雁行。阿叔身处沼泽中，烈火腾空把兽挡。阿叔善射箭飞扬，驾车他也很擅长。时而勒马停脚步，时而纵马奔前方。

阿叔出外去打猎，杂毛四马拉车走。两匹服马并头进，两匹骖马如双手。阿叔身处草沼中，烈火旺烧没尽头。阿叔驱马慢悠悠，发箭渐稀少野兽。打开箭筒装箭竿，打开弓袋把弓收。

《清人》解读

本诗的写作背景是郑文公命令高克率领清邑的军队到黄河驻防，抵御狄族的入侵。因时间太久，军队四散逃回家，主帅高克也逃往陈国。但诗的表面并没有叙述这一事实而描写的是军队到处驻扎的情景，给人威风凛凛，气势雄壮之感。可见，本诗采取的是反义的写法，这些看似正面的描写极大地讽刺了郑文公，讽刺了他滥用军队，导致军队溃散的结果。

清 人

清人在彭①，驷介旁旁②。二矛重英③，河上乎翱翔。
清人在消，驷介麃麃（biāo）④。二矛重乔⑤，河上乎逍遥。
清人在轴，驷介陶陶⑥。左旋右抽⑦，中军作好⑧。

[注释]

①在：驻守，驻扎。彭：地名。②驷介：四匹一等马。介：一等。旁旁：雄健的样子。③矛：兵器长矛。英：做装饰的红缨。④麃麃：威武的样子。⑤乔：矛上挂饰物的钩子。⑥陶陶：驱驰的样子。⑦旋：转车。抽：抽刀。⑧作好：姿态美好。

[译文]

清邑军队驻守彭，驷马披甲气势壮。车上两矛拴红缨，黄河岸边闲游荡。
清邑军队驻守消，驷马披甲多勇壮。两矛拴着野鸡毛，黄河岸上来游逛。
清邑军队驻守轴，驷马披甲行走迟。左转车驾右抽刀，军中显示身姿好。

《羔裘》解读

这首诗以羔裘起兴，描写了羔裘的美丽与合身，进而描写了主人公的杰出才能和美好品德。这首诗采用的是直接描写的方法，所谓“好马配好鞍”，如此美丽的羔裘也必须让这样一个杰出的人穿着才会使它看起来更加美丽，做到人与物的相映生辉。通过羔裘和主人公的双面刻画，本诗深切地表达了对这位正直无私、身为国家柱石的官员的赞美。

羔裘

羔裘如濡①，洵直且侯②。彼其之子，舍命不渝③。

羔裘豹饰，孔武有力④。彼其之子，邦之司直⑤。

羔裘晏兮⑥，三英粲兮⑦。彼其之子，邦之彦兮⑧。

[注释]

①濡：润泽。②洵：信，的确。侯：美。③渝：变。④孔：甚，很。⑤司直：主持正义的人。⑥晏：鲜盛的样子。⑦英：做装饰的丝绳。粲：鲜艳亮丽。⑧彦：杰出的人才。

[译文]

羊羔皮袄有光泽，大夫正直而好看。他是这样一个人，宁丢性命不变节。

羊皮袄袖豹皮镶，大夫勇武有力量。他是这样一个人，国家司直谏君王。

羊羔皮袄多鲜艳，三列豹饰光粲粲。他是这样一个人，国中英杰是楷模。

《遵大路》解读

这首诗虽然短小，但是感情丰富。描写的是一位遭遗弃的妇人在道行途中遇到了以前的情人，因此拽着他的袖口，一面控诉他的所作所为，一面又追述从前进行苦苦的哀求，希望他能改变主意。本诗虽然没有细写弃妇的悲惨遭遇，也没有写那男子的反应，但是从妇人悲哀的语气当中，我们可以看出，妇人的遭遇是极为不幸的，该男子的态度也是冷漠、坚决的。

遵大路

遵大路兮①，掺执子之袪兮②。无我恶兮，不寁故也③。

遵大路兮，掺执子之手兮。无我魗兮④，不寁好也⑤。

[注释]

①遵：循，沿着。②掺执：拉着，牵着。袪：袖口。③寁：快，迅速。故：故人。④魗：同“丑”，厌恶。⑤好：旧好。

[译文]

顺着大路向前走，用手拉住你袖口。不要如此讨厌我，

莫断旧情变成仇。顺着大路向前走，用手拉住你的手。

不要如此嫌弃我，莫将友好变成仇。

《女曰鸡鸣》解读

这首诗描写的场景发生在黎明时分。天快亮了，妻子叫丈夫快起床，而丈夫不愿起，进而夫妻之间的一场对话。对话开始先是妻子以浓情劝导自己的丈夫，接下来是丈夫回应妻子对自己的照顾。体现了夫妻间的深厚感情，由此我们可以想见一种简单温馨的幸福生活。全诗结构紧凑，读起来也朗朗上口。

女曰鸡鸣

女曰："鸡鸣。"士曰："昧(mèi)旦[1]。"

"子兴视夜[2]，明星有烂[3]。将翱将翔，弋(yì)凫(fú)与雁[4]。"

弋言加之[5]，与子宜之[6]。宜言饮酒，与子偕老。

琴瑟在御[7]，莫不静好。

知子之来之[8]，杂佩以赠之[9]。

知子之顺之[10]，杂佩以问之[11]。

知子之好之，杂佩以报之。

[注释]

①昧旦：天快要亮的时候。②兴：起。视夜：察看天色。③明星：启明星。烂：明亮。④弋：射。凫：野鸭。⑤加：射中。⑥宜：烹调菜肴。⑦御：弹奏。⑧来：劳，勤勉。⑨杂佩：女子佩带的装饰物。⑩顺：顺从，体贴。⑪问：赠送。

[译文]

妻说："鸡叫天已亮。"夫说："将亮还未亮。"

"你快起床看天色，启明星光闪闪亮。出外打猎瞧一瞧，射落凫雁喜滋滋。"

拿箭射落凫和雁，我为你烹好菜肴。做好菜肴来饮酒，我们一起活到老。

琴瑟安放支架上，必然是和睦友好。

知你殷勤把我爱，我把杂佩赠予你。

知你和顺把我待，我把杂佩赠给你。

知你对我这般好，我用杂佩报答你。

《有女同车》解读

这首诗表达的是一男子对同车女子的赞美与仰慕。男女同车，女子面容姣好、美丽，体态风韵、轻盈，让该男子心动不已。全诗语言华丽，抒发的感情也很真切。但与绚丽的外表相比，女子优雅的德行和品性更是让男子印象深刻的根源，笔墨重彩辉映，激荡在前平复于后，让人不禁陶醉于有女同车的动人情景中。

有女同车

有女同车[①]，颜如舜华[②]。将翱将翔，佩玉琼琚。
彼美孟姜，洵美且都[③]。
有女同行，颜如舜英[④]。将翱将翔，佩玉将将[⑤]。
彼美孟姜，德音不忘[⑥]。

[注释]

①有：助词，位于单音节词前。同车：同乘一辆车。②舜华：木槿花。③洵：实在。都：体面，娴雅。④舜英：木槿花。⑤将将：佩玉互相碰击的声音。⑥德音：声誉美好。

《飞影阁士记画册》插图

[译文]

姑娘和我同车行，容颜美丽如舜花。举步飘逸如鸟飞，各色佩玉身上戴。

那位漂亮姜大姐，确实姣美又文雅。

姑娘和我同车行，面如舜花真漂亮。举步飘逸如鸟飞，佩玉相撞声锵锵。

那位美艳姜大姐，声誉美好不消亡。

《山有扶苏》解读

山上有高大的扶苏木，山下低洼的地方有芙蓉花，这是一幅多么美丽的野外景色。一年轻女子正在游玩，可是情窦初开的她却没有碰上意中的美男子，而是遇到一个“愚蠢的草包”。全诗充满了调侃、戏谑的意味。诗中的“狂且”“狡童”并不是真实意义的讽刺，而是一种开玩笑式的嬉闹。又因为全诗出自少女之口，读来趣味盎然，不失天真、善良。

山有扶苏

山有扶苏[①]，隰有荷华[②]。不见子都[③]，乃见狂且[④]。
山有桥松，隰有游龙[⑤]。不见子充，乃见狡童。

[注释]

①扶苏：茂木。②隰：低湿的洼地。荷华：荷花。③子都：古代的美男子。下

文“子充”同。④乃：反而。狂且：犹言狂行钝拙之人。⑤游龙：红草，亦名水红。

[译文]

山上长着参天树，洼地荷花到处开。未能见到美男子，却见轻狂的人来。

高大松树遍山坡，洼地红蓼处处开。没有见到美男子，却见轻浮少年来。

《箨兮》解读

本诗简洁活泼，写的是在一对聚会上的男女间相互邀请，一起唱歌的热闹场面。诗的节奏感很强，读来朗朗上口，给人轻松、快活之感。同时，也可看出当时男女间的关系还是比较开放和自由的。诗的起兴以风吹落叶、草木凋零的萧瑟来映衬男女相邀歌舞的热烈和激动，采用的是正反相对的手法，从而更突现了该聚会的难得和人们之间真挚的感情。

萚(tuò)兮

萚兮萚兮①，风其吹女(rǔ)②。叔兮伯兮，倡予和(hè)女③。

萚兮萚兮，风其漂女④。叔兮伯兮，倡予要(yāo)女⑤。

[注释]

①萚：脱落的木叶。②其：助词，无实义。女：同“汝”，你。③和：跟着唱。④漂：飘。⑤要：邀请，跟随。

[译文]

树落叶啊草凋零，大风来把你们吹。小弟弟啊大哥哥，你们领唱我跟随。

树落叶啊草凋零，漫天飘荡任风吹。小弟弟啊大哥哥，你们领唱我跟随。

《狡童》解读

这首诗表达的是女子对男子的抱怨。诗中把情郎呼作“狡童”，是一种又爱又恨的感情。那个“他”不和这女子说话了也不和她相好了，女子一面抱怨，一面又忍不住去想他，已经到了吃不下饭，睡不着觉的状态。与前先女子被遗弃的诗不同，该诗的感觉理智而非惆怅。虽然主人公的状态令人担忧，但显然其境遇并不让人担忧，料想只是失恋的正常反应，诗中的生气显示这女子即将的解脱和释怀。

狡童

彼狡童兮①，不与我言兮。

维子之故②，使我不能餐兮。

《诗余画谱》插图

彼狡童兮，不与我食兮。

维子之故，使我不能息兮[③]。

［注释］

①狡童：狡猾的孩子。②维：因为。③息：安，安宁。

［译文］

那位漂亮小伙子，不肯与我把话谈。
由于你的缘故啊，使我无心来进餐。
那位漂亮小伙子，不肯与我来吃饭。
由于你的缘故啊，使我寝食都不安。

《褰裳》解读

这首诗的描写很直接也很大胆，意思简单明了。写的是一位少女对情郎的挑逗。从诗句的描写上看，两人的性格形成了鲜明的对比：男子性格胆小、羞涩，喜欢女子又不敢直接挑明，在二人关系中处于被动；女子则大胆、直率，是主动的一方。诗句出自女子之口，带有女子简洁、直接的性格特征。虽然表面看来泼辣、干脆，细品实则温柔、含蓄、腼腆、朴实，透着对情郎真诚的爱慕之情。

褰(qiān)裳

子惠思我，褰裳涉溱(zhēn)[①]。子不我思，岂无他人？

狂童之狂也且[②]！

子惠思我，褰裳涉洧(wěi)[③]。子不我思，岂无他士？

狂童之狂也且！

［注释］

①褰：用手提起。裳：下身的衣服。涉：渡过。溱：郑国河名。②也、且：语气助词，没有实义。③洧：郑国河名。

［译文］

你若爱我把我念，提裙涉过溱河来。你若不把我来念，岂无他人把我爱？
傻小子里你最呆！
你若爱我把我念，提裙涉过洧河来。你若不把我来念，岂无男士把我爱？
傻小子里你最呆！

《丰》解读

这首诗反映的是一位出嫁女子在出嫁当天的心理变化活动，写她由最初的抗拒婚姻，到后悔，进而接受婚姻的过程。诗中描写了男子的等待以及女子的穿着打扮，这些信息反映的都是古代结婚时的一些风俗。诗并没有写女子因何拒婚，反而侧重于对被拒丈夫姿态的描写，从而深化了之后女子的后悔和对夫君的呼唤，感情表达的强烈、真实。

丰

子之丰兮①，俟我乎巷兮②，悔予不送兮③！
子之昌兮④，俟我乎堂兮，悔予不将兮⑤。
衣锦褧衣⑥，裳锦褧裳⑦。叔兮伯兮，驾予与行⑧。
裳锦褧裳，衣锦褧衣。叔兮伯兮，驾予与归⑨。

[注释]

①丰：丰满，标致。②俟：等待。③送：追随。④昌：健壮。⑤将：同“送”。⑥衣锦：穿着锦绣上衣。褧衣：麻纱罩衣。⑦裳锦：穿着锦绣下裙。褧裳：麻纱罩裙。⑧驾：驾车。与行：与你同行。⑨归：出嫁。

[译文]

你有丰满俊容颜，亲自迎我到门外，后悔未能随你还！
你的身体多强健，亲自迎我到门外，后悔未能随你还。
身着锦衣罩外衫，穿上锦裙罩外裙。我的阿弟与阿哥，驾车来迎再成婚。
身着锦裙罩外裙，穿上锦衣罩外衫。我的阿弟与阿哥，快驾车来随你还。

《东门之墠》解读

这首诗写的是一对恋人之间的感情出了问题。两家人离得很近却不相见，双方心里有着很强的距离感。女方的感情很微妙也很复杂，因而作了这首诗。在诗中她表达了对男方的想念、抱怨，还有质问；同时，这也是对他们现在这种关系的疑问，不知道到底哪里出了问题。

东门之墠（shàn）

东门之墠①，茹藘在阪（bǎn）②。
其室则迩③，其人甚远。
东门之栗，有践家室④。

岂不尔思？子不我即[5]。

［注释］

①墠：郊外平坦之地。②茹藘：又名茜草、牛蔓。阪：坡。③迩：近。④践：排列整齐。⑤即：就。

［译文］

东门广场平坦坦，茜草生长土坡间。他的住处离我近，他却好像离我远。

东门附近有栗树，善良人家在树边。哪能不把你来想？你却不到我身边。

《风雨》解读

本诗是一女子所作，表达的是情人到来后，她由悲转喜的感受。外面风雨大作，公鸡一声声啼叫，而此时她是孤身一人待在房间里，等待情人的到来。内外的恶劣情境，使她本就孤独、悲戚之感更增添了几分。而此时，情人突然来到，试问，谁不会欣喜非常呢？这首诗把气氛渲染与心境描写有机地融为一体，令读者感受非常，产生深深的共鸣。

风雨

风雨凄凄，鸡鸣喈喈[1]。既见君子，云胡不夷[2]？

风雨潇潇，鸡鸣胶胶[3]。既见君子，云胡不瘳(chōu)[4]？

风雨如晦[5]，鸡鸣不已。既见君子，云胡不喜？

［注释］

①喈喈：鸡叫的声音。②云：语气助词，无实义。胡：怎么。夷：平。③胶胶：鸡叫的声音。④瘳：病好，病痊愈。⑤晦：昏暗。

［译文］

刮风下雨天气凉，鸡鸣喈喈天已亮。见到丈夫回家来，心中怎能不欢乐？

风雨交加声潇潇，群鸡啼叫天已晓。见到丈夫回家门，怎能不乐不欢畅？

风雨急骤天昏暗，鸡鸣喈喈不肯停。见到丈夫回家来，心中怎能不欢喜？

《子衿》解读

这是一首相思诗，表达了女子对情人的思念。诗中没有交代具体的原因，也没有对那个男子作直接的描写，只提到了他的衣领和玉佩。但物之所系，心之所想，一个“青青”，一个“悠悠”，物无情，人有情，读来不禁使人激荡不已，女子深深的爱恋脱之欲出。全诗都是围绕着女子的思念来写的，此时女子的心情既有对情人的思念，又有点点的忧伤。爱之深责之切，让人不觉感触良深。

子衿(jīn)

青青子衿①，悠悠我心。纵我不往②，子宁不嗣音③？

青青子佩，悠悠我思。纵我不往，子宁不来？

挑兮达兮④，在城阙兮⑤。一日不见，如三月兮！

青青子衿，悠悠我心

[注释]

①衿：衣领。②纵：即使，就算。③宁：竟然。嗣：留下，留有。音：音信，消息。④挑兮达兮：往来轻疾的样子。⑤城阙：城楼。

[译文]

青青颜色你衣领，悠悠绵长我的心。即使我不把你见，难道你竟无音信？

你的佩玉青又青，我的情思长又长。即使我不把你见，你竟不肯来探望？

往来游走心焦急，就在城阙那上边。一天未能看到你，好像三月没见面！

《扬之水》解读

本诗可以看作是一首劝谏诗。在诗中，主人公恳切地规劝对方不要听信流言蜚语，要相信他。诗中反复提到“终鲜兄弟”，说明他们二人之间的关系很亲密，彼此也很珍惜，因而在这种情况下，哪里还有比自己更值得也更应该相信的人呢？这对于劝谏起到了很好的支持作用。诗中对于兄弟情深、相知相依的表达通过“扬之水”的正面反映，显示了主人公极为真诚恳切的态度。

扬之水

扬之水①，不流束楚②。终鲜兄弟③，维予与女(rǔ)④。

无信人之言，人实迋女(guàng rǔ)⑤。扬之水，不流束薪⑥。

终鲜兄弟，维予二人。

无信人之言，人实不信。

［注释］

①扬：水流缓慢的样子。②束：捆扎。楚：荆条。③鲜：少，缺少。④女：同“汝”，你。⑤迋：同“诳”，意思是欺骗。⑥薪：柴。

［译文］

小河之水缓缓流，一束荆条冲不走。
我家本来兄弟少，总共才有我和你。
勿听外人来进言，他们说谎来诳你。
小河之水缓缓流，一束柴火冲不走。
我家本来兄弟少，只有你我相关心。
勿听外人来进言，他们实不可信赖。

《诗余画谱》插图

《出其东门》解读

这首诗是男子对相恋女子的忠贞表白。走出东门，女孩子多得就像天上的云彩，但是没有一个能赢得我的心，我只对你一往情深，只有你才是我的知音。本诗对我国自古以来的纯洁的爱情观进行了高度的赞扬。诗中没有描绘主人公心仪女子的形象，但通过对比和对那女子衣裙的清晰记忆，可见那女子的美好和主人公对她的眷恋。

出其东门

出其东门，有女如云。虽则如云，匪我思存①。
缟衣綦（qí）巾②，聊乐我员③。出其闉阇（yīn dū）④，有女如荼（tú）⑤。
虽则如荼，匪我思且。缟衣茹藘⑥，聊可与娱。

［注释］

①匪：非。存：心中想念。②缟衣：白色的绢制衣服。綦巾：茜青色佩巾。③聊：且。员：同“云”，语气助词，没有实义。④闉阇：曲折的城墙重门，这里指城门。⑤荼：白色茅花。⑥茹藘：茜草，可作红色染料，这里借指红色佩巾。

［译文］

走出郑国东城门，姑娘多如天上云。虽然多如天上云，非我日夜想的人。
白衣绿巾好姑娘，才可使我乐开心。走出郑都城门外，姑娘就像白茅花。
虽然好似白茅花，非我日夜想的她。白衣红巾好姑娘，才可与她共欢合。

《野有蔓草》解读

这首诗描写的是一男子在野外踏青时偶然遇到了一位美丽的女孩子。他一见钟情，因而作了这首诗。诗中描写了野外的美丽景色，小草青青，上面还挂着露珠。这时，一位女孩走来，她眼睛明亮，容貌姣好，亭亭玉立，让男子心动不已。其中对于女子眼睛的描绘是全诗的一个重点，也是该男子反复吟咏、让他印象深刻的地方。清新的乡野在一双清亮的眼睛的点染下，显得生气勃勃，美景与佳人一时共入心怀是男子此刻最大的自豪和满足。

野有蔓草

野有蔓草①，零露漙(tuán)兮②。有美一人，清扬婉兮③。
邂逅相遇④，适我愿兮。
野有蔓草，零露瀼(ráng)瀼⑤。有美一人，婉如清扬。
邂逅相遇，与子偕臧⑥。

[注释]

①蔓草：蔓延的草。②零：滴落。漙：露水多的样子。③清扬：眉清目秀的样子。婉：美好。④邂逅：无意中相见。⑤瀼：露水多的样子。⑥臧：善，美好。

[译文]

郊野蔓蔓春草青，露落草上水珠圆。有一美人在草间，眉清目秀真好看。
不期相遇很有缘，感情投合遂我愿。
郊野蔓蔓春草青，露落草上水晶莹。有一美人在草间，身姿飘逸眼明亮。
不期相遇很有缘，同她珍惜这初见。

《溱洧》解读

诗背景是郑国的上巳节。上巳节有个风俗，未结婚男女可自由相会，甚至同居，此举是为了增加国家人口。本诗写的就是上巳节青年男女相会郊游的盛况。节日的盛况是通过一对男女的对话来侧面描写的，进而也反映了当时社会的自由爱情观。

溱 洧

溱与洧，方涣涣兮①。士与女②，方秉蕑(jiān)兮③。女曰：观乎④？士曰：既且⑤。且往观乎？洧之外，洵訏(xū)且乐⑥。维士与女，伊其相谑，赠之以勺药。

溱与洧，浏其清矣[⑦]。士与女，殷其盈矣[⑧]。女曰：观乎？士曰：既且。且往观乎？洧之外，洵訏且乐。维士与女，伊其将谑，赠之以勺药。

芍药，《诗经集传》插图

［注释］

①涣涣：水盛的样子。②士：古代对男子的称呼。③方：正。秉：执。蕑：兰草。④观乎：去看吗？⑤既：已经。且：通“徂”，去、往。⑥訏：大。⑦浏：水清的样子。⑧殷：众多。

［译文］

溱河与洧河，河水正弥漫。小伙和姑娘，双手正持兰。女请男士去观看，男士回答已看完。应当再去看一看，洧河水流两岸边，宽阔欢乐真好玩。姑娘与小伙，说笑戏逗两相恋，手拿芍药赠情人。

溱河与洧河，河水正清澈。小伙和姑娘，熙熙攘攘河两岸。女请男士去观看，男士回答已看完。应当再去看一看，洧河水流两岸边，宽阔欢乐真好玩。姑娘与小伙，说笑戏逗两相恋，手拿芍药赠情人。

齐风

《鸡鸣》解读

这首诗是一对夫妻的对话。丈夫是一位朝廷官员，早上要上早朝，可他却一直赖在床上不肯起来，因此妻子催促他赶紧起床，别耽误上朝。本诗写法独特，从头到尾一直是直接的夫妻对话描写，很有意思。官员对妻子耍赖不起床的借口看似无礼，其实表明了他自己对朝廷及为官的一种真实的厌烦态度，通过他我们也可以窥见当时朝政的情形。

鸡鸣

鸡既鸣矣，朝(cháo)既盈矣①。匪鸡则鸣，苍蝇之声。

东方明矣，朝既昌矣②。匪东方则明，月出之光。

虫飞薨薨，甘与子同梦③。会且归矣④，无庶予子憎⑤。

[注释]

①朝：朝廷，朝堂。盈：满。②昌：兴旺，众多。③甘：愿。④会：朝会。且：就要，即将。归：回家。⑤无庶："庶无"，希望，但愿。予：给予。憎：憎恶。

[译文]

晨鸡已经在啼叫，群臣早朝全都到。不是晨鸡在鸣叫，而是苍蝇嗡嗡叫。

东方天光已大明，群臣全都上朝廷。不是东方天已明，乃是月光亮晶晶。

虫儿纷飞闹哄哄，情愿与你在梦中。暂且上朝及早归，你我莫招群臣憎。

《还》解读

这首诗是猎人之间的赞美，描写的是一位女猎人在打猎途中偶遇男猎人。男子的英武伟岸与彬彬有礼给她留下了深刻的印象，因而作此诗怀念。他们二人，一个高大威猛，一个健美姣好；一个英武雄壮，一个端庄淳朴。本诗既是对两个猎人间相互称赞、相互欣赏的赞美，同时也表达了女子对猎人的爱慕之情。

还

子之还兮①，遭我乎猺(náo)之间兮②。并驱从两肩兮③，

揖我谓我儇(xuān)兮④。

子之茂兮⑤，遭我乎猺之道兮。并驱从两牡兮⑥，

揖我谓我好兮。

子之昌兮⑦，遭我乎猺之阳兮⑧。并驱从两狼兮，

揖我谓我臧兮⑨。

[注释]

①还：身体轻捷的样子。②遭：相遇。猺：山名。③从：追赶。肩：三岁的兽。④揖：相见时作拱手状的礼节。儇：敏捷灵便。⑤茂：美好。⑥牡：雄兽。⑦昌：盛大光明。⑧阳：山的南面。⑨臧：强壮勇武。

[译文]

你的身手十分的敏捷，我们相遇在猺山的山谷。我们一起追赶两头野兽，你却大方地称赞我技高。

你的射技这样的精湛，我们相遇在猺山的山谷。我们并肩追赶两头公猪，你拱手称赞我身手不凡。

你的身材这样的健壮，我们相遇在猺山的山谷。我们骑马追赶两只野狼，你却作揖夸赞我不寻常。

狼，《诗经集传》插图

《著》解读

这首诗描写的是一对新人结婚时新娘见到新郎的情景。诗中并没有正面描写新郎的相貌和神态，只是反复写到了他所佩戴的玉充耳在闪闪发光。从这一点题的指代描写中，我们可以想象那新郎的相貌，相信应该是比较英俊的。本诗准确地写出了新娘当时的心情，既兴奋激动，又有些害羞。本诗对新娘的这一心理活动刻画得可谓十分准确到位。

著

俟我于著乎而①，充耳以素乎而②，尚之以琼华乎而③。

俟我于庭乎而，充耳以青乎而，尚之以琼莹乎而。

俟我于堂乎而，充耳以黄乎而，尚之以琼英乎而。

[注释]

①著：门和屏风之间。乎而：语助词。②以：用，拿。素：白色丝线。③尚：

加。琼华：美玉。

[译文]

新郎等我门屏间，充耳用那白线悬，悬挂着温润美玉。

新郎等我于庭前，充耳用那青丝悬，琼莹美玉真晶莹。

新郎等我于堂前，充耳用那黄线悬，琼英美玉光闪闪。

《东方之日》解读

这首诗写了一对青年男女间的恩爱。其中，男子把情人比作火热的太阳、皎洁的月亮，可见女子多么美丽，同时，使这首诗充满了光亮与色彩，烘托了气氛。诗中美丽的女子主动来和情郎相会，男子非常欢喜，从而作此诗，表达对女子的喜爱之情。同时，从太阳升起写到月亮出来，时间不觉一晃而过，相互爱慕的情人完全陶醉在彼此的欣赏和喜悦当中，可见情之真、爱之切，那种发自内心的依恋也让人不由为之心动。

东方之日

东方之日兮，彼姝者子，在我室兮。

在我室兮，履我即兮①。

东方之月兮，彼姝者子，在我闼(tà)兮②。

在我闼兮，履我发兮③。

[注释]

①履：蹑，踩。即："行"，足迹。②闼：门内。③发：脚印。

[译文]

东方太阳已升起，那位姑娘真漂亮，来我室中在一起。

来我室中在一起，伸出脚来踩我迹。

月亮升起在东方，那位姑娘真漂亮，来我夹室住一起。

来我夹室住一起，伸出脚来踩我印。

《东方未明》解读

这首诗是一个在官府当差的小官吏的内心独白。政务繁忙，上面催得又很紧，因此他不敢怠慢，天还没亮就赶快起来，从早忙到晚。这样他的时间全部都被官差占据了。在天还没有亮的时候给自己家做个篱笆都得小心翼翼，时不时地四处张望一下，生怕被官府的人看到，由此我们可以看出当时官吏的辛苦和繁忙。全诗以时间为着眼点和切入点就是为了表现当时官吏紧张、忙碌的生活。

东方未明

东方未明，颠倒衣裳[1]。颠之倒之，自公召之[2]。

东方未晞[3]，颠倒裳衣。倒之颠之，自公令之。

折柳樊圃[4]，狂夫瞿瞿[5]。不能辰夜[6]，不夙则莫[7]。

柳，《诗经集传》插图

[注释]

①衣：上身穿的衣服。裳：下身穿的衣服。②自：因为。公：指王公贵族。③晞：破晓。④樊：篱笆。圃：菜园。⑤瞿瞿：瞪着眼睛看的样子。⑥不能：不能分辨。辰：白天。⑦夙：早。莫：同“暮”，晚。

[译文]

太阳还未出东方，颠倒衣裳穿身上。颠颠倒倒穿衣裳，只因齐君召唤忙。
太阳未出天未亮，颠倒裙衣穿身上。倒倒颠颠穿衣裳，齐君吩咐我紧张。
折断柳枝做篱笆，狂夫瞪眼细监视。守夜之人不胜任，齐君召令没定时。

《南山》解读

本诗的背景是齐襄公与其同父异母的妹妹文姜淫乱私通。文姜嫁给鲁桓公之后，鲁桓公纵容妻子，而且不加以防范，最终招来杀身之祸，被齐襄公谋杀。本诗描写的就是这一事件，以此讽刺了齐襄公和文姜的荒淫，表达了人民的极大愤慨。诗中不是单纯地从一个人的对错来陈述这件事情，而是从当事人三方的角度做了追查，使得大家对这件事有明确、客观的评判，从叙述角度来说是很成功的。行文中以问句提示思考，这点也颇为出色。

南山

南山崔崔[1]，雄狐绥绥[2]。鲁道有荡[3]，齐子由归[4]。
既曰归止[5]，曷又怀止[6]？
葛屦（jù）五两[7]，冠緌（ruí）双止[8]。鲁道有荡，齐子庸止[9]。
既曰庸止，曷又从止？

艺麻如之何⑩？衡从其亩⑪。取妻如之何？必告父母。

既曰告止，曷又鞠止⑫？

析薪如之何⑬？匪斧不克⑭。取妻如之何？匪媒不得。

既曰得止，曷又极止？

［注释］

①崔崔：高。②绥绥：求偶的样子。③荡：平坦。④齐子：齐女，指文姜。由：从（这里）。归：出嫁。⑤既：既然。止：句末语气词。⑥曷：为什么。怀：怀念，想念（对方）。⑦葛屦：葛布鞋。五：配。两：双，两只。⑧冠：帽子。緌：帽带结于下巴后下垂的部分。⑨庸：由，用。⑩艺：种植。如之何：如何，怎么样。⑪衡：横。⑫鞠：穷，极，尽其淫欲。⑬析：劈开。⑭匪：通“非”，没有。克：能，完成。

［译文］

南山啊高高耸立，雄狐啊缓步摇晃。去鲁大道坦荡荡，从此出嫁是文姜。

已经嫁给鲁桓公，襄公何又将她想？

鞋带交错成一对，帽带飘飘是一双。去鲁大道坦荡荡，从此出嫁是文姜。

已经嫁给鲁桓公，襄公何又将她想？

种麻应当怎样种？必须纵横耕田垄。娶妻应该如何做？必告父母且遵从。

桓公既已告父母，何又携妻见襄公？

劈柴应当如何劈？没有斧子劈不成。娶妻应该如何做？没有媒人娶不成。

桓公既已娶文姜，何又携妻到齐城？

《甫田》解读

这首诗描写了一位妇女对丈夫的深切呼唤，表达了对远在他乡的丈夫的思念。诗中是借用耕种大面积的田地忙不过来、无可奈何来比喻妻子对丈夫的思念，也表达了自己的伤心之情。丈夫远在他乡，不知何时才能回来，自己还要耕种，真是无可奈何。诗的最后一节描写了她丈夫的成长，表达了她对时光匆匆过去的感怀。诗句以气恼的意象开始到最后以甜蜜的意象结束，妻子对丈夫的爱深刻到骨髓，一时之愤在一片的浓情蜜意中仅仅是细小的一道波澜。

甫田

无田甫田①，维莠骄骄②。无思远人，劳心忉（dāo）忉③。

无田甫田，维莠桀桀④。无思远人，劳心怛（dá）怛⑤。

婉兮娈兮⑥，总角丱(guàn)兮⑦。未几见兮，突而弁(biàn)兮⑧！

莠，《诗经集传》插图

[注释]

①无田：没有力量耕种。甫田：很大的田地。②莠：田间的杂草。骄骄：杂乱茂盛的样子。③忉忉：忧愁的样子。④桀桀：杂乱茂盛的样子。⑤怛怛：悲伤的样子。⑥婉：貌美。娈：清秀。⑦总角：小孩头两侧上翘的小辫。丱：两角的样子。⑧弁：帽子。古时男子成人才戴帽子。

[译文]

不要耕种大片田，满地野草生得高。不要想念远方人，思而不得心烦恼。

不要耕种大片田，遍地野草高又高。不要想念远方人，思而不得心忧愁。

他真年轻又漂亮，一双总角分两边。上次见他没多久，忽然长大戴弁冠。

《卢令》解读

这是一首赞美猎人的诗。猎人帅气、勇敢、和善，具有很高的才能，让人不由得赞叹与佩服。本诗并不是直接描写猎人，而是通过描写猎人猎犬所戴的项圈、锁链等来描写猎人的优点的，因为好的猎狗来自好的猎人，二者是相依的，可爱的猎狗显现出可爱的猎人。人们喜爱猎狗，更敬仰猎人，这样的写法使猎人不但通过其本身、还通过其身边的“伙伴”得到了双重的彰显，给人以独特而新颖的印象。

卢令

卢令令①，其人美且仁。
卢重环②，其人美且鬈(quán)。
卢重鋂(méi)，其人美且偲(cāi)③。

[注释]

①卢：猎犬。②重环：子母环。③偲：才能。

[译文]

黑猎狗儿颈环响，猎人仁爱又美丽。

黑猎狗儿带双环，猎人漂亮又强健。
黑狗颈环套双环，他是美丽多才男。

《敝笱》解读

本诗和下一首诗《载驱》都是《南山》的续篇，描写了襄公与文姜的私通，讽刺了他们的荒淫无道，表达出人民的极大愤慨。诗文以“敝笱”起兴，一开始就表明了人民的厌恶态度，所以接下来的叙述听起来其实就像人们在无聊地述说有这样一件事，当个茶余饭后的谈资，但内心显然并不在意、也不上心，像水中的游鱼一样任其悠游。

敝笱（gǒu）

敝笱在梁①，其鱼鲂鳏（guān）。齐子归止，其从如云②。
敝笱在梁，其鱼鲂鱮（xù）。齐子归止，其从如雨。
敝笱在梁，其鱼唯唯③。齐子归止，其从如水。

[注释]

①敝笱：破旧渔网。②从：仆从，随从。③唯唯：鱼相随行的样子。

[译文]

鱼梁放置破鱼筐，鲂鱼鳏鱼任游荡。文姜违礼回齐国，随从多如云飘翔。
鱼梁放置破鱼筐，鲂鱼鱮鱼任出入。文姜违礼回齐国，随从多如雨倾注。
鱼梁放置破鱼筐，鱼儿来往自安详。文姜违礼回齐国，随从多如水浩荡。

《载驱》解读

本诗和上一首诗《敝笱》都是《南山》的续篇，描写了襄公与文姜的私通，讽刺了他们的荒淫无道，表达了人民的极大愤慨。与上首诗的简淡无为不同的是，这首诗通过对文姜一行浩浩荡荡的车队的跟进描绘，及对文姜心理的细致把握和设想，极大地强化了诗的讽刺意味，以大河的汹涌、人马的众多和齐鲁大道的坦荡反衬文姜的无耻和淫乱。

载驱

载驱薄薄①，簟茀（diàn fú）朱鞹（kuò）②。鲁道有荡，齐子发夕③。
四骊（lí）济济④，垂辔沵沵⑤。鲁道有荡，齐子岂（kǎi）弟⑥。
汶水汤汤⑦，行人彭彭⑧。鲁道有荡，齐子翱翔。

汶水滔滔[9]，行人儦儦[10]。鲁道有荡，齐子游敖[11]。

[注释]

载驱薄薄，簟茀朱鞹

①载：乃。驱：驾车疾行。薄薄：车疾行的声音。②簟：竹席。茀：竹帘。朱鞹：染红的去毛兽皮，作为覆蔽。③发：早上。夕：傍晚。④骊：黑色的马。济济：整齐。⑤辔：缰绳。沵沵：柔软。⑥岂弟：欢乐安闲。⑦汤汤：水大的样子。⑧彭彭：多的样子。⑨滔滔：水流浩荡。⑩儦儦：众多的样子。⑪游敖：悠游自在。

[译文]

马车奔驰隆隆响，竹席红皮围车厢。向鲁大道平坦坦，文姜整天起路忙。

四匹黑马排整齐，柔软马缰向下垂。向鲁大道平坦坦，文姜和乐不羞惭。

汶河之水浩荡荡，行路人熙熙攘攘。向鲁大道平坦坦，文姜肆意来游逛。

汶河之水浪滔滔，行路人往往来来。向鲁大道平坦坦，文姜纵情闲游荡。

《猗嗟》解读

本诗是对一位英武少年的赞美之词。他身材颀长，浓眉大眼，仪表堂堂。更重要的是，他有着高超的射箭本领，武艺高强，将来定是位定国安邦的英雄。诗句读来充满生气，洋溢着骄傲、自豪之情。其中少年的举止、神态虎虎机智，很有灵气。另有一说本诗赞美了鲁庄公，表达了对他将来能够使国家强盛，抵抗外敌的期望。

猗 嗟

猗嗟昌兮[1]，颀而长兮[2]。抑若扬兮[3]，美目扬兮[4]。

巧趋跄兮[5]，射则臧兮[6]。

猗嗟名兮，美目清兮。仪既成兮[7]，终日射侯[8]。

不出正兮[9]，展我甥兮[10]。

猗嗟娈兮，清扬婉兮。舞则选兮[11]，射则贯兮[12]。

四矢反兮，以御乱兮。

[注释]

①猗嗟：赞叹之辞。昌：盛。②颀：指身材高大。③抑：美貌。扬：前额丰满。④扬：睁开。⑤巧：灵巧，机敏。趋：快走。跄：从容，舒展。⑥射：射箭。臧：好，妙。⑦仪：仪式。成：完成。⑧侯：靶。⑨出：离开。正：靶心。⑩展：诚，真是。⑪舞：跳舞，射礼中的一项程序。选：与众不同。⑫贯：中而穿革。

巧趋跄兮，射则臧兮

[译文]

啊，身体多健壮，身材高大美儿郎。器宇轩昂有风度，目明眼亮神飞扬。急步走路多轻巧，射箭技艺特高强。

啊，身体多强壮，一双眼睛亮又清。宾射之礼都完毕，终日射箭中侯正。箭箭不离靶中央，乃是齐国好外甥。

啊，少年真英俊，眉目清秀神采扬。舞步整齐中节拍，发箭射穿侯中央。四箭皆中同一处，可以御敌治家邦。

魏风

《葛屦》解读

这首诗描写的是一个女仆为贵妇人缝制新衣服、新鞋子的场面。本诗采取了对比手法，一方面，女仆不辞辛苦地工作，另一方面，那位贵妇人却大模大样，对她不理不睬，认为这是理所应当的，二人的身份地位以及个性都形成了鲜明的对比。本诗既是对劳苦百姓的深深同情，也是对剥削阶级的强烈讽刺。

葛屦(jù)

纠纠葛屦①，可以履霜②？掺掺女手③，可以缝裳？
要之襋(jí)之④，好人服之⑤。
好人提提⑥，宛然左辟⑦，佩其象揥(tì)⑧。
维是褊心⑨，是以为刺⑩。

[注释]

①纠纠：绑住。葛屦：葛布鞋。②履：踏。③掺掺：形容女子的手纤细。④要：“腰”，作动词。襋：衣领，作动词。⑤好人：对自己主人的尊称。⑥提提：优雅动人。⑦宛然：回转的样子。辟：同“避”。⑧象揥：象牙做的发簪。⑨维：因为。是：指这个人。褊心：心地狭窄。⑩是：因此，所以。刺：讽刺。

[译文]

葛草鞋破用绳系，双脚怎能来踩霜？两手纤细干干瘦，我又安能来缝裳？
裙腰裙襟都缝成，贵妇穿在她身上。
贵妇移步很安详，扭转腰肢躲一方，象牙簪子头上戴。
由于贵妇心术歪，写诗讽刺为此桩。

《汾沮洳》解读

这是一首赞美男子的诗。女子在河边采野菜，偶遇一位男子。该男子仪表堂堂，一表人才，令女子心动不已。诗中并没有直接描写男子的相貌，而是说他“美无度”“美如英”“美如玉”。虽然我们看不到男子的长相，却可以想象一个高大帅气的男子站在眼前。同时，诗还运用了对比的手法，将男子与那些官人进行比较，那些当官的根本比不上他。本诗既赞美了男子的俊朗和高洁的人品，表达心中的爱慕，同时也讽刺了那些身在高位，却品性恶劣的官员。

汾沮洳(jù rù)

彼汾沮洳①，言采其莫②。彼其之子，美无度③。

美无度，殊异乎公路④。

彼汾一方⑤，言采其桑。彼其之子，美如英⑥。

美如英，殊异乎公行(háng)⑦。

彼汾一曲⑧，言采其荬(xù)⑨。彼其之子，美如玉。

美如玉，殊异乎公族⑩。

桑，《诗经集传》插图

[注释]

①汾：水名。沮洳：低湿的地方。②莫：草名，即莫菜。③无度：无法衡量。度，衡量。④殊异：优异出众。公路：官职。⑤方：边，旁。⑥英：花。⑦公行：官职。⑧曲：拐弯的地方。⑨荬：草名，即泽泻。⑩公族：官职。

[译文]

在那汾河低湿地，他正忙着来采菜。他这人儿让人爱，无法衡量他可爱。

美得无法来衡量，官职与他无法比。

在那汾水河边上，他正起劲来采桑。他这人儿让人爱，容貌英俊花一样。

容颜英俊似鲜花，官职之人比不上。

在那汾水河湾旁，他正专心采泽泻。他这人儿让人爱，容貌美丽像玉石。

容颜漂亮似玉石，公族比他不可及。

《园有桃》解读

这首诗是一个生活不得志之人所发的牢骚，体现了他的苦闷与无可奈何。事事不如意，他别无他法，只能耸耸肩膀，作诗来聊以自慰。本诗表达的感情十分强烈，也很真实，尤其是反复写“其谁知之”，更是他对上天的发问，对人间的呼唤，有一种知己难得的慨叹。全诗以桃树、枣树起兴，与饥渴相连，突出了主人公不为人知的内心苦闷，节奏哀婉而不失力量，同时也表明了主人公宁可暗自伤心也不愿背离自己信念的坚决品性。

园有桃

园有桃，其实之殽[1]。心之忧矣，我歌且谣[2]。

不知我者，谓我士也骄。彼人是哉[3]？子曰何其[4]？

心之忧矣，其谁知之[5]？其谁知之？盖亦勿思[6]！

园有棘[7]，其实之食。心之忧矣，聊以行国[8]。

不知我者，谓我士也罔极[9]。彼人是哉？子曰何其。

心之忧矣，其谁知之？其谁知之？盖亦勿思！

园有桃，其实之殽

［注释］

①殽：吃。②歌：众人同唱的曲子。谣：一人独唱的曲子。③是哉：如此这般正确吗。④子曰何：你认为如何。其：语气词，表疑问。⑤其：语气词，表推测。谁知之：谁了解我？⑥盖：何不，为什么不。⑦棘：酸枣树。⑧行国：在国内周游。⑨罔极：意思是心中没有知足的时候。

［译文］

果园里边种桃树，桃子可吃味道好。我的心中有忧愁，排遣忧愁用歌谣。
一些人们不知我，说我做人太骄傲。他们所说正确否？对错你把态度表。
我的心里有忧愁，许多苦衷谁知晓？许多苦衷谁知晓？何须多想费思考！
果园里边种棘树，果实可吃是酸枣。我的心中有忧愁，且游国内把忧消。
一些人们不知我，说我立身无准则。他们所说正确否？对错你把态度表。
我的心中有忧愁，许多苦衷谁知晓？许多苦衷谁知晓？何须多想费思考！

《陟岵》解读

这首诗表达的是对亲人，对家乡的深深思念。主人公长年远征他乡，久未归家。这天他独自一人登高远望，思绪万千。他想起了远在家乡的父亲、母亲和兄弟，想起了自己离家那天家人的嘱咐。如今自己依旧在外征战，不知何时才能回家，心中充满了对未来的担心和对家人的思念。本诗的想象自然，感情表达强烈，十分感人。往事在目，山河辽远，对家乡、亲人的思念仿佛没有尽头！

陟岵

陟彼岵兮[①]，瞻望父兮。父曰："嗟！予子行役，夙夜无已[②]。上慎旃哉[③]！犹来无止[④]！"

陟彼屺兮，瞻望母兮。母曰："嗟！予季行役，夙夜无寐。上慎旃哉！犹来无弃[⑤]！"

陟彼冈兮，瞻望兄兮。兄曰："嗟！予弟行役，夙夜必偕[⑥]。上慎旃哉！犹来无死[⑦]！"

[注释]

①岵：多草木的山。②已：停止。③上：通"尚"表示祈祷。慎：小心谨慎。旃：语气助词。④犹：还是。止：停留不归。⑤弃：弃家不归。⑥偕：勤奋刻苦。⑦死：客死不归。

[译文]

登上草木繁盛山，瞻望家父在远方。

父亲开口长声叹："我儿服役在前方，四处忙碌日夜忙。

望你万事要谨慎，归家不要多延停！"

登上山头光秃秃，眺望远方我老母。

母亲开口长声叹："小儿服役在前方，从早到晚不能眠。

望你万事要谨慎，归家不要想放弃！"

登上那边高山冈，眺望老兄在远方。

老兄开口长声叹："小弟服役在前线，早晚勤勉劳作忙。

望你万事要谨慎，归家不要死他方！"

陟彼岵兮，瞻望父兮

《十亩之间》解读

这是一首桑女之歌，描写了采桑女子结束一天的劳动工作后，一同归家的场面。诗的风格活泼自然，表达出轻松愉快的心情。其中，"行，与子还""行，与子逝"两句则是作者的呼唤，说出了诗人想归于民间，归于田园的想法。语气中有释放和自豪、坚决的意味，表明田园工作的惬意和舒畅。

十亩之间

《飞影阁士记画册》插图

十亩之间兮，桑者闲闲兮①，行，与子还兮②。

十亩之外兮，桑者泄(yì)泄兮③，行，与子逝兮④。

[注释]

①闲闲：宽闲的样子。②行：走。还：回家。③泄泄：悠然自在。④逝：离去。

[译文]

十亩桑田多宽阔，采桑女悠然自得，走，我们同归真高兴！
十亩桑田多宽阔，采桑女从容自得，走，我们同归真高兴！

《伐檀》解读

这首诗描写的是一群伐木工对剥削阶级的强烈控诉。诗中赤裸裸地揭露了剥削阶级的不劳而获和无情占有劳动人民的生产成果，而劳动者辛勤劳动却一无所得。本文诗句自由活泼，长短句兼有；同时，诗中对比强烈，有穷苦的劳动阶级和剥削阶级的对比，也有不劳而获的统治者和正直清廉的君子的对比，有力地讽刺了贪得无厌的剥削者。

伐檀

坎坎伐檀兮①，置之河之干兮②，河水清且涟猗③。
不稼不穑(sè)④，胡取禾三百廛(chán)兮⑤？不狩不猎，
胡瞻尔庭有县貆兮⑥？彼君子兮，不素餐兮⑦！
坎坎伐辐兮⑧，置之河之侧兮，河水清且直猗⑨。
不稼不穑，胡取禾三百亿兮⑩？不狩不猎，
胡瞻尔庭有县特兮⑪？彼君子兮，不素食兮！
坎坎伐轮兮，置之河之漘(chún)兮⑫，河水清且沦猗⑬。
不稼不穑，胡取禾三百囷(qūn)兮⑭？不狩不猎，

胡瞻尔庭有县鹑(chún)兮[15]？彼君子兮，不素飧(sūn)兮[16]！

[注释]

①坎坎：用力伐木的声音。②干：河岸。③涟：风吹水面形成的波纹。猗：语气助词，没有实义。④稼：种田。穑：收，割。⑤禾：稻谷。廛：束，捆。⑥县：同“悬”，挂。貆：小貉，小猪獾。⑦素餐：意思是白吃饭不干活。素，空，白。⑧辐：车轮上的辐条。⑨直：河水直条状的波纹。⑩亿：束，捆。⑪特：三岁的兽。⑫漘：水边。⑬沦：小波。⑭囷：束，捆。⑮鹑：鹌鹑。⑯飧：熟食。

[译文]

砍伐檀树咚咚响，檀木放于河岸边，河水清清泛波澜。
你们不种亦不收，为何取禾三百束？你们从不来打猎，
为何院中挂猪獾？那些大人先生们，不是白白吃闲饭！
砍木做辐响叮当，车辐放于河岸旁，河水清清波浪直。
你们不种亦不收，为何取禾三亿束？你们从不来打猎，
为何大兽挂院里？那些大人先生们，不是白白把饭吃！
砍木叮当做车轮，车轮放置在河岸，河水清清小波纹。
你们不种亦不收，为何取禾三百束？你们从不来打猎，
为何院中挂鹌鹑？那些大人先生们，不是白白把饭吞！

《硕鼠》解读

本诗采用了象征手法，硕鼠即象征着那些不劳而获、高高在上的统治者。在诗中，硕鼠的形象是猥琐的，它任意挥霍、毫无情义。本诗表达了人民不堪重负，强烈地控诉统治者的“硕鼠”行为；同时说出了内心的呼唤，希望能离开，去到“乐土”那里，过上平等、快乐的生活。诗中的“乐土”虽属虚幻，但却无疑给苦难中的人们带来了希望和力量，是他们精神的支柱和向往。本诗是《诗经》中的名篇，世代为人们传唱。

硕 鼠

硕鼠硕鼠，无食我黍。三岁贯女[1]，莫我肯顾[2]。
逝将去女[3]，适彼乐土。乐土乐土，爰得我所！
硕鼠硕鼠，无食我麦。三岁贯女，莫我肯德[4]。
逝将去女，适彼乐国。乐国乐国，爰得我直[5]！
硕鼠硕鼠，无食我苗。三岁贯女，莫我肯劳[6]。
逝将去女，适彼乐郊。乐郊乐郊，谁之永号[7]！

[注释]

①三岁：泛指多年。贯：事，侍奉。女：同“汝”，你。②莫我肯顾：莫肯顾我。顾，顾怜。③逝：用作“誓”。去：离开。④德：此指感激。⑤爰：乃。直：同“值”，代价。⑥劳：慰劳。⑦号：哀号。

硕鼠，《诗经集传》插图

[译文]

大老鼠啊大老鼠，莫要再吃我的谷。多年我把你豢养，你却不把我照料。

发誓将要离开你，前去幸福好乐土。乐土乐土真是好，那是我们好去处！

大老鼠啊大老鼠，不要再吃我的粮。多年我把你豢养，得你感激是妄想。

发誓将要离开你，前去乐国好地方。乐国乐国真是好，劳动所得自己享！

大老鼠啊大老鼠，不要再吃我禾苗。多年我把你豢养，你却不把我慰劳。

发誓将要离开你，我们马上去乐郊。乐郊乐郊真是好，谁还长声去哀号！

唐风

《蟋蟀》解读

本诗描写的是一位古代官员的内心独白。蟋蟀在叫，年复一年，眨眼间又到了年底。主人公慨叹时光飞逝，主张及时行乐。同时也告诫人们要居安思危，在行乐时也不要耽误正事，生活劳逸结合。只有这样才是贤士的所为。蟋蟀的存在提示时间的流转，行乐和公职是主人公最为在意和关心的两件事情。从诗句的叙述中我们可以看到时人对于时间、行乐、公职的一种健康而理智的看法和态度。

蟋蟀

蟋蟀在堂①，岁聿其莫②。今我不乐，日月其除③。
无已大康④，职思其居⑤。好乐无荒⑥，良士瞿瞿⑦。
蟋蟀在堂，岁聿其逝。今我不乐，日月其迈⑧。
无已大康，职思其外⑨。好乐无荒，良士蹶(jué)蹶⑩。
蟋蟀在堂，役车其休⑪。今我不乐，日月其慆(tāo)⑫。
无以大康，职思其忧⑬。好乐无荒，良士休休⑭。

[注释]

①堂：堂屋。②聿：语气助词，没有实义。莫：同“暮”。③除：消逝，过去。④已：过度，过分。大康：康乐，安乐。⑤职：主要职务。居：所处的地位。⑥好：喜欢。荒：荒废。⑦瞿瞿：心中警戒的样子。⑧迈：消逝，过去。⑨外：指分外的事。⑩蹶蹶：勤劳敏捷的样子。⑪役车：服役出差乘坐的车。休：休息。⑫慆：逝去。⑬忧：忧患。⑭休休：安闲自得的样子。

蟋蟀，《诗经集传》插图

[译文]

天冷蟋蟀进堂屋，一年将尽又岁末。如今我若不享乐，光阴如流身边过。
也别过分享安乐，还要想着做工作。喜欢享乐业别废，贤良常常自警戒。

天冷蟋蟀进堂屋，一年时光将逝去。如今我若不享乐，光阴似箭不可留。
也别过分享安乐，分外之事要思虑。喜欢享乐业别废，贤良之士勤刻苦。
天冷蟋蟀进堂屋，役车休息回故乡。如今我若不享乐，光阴如箭不回还。
也别过分享安乐，国家忧患还要想。喜爱享乐业别废，贤良之士心安详。

《山有枢》解读

本诗从表面上看是诗人在规劝那些有钱有势的贵族要及时行乐，因为人生苦短，年华易逝，而且钱财死不带去。其实，本诗采用的是暗讽的写法，其真意是在讽刺那些贵族贪婪、吝啬的守财奴嘴脸。这种写法，使得其讽刺意味更加浓烈。

山有枢

山有枢①，隰有榆②。子有衣裳，弗曳(yè)弗娄③。
子有车马，弗驰弗驱。宛其死矣④，他人是愉。
山有栲⑤，隰有杻(niǔ)⑥。
子有廷内⑦，弗洒弗扫。
子有钟鼓，弗鼓弗考⑧。
宛其死矣，他人是保⑨。
山有漆⑩，隰有栗⑪。
子有酒食，何不日鼓瑟？
且以喜乐，且以永日。
宛其死矣，他人入室。

枢，《诗经集传》插图

[注释]

①枢：树名，即刺榆树。②隰：潮湿的低地。榆：树名。③曳：拖。娄：牵。曳、拖在这里是指穿着。④宛：死去的样子。⑤栲：树名，即山樗。⑥杻：树名。⑦廷内：庭院和房屋。⑧考：敲击。⑨保：占有，据为己有。⑩漆：漆树。⑪栗：栗子树。

[译文]

高山之上长刺榆，低湿土地生白榆。你有许多好衣裳，向来不穿也不取。

你有好车和好马，从不驾车去驰驱。不知哪天命归天，别人进屋全窃取。
高山之上长栲树，低湿土地生杻树。你有内室与庭堂，从不洒水来扫除。
你有钟来又有鼓，从不敲打寻欢娱。不知哪天你死去，别人进屋都占去。
高山之上长漆树，低湿土地生栗树。你有酒来又有肉，何不天天把瑟弹？
且用奏乐来找乐，且借弹瑟混时间。不知哪天命归天，别人住进你房间。

《扬之水》解读

本诗的背景：公元前 8 世纪，晋昭公封他的叔叔桓叔于曲沃。随着桓叔的治理，曲沃逐渐强大起来，因而，桓叔的野心逐渐膨胀，妄图取代晋昭公。这首诗便是一位前来投靠桓叔的人所写，表达了他见到桓叔的喜悦之情，同时也表达了对桓叔的忠心不二。诗从一开始就是在一种舒缓、静谧的环境下展开，这与鲜艳的服饰及见面时的喜悦达到了互衬的艺术效果。

扬之水

扬之水，白石凿凿①。素衣朱襮(bó)②，从子于沃③。
既见君子，云何不乐？
扬之水，白石皓皓④。素衣朱绣，从子于鹄(hú)。
既见君子，云何其忧？
扬之水，白石粼粼⑤。我闻有命⑥，不敢以告人！

[注释]

①凿凿：鲜明的样子。②襮：绣有花纹的衣领。③于：从，跟随，到。沃：地名。④皓皓：洁白。⑤粼粼：清澈的样子。⑥闻：听到。命：命令，政令。

[译文]

小河之水慢慢流，冲得白石更新鲜。白色内衣红领边，随你来到这曲沃。
已经见到那桓叔，心中怎能不欢乐？
小河之水慢慢流，冲得石头更白净。白衣红领绣五彩，随你来到曲沃城。
已经见到那桓叔，心中怎会有忧情？
小河之水慢慢流，冲得白石亮晶晶。我听曲沃有政令，不敢随意说分明！

《椒聊》解读

花椒成熟，又是一个丰收年。诗人见到一位采花椒的美丽女子，不由得表达心中的爱慕与赞美，因而作了这首诗。在诗中，作者把那女子比作花椒树，美丽、温柔、妩媚；同时，另有一说，花椒的饱满、串串的果实也象征着女子将来的孩子会很多，也是一种赞美之词。

全诗以花椒起兴，引出心仪的女子，最后干脆把那女子当成了花椒树，这一感情的深入变化充分表明了诗人的决心与信念。

椒(jiāo)聊

椒聊之实[①]，蕃(fán)衍盈升[②]。

彼其之子，硕大无朋[③]。

椒聊且，远条且[④]。

椒聊之实，蕃衍盈匊(jú)[⑤]。

彼其之子，硕大且笃[⑥]。

椒聊且，远条且。

椒，《诗经集传》插图

[注释]

①椒聊：椒树。实：果实。②蕃衍：同“繁衍”。盈：满。升：古代计量单位。③无朋：无比。④远条：香气远扬。⑤匊：两手合捧。⑥笃：厚道，老实。

[译文]

花椒树上结果实，采子众多用升量。你看那位好妇人，身材高大世无匹。

串串花椒挂树上，芳香远播久飞扬。花椒树上结果实，采子众多用手捧。

你看那位好妇人，身材高大又仁厚。串串花椒挂树上，芳香远播久飞扬。

《绸缪》解读

这首诗描写了一对青年男女幽会的情景。在夜晚的野外，星光点点，男子收拾好柴草，等待着情人的到来。女子到来，男子很兴奋，高兴地手舞足蹈，不知该怎么回应这莫大的幸福，同时也在深深地反问自己。本诗就是男子见到情人时的内心独白。由此我们可以真切地体验到一种少年所特有的纯粹、悸动的心怀，加上轻柔明朗的月色，情境感觉格外舒适、宜人。

绸缪

绸缪束薪[①]，三星在天[②]。今夕何夕[③]？见此良人。

子兮子兮[④]，如此良人何[⑤]？

绸缪束刍[⑥]，三星在隅。今夕何夕？见此邂逅[⑦]。

子兮子兮，如此邂逅何？

绸缪束楚，三星在户。今夕何夕？见此粲者[⑧]。

子兮子兮，如此粲者何？

[注释]

①绸缪：捆绑，缠绕。②三星：参星。③今夕何夕：今晚是怎样的夜晚？④子兮：你呀。⑤如……何：把……怎么样。⑥刍：喂牲口的青草。⑦邂逅：不期而遇。⑧粲：鲜明的样子。

[译文]

拿绳紧把薪柴缠，参星高悬在天边。今晚究竟啥夜晚？

与这良人来相会。哎呀你呀哎呀你，对这良人如何办？

拿绳紧把草料捆，参星已到天东南。今晚究竟啥夜晚？

能会和悦人儿面。哎呀你呀哎呀你，和悦人儿如何办？

拿绳紧把荆条缠，参星高照门上边。今晚究竟啥夜晚？

得与美人来相见。哎呀你呀哎呀你，对这美人如何办？

《杕杜》解读

这首诗描写的是流民、饱受苦难的人的生活，表达了他们的心声和呼唤。在诗中，主人公孤苦伶仃，孤单地在他乡流浪，期望得到别人的同情与救助，可惜无人应答，我们所听到的也只是他那无力的呼唤。可以推断，主人公最后的结局也是十分悲惨的。本诗感情真挚自然，唤起了读者深深的同情。诗中应用了强调式的问句，一方面表明主人公不得已的立场，另一方面也显示了现实的残酷无情，给人的感觉刻骨铭心。

杕（dì）杜

有杕之杜[①]，其叶湑（xǔ）湑[②]。独行踽（jǔ）踽[③]，岂无他人？

不如我同父[④]。嗟行之人，胡不比焉[⑤]？

人无兄弟，胡不佽（cì）焉[⑥]？有杕之杜，其叶菁（jīng）菁[⑦]。

独行睘（qióng）睘[⑧]，岂无他人？不如我同姓[⑨]。

嗟行之人，胡不比焉？人无兄弟，胡不佽焉？

甘棠，《诗经集传》插图

[注释]

①杕：树林独生的样子。杜：棠梨树。②湑湑：繁盛。③踽踽：孤独的样子。④同父：共有一个父亲的人。⑤胡：为什么。比：亲近，帮助。⑥佽：帮忙，扶助。⑦菁菁：繁茂。⑧睘睘：无依无靠。⑨同姓：指兄弟。

[译文]

孤独停立棠梨树，叶儿生长多繁盛。独自徘徊冷清清，难道没人一同行？

不如兄弟有真情。可叹路上那些人，为何不同我亲近？

我无兄弟独一人，为何不肯相帮助？孤独傍立棠梨树，叶儿密密青又青。

独自走路孤零零，难道没人一同行？不如兄弟有亲情。

可叹路上那些人，为何不同我亲近？我无兄弟独一人，缘何不肯相帮助？

《羔裘》解读

这首诗描写了一对旧情人相见时的情景，表达了女子对男子的讽刺。旧情人变得富有了，俨然作出一副贵族的模样，对女主人公的态度也很傲慢。因此，在诗中，女主人公表明了自己的态度，前来赴约不是因为男子的富裕，而是因为他们曾经相好过；同时，也表达出对那男子盛气凌人的鄙夷与讽刺。对于羔裘的刻画在女子讥讽的语气中得到突现，让人感觉表面越是厚实高贵，内里越是无聊虚伪。

羔裘豹袪，自我人居

羔裘

羔裘豹袪(qū)①，自我人居居(jù)②。
岂无他人？维子之故③。
羔裘豹褎④，自我人究究⑤。
岂无他人？维子之好⑥。

[注释]

①袪：袖口。②自：对。我人：我们这些人。居居：同“倨倨”，傲慢无礼。③维：因为。故：故人，故友。④褎：同“袖”。⑤究究：狂傲虚浮。⑥好：相好。

[译文]

豹皮袖口羔皮袄，待我无礼傲气足。
难道无人把我爱？念你是我旧情夫。
豹皮袖口羔皮袄，对我骄傲无礼貌。
难道无人把我爱？念你是我旧相好。

《鸨羽》解读

这首诗描写的是社会底层人民的困苦生活。官差、徭役没有休止，人民无法进行生产，整天忙于徭役，因此人们的生活困苦不堪。本诗以大雁栖息在小树上起兴，象征着人们的背井离乡，无法归家，表达了诗人对人民的同情以及对繁重徭役的强烈不满。诗中多次提及父母，表达了人民对故土、亲人的挂牵，与统治者的荒淫、残暴形成强烈的对比，加强了控诉的力度和悲愤。

鸨（bǎo）羽

肃肃鸨羽①，集于苞栩（xǔ）②。王事靡盬（gǔ）③，不能蓺稷黍④。
父母何怙（hù）⑤？悠悠苍天，曷其有所⑥？
肃肃鸨翼，集于苞棘。王事靡盬，不能蓺黍稷。
父母何食⑦？悠悠苍天，曷其有极⑧？
肃肃鸨行，集于苞桑。王事靡盬，不能蓺稻粱。
父母何尝⑨？悠悠苍天，曷其有常⑩？

[注释]

①肃肃：雁振翅声。鸨：鸨雁。羽：羽毛。②栩：柞树。苞：丛生。③靡：没有。盬：停止。④蓺：种植。⑤怙：依靠。⑥有所：得其所，回归故乡。⑦食：吃。⑧有极：到头，到顶点，终止。⑨尝：吃。⑩常：正常。

[译文]

鸨雁振翅肃肃响，栖于丛生柞树上。君王征役无尽时，不能耕种稷和黍。

父母依靠谁来养？请问高远那苍天，我们何时归故乡？

梁、稻，《诗经集传》插图

鸨雁振翅肃肃响，栖于丛生枣树上。君王征役无尽时，不能耕种黍和稷。

父母生活吃啥粮？请问高远那苍天，何日终止服役忙？

鸨雁振翅肃肃响，栖于丛生桑树上。君王征役无尽时，不能种稻和高粱，

父母养命尝啥粮？请问高远那苍天，何时生活能正常？

《无衣》解读

本诗的写法很新颖独特，表面看来诗人是在赞美爱人的衣服，自己的衣服再多也不如爱人的衣服舒适、暖和。其实，作者真实的目的在于通过赞美爱人的衣服来赞美爱人，表达自己对爱人的深情厚爱，是典型的由物及人的手法。本诗读起来节奏明快，虽只有短短的两节，但却表现了深刻的感情。因为有感情寄托，所以爱人的衣服才具有了自己衣服所比不了的温馨和美好。这种对情感的赞叹在诗经中应用得相当普遍。

无衣

岂曰无衣？七兮[①]。不如子之衣，安且吉兮[②]。

岂曰无衣？六兮。不如子之衣，安且燠兮[③]。

[注释]

①七：表示衣服很多。②安：舒适。吉：好，漂亮。③燠：暖和。

[译文]

谁说没有衣裳穿？算算总共有七样。虽多不如你的衣，穿上舒服又吉祥。

谁说没有衣裳穿？算算总共有六样。虽多不如你的衣，穿上舒适又暖和。

《有杕之杜》解读

本诗是一首大胆的示爱之作，是一首女子为追求男子，表达自己内心想法的恋歌。当时的社会风气还是比较自由的，女子的思想也没有受到禁锢。在诗中，女子对男子有着深深的相思，但是却没有得到男子的任何回应，因此，她心里很紧张，充满疑问。最终，她下定决心，与其这样没结果的猜测还不如做出行动，因此她邀请男子相会，本诗很可能就是她在等待男子到来时所作的。

有杕之杜

有杕之杜，生于道左。彼君子兮，噬肯适我[①]？

中心好之[②]，曷饮食之[③]？有杕之杜，生于道周。

彼君子兮，噬肯来游？中心好之，曷饮食之？

［注释］

①噬：发语词。②中心：心中。好之：衷爱它。③食：饮食。

［译文］

杜梨孤独又冷清，在那道东慢生长。我的心中如意郎，肯否爱我诉衷肠？反正心中把他爱，何不拿食请他尝？杜梨孤独又冷清，在那道西慢生长。我的心中如意郎，肯否看我来身旁？反正心里把他爱，何不拿食请他尝？

《葛生》解读

本诗描写的是一位妇女在悼念去世丈夫的情景。丈夫已经去世，自己仍孤单地活在人世间。春夏秋冬，每日每夜都在想念丈夫，现在只等在自己百年之后，在坟墓中与丈夫相会、团聚。本诗读来感情真挚深刻，缠绵悱恻，悲哀之至，可谓千古绝唱。“谁与”的设问把主人公的处境清晰地展现出来，在寂寥的心绪中周围的景物也笼罩在阴冷衰亡的氛围里，感情深入、厚重得透不过气来。

葛生

葛生蒙楚[①]，蔹(liǎn)蔓于野[②]。予美亡此[③]，谁与[④]？独处。

葛生蒙棘，蔹蔓于域[⑤]。予美亡此，谁与？独息。

角枕粲兮[⑥]，锦衾烂兮[⑦]。予美亡此，谁与？独旦。

夏之日，冬之夜。百岁之后，归于其居[⑧]。

冬之夜，夏之日。百岁之后，归于其室[⑨]。

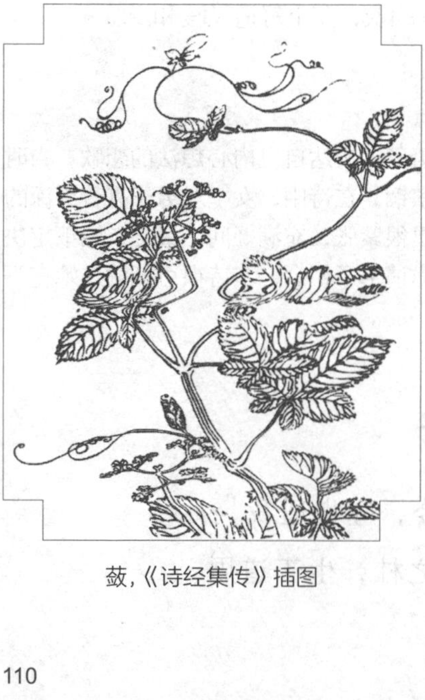

蔹，《诗经集传》插图

［注释］

①蒙：缠绕。楚：荆条。②蔹：草名，即白蔹。③予美：指所爱的人。④谁与：与谁，能和谁在一起。⑤域：坟地。⑥角枕：敛尸所用的枕头。粲：色彩鲜明。⑦锦衾：锦缎褥子，裹尸用。烂：色彩鲜明。⑧居：指坟墓。

⑨室：指墓穴。

[译文]

葛藤爬上那荆条，蔹草蔓延满荒郊。我那丈夫离人世，无伴独居真难熬。
葛藤爬上酸枣树，蔹草蔓延满墓地。我那丈夫离人世，无伴独寝意凄凄。
看那角枕仍鲜丽，见那锦被仍灿烂。我那丈夫离人世，无伴独自夜待旦。
夏季白天长又长，冬天夜晚甚漫长。一旦百年我死亡，地下伴夫夙愿强。
冬天夜晚甚漫长，夏季白天长又长。一旦百年我死亡，墓中伴夫夙愿强。

《采苓》解读

本诗是一首劝谏诗，意在劝告人们切勿听信他人制造的谣言，以免受其害。当时社会风气有些混乱，谣言四起，诗人十分痛恨这种行为，因此作了这首诗。在诗中，他一方面劝告人们不要相信谣言，同时也对那些制造谣言的人进行了猛烈的抨击，暗示他们行为的无耻。

采 苓

采苓采苓①，首阳之巅②。人之为言③，苟亦无信④。
舍旃(zhān)舍旃⑤，苟亦无然⑥。人之为言，胡得焉⑦？
采苦采苦，首阳之下。人之为言，苟亦无与⑧。
舍旃舍旃，苟亦无然。人之为言，胡得焉？
采葑采葑，首阳之东。人之为言，苟亦无从⑨。
舍旃舍旃，苟亦无然。人之为言，胡得焉？

[注释]

①苓：甘草。②首阳之巅：首阳山山顶。③为言：讹言，谎话。④苟：一定。无信：不要相信。⑤舍旃：离开它，舍弃它。⑥无然：不要以为然。⑦胡得焉：能得到什么。⑧无与：不要参与。⑨无从：不要跟随。

[译文]

采甘草啊采甘草，在那首阳山顶上。那人说的虚伪话，千万别信别上当。
劝你把它全丢弃，别信他对不提防。那人说的虚伪话，有何可取费思量？
采苦菜啊采苦菜，首阳山下采些来。那人说的虚伪话，切勿赞许别受害。
劝你把它全丢弃，别信他对不提防。那人说的虚伪话，有何可取费思量？
采芜菁啊采芜菁，首阳山东采起来。那人说的虚伪话，可别信从把事坏。
劝你把它全丢弃，别信他对不提防。那人说的虚伪话，有何可取费思量？

秦风

《车邻》解读

这首诗慨叹了人生的苦短，意在劝告人们应及时行乐。诗中描写了君臣对话的场景，二人并排而坐，一同吹拉弹唱，同时说出了光阴似箭，应及时行乐的话。从中我们还可以看出，当时秦国的君主是平易近人的，这也反映出当时秦国君臣之间的森严的等级制度还没有形成。

车邻

有车邻邻①，有马白颠②。未见君子，寺人之令③。

阪有漆，隰(xí)有栗。既见君子，并坐鼓瑟。

今者不乐，逝者其耋(dié)④！

阪有桑，隰有杨。既见君子，并坐鼓簧。

今者不乐，逝者其亡⑤！

有车邻邻，有马白颠

[注释]

①邻邻：车行的声音。②白颠：马额上长白毛。③寺人：宦官。④逝者：今后，将来。其：语气词，表推测。耋：七八十岁，指年老。⑤亡：死去。

[译文]

车队向前邻邻响，马儿额头白毛长。没见秦王他的面，宦官前去报君王。
山坡之上种漆树，低湿之地植栗树。已经见到秦王面，并肩而坐把瑟鼓。
现在若是不享乐，以后年老无欢乐！
山坡之上种桑树，低湿地上长白杨。已经见到秦王面，并肩而坐演奏簧。
现在若是不享乐，以后想乐人已亡！

《驷驖》解读

这首诗描写了秦襄公打猎的场面。君臣骑着高大强壮的马，紧随襄公，猎完南面的猎苑再去北苑打猎，最后满载猎物而归。秦国从襄公的时候开始和其他诸侯国争霸，逐鹿中原。因此，本诗通过描写襄公打猎的情况赞美了襄公的英武雄壮，不仅仅是在打猎之中，更是在争霸之中。

驷驖（tiě）

驷驖孔阜①，六辔（pèi）在手。公之媚子②，从公于狩。

奉时辰牡③，辰牡孔硕④。公曰左之⑤，舍拔则获⑥。

游于北园，四马既闲。輶（yóu）车鸾镳（biāo）⑦，载猃（xiǎn）歇骄⑧。

游于北园，四马既闲

[注释]

①驷驖：四匹赤黑色如铁的马。②媚子：亲信、宠爱的人。③奉：通“逢”，遭遇，碰上。时：即“是”，这。辰牡：公鹿。④硕：肥大。⑤左之：向左。⑥舍拔：放箭。舍，放。拔，箭末。⑦輶：轻便的车。⑧载：装载。猃：长嘴的猎狗。歇骄：短嘴的狗。

[译文]

四匹黑马高又大，六条缰绳手中执。襄公宠爱那些人，跟从君王把猎打。
奉献这群应时兽，应时公兽体硕大。襄公下令向左转，放箭射杀所得多。
猎罢畅游于北园，四马拉车真熟练。轻车马嚼鸾铃响，车载各种猎狗回。

《小戎》解读

公元前 766 年，秦襄公率军远征西戎，本诗就是一位妻子在思念远征西戎的丈夫时所作。在诗中，每节的前六句是军队风貌的描写，是妻子想象中的情景。描写军容雄壮盛大，这也是民歌中妻子夸耀丈夫时经常用的手法。本诗表达了妻子对丈夫的赞美，同时，也表达了对丈夫的思念和担心，期盼着丈夫能够早日回来。

小戎

小戎俴（jiàn）收①，五楘（mù）梁辀（zhōu）②。游环胁驱③，阴靷（wù）鋈续④。
文茵畅毂（gǔ）⑤，驾我骐馵（zhù）⑥。言念君子，温其如玉。
在其板屋，乱我心曲。
四牡孔阜，六辔在手。骐骝（liú）是中⑦，䯄（guā）骊是骖。
龙盾之合⑧，鋈以觼（jué）軜（nà）⑨。言念君子，温其在邑⑩。
方何为期？胡然我念之？
俴驷孔群⑪，厹（qiú）矛鋈錞（duì）⑫。蒙伐有苑⑬，虎韔（chàng）镂膺⑭。
交韔二弓，竹闭绲（gǔn）縢（téng）⑮。言念君子，载寝载兴。
厌厌良人⑯，秩秩德音⑰。

［注释］

①俴：浅。收：轸。②楘：用皮革在辕上缠绕形成的特定花纹。梁辀：如舟样弯曲的辕。③游环：活动的环。胁驱：马车上的皮条。④靷：引车前行的皮带。鋈：白铜。续：系在车上的环。⑤文茵：虎皮坐垫。畅：长。毂：车。⑥骐馵：两种马。⑦中：在中间，指辕马。⑧龙盾：画龙的盾牌。⑨觼：有舌的环。軜：骖马的缰绳。⑩温：温文尔雅。在邑：驻守城邑。⑪俴驷：披薄金甲的四马。孔群：马群很协和。⑫厹矛：韧有三角的矛。錞：矛柄的金属套。⑬蒙：杂色。伐：盾。有苑：有花纹。⑭虎韔：虎皮做的弓袋。镂：雕刻花纹。膺：弓袋正面。⑮绲：绳子。縢：缠束。⑯厌厌：安静。⑰秩秩：懂礼节有教养之意。

［译文］

轻巧战车车厢浅，五个皮箍绕独辕。铜环缰绳控骖马，拉车皮条铜环连。
虎皮坐垫车毂长，驾着骐馵奔向前。心中思念我夫君，温和如同玉一般。
他伐西戎住木屋，使我心中不能安。
四匹公马很肥大，六条缰绳手中拿。拉车服马是骐骝，骖是黄马和黑马。
画龙盾牌合一处，轼前铜环把辔挂。心中思念我夫君，性情温和守边邑。
将在何日凯旋归，为何这样想念他？
四马和谐不披甲，三刃长矛白铜錞。大盾画羽图案美，虎皮弓袋雕花纹。
两弓交叉装弓袋，竹制夹弓绳缠牢。思念我那好夫君，晚睡早起抖精神。
安静平和我夫君，礼节名声天下传。

《蒹葭》解读

这是一首美丽、含蓄的情歌。表达的是对朝思暮想的人的赞美和思念。全诗写的亦真亦幻，闪烁缥缈，是我国最早的朦胧诗之一。诗人心中想着她，望着她，可望而不可即，心中的情意如何诉说。此外另有一说，诗中的伊人不是实实在在的意中人，而是诗人的某种可望不可即的理想或抱负。从全诗来看，这种说法也是不无道理的。

蒹(jiān)葭(jiā)

蒹葭苍苍①，白露为霜。所谓伊人②，在水一方。
溯洄(huí)从之，道阻且长。溯游从之，宛在水中央。
蒹葭凄凄，白露未晞③。所谓伊人，在水之湄④。
溯洄从之，道阻且跻(jī)⑤。溯游从之，宛在水中坻(chí)⑥。
蒹葭采采⑦，白露未已⑧。所谓伊人，在水之涘(sì)⑨。
溯洄从之，道阻且右⑩。溯游从之，宛在水中沚(zhǐ)。

[注释]

①蒹葭：芦苇。苍苍：茂盛的样子。②伊人：那个人。③晞：干。④湄：岸边。⑤跻：登高。⑥坻：水中的小沙洲。⑦采采：茂盛的样子。⑧已：止，干。⑨涘：水边。⑩右：弯曲，迂回。沚：水中的小沙洲。

《飞影阁士记画册》插图

[译文]

河岸芦苇茂苍苍，早晨秋露结成霜。心中思念好姑娘，她在小河那一边。

逆河而上去找她，道路危险又漫长。顺水而下去找她，好像她在水中央。

河岸芦苇茂又密，早晨露水未晒干。心中思念好姑娘，她在河的那一边。

逆河而上去找她，道路渐高又危险。顺流而下去找她，好像她在水中滩。

河岸芦苇密麻麻，早晨秋露未全干。心中思念好姑娘，她在河水那一边。

逆河而上去找她，道路险阻又转弯。顺水而下去找她，好像她在水中滩。

《终南》解读

秦襄公来到终南山，人民纷纷前来探望。襄公穿锦衣、披狐裘，衣服光鲜明亮，玉佩叮当作响。襄公平易近人，人们作此诗，表达对襄公的赞美以及对他长寿的良好祝愿。秦襄公礼贤下士，深得民心，秦国自他始真正强大起来。全诗以“终南何有”起兴，表明人们希望以最美好的事物奉献给这位仁德的君主，表达自己的敬慕和感激之情，但和君主的仁德比较起来，似乎倾尽终南山所有也不足以表达出人民对襄公的敬慕之情，充分体现了人民的爱戴之情。

终南

终南何有？有条有梅①。君子至止②，锦衣狐裘。颜如渥丹③，其君也哉！

终南何有？有纪有堂④。君子至止，黻(fú)衣绣裳⑤。佩玉将将⑥，寿考不忘⑦！

［注释］

①条：山楸。梅：楠树。②至：到达，来到。止：句末语气词。③颜：脸色。如：像。渥：涂抹。丹：红色涂料。④纪：通“杞”，乔木名。堂：通“棠”，棠梨树。⑤黻：古代礼服上黑与青相间的花纹。⑥将将：叮叮当当的声音。⑦寿考：健康长寿。不忘：不止，没有尽头。

终南山，《关中胜迹图》插图

［译文］

终南山上有何物？有那山楸与楠树。君王驾临名山中，狐裘锦衣一身素。

面色红润有光泽，真乃秦国好君主！终南山上有何物？有那杞柳棠梨树。

秦王驾到大山中，绣花衣裙高贵服。身上佩玉锵锵响，祝君长寿永为王！

《黄鸟》解读

秦穆公去世，子车氏三子奄息、仲行、鍼虎为之殉葬。这三人都是秦国当时可以以一当百的贤良之才，人民十分痛惜，因此作了这首诗。诗以黄鸟的急急飞叫起兴，象征着当时情况的紧急，形势的严峻。国人无奈，问以苍天，如能换子车三氏不殉，愿以百条命换一命。全诗集急迫、悲痛、愤慨、惋惜、无奈等情感于一体，极大地控诉了古代的殉葬制度，同时对三人的遭遇给予莫大的同情。

黄鸟

交交黄鸟①，止于棘。谁从穆公②？子车奄息③。

维此奄息，百夫之特④。临其穴，惴惴其慄⑤。

彼苍者天，歼我良人⑥？如可赎兮⑦，人百其身⑧！

交交黄鸟，止于桑。谁从穆公？子车仲行。

维此仲行，百夫之防⑨。临其穴，惴惴其慄。

彼苍者天，歼我良人？如可赎兮，人百其身！

交交黄鸟，止于楚。谁从穆公？子车鍼(qián)虎。

维此鍼虎，百夫之御⑩。临其穴，惴惴其慄。

彼苍者天，歼我良人！如可赎兮，人百其身！

[注释]

①交交：飞而往来的样子。②从：殉葬。③子车：姓。奄息：名。④特：匹敌。⑤慄：战栗。⑥歼：消灭，杀尽。⑦如：如果，假设。可：可以，能够。赎：交换，换回。⑧人百其身：以百倍的生命来交换。⑨防：防范，防备。⑩御：抵御，抵挡。

[译文]

黄雀鸣叫声凄凉，栖息在那枣树上。谁随穆公一起死？子车奄息去殉葬。

就是这位好奄息，百个男人比不上。走近墓穴他惊望，全身发抖心慌张。

高高苍天你在上，竟使好人被灭亡？如能允许赎他命，愿用百人来抵偿！

黄雀鸣叫声凄凉，落在那棵桑树上。谁随穆公一起死？子车仲行去陪葬。

这位仲行才德强，百个男人也难挡。走近墓穴他惊望，全身发抖心慌张。

高高苍天你在上，竟使好人被灭亡？如果可以赎他命，愿用百人来抵偿！

黄雀鸣叫声凄凉，停于那些荆条上。谁随穆公一起死？子车鍼虎得殉葬。

这位鍼虎有才德，百个男人比不了。走近墓穴他惊望，全身发抖心慌张。

黄雀，《诗经集传》插图

高高苍天你在上，竟使好人被灭亡！如果可以赎他命，愿用百人来抵偿！

《晨风》解读

夫妻二人约好在山上林间相会，妻子在等待丈夫的到来，不过丈夫始终没有出现，妻子怀疑丈夫已经抛弃了自己，因而作了这首诗，表达了自己心中的痛苦以及对丈夫这种行为的强烈谴责。整首诗借助景物正反的对比显示自己内心的焦虑和担忧，非此即彼，虽然有可能出现好的方面，然而妻子心中的警觉还是把她无措的情态淋漓尽致地表现了出来，让人不禁心生同情。

晨风

鴥(yù)彼晨风①，郁彼北林②。未见君子，忧心钦(qīn)钦③。

如何如何？忘我实多④。

山有苞栎(lì)⑤，隰有六驳⑥。未见君子，忧心靡乐⑦。

如何如何？忘我实多。

山有苞棣⑧，隰有树檖⑨。未见君子，忧心如醉⑩。

如何如何？忘我实多。

六驳，《诗经集传》插图

[注释]

①鴥：疾飞的样子。②郁：茂盛的样子。③钦钦：愁闷的样子。④实多：可能性更大。⑤苞：灌木丛生的样子。栎：栎树。⑥六驳：梓榆。⑦靡乐：不乐。⑧棣：棠梨树。⑨树：挺立的。檖：山梨树。⑩醉：同“碎”。

[译文]

鴥鸟展翅疾飞翔，北边树林郁葱葱。未见丈夫他的面，心中忧伤把他想。

可奈何啊奈何他？心中早就把我忘。

从生栎树遍山坡，低湿地里遍梓榆。未能见到丈夫面，心里忧伤无欢乐。

奈何他啊可奈何？心中早就把我忘。

从生棠梨遍山间，低湿地里山梨多。未见丈夫他的面，心忧如碎没有乐。

奈何他啊可奈何？心中早就把我忘。

《无衣》解读

本诗描写了秦国奉天子的命令镇守西疆，抵御外敌入侵的情况。这是我国最早的一首气壮山河的战歌。从诗中我们可以看到在战争中士兵们互相激励、互相扶持的感人情景。他们被爱国主义精神所激励，有着共同的目标和理想，同甘共苦。同时，他们是乐观的，坚信最终的胜利一定是属于他们的。全诗感情强烈，震人心魄，读来让人热血沸腾。

无 衣

岂曰无衣？与子同袍。
王于兴师[①]，修我戈矛，与子同仇[②]！
岂曰无衣？与子同泽[③]。
王于兴师，修我矛戟，与子偕作[④]！
岂曰无衣？与子同裳。
王于兴师，修我甲兵，与子偕行[⑤]！

[注释]

①王：指国家。于：语气助词，没有实义。②同仇：有共同的敌人。③泽：内衣。④偕作：一起行动。⑤偕行：一起前进，一起上战场。

[译文]

谁说没有军衣穿？和你同穿一战袍。
君王御敌要出师，加紧修整戈和矛，共同对敌逞英豪！
谁说没有军衣穿？和你同穿那内衣。
君王御敌要出师，加紧修理矛和戟，共同前进去讨敌！
谁说没有军衣穿？和你同穿那衣裳。
君王御敌要出师，快修铠甲和武器，我们一起奔战场！

《渭阳》解读

这首诗是秦康公送其舅舅晋国的公子重耳回晋国时所作的。本诗短小精悍，只有两节，但表达的感情十分真挚，怀念、祝福之情溢于言表。诗的写法朴素自然，没有大肆地渲染。对送别场景的描绘十分简洁，感情隽永而温馨。秦国和晋国世代通婚，重耳的妹妹就是秦穆公的妻子，因而日后有了结“秦晋之好”的成语。

渭阳

我送舅氏，曰至渭阳①。何以赠之？路车乘黄②。

我送舅氏，悠悠我思③。何以赠之？琼瑰玉佩④。

[注释]

①曰：语气助词，无实义。渭：渭水。阳：山之南，水之北。②路车：贵族使用的马车。乘：四匹。黄：黄红相间的马。③思：思念。④琼：美玉。瑰：美石。

[译文]

我送舅父归晋国，渭水北岸相告别。我用什么赠亲人？四匹黄马和路车。

我送舅父归晋国，思念深情长悠悠。我用什么赠亲人？美玉佩饰表衷肠。

我送舅氏，曰至渭阳

《权舆》解读

这首诗描写的是一位落魄的旧贵族在留恋过去的富贵生活，哀叹现在的生活不如从前。全诗对比鲜明，刻画出他典型的败家子心态，此时的他并没有积极向上的心态，而只是在嗟叹中回忆以前的美好。诗的感情基调并不足取，但其对于贵公子昔日鼎盛时飞扬抖擞的精神的拿捏和表现十分到位传神，即便在他破落时，我们仍能从他回忆时的自豪语气中想象出他当年的气势。

权舆(yú)

於(wū)我乎①！夏屋渠渠②，今也每食无余。

於嗟乎！不承权舆③！

於我乎！每食四簋(guǐ)④，今也每食不饱。

於嗟乎！不承权舆！

[注释]

①於：感叹词。②夏：大。夏屋：大房子。渠渠：深而大的样子。③权舆：起

初，开始。④簋：古时盛食物的器皿。

[译文]

我呀我呀想当年，大房高耸食物足，现在每餐无剩余。

哎呀哎呀真可叹，早年富贵无法续！

我呀我呀想当年，每餐四簋饭菜足，现在吃饭不饱肚。

哎呀哎呀真可叹，早年富贵无法续！

陈风

《宛丘》解读

这首诗描写了一男子对一正在跳舞的女子的赞美。她很美丽，穿着华丽，舞姿袅娜，充满无限风韵。男子呆呆地看着她跳舞，心中充满幻想，因而作了这首诗。本诗既是对女子的赞美，同时也表达了对那女子的爱慕之情，只恨无缘结识。另有一说，认为本诗讽刺了那些一年到头不干正事，整天游手好闲的人。

宛丘

子之汤兮①，宛丘之上兮②。洵有情兮③，而无望兮④。
坎其击鼓⑤，宛丘之下。无冬无夏，值其鹭羽⑥。
坎其击缶（fǒu）⑦，宛丘之道。无冬无夏，值其鹭翿（dào）⑧。

[注释]

①汤：游荡，放荡。②宛丘：四方高、中央凹下的土山。③洵：确实。有情：有感染力。④望：希望。⑤坎：击鼓声。⑥值：同“执”，拿着。鹭羽：用白鹭羽毛做的舞具。⑦缶：瓦器。⑧翿：以白鹭羽毛做成的舞具。

《飞影阁士记画册》插图

[译文]

你的身姿飘悠悠，尽情跳舞宛丘上。我真爱你情义重，心中明知没希望。

伴舞鼓声咚咚响，宛丘之下跳舞忙。没有冬来也没夏，手持鹭羽似飞翔。

伴舞敲鼓咚咚响，起舞宛丘道中间。没有冬来也没夏，手持鹭羽盖头上。

《东门之枌》解读

这首诗描写了陈国的青年男女在节日里一同聚会，又唱歌又跳舞的热闹场面。从中我们可以看出，当时的社会状况的繁荣和稳定，同时青年人的爱情还是自由的。本诗中描写的那个日子很可能就是当时青年男女定情的日子。全诗结构紧凑，风格活泼，读来让人置身其中。

东门之枌

东门之枌[①]，宛丘之栩(xǔ)[②]。子仲之子，婆娑其下[③]。

谷旦于差(chāi)[④]，南方之原[⑤]。不绩其麻[⑥]，市也婆娑[⑦]。

谷旦于逝[⑧]，越以鬷(zōng)迈[⑨]。视尔如荍(qiáo)[⑩]，贻我握椒[⑪]。

榆，《三才图会》插图

[注释]

①枌：白榆树。②栩：柞树。③婆娑：徘徊，一说舞蹈。④谷旦：良辰，好日子。差：择。⑤南方之原：南方的原野。⑥绩：纺织。⑦市：到集市去。⑧逝：追随。⑨越以：语气助词。鬷：汇集。迈：前行。⑩荍：锦葵花。⑪握：一把。椒：花椒。

[译文]

东城门外有白榆，宛丘之上生柞树。子仲家中好女儿，树下欢乐蹁跹舞。

请你挑选好日子，同去南方平原上。不纺手中那些麻，闹市起舞心欢畅。

趁此吉日一起往，屡次幽会去远方。我看你像锦蔡花，赠我一大把花椒。

《衡门》解读

这是一首安慰自己娶妻梦想会实现的诗。在诗中，作者既是在宽慰自己，也是在劝告世人，不要非吃黄河鲤鱼不可，不要非娶姜家女。从首节来看，诗人的条件也并非豪门大户，因此，本诗也代表了社会中下层人们的思想，对后世的安贫乐道等思想有所影响。诗的前两句是表明自己对于物质财富、生活条件的一种态度和看法，后面四句是对时人流行说法的辩驳，从而更加明确地树立自己的立场，从中我们可以看到诗人平和坚定的性格。

衡门

衡门之下[①]，可以栖迟[②]。泌(bì)之洋洋[③]，可以乐饥[④]。

岂其食鱼[⑤]，必河之鲂[⑥]？岂其取妻[⑦]，必齐之姜[⑧]？

岂其食鱼，必河之鲤？
岂其娶妻，必宋之子[⑨]？

鲤，《诗经集传》插图

[注释]

①衡门：横木做成的门，指简陋的居所。②栖迟：居住休歇。③泌：泉水。洋洋：水流不息的样子。④乐：疗救。饥：饥饿。⑤其：语气词，表示推测。⑥鲂：鱼名。⑦取：同“娶”。⑧齐之姜：齐国姓姜的女子。⑨宋之子：宋国姓子的女子。

[译文]

横木当门虽鄙陋，尽可徘徊和休息。泌泉涌水多而盛，清凉泉水可充饥。

难道我们要吃鱼，定吃黄河那鲂鱼？难道我们要娶妻，定娶齐国姜家女？

难道我们要吃鱼，定吃黄河那鲤鱼？难道我们要娶妻，定娶宋国子家女？

《东门之池》解读

这是一首描写男女恋爱的诗。在诗中男子大胆、兴奋地表露了他们之间的美好关系和他对女子的炽热爱情。他们在约会中畅谈、对唱，可以窥见当时社会中自由、活泼的气氛。东门之池的重要和女子在男子心目中的地位显示了男子对女子的深深爱恋。诗句读来有行云流水之感，显然是对男子心态的一种把握和印证。语气中流露出欣喜和自豪之情。

东门之池

东门之池[①]，可以沤麻[②]。彼美淑姬[③]，可与晤歌[④]。
东门之池，可以沤纻(zhù)[⑤]。彼美淑姬，可与晤语[⑥]。
东门之池，可以沤菅(jiān)[⑦]。彼美淑姬，可与晤言[⑧]。

[注释]

①池：护城河。②沤：渍，把麻用水浸泡。③美淑姬：美丽善良的女子。④晤歌：以歌声相互唱和。⑤纻：麻的一种。⑥晤语：见面交谈。⑦菅：菅草。⑧晤言：同“晤语”。

[译文]

东城之外护城河，可以泡麻做衣裳。美丽善良姬家女，可以和她来对唱。

东城之外护城河，可以浸纻做衣衫。美丽善良姬家女，可以与她把话谈。

东城之外护城河，可以浸菅来搓绳。美丽善良姬家女，可以与她诉衷情。

《东门之杨》解读

这首诗描写的是一对青年男女相约幽会，不过一方没有来，另一方等待一夜的情景。从诗中的叙述来看，我们并不知道等待的一方是男子还是女子，作者只是就这一事件进行了叙述，而且没有加入或爱或恨的感情，表达的仅仅是焦急的等待。本诗紧凑、纯净，场景选取和描写十分细致、简约。虽没有爱恨的情感，但读来依旧意味深长、美不可及。

东门之杨

东门之杨，其叶牂（zāng）牂①。昏以为期②，明星煌煌③。

东门之杨，其叶肺肺④。昏以为期，明星晢（zhé）晢⑤。

[注释]

①牂牂：茂盛的样子。②昏以为期：以昏为期，以黄昏为约会时间。③明星：启明星。煌煌：明亮。④肺肺：风吹树叶的声音。⑤晢晢：明亮。

[译文]

东门之外有白杨，树叶茂盛生长旺。相约黄昏来相会，如今已是明星亮。

东门之外有白杨，树叶茂盛有阴凉。相约黄昏来相会，等到启明星光亮。

《墓门》解读

本诗含义简洁明了，描写了一女子对她的行为不端却又不知悔改的丈夫或情人的讽刺和数落。诗中每节的最后两句都很明白地说出了这个信息，其出发点应该还是妻子在劝诫丈夫，希望他能早日悔改。本诗另有一说，认为这是讽刺陈国公子陈佗的，陈佗乘陈桓公病危，杀太子自立，最后亦被杀。

墓门

墓门有棘①，斧以斯之②。夫也不良③，国人知之。

知而不已④，谁昔然矣⑤。

墓门有梅⑥，有鸮（xiāo）萃止⑦。夫也不良，歌以讯之⑧。

讯予不顾，颠倒思予⑨。

［注释］

①墓门：墓道之门。棘：枣树。②斯：用斧头劈开。③夫：指这个人。不良：品行败坏。④已：停止。⑤谁昔：往昔，从前。然：这样。⑥梅：梅树。⑦鸮：猫头鹰。萃：聚集。止：语气助词，没有实义。⑧讯：劝诫，规劝。⑨颠倒：是非混淆。

［译文］

墓道门外有枣树，有斧将它来砍掉。那人行为太不好，城中之人都知晓。

人人皆知仍不改，一直如此不可教。墓道门外有梅树，猫头鹰来栖树上。

那人行为不太好，编个歌儿警告他。我的告诫他不理，待到遭祸将我想。

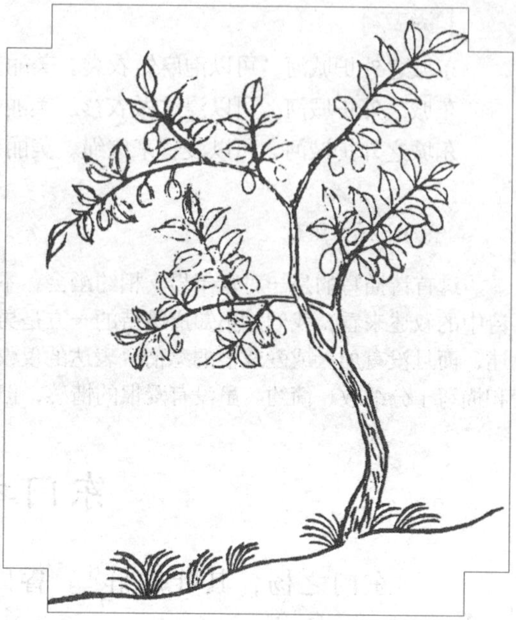

枣，《三才图会》插图

《防有鹊巢》解读

这首诗描写的是诗人的恋人受他人挑拨、蒙骗，从而导致两人之间的关系出现裂痕，表达了作者的忧伤、苦恼和对离间者的愤怒。诗以对比的手法强化不期望出现的事物起兴，反映了主人公遭遇的痛苦。语气的铿锵表明其对感情的重视和珍惜，同时也说明问题的棘手，弄得他整个人感觉很疲惫。本诗简短，只有两节，但作者直抒胸臆，感情被表达得淋漓尽致。

防有鹊巢

防有鹊巢①，邛(qióng)有旨苕(tiáo)②。谁侜(zhōu)予美③？心焉忉忉④。

中唐有甓(pì)⑤，邛有旨鹝(yì)⑥。谁侜予美？心焉惕(tì)惕⑦。

［注释］

①防：堤岸，堤坝。②邛：土丘。旨：美，好。苕：苕草，一种长在低湿处的植物。③侜：欺诳。予美：我所爱的人。④忉忉：忧愁的样子。⑤中唐：庙和朝堂门内的大路。甓：砖瓦。⑥鹝：绶草。⑦惕惕：心中忧虑的样子。

[译文]

堤岸筑起喜鹊窝，土丘生出甜苕饶。谁瞒我那美情妹？我心忧愁像火烧。

池塘里边有野鸭，土丘之上生绶草。谁瞒我那美情妹？我心忧惧又烦躁。

《月出》解读

本诗描写了诗人对自己恋人的赞美和思念。诗共分三节，结构清晰，每节的第一句写皎洁的月亮，赞美月亮之美；二三句写恋人的美丽，婀娜多姿，风情万种；第四句写出自己深深的思念。四节的结构相同但文字相异，本诗的感情流露很自然。孤戚的黑夜，皎洁的月光，诗人月下对空，在这样的氛围下，想念恋人，情真意切，感人至深。

月出

月出皎兮[①]，佼人僚兮[②]。舒窈（yǎo）纠（jiǎo）兮[③]，劳心悄兮[④]！

月出皓兮[⑤]，佼人懰（liú）兮[⑥]。舒忧受兮[⑦]，劳心慅（cǎo）兮[⑧]！

月出照兮，佼人燎兮[⑨]。舒夭绍兮[⑩]，劳心惨兮[⑪]！

[注释]

①皎：明亮。②佼人：美人。僚：美好的样子。③窈纠：女子舒缓的姿态。④劳：忧。悄：忧愁的样子。⑤皓：洁白。⑥懰：姣好的样子。⑦忧受：舒迟的样子。⑧慅：忧愁的样子。⑨燎：美好。⑩夭绍：女子体态柔美的样子。⑪惨：忧愁烦躁的样子。

[译文]

清澈明亮月升起，姑娘容貌真漂亮。体态轻盈缓步行，时时想她心忧伤！

洁白明亮月升天，姑娘月下更娇美。缓步轻盈身姿美，每时想她心不宁！

清澈明亮月升天，姑娘月下面姣好。身姿轻盈飘飘然，日日想她心烦躁！

《株林》解读

这首诗写的是陈灵公与夏姬私通，淫乱朝廷，陈国人民痛恨之，作诗以讽刺。其背景是：郑穆公的女儿夏姬是陈国大夫夏御叔的妻子，但陈灵公与孔宁、仪行父等人却毫不避讳，公然与夏姬私通，淫乱朝廷，而且弄得满城风雨，全国上下无不知晓。后来，陈灵公被夏姬的儿子夏征舒所杀。本诗写的就是陈国人民对陈灵公与夏姬私通之事的讽刺，表达了人们强烈的不满与痛恨。本诗写得很隐讳，诗中的“夏南”即是夏姬。

株 林

胡为乎株林[①]？从夏南[②]。匪适株林，从夏南。

驾我乘马[③]，说(shuì)于株野[④]。乘我乘驹，朝食于株。

[注释]

①胡为：为胡，为什么。乎：介词“于”。株林：地名。②从：跟随，伴随。③我：指陈灵公。④说：停车休息。

[译文]

灵公为何到株林？追随夏南去游玩。原来灵公到株林，那就是去寻夏南。

驾起我那四匹马，到达株郊就歇息。驾起我那四匹驹，奔到株林吃个饱。

《泽陂》解读

本诗描写的是一位少年在野外的湖畔偶然看到一个美丽的女孩，怦然心动，久久不能忘怀的情景。荷叶青青，红莲映日，蒲草如丝，波光闪闪的湖畔，偶遇美丽的女子，她端庄典雅，怎能让人不心动？男主人公正是处在青年、情窦初开的时候，因此，他很自然地喜欢上了这个女孩，难以忘记。本诗的青春气息十分浓厚，风格活泼，将男孩子的浪漫、敏感以及炽热的感情表达得十分到位。

泽 陂(bēi)

彼泽之陂[①]，有蒲与荷。有美一人，伤如之何[②]！

寤寐无为[③]，涕泗滂沱[④]。

彼泽之陂，有蒲与蕑[⑤]。有美一人，硕大且卷(quán)[⑥]。

寤寐无为，中心悁悁[⑦]。

彼泽之陂，有蒲菡萏(hàn dàn)[⑧]。有美一人，硕大且俨[⑨]。

寤寐无为，辗转伏枕。

[注释]

①陂：堤岸。②伤：女子自指的代词，意思是“我”。③寤寐：醒着和睡着。④涕：眼泪。泗：鼻涕。滂沱：大雨般地淋下。⑤蕑：兰花。⑥硕大：高大。卷：此指美好的样子。⑦中心：心中。悁悁：心中忧愁的样子。⑧菡萏：荷花。⑨俨：庄重，端庄。

[译文]

那个池塘有堤岸，蒲草荷花塘里生。有个姑娘美无双，我心爱她当如何！
无心做事日夜想，眼泪鼻涕哗哗淌。
那个池塘有堤岸，蒲草莲花池中生。有个姑娘美无双，个儿高大脸漂亮。
无心做事日夜想，心中忧愁仍难忘。
那个池塘有堤岸，蒲草荷花一同生。有个姑娘美无双，身材高大真漂亮。
无心做事日夜想，翻来覆去枕上伏。

桧风

《羔裘》解读

本诗描写一位女子爱上了一男子。该男子是朝廷官员，男子上朝后，女子心却难以平静，思绪万千。一方面，她爱那男子，自己的心已全都给了他；另一方面，他的感觉好像并不明显。本诗就是写女子的这种心理状态，既想念，又担心，对这份感情充满了疑惑和担忧。诗中男子的自在、逍遥与女子不可言说的悲苦相映照，深刻地揭示了女子为这份感情所受的煎熬。

羔裘

羔裘逍遥①，狐裘以朝(cháo)②。岂不尔思？劳心忉忉。

羔裘翱翔，狐裘在堂。岂不尔思？我心忧伤。

羔裘如膏③，日出有曜④。岂不尔思？中心是悼⑤。

[注释]

①逍遥：与“翱翔”同，悠闲游荡。②朝：上朝。③膏：油膏，油脂。④曜：照耀。⑤悼：难过，悲伤。

[译文]

你穿羔裘任逍遥，穿好狐裘来上朝。难道我不将你想？心有忧愁苦难消。

身穿羔裘任你逛，穿好狐裘到朝堂。难道我不将你想？我的心中忧伤多。

你穿羔裘有光泽，太阳一出闪闪亮。难道我不将你想，心中忧惧多慌张。

《素冠》解读

本诗描写的是家里的长辈去世，夫妻二人为之服丧送终。看到丈夫的瘦削和难过，妻子心里难受不已。她担心丈夫，为了安慰、帮助丈夫从悲痛中振作起来，女子表达了愿与丈夫同生共死的心愿。这种同赴生死的情感表白，通常情况下夫妻之间如非遇到非常紧急和焦虑的难关，是不轻易说出来的。妻子在这里跟自己的丈夫立下这样的誓言，足见逝去的长辈对这位男子的重要以及他内心的深切伤痛。诗的感情表达得充分、强烈，让人读来感动不已。

素冠

庶见素冠兮①，棘人栾栾兮②，劳心传(tuán)传兮③。

庶见素衣兮，我心伤悲兮，聊与子同归兮。

庶见素韠兮[④]，我心蕴结兮[⑤]，聊与子如一兮。

[注释]

①庶：有幸。②棘：瘦。栾栾：瘦弱的样子。③怜怜：忧愁劳苦的样子。④韠：朝服的蔽膝。⑤蕴结：心里郁结解不开。

[译文]

看到丈夫戴白帽，面容消瘦多可怜，我心忧伤很不安。
看到丈夫穿白衣，我心伤悲没法除，愿意与你同死去。
看到夫系白蔽膝，心忧郁结难排遣，我愿同你赴阴间。

《隰有苌楚》解读

本诗是一位生活不如意的人的自嗟自叹。诗人生逢乱世，事业、生活都很不顺心，因此他把自己和生长在洼地中的羊桃作比较，慨叹自己还不如那羊桃过得无牵无挂，没有忧愁，不知烦恼。诗中并没有描写主人公的境遇，而是通过主人公的眼睛以极富感情色彩和羡慕的语气描绘了羊桃的姣好、婀娜，使得羊桃披上了人的外衣，由此形成两种不同生命形式的对比，进而抒发感情，得到认同。

隰有苌楚

隰有苌楚[①]，猗傩其枝[②]。夭之沃沃[③]，乐子之无知[④]。
隰有苌楚，猗傩其华。夭之沃沃，乐子之无家。
隰有苌楚，猗傩其实。夭之沃沃，乐子之无室[⑤]。

[注释]

①苌楚：植物名，即羊桃。②猗傩：枝条柔美的样子。③夭：肥嫩的样子。沃沃：有光泽的样子。④乐：羡慕。子：指代羊桃树。无知：没有知觉。⑤室：妻室。

[译文]

低湿之地长羊桃，枝儿旖旎姿态好。小树茂盛光泽艳，羡你无知不烦恼。
低湿之地长羊桃，花儿怒放风中摇。小树茂盛光泽艳，羡你无家乐陶陶。
低湿之地长羊桃，果实美丽挂满枝。小树茂盛光泽艳，羡你无妻喜洋洋。

《匪风》解读

这首诗是一个流落他乡之人思念家乡的慨叹。大风刮得尘土飞扬，车马疾驰飞奔，面对着通向家乡的大道，他却不能回家。这种困苦而又深深无奈的感受，最后就连寄于谁能代自己给家里报个平安的希望，都感觉很渺茫。全诗读来有种苍茫之感，寥落之情、破败之境跃然纸上。

匪 风

匪风发兮①，匪车偈(jiē)兮②。顾瞻周道③，中心怛(dá)兮④！

匪风飘兮⑤，匪车嘌(piāo)兮⑥。顾瞻周道，中心吊兮⑦！

谁能亨鱼⑧，溉之釜鬵(xín)⑨。谁将西归？怀之好音。

[注释]

①匪：彼。发：风声。②偈：疾驰的样子。③周道：大路。④怛：悲伤。⑤飘：旋风。⑥嘌：飞奔，疾驰。⑦吊：悲伤。⑧亨：烹。⑨溉：洗。釜鬵：釜，锅。

[译文]

那风刮得发发响，那车快速奔驰忙。西去大道我回望，心中思乡甚忧伤！

那风回旋天地转，那车疾速奔向前。西去大道我回望，心中忧伤思故乡！

谁能烹制那条鱼？我刷锅儿来支援。谁要西归回故乡？请他捎信报平安！

曹风

《蜉蝣》解读

这首诗描写的是一个女子作诗来规劝丈夫早点回家的情景。她的丈夫行为不端，在外面到处招摇过市。因此，妻子对此很担心，规劝他早点回家，同时也表达了自己愿与丈夫一同回家的想法，说明她还是很爱丈夫的。诗以女子的口吻来写，“蜉蝣”的应用一方面是对丈夫行为的讥讽；另一方面是对丈夫有朝一日会幡然醒悟的坚定和执着，从中我们可以深深体会到这位妻子的贤良淑德，全诗于繁杂中透露着洁净，很是优美。

蜉蝣（fú yóu）

蜉蝣之羽①，衣裳楚楚②。心之忧矣，于我归处③。

蜉蝣之翼，采采衣服④。心之忧矣，于我归息。

蜉蝣掘阅⑤，麻衣如雪。心之忧矣，于我归说⑥。

[注释]

①蜉蝣：一种寿命极短的虫，其羽翼极薄并有光泽。②楚楚：鲜明的样子。③于：通“何”，哪里。归：归依，回归。处：地方，居所。④采采：华丽的样子。⑤掘：穿，挖。阅：穴，洞。⑥说：止息，歇息。

[译文]

蜉蝣翅白又透明，漂亮衣裳五彩画。心有忧愁不欢乐，与我同住把家归。

蜉蝣展翅白又亮，华美衣服真高贵。心有忧愁不欢乐，与我回宿把家回。

蜉蝣出土白而亮，麻布衣裳似白雪。心有忧愁不欢乐，与我回家同床歇。

《候人》解读

诗人看到候人与贵族士大夫的鲜明反差，充满了对候人的同情以及对士大夫的鄙夷，因此作了这首诗。本诗将候人与士大夫的服饰和形态动作进行了对比，从而讽刺那些闲散的士大夫不配穿好衣服，不配享受高官厚禄，表达了自己强烈的鄙视和不满。诗的最末两句回到自己身处的现实处境，在这些乌七八糟的贵族士大夫的统治下，本来应该是美好的生活却遭受着饥饿的威胁，更突出了全诗愤恨不平的情绪。

候人

彼候人兮①，何戈与祋(duì)②。彼其之子③，三百赤芾(fú)④。

维鹈(tí)在梁⑤，不濡其翼。彼其之子，不称其服⑥。

维鹈在梁，不濡其咮⑦。彼其之子，不遂其媾⑧。

荟兮蔚兮⑨，南山朝隮⑩。婉兮娈兮，季女斯饥⑪。

[注释]

①候人：在路上迎候宾客的小官。②何：同“荷”，扛。祋：古时的一种兵器。③彼其之子：他这个人，指前面提到的小官。④赤芾：指大夫以上的官穿戴的冕服。⑤鹈：鹈鹕，一种水鸟。梁：鱼梁。⑥不称：不配。⑦咮：鸟嘴。⑧遂：如愿。媾：宠，这里指高官厚禄。⑨荟、蔚：云雾弥漫的样子。⑩朝隮：早晨的云。⑪季女：年轻的女子，少女。斯：语气词，无实义。饥：挨饿。

[译文]

那个候人官真小，肩上扛着戈与祋。再看那些人们啊，三百大夫穿赤芾。

鱼鹰站于鱼梁上，不曾沾水湿翅膀。再看那些人们啊，不配穿那大夫衣。

鱼鹰站于鱼梁上，长嘴未湿身未动。再看那些人们啊，不配君王施恩宠。

云霞漫漫浮天空，朝云升起南山颠。年轻漂亮令人羡，少女贫苦受饥寒。

《鸤鸠》解读

这是一首赞美君子的诗。诗以布谷鸟哺育小鸟起兴，象征着君子爱民如子、公平持正的美好品德。君子就应该这样，和善而坚定，仪容端庄大方，是人民的好榜样。当然，这也是诗人所要表达的美好理想和愿望，希望现实的统治者能够做到像君子那样，并且说明，只有这样国家才能长治久安。本诗亦是在借古讽今。

鸤(shī)鸠

鸤鸠在桑①，其子七兮。淑人君子，其仪一兮②。

其仪一兮，心如结兮③。

鸤鸠在桑，其子在梅。淑人君子，其带伊丝。

其带伊丝，其弁伊骐④。

鸤鸠在桑，其子在棘。淑人君子，其仪不忒⑤。

其仪不忒，正是四国[6]。

鸤鸠在桑，其子在榛。淑人君子，正是国人。

正是国人，胡不万年。

[注释]

①鸤鸠：布谷鸟。②仪：仪容。③结：死结，比喻意志坚决。④弁：礼帽。伊：助词，表示判断。骐：青黑色。⑤忒：差错。⑥正：模范，法则。是：指示代词，这，这些。四国：泛指四方各个国家。

[译文]

布谷筑巢桑树顶，七个雏鸟共喂养。好人君子善处世，言行态度总一样。
言行态度总一样，用心如一意志强。
布谷筑巢桑树顶，雏鸟飞落梅树上。好人君子善处世，用丝制作衣带长。
用丝制作衣带巾，青黑皮帽戴头上。
布谷筑巢桑树顶，雏鸟飞落棘树间。好人君子善处世，言行态度不改变。
言行态度不改变，天下四方好楷模。
布谷筑巢桑树顶，雏鸟飞到榛树上。好人君子善处世，国人视他为模范。
国人视他为模范，何不祝他活万年。

《下泉》解读

本诗通过惨淡、凄凉的环境描写表达了诗人对昔日西周全盛时期的怀念以及对当时社会状况的感伤与担忧。本诗以受伤的野草起兴，象征着像曹国这样的小诸侯国日渐衰落，周王室衰败，再不复当年之盛。作者看到如此景象，怀伤不已，怀的是昔日的盛世，伤的是当今的萧索景象，读来令人深深感慨。

下泉

洌(liè)彼下泉[1]，浸彼苞稂(láng)。忾(kài)我寤叹[2]，念彼周京[3]。

洌彼下泉，浸彼苞萧。忾我寤叹，念彼京周。

洌彼下泉，浸彼苞蓍(shī)。忾我寤叹，念彼京师。

芃(péng)芃黍苗[4]，阴雨膏之[5]。四国有王，郇(xún)伯劳之[6]。

[注释]

①洌：寒冷。下泉：泉下流。②忾：感慨。寤：醒来。③念：怀念，想念。周京：周的京城。④芃芃：繁盛的样子。⑤膏：润泽，滋润。⑥劳：慰问，慰劳。

[译文]

寒冷泉水地下流，浸泡莠草难生长。醒来一声长长叹，怀念成周心悲伤。

寒冷泉水地下流，浸泡萧艾生长难。醒来一声长长叹，怀念成周心悲伤。

寒冷泉水地下流，浸泡蓍草难生长。醒来一声长长叹，怀念成周心悲伤。

黍苗青青多繁盛，阴雨浇灌助它长。天下各国有国君，荀伯劳苦来勤王。

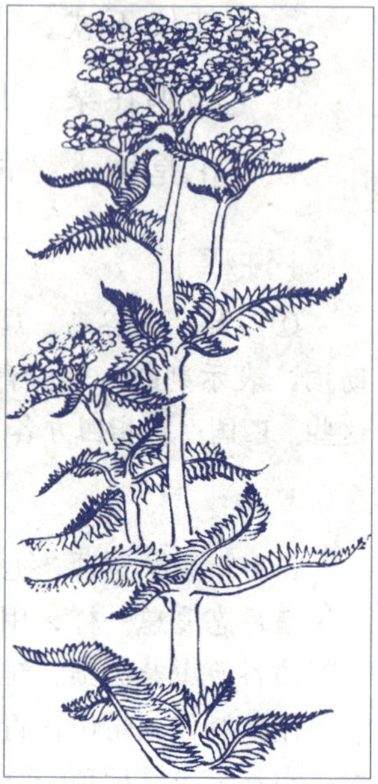

蓍，《诗经集传》插图

豳风

《七月》解读

奴隶和平民饱受统治阶级贵族的剥削和压迫，一年到头徭役不断，人民终年辛苦劳作，仍然饥寒交迫，生活得十分穷苦窘迫。本诗所描绘的就是这样一幅平民被剥削的悲惨画面。本诗是一首长篇大作，诗中具体地描写了从正月开始，直到腊月这一整年劳动人民的生活和劳作。与他们的辛苦劳作形成鲜明对比的是，他们却没有得到本应属于他们的劳动果实。相反，他们的基本生活都没有保证，过着饥寒交迫的日子。可见，统治阶级对他们的剥削和压迫多么残酷。本诗热烈歌颂了劳动人民的辛勤劳动，对他们的遭遇深表同情，同时强烈地控诉了统治阶级的剥削和压迫。

七 月

七月流火[1]，九月授衣[2]。一之日觱(bì)发[3]，二之日栗烈[4]。无衣无褐[5]，何以卒岁[6]？三之日于耜(sì)[7]，四之日举趾[8]。同我妇子，馌(yè)彼南亩[9]，田畯(jùn)至喜[10]。

七月流火，九月授衣。春日载阳[11]，有鸣仓庚(gēng)[12]。女执懿筐[13]，遵彼微行[14]，爰(yuán)求柔桑。春日迟迟，采蘩祁祁[15]。女心伤悲，殆及公子同归[16]。

七月流火，八月萑苇[17]。蚕月条桑[18]，取彼斧斨(qiāng)[19]，以伐远扬[20]，猗彼女桑[21]。七月鸣鵙(jú)[22]，八月载绩[23]。载玄载黄，我朱孔阳[24]，为公子裳。

四月秀葽(yāo)[25]，五月鸣蜩(tiáo)[26]。八月其获，十月陨萚(tuò)[27]。一之日于貉，取彼狐狸，为公子裘。二之日其同[28]，载缵武功[29]。言私其豵[30]，献豜(jiān)于公[31]。

五月斯螽(zhōng)动股[32]，六月莎(suō)鸡振羽[33]。七月在野，八月在宇。九月在户，十月蟋蟀入我床下。穹室熏鼠[34]，塞向墐(jìn)户[35]。嗟我妇子，曰为改岁[36]，入此室处。

六月食郁及薁(yù)[37]，七月亨葵及菽[38]。八月剥枣，十月获稻，为此春酒，以介眉寿[39]。七月食瓜，八月断壶[40]，九月叔苴(jū)[41]。采荼薪樗(chū)[42]，食我农夫。

九月筑场圃，十月纳禾稼。黍稷重穋(lù)[43]，禾麻菽麦。嗟我农夫，我稼既同，上入执宫功[44]。昼尔于茅[45]，宵尔索绹[46]。亟其乘屋[47]，其始播百谷。

二之日凿冰冲冲[48]，三之日纳于凌阴[49]。四之日其蚤[50]，献羔祭韭。九月肃霜[51]，十月涤场[52]。朋酒斯飨[53]，曰杀羔羊，跻彼公堂[54]，称彼兕(sì)觥(gōng)[55]，万寿无疆。

[注释]

①流：落下。火：星名，又称大火。②授衣：授予妇女缝制冬衣的工作。③一之日：周历一月，夏历十一月。以下类推。觱发：寒风吹起。④栗烈：寒气袭人。⑤褐：粗布衣服。⑥卒岁：终岁，年底。⑦于：为，修理。耜：古代的一种农具。⑧举趾：抬足，这里指下地种田。⑨馌：往田里送饭。南亩：南边的田地。⑩田畯：农官。喜：请吃酒菜。⑪载阳：天气开始暖和。⑫仓庚：黄鹂。⑬懿筐：深筐。⑭遵：沿着。微行：小路。⑮蘩：白蒿。祁祁：人多的样子。⑯公子：诸侯的女儿。归：出嫁。⑰萑苇：芦苇。⑱蚕月：养蚕的月份，即夏历三月。条：修剪。⑲斧斨：装柄处圆孔的叫斧，方孔的叫斨。⑳远扬：向上长的长枝条。㉑猗：攀折。女桑：嫩桑。㉒鵙：伯劳鸟，叫声响亮。㉓绩：织麻布。㉔朱：红色。孔阳：很鲜艳。㉕秀葽：秀是草木结籽，葽是草名。㉖蜩：蝉，知了。㉗陨：落下。萚：枝叶脱落。㉘同：会合。㉙缵：继续。武功：指打猎。㉚豵：一岁的野猪。㉛豣：三岁的野猪。㉜斯螽：蚱蜢。动股：蚱蜢鸣叫时要弹动腿。㉝莎鸡：纺织娘，一种虫。㉞熏鼠：堵塞鼠洞。㉟向：朝北的窗户。墐：用泥涂抹。㊱改岁：除岁。㊲郁：郁李。薁：野葡萄。㊳亨：烹。葵：滑菜。菽：豆。㊴介：求取。眉寿：长寿。㊵壶：同"瓠"，葫芦。㊶叔：拾起。苴：秋麻籽，可吃。㊷荼：苦菜。薪：砍柴。樗：臭椿树。㊸重：晚熟作物。穋：早熟作物。㊹上：同"尚"。宫功：修建宫室。㊺于茅：割取茅草。㊻索绹：搓绳子。㊼亟：急忙。乘屋：爬上房顶去修理。㊽冲冲：用力敲冰的声音。㊾凌阴：冰室。㊿蚤：早，一种祭祖仪式。51肃霜：降霜。52涤场：打扫场院。53朋酒：两壶酒。飨：用酒食招待客人。54跻：登上。公堂：庙堂。55称：举起。兕觥：古时的酒器，兕角杯。

[译文]

七月心宿偏西沉，九月制衣把令下。十一月来北风刮，十二月来天气寒。

粗麻衣服没一件，我拿什么度年关？正月忙于修农具，二月抬脚来犁田。

老婆孩子都劳动，向阳田里来送饭，田官赶来好欢喜。

七月心宿偏西沉，九月制衣把令下。三月里来天温暖，黄莺鸣叫声婉转。

女奴手提那深筐，沿着小路缓向前，采摘嫩桑于田间。春天白昼长又长，
采蘩人多不得闲。姑娘心中有悲伤，怕被公子来糟践。
七月心宿偏西沉，八月割取芦苇忙。三月修整桑树枝，取来那些斧和斨。
砍下高挑桑树枝，手拉枝条采嫩桑。七月伯劳声声唱，八月开始将麻纺。
又染黑色又染黄，染成红色更鲜亮，我为公子做衣裳。
四月远志把子结，五月蝉儿声声叫。八月开始割庄稼，十月萚树叶儿掉。
十一月来去打貉，猎取狐狸把皮挑，我给公子缝皮袄。十二月来需集中，
练武打猎仍操劳。猎取小兽归自己，大兽要向公府交。
五月蚱蜢唧唧叫，六月莎鸡振翅膀。蟋蟀七月在郊野，八月回归房檐下。
九月来到大门旁，十月进屋床底藏。堵塞孔隙熏老鼠，泥抹门来封北窗。
唉唉我妻和儿女，新年马上至身旁，住进此屋莫心凉。

郁李葡萄六月吃，葵菜豆儿七月尝。八月枣熟打下来，十月割稻忙收获。用稻酿成好美酒，喝了延年又寿长。七月吃瓜多采摘，八月葫芦断下秧。九月全来拾麻子，臭椿当柴荼当粮，以此活命我心伤。

九月筑成打谷场，十月五谷全进仓。小米高粱和杂粮，粟麻豆麦皆收藏。可怜我们众农夫，各种谷物全装仓，还去公家修住房。白天需去打茅草，晚上搓绳长又长。急忙登屋修好房，又将开始春播忙。

十二月来凿冰响，一月里来冰窖藏。二月里来得早祭，摆上韭菜献羔羊。九月天高又气爽，十月万物尽凋伤。两壶美酒都奉上，宰杀一只小羔羊，走进庙堂去议事，兕牛角杯高高举，万寿无疆喊得亮。

《鸱鸮》解读

本诗大约成诗于公元前十一世纪，是我国最早的一首托物象征诗。本诗以小鸟养育自己的孩子起兴，倾诉了孩子被夺走、家也险遭毁坏的痛苦经历。指明诗人就是那只可怜的小鸟，是一个饱受苦难、横遭统治者野蛮剥削的穷苦平民，因此作此诗诉说其不幸，表达了他对统治阶级的强烈愤恨。诗中的每个形象都是意象象征，从头到尾都没有出现喻体也是本诗的一大特色，能够引发读者的联想。

鸱鸮（chī xiāo）

鸱鸮鸱鸮[①]，既取我子，无毁我室。
恩斯勤斯[②]，鬻子之闵斯[③]！
迨（dài）天之未阴雨，彻彼桑土[④]，绸缪牖户[⑤]。
今女下民[⑥]，或敢侮予？
予手拮据[⑦]，予所捋荼[⑧]，予所蓄租[⑨]，

予口卒瘏（tú）⑩，曰予未有室家！
予羽谯谯（qiáo）⑪，予尾翛翛（xiāo）⑫，予室翘翘⑬。
风雨所漂摇，予维音哓哓（xiāo）⑭！

［注释］

①鸱鸮：猫头鹰。②恩、勤：勤劳。斯：语气助词，没有实义。③鬻：养育。闵：病。④彻：寻取。桑土：桑树根。⑤绸缪：修缮。牖：窗。户：门。⑥女：汝，你。⑦拮据：手因操劳而不灵活。⑧捋：用手握住东西顺着抹取。⑨蓄：收藏。租：这里指茅草。⑩卒瘏：因劳累而得病。⑪谯谯：羽毛干枯稀疏的样子。⑫翛翛：羽毛枯焦的样子。⑬翘翘：危险的样子。⑭哓哓：由于恐惧而发出的叫声。

［译文］

猫头鹰啊猫头鹰，你已抓走我儿女，不可再毁我的窝。爱子使我付辛劳，

抚养子女患病多。趁着天还未下雨，

取来桑根把皮剥，缠缚门窗加牢固。现在你们这些住在树下的人，谁敢把我再欺侮？

我的双手已累麻，还要拾取茅草花，

我还多积干茅草，我的嘴巴累病了，由于我无安全巢。我的羽毛稀落落，

我的尾巴已枯焦，我的窝有多危险。

风吹雨打任飘摇，提心吊胆叫喳喳。

鸱鸮，《诗经集传》插图

《东山》解读

战事结束，士兵远征归家。本诗描写的就是一位远征归来的士兵，在回家的路上触景生情，因此作了这首诗，表达了他对家乡、对妻子的深切思念。诗中描写了他想象中的家乡田园的破败、荒凉的景象，反映出他担忧、焦急的心情，使他更加急于回到家中；同时描写了妻子出嫁时的美丽、热闹的场面，说明他对妻子爱之深、思之切的心情。本诗的联想运用得丰富而自然：由桑蚕蠕动联想到自己在战车下过夜的情景，由路边的瓜果联想到家乡田园的破败和荒凉，由鸟的叫声联想到妻子的深深叹息，由黄鹂的飞翔联想到妻子出嫁时的场面。

东山

我徂(cú)东山①，慆(tāo)慆不归②。我来自东，零雨其濛③。
我东曰归④，我心西悲⑤。制彼裳衣，勿士行枚⑥。
蜎(yuān)蜎者蠋⑦，烝在桑野⑧。敦彼独宿⑨，亦在车下。
我徂东山，慆慆不归。我来自东，零雨其濛。
果臝(luǒ)之实⑩，亦施(yì)于宇⑪。伊威在室⑫，蟏蛸(xiāoshāo)在户⑬。
町畽(tǐngtuǎn)鹿场⑭，熠燿(yì yào)宵行⑮。不可畏也，伊可怀也。
我徂东山，慆慆不归。我来自东，零雨其濛。
鹳(guàn)鸣于垤(dié)⑯，妇叹于室。洒扫穹窒，我征聿至⑰。
有敦瓜苦，烝在栗薪⑱。自我不见，于今三年。
我徂东山，慆慆不归。我来自东，零雨其濛。
仓庚于飞，熠燿其羽。之子于归，皇驳其马⑲。
亲结其缡(lí)⑳，九十其仪㉑。其新孔嘉㉒，其旧如之何㉓？

[注释]

①徂：往。②慆慆：时间久。③濛：微雨的样子。④我东曰归：我在东边的时候听说要回家了。⑤我心西悲：我心里想着在西边的家伤心不已。⑥勿：不要。士：通“事”，从事，进行。行：含着，衔着。枚：古代行军时，为防止出声，士兵含在嘴里的小棍。⑦蜎蜎：蠕动的样子。蠋：蚕虫。⑧烝：助词，无实义。桑野：长满桑树的田野。⑨敦：蜷缩。⑩果臝：瓜蒌。实：果实。⑪施：蔓延，攀延。宇：屋檐。⑫伊威：一种小虫。⑬蟏蛸：长腿蜘蛛。⑭町畽：房舍空地。鹿场：鹿的活动场所。⑮熠燿：荧光。宵行：萤火虫。⑯鹳：一种水鸟。垤：小土丘。⑰我征：我那远征的人。聿：助词。至：

果臝，《诗经集传》插图

回来，到家。⑱栗：通“裂”。⑲皇：黄色。驳：杂色。⑳亲：母亲。结：系。缡：佩巾。㉑九十：指多。仪：礼仪，礼节。㉒其：助词，无实义。新：新人，新娘。孔：很，十分。嘉：美好。㉓旧：旧人，指妻子。如之何：如何，怎样。

［译文］

我往东山去平叛，久久不能把家回。今天我从东方来，迷茫细雨不曾断。
返乡消息刚听到，心向西方悲不安。身穿新制平民装，不再衔枚战阵中。
蚕虫蠕动爬得慢，久在桑林身孤单。躯体蜷缩成一团，战车下面不成眠。
我到东山去打仗，久久没能回故乡。今天我从东方来，蒙蒙细雨心惆怅。
家中瓜蒌已结实，蔓爬房檐伸延长。室内潮虫满地爬，门上喜蛛结了网。
房前屋后鹿出没，萤火虫儿光闪闪。家园荒凉好可怕，毕竟是家令人想。
我到东山来征伐，长久不能回故乡。今天我由东方归，蒙蒙细雨心凄凉。
蚂蚁土堆鹳鸣叫，妻子叹息在新房。洒扫房室堵窟窿，我的丈夫将回乡。
那个圆圆大葫芦，长久放在柴堆上。自从未见丈夫面，至今三年时间长。
我往东山去平乱，久久没能回家乡。今天我由东方回，蒙蒙细雨心忧伤。
那天黄莺在飞翔，太阳下面羽闪光。这个姑娘做新娘，迎亲马儿赤白黄。
母为女儿挂佩巾，婚礼仪式讲得详。新婚之时很恩爱，久未见面会怎样？

《破斧》解读

西周初年，成王年幼继位，由周公辅佐治国。殷纣王之子武庚联合管叔、蔡叔等趁机发动战乱，企图取代周王室。周公率军征讨，经过三年的努力，终于打败武庚，平定了战乱。本诗就是由在这场战争中幸存的一位普通士兵所作的，诗中表达了他对经过艰苦残酷的战争自己还能生还的庆幸之情。诗人的心情是悲喜交加的：悲的是战争的残酷，喜的是自己还活着。现在战事已毕，生活又有了盼头。从全诗的感情抒发来看，本诗也体现出了强烈的反战思想。

破斧

既破我斧，又缺我斨（qiāng）。周公东征，四国是皇①。
哀我人斯，亦孔之将②。
既破我斧，又缺我锜（qí）③。周公东征，四国是吪（é）④。
哀我人斯，亦孔之嘉。
既破我斧，又缺我銶（qiú）⑤。周公东征，四国是遒⑥。
哀我人斯，亦孔之休⑦。

［注释］

①四国：指商、管、蔡、霍四国。它们在周成王时作乱，周公率兵去平定。皇：匡正。②将：大，好。③锜：古代的一种斧子。④吪：感化，教化。⑤銶：古时的一种斧子。⑥遒：安定，坚固。⑦休：完美。

［译文］

我的战斧被砍坏，斨上也已出缺口。周公领兵去东征，四国叛者皆震惊。
可叹我们这些人，活着回来是万幸。
我的战斧被砍坏，锜上缺口深又大。周公领兵去东征，四国叛逆都感化。
可怜我们这些人，活着凯旋运气佳。
我的战斧被砍坏，銶上缺口有多处。周公率兵去东征，四国叛军皆顺服。
可怜我们这些人，活着凯旋是大福。

《伐柯》解读

这首诗以没有斧头无法去砍斧柄起兴，描写了古代社会里那种经由媒人介绍的婚姻。后来即称媒人为“伐柯”。同时，“伐柯”也比喻做事要遵循一定的规则。诗中虽然透露规则不可违的严苛与无奈，但语气中也有对自己原则的一种把握和坚持，可见当时个人婚姻还是有一定自由的。女子最后与自己所选中的人结婚相庆，该是不幸中的万幸。

伐柯

伐柯如何①？匪斧不克②。取妻如何？匪媒不得。
伐柯伐柯，其则不远③。我觏之子④，笾(biān)豆有践⑤。

［注释］

①柯：斧头的柄。②克：克服，完成。③则：法则。④觏：遇见。⑤笾：古时竹制的盛果物的器具。豆：古时木制的盛食物的器具。践：排列，陈列。

［译文］

怎样砍成那斧柄？没有斧子做不成。娶妻应当怎么办？没有媒人就不行。
砍斧把啊砍斧柄，标准就在手中擎。我与这人结夫妇，摆好果肴来相庆。

《九罭》解读

本诗以小渔网网住了大鱼起兴，象征着人民对周公的敬重与爱戴。以大雁的飞翔象征周公的离开，表明周公对人民的重要作用，以及周公那无可替代的地位。本诗意象真切，起兴自然，感情真挚，表达了人民对周公的爱戴和挽留之情。最后明知周公要离去还把他的衣服藏起来的那种情态表现得十分的天真和可爱，突出了一种急迫而又无奈的心情。

九罭

yù

九罭之鱼[1]鳟鲂。我覯之子，衮衣绣裳[2]。

鸿飞遵渚[3]，公归无所，于女信处[4]。

鸿飞遵陆，公归不复，于女信宿。

是以有衮衣兮[5]，无以我公归兮。无使我心悲兮。

（衮 gǔn）

[注释]

①九罭：指捕捉小鱼的细孔网。②衮：卷龙图案、花纹。③遵：沿着。④女：汝。信：住宿两晚。⑤有：收藏。

[译文]

密网抓到鳟与鲂。我所看的这个人，穿着龙袍和绣裳。

雁循沙滩缓飞翔，公若归去无居所，与我再住两晚上。

雁循陆地慢飞翔，公若归去不再来，与我再宿两晚上。

因而藏起你衣裳，勿使公归离我去。不要让我心悲伤。

《狼跋》解读

本诗的写作背景：西周初年，成王年幼继位，由周公辅佐治国。殷纣王之子武庚联合管叔、蔡叔等趁机发动战争，企图取代周王室。同时，管叔、蔡叔等还散布流言，恶意中伤周公。就在这样一个外有谣言，内又不被国人所理解的环境下，周公顶住各方面压力，胸怀坦荡，辅佐成王，平定叛乱。因此诗人作此诗，赞美周公的美好品行。

狼跋

bá

狼跋其胡[1]，载疐其尾[2]。公孙硕肤，赤舄几几[3]。

狼疐其尾，载跋其胡。公孙硕肤，德音不瑕。

（疐 zhì；舄 xì）

[注释]

①跋：踏。②疐：踩，牵绊。③舄：古代的一种鞋。几几：华贵的样子。

[译文]

老狼前行踩了胡，后退便踩长尾毛。公孙挺着大肚子，脚穿红鞋尖上翘。

老狼前进踩了胡，后退便踩长尾巴。公孙挺着大肚子，远远传扬名不好。

雅

小雅

《鹿鸣》解读

本诗描写的是统治者宴请群臣宾客的场面。宴席间主人彬彬有礼，以诚相待，客人坦荡、开诚布公，宾主气氛融洽和谐。诗以“呦呦鹿鸣”起兴即是为了渲染、推崇这种不沾纤尘、原始美好的君臣情谊。接下来通过对宴会上鼓瑟弹琴，畅饮畅谈的描绘，臣子的忠心进谏的描写，君王善于纳谏的美好品行和君臣之间的良好关系得到了充分地突出和显现。其中，“人之好我，示我周行”成为古今交友的重要标准之一。

鹿鸣

呦（yōu）呦鹿鸣①，食野之苹②。我有嘉宾，鼓瑟吹笙。
吹笙鼓簧③，承筐是将④。人之好我⑤，示我周行⑥。
呦呦鹿鸣，食野之蒿。我有嘉宾，德音孔昭⑦。
视民不恌⑧，君子是则是效⑨。我有旨酒⑩，嘉宾式燕以敖⑪。
呦呦鹿鸣，食野之芩⑫。我有嘉宾，鼓瑟鼓琴。
鼓瑟鼓琴，和乐且湛（dān）⑬。我有旨酒，以燕乐嘉宾之心。

[注释]

①呦呦：鹿的叫声。②苹：草名，即艾蒿。③簧：乐器中用以发声的片状振动体，这里指乐器。④承：捧着。将：献上。⑤好：关爱。⑥周行：大路。⑦德音：美德。孔：很，十分。昭：鲜明。⑧视：示，昭示。恌：轻佻。⑨则：榜样。效：模仿。⑩旨酒：美酒。⑪式：语气助词，无实义。燕：同“宴”。敖：同“遨”，意思是游玩。⑫芩：草名，属蒿类植物。⑬湛：快活得长久。

我有嘉宾，鼓瑟吹笙

[译文]

群鹿呦呦郊外鸣，尽情吃苹甚安闲。我有嘉宾来相会，奏瑟吹笙表欢迎。

吹起笙来接贵客，捧筐赠物致敬情。贵客心中喜欢我，治国大道给我呈。

群鹿呦呦在鸣叫，吃那青蒿野地里。我有嘉宾喜相见，他们德高美名彰。

做民表率不轻薄，君子效法好榜样。我有甜酒来奉献，嘉宾宴饮心欢畅。

群鹿呦呦鸣叫欢，野外食芩乐融融。我有嘉宾来相见，奏瑟弹琴热烈迎。

奏瑟弹琴来助兴，和平安乐情意深。我有甜酒勤奉献，嘉宾畅饮心欢腾。

《四牡》解读

这首诗是一个出征在外、无法回家的人所作，用以怀念家人。本诗简单明了，意思也很好理解。诗人想念家人，想念白发的双亲，很想马上回家，但公家的事情没完没了，自己也无可奈何。诗的前半部分以四匹马的奔驰突出公事繁忙，后半部分通过鸽子的嬉戏表达对家人的愧疚。因此，本诗既是表达对家人的深切思念，也是对永无休止的征役的抗议。

四牡

四牡騑(fēi)騑①，周道倭(wō)迟②。岂不怀归？

王事靡盬③，我心伤悲！

四牡騑騑，啴(tān)啴骆马④。岂不怀归？

王事靡盬，不遑(huáng)启处⑤！

翩翩者骓，载飞载下⑥，集于苞栩。

王事靡盬，不遑将父！

翩翩者骓，载飞载止，集于苞杞。

王事靡盬，不遑将母！

驾彼四骆，载骤(qīn)骎骎⑦。岂不怀归？

是用作歌，将母来谂⑧！

骓，《诗经集传》插图

[注释]

①騑：马行走不停的样子。②倭迟：迂回遥远的样子。③盬：停止。④啴啴：喘息的样子。⑤启处：安居休息。⑥载：则。⑦骤：马奔驰。骎骎：马速行的样子。⑧谂：想念。

[译文]

四匹雄马蹄不停，跑在曲折大道上。难道不把家人想？

君王事情无休止，使我心中常悲伤！

四匹雄马脚不停，骆马劳累都喘息。难道不想把家回？
君王之事无尽时，没有闲时来歇息！
鸽子展翅在蓝天，忽上忽下不安闲，停落丛生柞树间。
君王事情没有完，供养父亲无时间。
鸽子展翅飞蓝天，时飞时落尽情耍，栖息丛生杞树间。
君王事情忙不尽，供养老母无时间！
四匹骆马同驾车，快速奔跑冲向前。难道不想将家返？
所以写了这首诗，将我母亲来想念！

《皇皇者华》解读

本诗描写的是使臣在民间考察民情，访求贤人的事情。通过本诗的描述，反映了当时社会风气的开明和积极。国家乐于用人，求贤若渴，也反映了当时国君的英明，善于纳谏、用人。骏马的硬朗和耐心细致的寻访工作都表明了求募人才的决心和意志，读来煞是威风、气派，显示出明主治国的博大胸襟和坦荡情怀。

皇皇者华

皇皇者华，于彼原隰(xí)①。𬳽𬳽(shēn)征夫②，每怀靡及。
我马维驹，六辔如濡。载驰载驱，周爰咨诹(zī zōu)③。
我马维骐，六辔如丝。载驰载驱，周爰咨谋。
我马维骆，六辔沃若④。载驰载驱，周爰咨度。
我马维骃，六辔既均⑤。载驰载驱，周爰咨询。

［注释］

①原隰：平原低洼地。②征夫：行人。③咨诹：询问事情。④沃若：有光泽。⑤均：协调，调和。

［译文］

花朵灿烂多鲜艳，开在平原低湿处。使者众多奉君命，常怕访察有漏遗。

为我拉车四匹驹，六条缰绳软而滑。驱马疾行向前奔，遍访贤才把事商。

拉车四马青又黑，六条缰绳软如丝。驱马向前奔四方，求贤谋划军国事。

蒲轮征贤，《帝鉴图说》插图

四匹骆马驾车行，六条缰绳很光洁。驱马奔驰往四方，遍访民众做计划。

四匹骃马把车驾，手握六缰真匀称。驱马向前四处跑，遍访贤能多询问。

《常棣》解读

这首诗描写了诗人宴请朋友兄弟，畅饮美酒，畅叙友情的场面。诗中暗示着当时的社会情况，很可能是动荡的战乱时期，人们的生活饱受苦难，不稳定。因此，能在这时宴请兄弟朋友，更显得友情、亲情弥足珍贵，就像那盛开的常棣之花一样。诗的最后一节表达了诗人的美好愿望，只要努力去实践，定会有美好的收获。

常棣

常棣之华①，鄂不韡韡②。凡今之人，莫如兄弟。

死丧之威③，兄弟孔怀④。原隰裒(póu)矣⑤，兄弟求矣。

脊令在原⑥，兄弟急难。每有良朋，况也永叹⑦。

兄弟阋(xì)于墙⑧，外御其务⑨。每有良朋，烝也无戎⑩。

丧乱既平，既安且宁。虽有兄弟，不如友生⑪。

傧尔笾豆⑫，饮酒之饫⑬。兄弟既具，和乐且孺⑭。

妻子好合，如鼓瑟琴。兄弟既翕⑮，和乐且湛⑯。

宜尔室家，乐尔妻孥(nú)⑰。是究是图⑱，亶(dǎn)其然乎⑲！

[注释]

①常棣：棠梨树。华：花。②鄂：同“萼”，花草。不：岂不。韡韡：花色鲜明的样子。③威：畏惧。④孔怀：十分地想念。⑤裒：堆积。⑥脊令：水鸟名。⑦况：发语词。永叹：长叹。⑧阋于墙：在家里面争吵。阋，争吵。⑨务：同“侮”，欺侮。⑩烝：乃。戎：帮助。⑪生：语气助词，没有实义。⑫傧：陈设，陈列。⑬饫：酒足饭饱。⑭孺：亲近。⑮翕：聚和。⑯湛：长久。⑰孥：儿女。⑱究：思虑。图：谋划。⑲亶：诚然，确实。

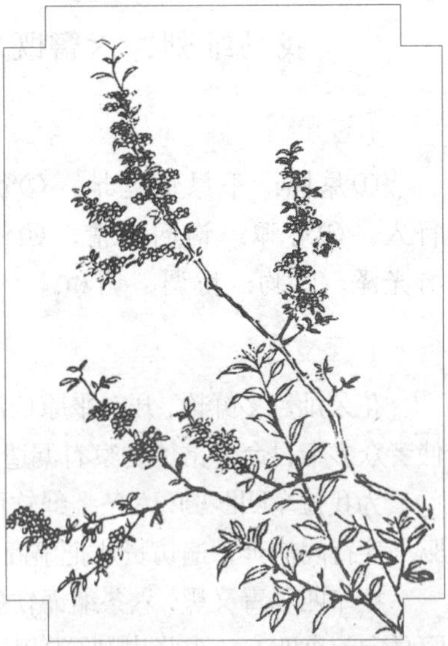

常棣，《诗经集传》插图

[译文]

棠棣花啊棠棣花，花朵鲜艳多娇美。

如今世上所有人，完全不如亲兄弟。

遇到死丧可怕事，只有兄弟挂于心。广阔原隰少一人，只有兄弟遍地寻。

脊令鸟儿在平原，唯有兄弟救危难。虽有良朋在身边，只能为你长声叹。

兄弟家里有争吵，遇到外侮共抵挡。虽有良朋在身边，终究不能帮大忙。

等到丧乱全平息，生活安宁不相依。这时虽有亲兄弟，不如朋友情意蜜。

摆列你的笾和豆，家宴之上饮酒畅。兄弟全部在一处，和乐愉快人人有。

妻子儿女情意合，如同奏乐声和谐。兄弟全都聚一处，和乐尽欢真亲热。

祝你全家情意好，妻子儿女皆欢喜。兄弟关系深探究，确实如此当牢记。

《伐木》解读

这是一首赞美友情、亲情的诗。诗中描写了宴请亲人、朋友的场面，说明了人际关系的重要意义，表达了对和谐、美好的人际关系的赞美与向往。诗以大自然中伐木的场景切入，从对自然中和谐、美好情感的关注和期待着眼，引入对人们之间对亲情、友情的维护和热爱。全诗体现了人们纯正善良的本性，洋溢着浓厚的喜悦氛围。诗歌风格活泼明快，读起来朗朗上口，散发着淳朴的美感。

伐木

伐木丁丁（zhēng）[1]，鸟鸣嘤嘤。出自幽谷，迁于乔木。嘤其鸣矣，求其友声。相彼鸟矣[2]，犹求友声[3]。矧（shěn）伊人矣[4]，不求友生？神之听之，终和且平。

伐木许许（hǔ），酾（shī）酒有藇（xù）[5]。既有肥羜（zhù）[6]，以速诸父[7]。宁适不来[8]，微我弗顾。於粲洒扫，陈馈八簋（guǐ）[9]。既有肥牡，以速诸舅。宁适不来，微我有咎[10]。

伐木于阪，酾酒有衍。笾豆有践，兄弟无远。民之失德，干糇（hóu）以愆[11]。有酒湑我[12]，无酒酤我[13]。坎坎鼓我[14]，蹲（cún）蹲舞我[15]。迨我暇矣，饮此湑矣。

伐木丁丁，鸟鸣嘤嘤

[注释]

①丁丁：伐木声。②相：看。③犹：还是，仍旧。④矧：况且，何况。⑤釃：滤，过滤。有：助词，放在形容词前。芎：甘美。⑥羜：五个月的小羊。⑦以：用。速：邀请，宴请。诸父：同族的长辈。⑧宁：宁可。适：恰好。不来：不能来。⑨陈：摆放。馈：食物。簋：古代的一种食器。⑩咎：过错，过失。⑪干糇：干粮，指普通食物。愆：过失。⑫湑：滤酒去渣。⑬酤：买酒。⑭坎坎：鼓声。⑮蹲蹲：跳舞的样子。

[译文]

砍伐树木丁丁响，鸟儿嘤嘤在鸣唱。它从深谷飞出来，现在飞落大树上。
嘤嘤连声唱不停，寻找同伴来相帮。来看那些小飞鸟，尚知求友来帮忙。
何况我们乃人类，能不求友相依傍？神灵察知人求友，必让你把和平享。
砍伐树木丁丁响，滤过美酒散芳香。已经宰杀小肥羊，敬请父辈来品尝。
宁肯请他不能来，非我不把他看望。内外洒扫多鲜亮，八盘食品俱陈列。
已经宰杀肥公羊，快请舅辈俱品尝。宁肯请他来不成，非我有错任人讲。
砍伐树木在山坡，滤过美酒都斟满。食器样样摆整齐，亲兄亲弟莫疏远。
人们有时来争吵，干粮待客不真诚。有酒我要先过滤，无酒去买我拿钱。
我来击鼓咚咚响，我们大伙舞翩翩。趁我现在有空闲，畅饮清酒尽欢颜。

《天保》解读

这是一首群臣赞美、祝福周王的诗。全诗运用了夸张的写法，极尽重复地赞美与祝福，使读者仿佛看到了君王的高高在上和群臣的一张张谄媚的嘴脸。本诗意思简明，容易理解，就像题目“天保”一样，上天保佑你平安。同时，也包含着深深的讽刺意味，与其高高在上，与其吹嘘鼓噪，不如踏踏实实、认认真真地为百姓做点实事，那才能真正地获得上天的保佑。当然这些都是今人的看法，不足以约束古人。

天保

天保定尔，亦孔之固。俾尔单厚①，何福不除(zhù)②。
俾尔多益，以莫不庶③。
天保定尔，俾尔戬(jiǎn)谷④。罄无不宜⑤，受天百禄。
降尔遐福⑥，维日不足。
天保定尔，以莫不兴。如山如阜，如冈如陵，
如川之方至，以莫不增。

吉蠲(juān)为饎⑦，是用孝享⑧。禴(yuè)祠烝尝⑨，于公先王。

君曰卜尔⑩，万寿无疆。

神之吊矣⑪，诒(yí)尔多福。民之质矣，日用饮食。

群黎百姓，遍为尔德。

如月之恒⑫，如日之升。如南山之寿，不骞(qiān)不崩⑬。

如松柏之茂，无不尔或承⑭。

［注释］

①俾：让，使。单厚：富足，丰厚。②除：予，赐。③以：发语词，无实义。庶：富。④戬：福。⑤罄：尽。⑥遐：长久。⑦蠲：通“涓”，清洁。饎：酒食。⑧孝享：献祭。⑨禴祠烝尝：分别是夏、春、冬、秋四季的祭礼。⑩卜：予。⑪吊：至。⑫恒：月上弦。⑬骞：亏损。崩：崩溃。⑭或：无词意。承：拥护。

［译文］

上天保佑你安定，致使政权很牢固。使你国势甚雄厚，一切幸福全赐予。

赏赐财物多又多，使你周朝极富裕。

上天保佑你安定，赏赠给你福和禄。使你一切都适宜，承受上天样样福。

降你幸福久远长，唯恐时间有不足。

上天保佑你安定，使你一切全兴盛。财物多如山和阜，又像山冈和丘陵。

如同河水滚滚来，使你万物逐日增。

择取吉日备酒食，用它献祭祖庙中。春夏秋冬都祭祀，奉献先王和先公。

先祖都说赐给你，万寿无疆永无终。

天神已经到身边，赐予幸福多又大。百姓质朴无伪饰，只求饮食不求它。

禴祠烝尝，于公先王

所有民众和贵族，受你恩德都感化。

周朝就像上弦月，如同朝日升蓝天。如同南山寿无边，不损不崩稳而坚。

如同松柏永茂盛，拥戴周王众人愿。

《采薇》解读

这是一个戍边征战的士兵在战争结束之后，回家途中的内心独白，主要描写了他复杂的心情。本诗以诗人看到路边枯萎的薇菜这一衰败的景象起兴，进而联想到离家时充满生机的春日景象，因而感叹时光飞逝、残酷的战争和自己的军旅生活等等，表达了诗人在戍边的征战生活中对逝去岁月的感叹，对亲人的深切想念，对戎狄进犯的仇视与愤慨以及对长年累月无休止的战争的不满。

采薇

采薇采薇①，薇亦作止②。曰归曰归，岁亦莫止③。
靡室靡家，猃狁(xiǎn yǔn)之故④。不遑(huáng)启居⑤，猃狁之故。
采薇采薇，薇亦柔止⑥。曰归曰归，心亦忧止。
忧心烈烈，载饥载渴。我戍未定，靡使归聘⑦。
采薇采薇，薇亦刚止⑧。曰归曰归，岁亦阳止⑨。
王事靡盬(gǔ)⑩，不遑启处。忧心孔疚⑪，我行不来。
彼尔维何⑫？维常之华。彼路斯何⑬？君子之车。
戎车既驾，四牡业业⑭。岂敢定居，一月三捷⑮。
驾彼四牡，四牡骙骙(kuí)⑯。君子所依，小人所腓(féi)⑰。
四牡翼翼⑱，象弭鱼服⑲。岂不日戒？猃狁孔棘⑳。
昔我往矣，杨柳依依㉑。今我来思，雨雪霏霏㉒。
行道迟迟，载渴载饥。我心伤悲，莫知我哀！

[注释]

①薇：一种野菜。②亦：语气助词，没有实义。作：初生。止：语气助词，没有实义。③莫：同“暮”，晚。④猃狁：北方少数民族戎狄。⑤遑：空闲。启：坐下。居：住下。⑥柔：软嫩。这里指初生的薇菜。⑦聘：问候。⑧刚：坚硬。这里指薇菜已长大。⑨阳：指农历十月。⑩盬：止息。⑪疚：病。⑫尔：花开茂盛的样子。⑬路：辂，大车。⑭业业：强壮的样子。⑮捷：交战，作战。⑯骙骙：马强壮的样子。⑰腓：隐蔽，掩护。⑱翼翼：排列整齐的样子。⑲弭：弓两头的弯曲处。鱼服：鱼皮制的箭袋。⑳棘：危急。㉑依依：茂盛的样子。㉒霏霏：纷纷下落的样子。

[译文]

采薇菜啊采薇菜，菜苗刚露出地面。说回家呀说回家，已到年终还未回。
虽有家庭似没有，只因猃狁频扰边。没有时间来闲坐，只因猃狁国难安。
采薇菜啊采薇菜，薇菜鲜嫩在山间。说回家呀说回家，心中忧虑家没还。

心急如焚好难受，又饿又渴饥肠转。我的驻地总不定，无人归家问平安。

采薇菜啊采薇菜，薇菜茎秆已硬老。说回家呀说回家，年末十月又来到。

君王事情总没完，没有时间闲待着。内心忧伤好痛苦，出征不见有慰劳。

那是何花在盛开？棠棣花儿在怒放。那是何车高又大？将帅之车镇四面。

兵车全都驾起来，四匹公马好雄壮。怎敢停下来定居，每月多次打胜仗。

公马四匹驾车忙，四匹公马好强壮。将帅坐在大车上，战士靠车把矢防。

四匹公马真整齐，象弭鱼服在身旁。怎敢一天不警戒？猃狁进犯很猖狂。

想起以前出征时，杨柳依依轻摇荡。今天凯旋把家还，满天落雪纷纷扬。

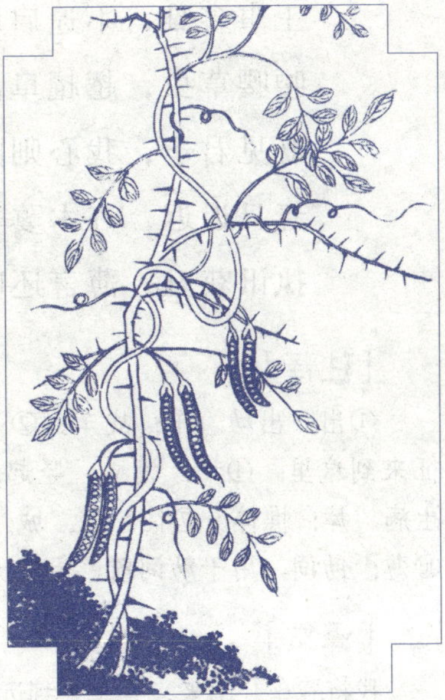

薇，《四库全书》插画

道路遥远好漫长，又饿又渴饥肠转。我的内心很悲苦，无人知我哀与伤。

《出车》解读

周宣王时期，西戎进犯周朝边境，将军南仲率军征讨，最终平定西戎。本诗就是由南仲军中一位将领在凯旋时所作，主要描写了西戎来犯，战事的紧急和军队的威猛，体现了军人保卫国家的责任感，同时也描写了自己在战争中安危不定的内心冲突，带有很强的叙述色彩。本诗节奏感强，蕴含感情深沉、浓烈，后人将之以乐配，成为慰劳凯旋将士的歌。

出车

我出我车①，于彼牧矣②。自天子所，谓我来矣③。

召彼仆夫，谓之载矣。王事多难，维其棘矣。

我出我车，于彼郊矣。设此旐(zhào)矣④，建彼旄矣。

彼旟(yú)旐斯，胡不旆(pèi)旆⑤？忧心悄悄，仆夫况瘁⑥。

王命南仲，往城于方⑦。出车彭彭，旂旐央央。

天子命我，城彼朔方⑧。赫赫南仲，猃狁于襄⑨。

昔我往矣，黍稷方华。今我来思，雨雪载涂。

王事多难，不遑启居。岂不怀归？畏此简书。

喓喓草虫，趯趯阜螽。未见君子，忧心忡忡。

既见君子，我心则降。赫赫南仲，薄伐西戎⑩。

春日迟迟，卉木萋萋。仓庚喈喈，采蘩祁祁。

执讯获丑，薄言还归。赫赫南仲，猃狁于夷。

［注释］

①出：出动。车：战车。②于：去，到。牧：郊外。③谓我来：对我说，让我出征来到这里。④设：设立，竖起。旐：有龟蛇图案的旗子。⑤旆旆：垂下来。⑥况：生病。瘁：憔悴。⑦往：去。城：建城。于方：地名。⑧朔方：北方。⑨襄：除，灭。⑩薄：助词，用于动词前，无实义。

［译文］

我将战车开出来，兵车来到远郊外。天子那里把令下，命我出征来塞北。

忙将车夫来召集，兵士辎重多装载。国家如今有危难，猃狁犯边急破坏。

我把战车开出来，兵车来至那城外。陈列龟蛇旗飘摇，树起旄旗高又高。

鹰隼旗啊龟蛇旗，微风吹动能不飘？心中忧伤情意苦，车夫憔悴累难受。

宣王命令那南仲，要到北方去筑城。拉车马儿多雄壮，各种军旗都鲜明。

天子给我下命令，进军门方去筑城。赫赫南仲有威名，定把猃狁除干净。

往日从军我出发，那时黍稷正开花。今日凯旋我回家，雪落满路白花花。

君王之事多危难，要想安坐没闲暇。难道不想回家乡？宣王命令好可怕。

我出我车，于彼牧矣

蝈蝈喓喓叫不停，蚱蜢跳跃草地上。不见南仲他的人，心中不安甚忧伤。

已见南仲在眼前，心中忧虑全扫光。赫赫南仲威名扬，速伐西戎上战场。

春天太阳慢悠悠，草木茂盛连一片。黄莺欢乐在歌唱，很多姑娘采蘩忙。

捉敌审讯或割耳，周军急忙都凯旋。赫赫南仲威名扬，平定猃狁保平安。

《杕杜》解读

这是一首描写妻子思念出征在外的丈夫的诗。国家征役无休止，王差没完没了，人民饱受徭役之苦。丈夫应付王差，常年在外，无法回家。妻子思念丈夫，愿他早日回家，但也无可奈何。全诗从妻子对日常场景的关注写起，进而深入到妻子的悲戚之情，突出她对在外征战丈夫的关切，感情表达的真挚、强烈，感人肺腑，一位端庄贤惠、柔顺可人的妻子形象也一下子深入人心。

杕杜

有杕之杜，有睆(huǎn)其实①。王事靡盬，继嗣我日②。

日月阳止③，女心伤止，征夫遑止！

有杕之杜，其叶萋萋。王事靡盬，我心伤悲。

卉木萋止，女心悲止，征夫归止！

陟彼北山，言采其杞④。王事靡盬，忧我父母。

檀车幝幝(chǎn)⑤，四牡痯痯(guǎn)⑥，征夫不远！

匪载匪来，忧心孔疚。斯逝不至，而多为恤⑦。

卜筮偕止，会言近止，征夫迩止！

[注释]

①有：助词，在形容词前，无实义。睆：果实饱满的样子。②嗣：续，延长。我日：服役时间。③日月：时间，光阴。阳：阴历十月。止：句末语气词。④杞：枸杞。⑤幝：破敝的样子。⑥痯痯：疲惫的样子。⑦恤：忧。

[译文]

棠梨挺立在生长，圆圆果实挂枝头。君王之事无停止，服役之期又延长。

时间已经到十月，妇人心中好悲伤，

征人应有闲时光！棠梨挺拔独生长，青青枝叶长得旺。国王之事没有尽，

使我心中多感伤。草木茂盛在生长，

妇人心中真凄凉，征人将要归故乡！登上北边那山冈，多多将那枸杞采。

枸，《诗经集传》插图

君王之事没完了，父母无靠我心忧。

檀木兵车已破败，四匹雄马已累坏，离家不远征人来！役期已满没人问，

心愁成病好凄凉。役期早过人未来，

徒增忧虑心内伤。龟甲蓍草俱卜卦，二者之言都一样，征人已近家门旁！

《鱼丽》解读

本诗简洁明快，文意直白，描写的宴席十分丰盛。醇厚芳香的美酒，美味的各色佳肴，表达了诗人对宴会主人盛情款待的感谢与赞美。全诗从鱼和酒写起，前三段详细列数鱼的种类，夸耀酒的甘美，一唱三和极尽主人及客人的心意；后面三段以换菜肴为主题，重复运用前面的手法，将宾主双方的和乐畅快完整地表达出来，场面热烈、节奏轻快。

鱼丽

鱼丽于罶（liǔ）[①]，鲿（cháng）鲨。君子有酒，旨且多[②]。

鱼丽于罶，鲂鳢（lǐ）。君子有酒，多且旨。

鱼丽于罶，鰋（yǎn）鲤。君子有酒，旨且有。

物其多矣，维其嘉矣[③]。

物其旨矣，维其偕矣[④]。

物其有矣，维其时矣[⑤]。

[注释]

①丽：同"罹"，遭遇，落入。罶：竹制的捕鱼工具。②多：指应有尽有。③维其：这里指因为如此。④偕：指品种齐全。⑤时：适时。

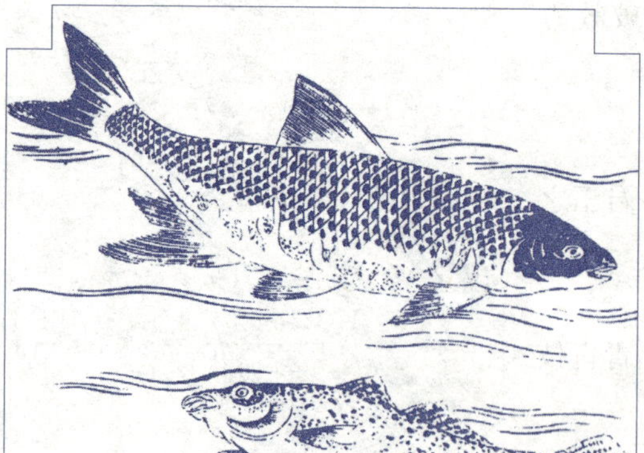

鲿鲨，《诗经集传》插图

[译文]

鱼儿闯进那鱼笼，黄颊小鲨皆被捉。贵族老爷有酒喝，味道香甜品种多。

鱼儿钻进那鱼笼，鲂鱼黑鱼不一样。贵族家里有酒喝，品种多来味道香。

鱼儿游进那鱼筐，鲇鱼鲤鱼不放过。贵族之家有酒饮，味道甜美品种多。

各种食物非常多，都乃佳品上等货。每种食品都甜美，都是佳肴全齐备。

山珍海味品类多，都是适时新鲜货。

《南有嘉鱼》解读

本诗是一首祝酒诗，描写了宴会的丰盛，表达了诗人对宴会主人盛情款待的感谢与赞美。本诗可与前首诗《鱼丽》连起来读，但与前首诗比较起来，前首诗不见人只见物，作者主要通过对宴席本身的描绘，从侧面烘托宾主气氛，情感抒发通过描述的语气加以传达，给读者的扩展空间较大，而此诗加入了宴会场面的正面描写，虽然内容多了，但言语间的激情却少了，显得较为平淡。

南有嘉鱼

南有嘉鱼，烝然罩罩①。君子有酒，嘉宾式燕以乐②。

南有嘉鱼，烝然汕汕③。君子有酒，嘉宾式燕以衎（kàn）④。

南有樛木，甘瓠累之⑤。君子有酒，嘉宾式燕绥之⑥。

翩翩者雏，烝然来思。君子有酒，嘉宾式燕又思⑦。

［注释］

①烝：众，这里指鱼很多。罩：捕鱼具。②式：应当。燕：饮酒。③汕汕：游来游去的样子。④衎：乐。⑤累：缠绕。⑥绥：惬意，安乐。⑦又：劝酒。

［译文］

南方江河有好鱼，逆波畅游尾摇摆。贵族老爷有酒吃，嘉宾宴饮乐陶陶。

南方江河有好鱼，随波畅游尾摇摆。贵族老爷有美酒，嘉宾宴饮都欢快。

南山有树枝干弯，甘瓠秧蔓绕枝缠。贵族家里藏美酒，嘉宾乐饮心意舒。

斑鸠展翅在蓝天，群飞到此来游玩。贵族老爷藏美酒，嘉宾畅饮将酒劝。

《南山有台》解读

周王得贤才辅佐，国家昌盛繁荣。本诗描写的就是周王宴请群臣，在宴会上周王赞美和祝福群臣的场面。“乐只君子”表现出周王对贤臣君子由衷的钦佩和赞赏。诗中的感情抒发强烈、诚恳，表达了周王的感激之意；同时，周王对臣子进行祝福，祝他们“万寿无疆”，说明当时君臣的关系相对宽松、地位相对平等，也说明当时“万寿无疆”并不仅仅为君主所独享。

南山有台

南山有台①，北山有莱。乐只君子②，邦家之基。

乐只君子，万寿无期！

南山有桑，北山有杨。乐只君子，邦家之光。
乐只君子，万寿无疆！
南山有杞，北山有李。乐只君子，民之父母。
乐只君子，德音不已[3]！
南山有栲，北山有杻。乐只君子，遐不眉寿[4]。
乐只君子，德音是茂！
南山有枸(jǔ)，北山有楰(yǔ)。乐只君子，遐不黄耇(gǒu)[5]。
乐只君子，保艾尔后[6]！

[注释]

①台：莎草。②乐：快乐，愉快。只：句中语气词。君子：这里指贵族。③已：停止。④遐：同“胡”，为什么。眉寿：长寿。⑤黄耇：长寿。耇，老。⑥保：安。艾：养。

[译文]

南山莎草长得盛，北山莱草盖山脊。贵族老爷好快乐，他是国家好根基。
贵族老爷好快乐，祝你长寿永无疆！南山生有那桑树，北山处处长白杨。
贵族老爷好快乐，他为国家争光荣。贵族老爷好快乐，祝福你万寿无疆！
南山生有那杞树，北山李树在生长。贵族老爷好快乐，他是人们好爹娘。
贵族老爷好快乐，美名永久天下扬！南山之上栲树长，北山杻树长得旺。
贵族老爷好快乐，能不长寿把福享。贵族老爷好快乐，声誉美好永传扬！
南山生长那枸树，北山生长那山楸。贵族老爷好快乐，怎能不寿岁千秋。
贵族老爷好快乐，保护子孙江山久！

《蓼萧》解读

周天子宴请诸侯，一位官员在宴会上有幸见到了周天子，因而作了这首诗，表达了对周天子美好品行的赞美，以及对周天子健康、长寿的衷心祝愿。诗以高大茂盛的植物起兴，象征着在诗人心中周天子形象的高大，泽被世人；露珠的闪亮象征着周天子的美好品德，为世人景仰。全诗基调和谐、明亮、舒畅，读来神清气爽，充满幸福、豪迈，可见周天子在人民心目中的地位。

蓼(lù)萧

蓼彼萧斯，零露湑兮[1]。既见君子，我心写兮[2]。

燕笑语兮，是以有誉处兮③。

蓼彼萧斯，零露瀼(ráng)瀼④。既见君子，为龙为光。

其德不爽，寿考不忘。

蓼彼萧斯，零露泥泥⑤。既见君子，孔燕岂弟⑥。

宜兄宜弟，令德寿岂⑦。

蓼彼萧斯，零露浓浓。既见君子，鞗(tiáo)革冲冲⑧。

和鸾雝(yōng)雝，万福攸同⑨。

《帝鉴图说》插图

［注释］

①零：落。②写：宣泄。③是以：以是，因此。誉：通“豫”，畅快悠闲。④瀼瀼：盛貌的样子。⑤泥泥：濡湿的样子。⑥岂弟：和易近人。⑦岂：乐。⑧冲冲：垂饰的样子。⑨攸：所。

［译文］

艾蒿生得高又大，落满露珠湿漉漉。贵族老爷我见到，心中舒畅好欢乐。
饮酒说笑意相投，因此才有安乐处。
艾蒿生得高又大，落满露珠湿漉漉。贵族老爷我见到，拥有宠爱和荣光。
你有美德无偏差，永生人世不消亡。
艾蒿生得高又大，落满露珠湿漉漉。贵族老爷我见到，安乐平易真和睦。
如兄如弟情意浓，美德长寿又幸福。
艾蒿生得高又大，枝叶湿润露水浓。贵族老爷我见到，马缰绳停下从容。
鸾铃声声真和谐，万种幸福你聚拢。

《湛露》解读

这是一首描写周王宴请诸侯的诗，表达了对群臣的赞美。诗以露水浓浓起兴，象征着周天子对群臣的情义十分浓厚，因而鼓瑟弹琴，畅饮美酒来感谢。诗句恳切，言语间可见周天子体及下臣、礼贤下士的道德品质和优秀节操，是一位谦和、宽厚、仁慈、爱民的好君主。诗中所呈现的君臣欢畅的场面，突出了明主、贤臣交相呼应的主题，进而使整个宴会披上雍容华贵的礼仪风范的外衣。

湛露

湛湛露斯[1]，匪阳不晞[2]。厌厌夜饮[3]，不醉无归。

湛湛露斯，在彼丰草。厌厌夜饮，在宗载考[4]。

湛湛露斯，在彼杞棘。显允君子[5]，莫不令德[6]。

其桐其椅，其实离离[7]。岂弟君子，莫不令仪[8]。

[注释]

①湛湛：露重的样子。②阳：阳光，太阳。晞：干。③厌厌：安乐的样子。④宗：宗庙。载：举行。考：祭祀庆典。⑤显：光明坦荡。允：诚实守信。⑥令：彰显，完善。⑦离离：果实多而密集的样子。⑧仪：礼仪风范。

[译文]

清晨露水很浓重，太阳不出晒不干。夜晚饮酒多安乐，谁不喝醉不返回。

清晨露水很浓重，就在茂盛野草间。夜晚饮酒多安乐，在那宗庙祭祖先。

清晨露水很浓重，沾湿枸杞酸枣树。显赫诚实众宾客，无处不显示美德。

山桐子树梧桐树，果实累累无可数。和乐平易众宾客，容止礼节都超俗。

《飞影阁士记画册》插图

《彤弓》解读

这首诗描写的是周天子宴请诸侯，答谢有功之臣的诗，可与前面几首诗并读。周天子收放自如、坦荡温暖的胸怀从字里行间得以显露。所谓“大象无形”在周天子身上得到了集中的体现，其所作所为无不令人感觉妥帖、安稳，心悦诚服。诗中所反映的当时君臣之间的那种相互尊重的和谐关系，与后世君臣之间的主奴关系有着很大的不同。

彤弓

彤弓弨（chāo）兮[1]，受言藏之[2]。我有嘉宾，中心贶之[3]。

钟鼓既设，一朝飨之[4]。

彤弓弨兮，受言载之。我有嘉宾，中心喜之。

钟鼓既设，一朝右之⑤。

彤弓弨兮，受言櫜（gāo）之⑥。我有嘉宾，中心好之。

钟鼓既设，一朝酬之⑦。

[注释]

①彤弓：朱红的弓。②言：语词。③贶：爱戴。④飨：用酒食款待人。⑤右：劝酒。⑥櫜：隐藏。⑦酬：劝酒。

[译文]

朱红之弓弦松弛，接受过来将它藏。我有嘉宾在朝堂，心中喜欢好欣赏。

钟和鼓来都摆好，一朝尽情来宴飨。

朱红之弓弦松弛，接受过来载车上。我有嘉宾于朝堂，心中喜悦多夸奖。

钟和鼓来排列好，一朝劝酒真欢畅。

朱红之弓弦松弛，将它收到囊中间。我有嘉宾在朝堂，心中把他来喜欢。

钟和鼓啊都排好，一朝把酒来酬酢。

《菁菁者莪》解读

这首诗描写的同样是周天子在宴请有功的诸侯，进行答谢之礼。诗中对那些有功之臣进行了深刻地赞美与欣赏，把他们说成是有着美好品性的君子，并说明得到这些君子的辅佐比得到金子还高兴。诗以“菁菁者莪”起兴，意象清朗舒爽，把周天子对君子的印象和评价体现出来，相当于内心的暗示，这为其之后见到君子时的赞誉做了很好的铺垫，从而把其诚挚、朴实的心态完整地烘托出来。

菁菁者莪

菁菁者莪（é）①，在彼中阿②。既见君子，乐且有仪。

菁菁者莪，在彼中沚③。既见君子，我心则喜。

菁菁者莪，在彼中陵④。既见君子，锡我百朋⑤。

泛泛杨舟，载沉载浮⑥。既见君子，我心

莪，《诗经集传》插图

则休[7]。

［注释］

①菁菁：草木繁盛的样子。莪：莪蒿。②阿：大的丘陵。③沚：水中小洲。④陵：大土丘。⑤锡：赠送。百朋：白金。朋，古代货币单位。⑥载：或，则。⑦休：定，放心。

［译文］

莪蒿长得真茂盛，在丘陵中遍地生。已经看到那个人，高兴又举止得体。
莪蒿长得多茂盛，水中陆地处处生。已经看到那个人，心中欢喜是真情。
莪蒿长得多茂盛，土山之上满地生。已经看到那个人，赏赐给我一百金。
杨木船儿漂荡荡，忽落忽浮水中间。已经看到那个人，心中宁静且无忧。

《六月》解读

这首诗描写的是狄戎进犯周朝，周朝军队征讨狄戎，大胜而归的事情。本诗歌颂了周宣王的英明神武，也歌颂了我国自古以来的抵御外敌入侵的爱国主义精神，是一首惊天地、泣鬼神的战歌。本诗是一首叙事抒情诗，前三节主要写的是战前的动员，感情热烈；四五节描写了战争中的情况，反映了战争的残酷以及战胜敌人的决心；最后一节写的是得胜归来。全诗结构清晰，很有特色。

六　月

六月栖栖[1]，戎车既饬(chì)[2]。四牡骙(kuí)骙[3]，载是常服[4]。
猃狁孔炽[5]，我是用急[6]。王于出征，以匡王国[7]。
比物四骊，闲之维则[8]。维此六月，既成我服。
我服既成，于三十里。王于出征，以佐天子。
四牡修广[9]，其大有颙(yóng)。薄伐猃狁，以奏肤公[10]。
有严有翼，共武之服[11]。共武之服，以定王国。
猃狁匪茹[12]，整居焦获[13]。侵镐及方，至于泾阳。
织文鸟章，白旆央央。元戎十乘，以先启行。
戎车既安，如轻如轩[14]。四牡既佶，既佶且闲[15]。
薄伐猃狁，至于大原。文武吉甫，万邦为宪。
吉甫燕喜，既多受祉[16]。来归自镐，我行永久。

饮御诸友[17]，炰(páo)鳖脍鲤[18]。侯谁在矣，张仲孝友。

[注释]

①栖栖：遑遑不安。②饬：整饬，整顿。③骙骙：马强壮的样子。④载：设立。常：日月旗。服：军服。⑤炽：气势热烈。⑥是用：因此。急：紧急动员。⑦匡：拯救。⑧闲：训练。则：规则。⑨修：长。广：大。⑩奏：为。肤：大。公：功。⑪共武之服：共同作战。⑫茹：度。⑬整：整齐。居：驻扎。焦获：地名。⑭如：或。轾：向下俯。轩：向上冲。⑮佶：健壮的样子。⑯祉：福。⑰御：进。⑱炰：烹煮。

[译文]

六月兴师往来忙，兵车修好上战场。四匹雄马真强壮，常用军服车上装。
猃狁侵扰太猖狂，我们所以很紧张。周王下令伐顽敌，救助国家保君王。
四匹黑马力量齐，遵守规章驯马忙。在此盛夏六月天，军服制成穿身上。
军服制成身上穿，每天仅走三十里。周王下令讨敌寇，辅佐天子保边疆。
四匹雄马好高大，又高又大精神好。我们征伐那猃狁，建立显赫大功劳。
又威严来又恭谨，认真打仗将敌讨。认真打仗讨顽敌，国家安定君权保。
猃狁势力并不小，占据焦获那地方。侵夺镐地与朔方，甚至深入到泾阳。
鹰隼图案画旗上，旗端飘带多鲜亮。大的兵车有十辆，开路奔驰往前闯。
兵车全都很安稳，自由俯仰无损伤。四匹公马太雄壮，雄壮熟练驾车忙。
我们征讨那猃狁，追至太原那地方。吉甫有文又有武，他是万国好榜样。
宴请宾朋吉甫乐，终得许多福与祥。从那镐地凯旋回，在路跋涉时间长。
酒食献给众亲友，甲鱼鲤鱼尽情吃。席间宾朋还有谁，孝友张仲得赞扬。

《采芑》解读

这是一首赞美周宣王时期方叔南征荆州的诗。全诗运用夸张、反复等手法，表现了周朝军队的威严、强盛以及战事的浩大，对其充满深深的信任和敬仰。相反，对于敌人荆蛮则充满不齿和蔑视，自信地预言他们必定会俯首就擒。全诗气势恢宏，场面浩大，表现了王者之师的气派和尊贵，语气激昂有力，带着必胜的决心，读来顺畅之极，如行云流水，最后的预言准确、生动地表现出人民对自己军队强烈的热爱。

采芑(qǐ)

薄言采芑[1]，于彼新田[2]，于此菑(zī)亩[3]。
方叔莅止，其车三千，师干之试[4]。
方叔率止，乘其四骐，四骐翼翼[5]。

路车有奭(shì)[6]，簟(diàn)茀鱼服，钩膺鞗革[7]。

薄言采芑，于彼新田，于此中乡。

方叔莅止，其车三千，旂旐央央。

方叔率止，约軧(qí)错衡[8]，八鸾玱(qiāng)玱[9]。

服其命服，朱芾(fú)斯皇[10]，有玱葱珩(héng)[11]。

鴥(yù)彼飞隼，其飞戾天[12]，亦集爰止[13]。

方叔莅止，其车三千，师干之试。

方叔率止，钲人伐鼓，陈师鞠(jū)旅[14]。

显允方叔，伐鼓渊渊[15]，振旅阗(tián)阗[16]。

蠢尔蛮荆，大邦为仇。

方叔元老，克壮其犹[17]。

方叔率止，执讯获丑[18]。

戎车啴(tān)啴[19]，啴啴焞(tūn)焞，如霆如雷[20]。

显允方叔，征伐玁狁，蛮荆来威。

［注释］

①芑：苦菜。②新田：开垦两年的田地。③菑：开垦一年的田地。④师：军队。干：武器。之：放在动词前复指前置宾语。试：操练，演习。⑤翼翼：整齐的样子。⑥奭：赤色。⑦钩膺：马颈和胸部的带饰。鞗革：带有铜饰的马辔头。⑧约：缠绕。軧：车毂的装饰。错：金色。衡：车上驾牲口的横木。⑨鸾：铃铛。玱玱：铃声。⑩芾：通"绂"，官服上的纹饰。皇：鲜艳耀眼。⑪葱：绿色。珩：佩玉。⑫戾：至。⑬爰：在这里。⑭陈师：整列队伍。鞠旅：告诫士众。⑮渊渊：鼓声。⑯振：指挥。阗阗：击鼓声。⑰克：能够。犹：谋略。⑱执、获：俘虏。讯：将领。丑：士兵。⑲啴啴：众多。⑳霆：霹雷。

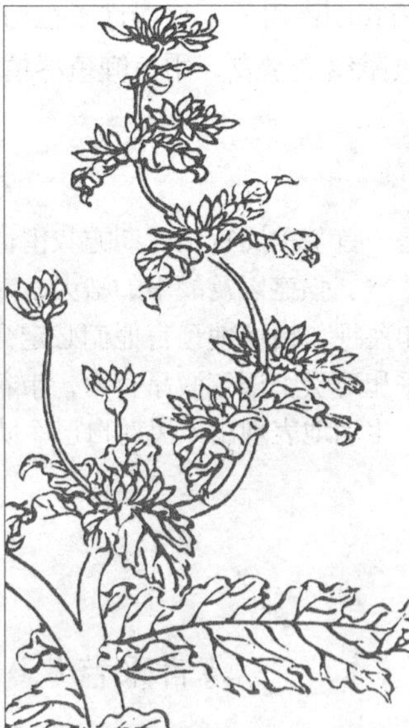

芑，《诗经集传》插图

［译文］

兵士皆来采苦菜，在那新田采些来，在那初

垦田里采。

卿士方叔已到来，三千兵车一行行，训练兵士用盾牌。

方叔带军是统帅，四骐驾车跑得快，骐马四匹多齐整。

大车红色真气派，竹席遮车鱼皮袋，钩膺马勒有皮带。

兵士人人采苦菜，在那新田大地里，在那乡中采摘忙。

卿士方叔已到来，亲领兵车三千辆，各种军旗多鲜亮。

方叔领兵是统帅，毂缠红皮衡雕花，八个鸾铃响叮当。

披上周王加封服，朱红蔽膝多辉煌，葱绿佩玉叮当响。

那只鹞鹰展翅飞，直冲蓝天在翱翔，有时栖息大树上。

卿士方叔已来到，亲带兵车三千辆，兵士持盾训练忙。

方叔率兵上战场，敲钲击鼓很安详，列队誓师把话讲。

显赫方叔有威信，进军击鼓声声响，兵心振奋军容壮。

愚蠢无知那蛮荆，与我大国结仇怨。

想那方叔为元老，谋划一定很谨严。

方叔统帅自有方，俘虏敌军必凯旋。

战车行进响隆隆，隆隆车声不间断，如那雷霆响彻天。

威风凛凛我方叔，曾征猃狁于北边，也能以威服荆蛮。

《车攻》解读

周宣王英明神武，实现了周朝的复苏与兴盛。征讨西戎，打败荆蛮，很有作为，因而人们纷纷作诗来歌颂、赞美他。本诗描写的就是周宣王进行大规模狩猎时的雄壮场面，不仅赞美了周宣王的伟大，同时也显示了当时周朝力量的强大，暗示着那些进犯周朝的敌人都会像那狩猎的猎物一样，被周朝消灭。整首诗以第一人称开篇，给人以真实、客观的印象，仿佛身临其中，增强了诗的气势。

车攻

我车既攻[①]，我马既同[②]。四牡庞庞[③]，驾言徂东。

田车既好，田牡孔阜[④]。东有甫草，驾言行狩。

之子于苗，选徒嚣嚣[⑤]。建旐设旄，搏兽于敖[⑥]。

驾彼四牡，四牡奕奕。赤芾金舄（xì）[⑦]，会同有绎[⑧]。

决拾既佽（cì）[⑨]，弓矢既调。射夫既同[⑩]，助我举柴[⑪]。

四黄既驾，两骖不猗。不失其驰，舍矢如破[⑫]。

萧萧马鸣，悠悠旆旌。徒御不惊[⑬]，大庖不盈[⑭]。

之子于征，有闻无声。允矣君子⑮，展也大成⑯。

[注释]

①攻：牢固。②同：一样。③庞庞：强壮。④阜：壮大。⑤选：通“算”。嚣嚣：喧嚣。⑥敖：敖山，地名。⑦赤芾：红色绂衣。金舄：金色的鞋子。⑧绎：秩序井然。⑨决：扳指。拾：护臂。既：已经。佽：齐全。⑩射夫：射手。⑪举：抬起。柴：打死的猎物。⑫舍矢如破：发矢命中，如椎破物。⑬徒：士卒。御：车夫。不：通“丕”，很，十分。惊：机警，敏捷。⑭庖：厨房。⑮允：信。⑯展：诚。

[译文]

我的猎车皆坚固，我的马匹选配齐。四匹雄马大而壮，驾车向东去洛邑。

猎车已经准备齐，四匹雄马多肥壮。洛邑有那圃田草，驾车烧草围猎场。

宣王六月来打猎，选拔猎手声喧哗。竖起旐旗牦牛尾，敖山野兽我来打。

四匹雄马驾猎车，雄马四匹高又壮。红色蔽膝金头鞋，诸侯络绎见宣王。

扳指护袖多便利，强弓利箭配直来。对对射手配合好，帮我将那猎物抬。

四匹黄马来驾车，两匹骖马不外跑。指挥驱驰他有法，箭箭射出中目标。

猎马鸣叫声萧萧，旌旗众多随风摆。步卒车夫很机警，厨房遍堆鹿虎豹。

宣王猎罢把京还，只闻车声无喧哗。确确实实是君子，真真把那大功建。

四牡庞庞，驾言徂东

《吉日》解读

本诗同样描写了周宣王野外狩猎的场面。与前一首不同的是，本诗可看作是细节的描写和近距离的描绘。整个狩猎过程得到充分的显现和表达，对于环境和场景的描写生动而直接，有秩序和节奏。诗中最后描绘了周宣王引弓射野猪、野牛的场景，由衷地赞美了他的武艺高强，暗示周朝力量的强大。

吉 日

吉日维戊，既伯既祷①。田车既好，四牡孔阜。

升彼大阜，从其群丑[②]。

吉日庚午，既差我马[③]。兽之所同，麀鹿麌麌[④]。

漆沮之从[⑤]，天子之所。

瞻彼中原，其祁孔有[⑥]。儦(biāo)儦俟(sì)俟[⑦]，或群或友。

悉率左右，以燕天子[⑧]。

既张我弓，既挟我矢。发彼小豝(bā)[⑨]，殪(yí)此大兕[⑩]。

以御宾客，且以酌醴(lǐ)[⑪]。

[注释]

①伯：马的祖先。祷：祭祀，祷告。②从：追逐。丑：指野兽。③差：选择。④麀：母鹿。麌麌：鹿群聚的样子。⑤漆沮：漆水、沮水。⑥其：那里。祁：大猎物。孔：非常。有：多。⑦儦儦：奔跑的样子。俟俟：行走的样子。⑧燕：取悦。⑨小豝：小母猪。⑩殪：射死。兕：野牛。⑪醴：甜酒。

鹿，《诗经集传》插图

[译文]

戊辰之日真吉祥，祭祀之后祭马祖。

猎车已经准备好，四匹公马多肥壮。

登上那边大土山，追逐群兽乐洋洋。

庚午也是吉祥日，最好猎马已选得。

找那群兽聚集地，母鹿成群真丰富。追到漆沮河水边，乃是天子射猎处。

瞻望高原草地广，大兽很多好猎场。或疾驰来或缓行，三只两只成群跑。

全都赶到王左右，供王尽射好舒畅。已经拉开我的弓，手持箭杆定方向。

一箭射死小母猪，再射野牛倒草里。野味进献宾客尝，兕角作杯甜酒香。

《鸿雁》解读

周厉王昏庸无道，国家日益衰败，致使百姓流离失所，饱受苦难。宣王继位后，励精图治，派使臣去全国各地安抚难民，让他们回到家乡，重新投入生产、生活，重建家园。本诗描写的就是这一事件。诗以在天际不断哀鸣的大雁起兴，象征遭受苦难，流离失所的人民。诗的风格哀伤沉痛，充满同情，读来让人有心酸落泪之感。此后，哀鸿也成为难民的代称，直至今日。

鸿雁

鸿雁于飞，肃肃其羽[①]。之子于征[②]，劬劳于野[③]。

爰及矜人[④]，哀此鳏寡[⑤]。

鸿雁于飞，集于中泽[⑥]。之子于垣[⑦]，百堵皆作[⑧]。

虽则劬劳，其究安宅[⑨]？

鸿雁于飞，哀鸣嗷嗷。

维此哲人[⑩]，谓我劬劳。

维彼愚人，谓我宣骄[⑪]。

雁，《诗经集传》插图

[注释]

①肃肃：翅膀飞动的声音。②之子：这个人。征：出行。③劬劳：辛苦劳累。④爰：助词，无实义。及：施加。矜人：穷苦人。⑤鳏寡：年老无妻叫鳏，年老无夫叫寡。⑥中泽：泽中，水中。⑦垣：墙头。⑧堵：墙壁，古时一丈墙叫板，五板叫堵。⑨究：穷。宅：居。⑩哲人：明理的人，聪明的人。⑪宣骄：外表骄傲、逞强。

[译文]

大雁蓝天群翱翔，奋击双翅肃肃响。这些流民返故乡，野外辛劳奔波累。
关照这些贫苦人，可怜鳏寡更心伤。大雁蓝天群翱翔，暂休降落泽中央。
督导流民忙筑墙，许多高墙被筑起。虽然大家皆劳苦，终究将有安居房。
大雁蓝天群翱翔，嗷嗷哀鸣真凄凉。只有那些明理人，言我为民操劳忙。
也有那些愚昧人，说我骄奢令民伤。

《庭燎》解读

本诗描写的是天还没有亮，大臣们已纷纷来到朝堂，准备早朝，却发现庭中的火炬依然燃烧着，说明君主周宣王彻夜都在处理政务，整夜没有休息。因此，诗人作了这首诗，意在赞美周宣王的勤政，励精图治。诗以“夜如何其”起兴，带着一种关切和急迫的心绪，与之后安静的描述形成鲜明的对比，把臣子的得力和君主的镇定表现了出来。全诗读来感觉温暖舒适、和谐美好。

庭 燎

夜如何其[①]？夜未央[②]，庭燎之光[③]。

君子至止，鸾声将将。

夜如何其？夜未艾[④]，庭燎晢晢[⑤]。

君子至止，鸾声哕哕（huì）。

夜如何其？夜乡晨[⑥]，庭燎有辉。

君子至止，言观其旂[⑦]。

君子至止，鸾声将将

[注释]

①如何：怎么样。其：句末语气词，表疑问。②央：尽，完。③庭燎：庭中用以照明的火把。④艾：止，尽。⑤晢晢：明亮的样子。⑥乡：同"向"，趋于，倾向。⑦旂：古代九旗之一，上绘有蛟龙，杆头有铃。

[译文]

夜色已到啥时候？时间还未到天明，庭中火炬火焰浓。

诸侯高官至朝廷，鸾铃锵锵声声鸣。

夜色已到啥时候？夜色还未全退却，庭中火炬明晃晃。

诸侯高官至朝堂，唯闻铃声叮当响。

夜色已到啥时候？时间已经近破晓，庭中火炬昭昭明。

诸侯高官至朝廷，已见龙旗风中影。

《沔水》解读

这是一首充满忧患意识的诗。诗人生逢乱世，流言四起，社会危机重重。对此，诗人感到十分担忧；同时，诗中也充满了劝谏的味道，他规劝友人，提高警惕，不要相信流言。诗将现实与象征相结合，河水奔流，鹰隼疾飞等象征紧张的局势，给人一种急迫感。

沔（miǎn）水

沔彼流水[①]，朝宗于海[②]。鴥彼飞隼[③]，载飞载止。

嗟我兄弟，邦人诸友。莫肯念乱[④]，谁无父母？

沔彼流水，其流汤汤（shāng）[⑤]。鴥彼飞隼，载飞载扬。

念彼不迹[6]，载起载行。心之忧矣，不可弭忘[7]。
鴥彼飞隼，率彼中陵[8]。民之讹言[9]，宁莫之惩[10]？
我友敬矣[11]，谗言其兴。

[注释]

①沔：水流满的样子。②朝宗：诸侯朝见天子，这里指百川入海。③鴥：鸟疾飞的样子。④念：忧心，挂念。乱：动荡混乱。⑤汤汤：水势盛大的样子。⑥不迹：不轨的事。⑦弭：止息，停止。⑧陵：大土山。⑨讹言：说假话。⑩惩：禁止。⑪ 敬：同“儆”，警惕。

[译文]

盈盈河水朝东流，归向大海不回头。隼鸟展翅飞腾急，或飞或止终不休。
可叹同姓诸兄弟，还有异姓众宾朋。没谁肯于止祸乱，都有父母能无忧？
盈盈江水朝东流，浩浩汤汤奔海洋。隼鸟奋翅向蓝天，越飞越高任翱翔。
想起越轨不法人，此起彼伏真乱忙。我的心中好忧伤，紧紧缠身不消亡。
隼鸟疾飞蓝天上，沿着山陵任飞扬。百姓当中有谣言，为何不能止诽谤？
我的朋友要警惕，谗言将会流四方。

《鹤鸣》解读

全诗分为两节，各由鹤、鱼、树、石这四组并列的意象组成，意在说明每个事物都有它自己的特点和属性，都有其独特的价值。全诗即为一首具有完整的象征意义的诗，以物喻人，其表达的真意是，人也和物一样，都有自己的才能，都可以为国家、为自己来实现价值。

鹤 鸣

鹤鸣于九皋(gāo)[1]，声闻于野。鱼潜在渊，或在于渚[2]。
乐彼之园，爰有树檀[3]，其下维萚(tuò)[4]。
它山之石[5]，可以为错[6]。
鹤鸣于九皋，声闻于天。鱼在于渚，或潜在渊。
乐彼之园，爰有树，其下维榖[7]。
它山之石，可以攻玉[8]。

[注释]

①皋：沼泽。九皋：曲折深远的沼泽。②渚：水中的小块陆地。③爰：语气助词，

没有实义。檀：紫檀树。④萚：落下的树叶或皮。⑤它：别的，其他。⑥错：磨玉的石块。⑦榖：楮树。⑧攻：打磨制作。

[译文]

仙鹤鸣叫沼泽间，鸣声郊外能闻见。鱼儿潜伏在深渊，有的游荡沙滩边。

我爱那些美林园，檀树生长上参天，树下是松软的落叶。

别的山上有美石，用做磨石可琢玉。

仙鹤鸣叫沼泽间，叫声天上听得见。鱼儿潜伏在深渊，有的游到沙滩边。

我爱那些美林园，檀树生长上参天，树下楮树连成片。

别的山上有美石，可以用它来磨玉。

鹤，《诗经集传》插图

《祈父》解读

本诗短小精悍，语气强烈，节奏感很强，让人读起来有一种直接的责问之感。一位士兵长年累月服役，四处征战，久未归家，出于对家乡和亲人的思念，因而作此诗来向军队的官员进行抱怨，责备军官不近情理，使自己无法回家。细读全诗，主人公在其对长官的斥责中也流露出了深深的无奈和悲哀，让人不禁同情，同时对当时社会的征役情况有了更为清晰的认识。

祈父

祈父！予王之爪牙。胡转予于恤①？靡所止居。

祈父！予王之爪士。胡转予于恤？靡所厎止。

祈父！亶不聪②。胡转予于恤？有母之尸饔③。

[注释]

①恤：忧。②亶：诚。③尸：主持。饔：煮饭。

[译文]

卫边主管是司马，我是君王的亲信。为何陷我于忧患？使我无处来为家。

卫边主管是司马，我是君王的心腹。为何陷我于忧患？使我无处来歇息。

卫边主管是司马，你好昏庸耳不聪。为何陷我于忧患？母自做饭理不通。

《白驹》解读

本诗写法独特，全诗采取侧面描写，通过诗人对客人的小马近乎面面俱到的照顾，暗示诗人对客人的真情关照和挽留。尤其最后一节，点出了宴请虽结束但友谊却长存的主题。通过这种描写，诗人借以讽刺以宣王为代表的王公贵族们只求享乐游玩，而不能留住贤才，致使人才纷纷离去。

白驹

皎皎白驹[①]，食我场苗。絷之维之[②]，以永今朝[③]。

所谓伊人，于焉逍遥[④]？

皎皎白驹，食我场藿[⑤]。絷之维之，以永今夕。

所谓伊人，于焉嘉客？

皎皎白驹，贲然来思[⑥]。尔公尔侯？逸豫无期[⑦]。

慎尔优游[⑧]，勉尔遁思[⑨]。

皎皎白驹，在彼空谷[⑩]。生刍一束[⑪]，其人如玉。

毋金玉尔音[⑫]，而有遐心[⑬]。

［注释］

①皎皎：洁白，光明。这里指马皮毛发光。②絷：绊。维：拴。③永：度过。④焉：犹言此，在这儿。⑤藿：豆叶。⑥贲然：华美的样子。来：来到这里。思：句末语气词。⑦逸豫：安乐。⑧慎：小心，珍惜。⑨勉：通免，打消。遁：逃离。思：想法。⑩空谷：深谷。⑪刍：喂牲口的草。⑫音：信。⑬遐：远。

［译文］

洁白光亮小马驹，于我园里吃菜苗。绊起马足系马缰，延长相聚时光好。

殷勤想念我好友，这儿任你来逍遥？

洁白光亮小马驹，于我菜园把藿尝。绊起马足系马缰，延长相会好时光。

皎皎白驹，在彼空谷

殷勤想念你这人，什么地方尽欢畅？

洁白光亮小马驹，友人驱马跑得快。你是公来你是侯，安闲愉快无限期。

悠闲逸乐要谨慎，消除遁世的心思。

洁白光亮小马驹，于那山谷幽深处。青青牧草捆一束，我的友人像美玉。

莫把音信当金玉，且莫存心远离去。

《黄鸟》解读

本诗以让黄鸟不要再吃诗人的黍谷起兴，象征着诗人所遭受的不公的待遇。诗人客居他乡，结果遭受剥削和不公正的待遇，抑郁不得志，因此产生了回乡归家的念头。诗中，那故土就是诗人眼中的“乐土”。本诗采用排比的写法，三节一气呵成，与另一首诗《硕鼠》相互辉映。

黄鸟

黄鸟黄鸟，无集于穀，无啄我粟。

此邦之人，不我肯穀①。言旋言归，复我邦族②。

黄鸟黄鸟，无集于桑，无啄我粱。

此邦之人，不可与明③。言旋言归，复我诸兄。

黄鸟黄鸟，无集于栩（xǔ），无啄我黍。

此邦之人，不可与处。言旋言归，复我诸父。

[注释]

①穀：善待。一说训“养”。②复：返。③明：通“盟”，缔结盟约。

[译文]

黄雀黄雀听我言，莫要栖息楮树上，莫要啄食我的粮。

这个国家统治者，不肯把我来供养。回家去呀回家去，快点返回至故乡。

黄雀黄雀听我说，莫要栖止桑树上，莫要啄食我高粱。

这个国家统治者，莫订信约受他诳。回家去呀回家去，回到诸兄的身旁。

黄雀黄雀听我说，莫要栖息在柞树，不要啄食我的黍。

这个国家统治者，不能和他来相处。回家去呀回家去，投靠伯父和叔父。

《我行其野》解读

这首诗是一位嫁到他乡却被丈夫遗弃的妇女在回乡途中的内心独白。丈夫喜新厌旧，无情地抛弃了她。女子独自回乡，心中充满愤怒与悔恨。诗以臭椿、羊蹄菜、葍根等令人厌恶的丑陋植物起兴，象征着此时女子的愤怒心情，因此看到的都是恶草而非美丽的花卉。

我行其野

我行其野①，蔽芾(fèi)其樗②。昏姻之故，言就尔居。
尔不我畜③，复我邦家④。
我行其野，言采其蓫(zhú)。昏姻之故，言就尔宿。
尔不我畜，言归斯复。
我行其野，言采其葍(fú)。不思旧姻⑤，求尔新特⑥。
成不以富⑦，亦祇以异⑧。

[注释]

①行：徘徊。②蔽芾：繁盛的样子。樗：臭椿树。③畜：扶养。④复：返回。⑤思：想。旧姻：原先的婚约。⑥特：配偶。⑦成：诚，实在。以：凭借。富：富裕。⑧祇：适。

[译文]

我在郊外独自行，臭椿枝叶多茂盛。
由于和你有婚约，和你同居把婚成。
如今你不把我爱，返回故乡赶路程。
我在郊外独自行，采羊蹄菜充饥肠。
由于和你有婚约，和你同宿配成双。
如今你不把我爱，返回家乡赶路忙。
我在郊外独自行，采些葍根充饥肠。
你心不思旧恩情，追求新妇喜洋洋。
若非因为她家富，爱心转移全变样。

蓫，《诗经集传》插图

《斯干》解读

这首诗是对帝王新建的宫殿落成的歌颂，同时也是对君王地位、权利的歌颂和祝福。诗中同时提到了生儿育女、家族兴盛的情况，由男孩和女孩得到的待遇不同反映出当时已经有“男尊女卑”的思想，此后一直延续了几千年。在这种思想的影响下，女子地位低下，受尽迫害。

斯 干

秩秩斯干，幽幽南山[1]。如竹苞矣，如松茂矣。兄及弟矣，式相好矣[2]，无相犹矣[3]。

似续妣祖[4]，筑室百堵，西南其户。爰居爰处[5]，爰笑爰语。

约之阁阁[6]，椓(zhuó)之橐橐[7]。风雨攸除[8]，鸟鼠攸去，君子攸芋[9]。

如跂斯翼[10]，如矢斯棘[11]，如鸟斯革[12]，如翚(huī)斯飞[13]，君子攸跻(jī)[14]。

殖殖其庭[15]，有觉其楹[16]。哙(kuài)哙其正[17]，哕(huì)哕其冥[18]。君子攸宁。

下莞(guān)上簟(diàn)[19]，乃安斯寝。乃寝乃兴，乃占我梦。吉梦维何？维熊维罴(pí)，维虺(huǐ)维蛇。

大人占之[20]：维熊维罴，男子之祥；维虺维蛇，女子之祥。

乃生男子，载寝之床，载衣之裳，载弄之璋[21]。其泣喤(huáng)喤，朱芾斯皇，室家君王。

乃生女子，载寝之地。载衣之裼(tì)[22]，载弄之瓦[23]。无非无仪，唯酒食是议，无父母诒罹[24]。

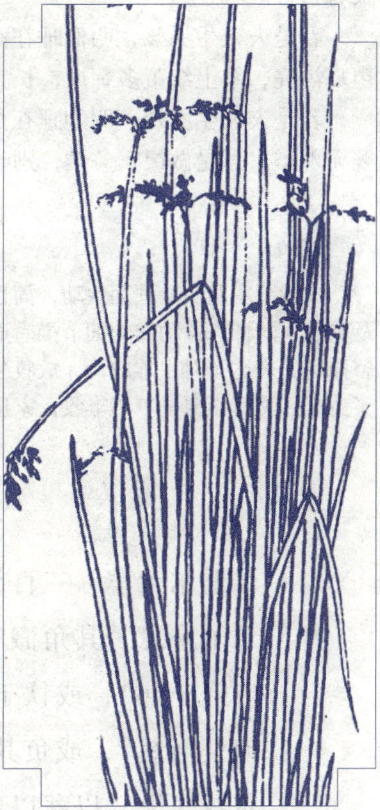

莞，《诗经集传》插图

[注释]

①幽幽：深远的样子。②式：助词，表示劝诱。③无：不要。犹：计谋，算计。④似续：继承。妣祖：祖先。⑤爰：在这里。⑥约：束。阁阁：牢固。⑦椓：击。橐橐：敲击的声音。⑧攸：语气助词，无实义。⑨芋：通“宇”指居住。⑩跂：踮起脚。斯：结构助词，相当于“的”。翼：严肃齐整的样子。⑪矢：箭。棘：屋角。⑫革：翅膀。⑬翚：野鸡。飞：飞翔。⑭跻：登。⑮殖殖：平正。⑯觉：高大直立。楹：柱子。⑰哙哙：宽敞，透亮。正：白天。⑱哕哕：幽暗宁静。冥：黑夜。⑲莞：草席。簟：竹席。⑳占：占卜。㉑弄：把玩。璋：玉制的礼器。㉒裼：婴儿的包被。㉓瓦：古代纺

线的纺锤，这里指将来纺线主持家务。㉔诒：留下，遗留。罹：祸患。

[译文]

山涧之水慢流淌，隐隐幽深终南山。看那竹子一丛丛，松树茂盛在山间。周王兄弟来相处，和睦友好都相安，彼此从不互欺骗。

继承先祖大事业，筑起宫室几百间，西面南面修宫门。周家子孙把家搬，说说笑笑皆欢喜。

捆绑筑板格格响，槖槖夯泥实墙土。从此不怕风与雨，鸟害鼠患全消除，周王一家有新居。

宫高如人跷脚站，墙角如箭棱分明，屋宇如鸟张翅膀，好像野鸡展翅翔，周王家庭登新堂。

庭院平坦又宽阔，楹柱直立而高扬。白天堂内真明亮，黑夜幽暗多深广，周王安居心舒畅。

竹席铺在蒲席上，安然舒适将就寝。睡下起来都欢畅，占卜梦兆定吉祥。吉祥之梦乃何物？是熊是罴多勇壮，是虺是蛇模样柔。

太卜详把梦兆讲：梦乡之中有熊罴，预示生男有吉祥；梦乡之中有虺蛇，预示生女有吉祥。

若是夫人生男孩，叫他睡在高床上，给他穿上那下裳，让他玩弄那玉璋。他的哭声真洪亮，系上红芾多辉煌，长大定是周家王。

若是夫人生女娃，叫她睡在那地上。包她要用那褓褓，摆弄纺锤莫遗忘。不违公婆无邪僻，只是做饭家务忙，别给父母添忧伤。

《无羊》解读

本诗节奏明快、画面生动，简直是一幅广阔绚丽的草原放牧图。诗中，诗人对牛、羊以及放牧人的神态、动作的细节描写形象生动，读来栩栩如生。全诗通过对放牧这一事件的完整描写，表达了对牛羊成群、放牧生活的赞美；同时，诗的最后一节，通过解梦的描写表达了诗人的美好愿望一年年丰收，家里人丁兴旺，生活幸福。

无 羊

谁谓尔无羊？三百维群。谁谓尔无牛？九十其犉①。

尔羊来思，其角濈濈（jí）②。尔牛来思，其耳湿湿③。

或降于阿④，或饮于池，或寝或讹⑤。尔牧来思，

何蓑何笠⑥，或负其糇⑦。三十维物⑧，尔牲则具。

尔牧来思，以薪以蒸⑨，以雌以雄。尔羊来思，

矜矜兢兢[⑩]，不骞不崩[⑪]。麾之以肱[⑫]，毕来既升[⑬]。

牧人乃梦，众维鱼矣[⑭]，旐维旟矣[⑮]，大人占之：

众维鱼矣，实维丰年；旐维旟矣，室家溱溱[⑯]。

[注释]

①犉：嘴唇是黑色的黄牛。②濈濈：聚集在一起的样子。③湿湿：耳朵摇动的样子。④阿：山拗。⑤讹：动。⑥何：同“荷”，披戴。⑦糇：干粮。⑧物：颜色。⑨薪：粗柴。蒸：细柴。⑩矜矜兢兢：强壮的样子。⑪骞：身体亏损。崩：集体生病。⑫麾：同“挥”。肱：手臂。⑬升：登上，这里指入圈。⑭众：指蝗虫。⑮旐：龟蛇旗。旟：鸟隼旗。⑯溱溱：子孙众多。

[译文]

谁说你家没有羊？一群足有三百只。谁说你家没有牛？唇黑黄牛九十只。
你的群羊回家来，互相聚拢角相依。你的群牛回家来，两耳摇动不停止。
有的牛羊走下山，有的饮水在池边，或睡或醒尽情玩。你的牧人走回来，
披蓑戴笠未得闲，干粮口袋背在肩。牛羊毛色种类多，祭祀用牲皆齐全。
你的牧人收工回，粗柴细柴全割取，兼猎雌雄禽兽多。你的群羊奔回家，
争先恐后谨慎行，走得平稳不散落。牧人挥手来指引，群羊进栏真是多。
牧人夜晚入梦乡，梦见蝗虫变作鱼，旐旗众多还有旟，太卜占卦把梦解：
蝗虫忽然变成鱼，定是丰年必富裕；旟旗旟旗都很多，子孙众多相传续。

《节南山》解读

《诗经》中有很多诗是政治抒情诗，这些诗多是当时有思想的进步人士所作，意在针砭时弊，阐明自己的政治观点。因此，这些诗也体现了他们“先天下之忧而忧”的思想和敢于表达自己政治观点的胆识。本诗即是这样的一首作品，是周幽王时期一位名叫家父的诗人所作的讽刺太师尹氏独断专权、误国误民的行为。诗中对昏庸的周幽王、腐败的朝廷以及钩心斗角的朝臣们进行了赤裸裸的揭露与批判，感情强烈。本诗的一大亮点是对于这样一首政治敏感、极有可能带来杀身之祸的诗，作者却毫不惧怕，在诗中清清楚楚地写出自己的名字，这种超人的胆识让我们深为钦佩。

节南山

节彼南山，维石岩岩。赫赫师尹，民具尔瞻[①]。

忧心如惔（tán）[②]，不敢戏谈。国既卒斩[③]，何用不监[④]？

节彼南山，有实其猗。赫赫师尹，不平谓何！

天方荐瘥（cuó）[⑤]，丧乱弘多。民言无嘉，憯（cǎn）莫惩嗟[⑥]。

尹氏大师，维周之氐[7]，秉国之均[8]，四方是维[9]。
天子是毗[10]，俾民不迷[11]。不吊昊天[12]，不宜空我师[13]！
弗躬弗亲，庶民弗信。弗问弗仕，勿罔君子[14]。
式夷式已，无小人殆[15]。琐琐姻亚[16]，则无朊(wǔ)仕[17]。
昊天不佣，降此鞠讻(xiōng)[18]！昊天不惠，降此大戾[19]！
君子如届[20]，俾民心阕[21]。君子如夷，恶怒是违。
不吊昊天，乱靡有定。式月斯生，俾民不宁！
忧心如酲(chéng)，谁秉国成？不自为政，卒劳百姓。
驾彼四牡，四牡项领。我瞻四方，蹙(cù)蹙靡所骋！
方茂尔恶，相尔矛矣。既夷既怿[22]，如相酬矣[23]。
昊天不平，我王不宁！不惩其心，覆怨其正。
家父作诵[24]，以究王讻[25]。式讹尔心[26]，以畜万邦。

[注释]

①具：俱。②惔：通“炎”，火烧。③卒：尽。斩：灭绝。④何用：为什么。监：察。⑤方：正。荐：反复，不断。瘥：疫病，灾难。⑥憯：竟然，居然。惩：悔过自新。嗟：语末助词。⑦周：周朝。氐：根本。⑧秉：掌握。均：国家大权。⑨维：维系。⑩毗：辅佐。⑪俾：以便，使。民：百姓。迷：失去方向。⑫不吊：不辨是非，不好。昊天：上天。⑬空：使贫穷。师：群众，百姓。⑭罔：欺骗，迷惑。⑮殆：陷入困境、危险。⑯琐琐：小的样子。姻亚：裙带关系。⑰朊：优越，厚实。仕：当官。⑱鞠：极，穷。讻：凶，祸乱。⑲戾：灾祸。⑳届：极，止。㉑阕：止息。㉒怿：喜悦。㉓酬：反复无常。㉔作诵：作诗讽刺。㉕究：追究。王：周王朝。讻：凶手。㉖讹：变化。

节彼南山，维石岩岩

[译文]

看那高峻终南山，岩石累累堆山间。声势赫赫尹太师，百姓张目将你看。

人们心忧似火烧，不敢随意来笑谈。国家将要都灭亡，为何你还不察看？

看那高高终南山，它的山坡宽又宽。威

风显赫太师尹，执政不公因哪般！

上天正在降灾难，人民死亡多动乱。百姓无人讲好话，你不警戒却心安。

尹氏本是太师官，周家支柱你承担。治国重任担在肩，靠你维持天下安。

天子需你来辅佐，民不迷惑你指点。心不善良老天爷，不应让民受苦难！

政事从不亲自抓，百姓不信太师官。不过问来不察看，各级官吏遭欺骗。

除不平啊罢奸官，莫使百姓遭祸患。庸碌无能众亲戚，切莫使他当高官。

上天非常不善良，降给百姓大祸乱！上天实在不仁义，降给百姓大灾难！

太师喜欢动诛杀，民心叛离国不安。太师处事能公平，百姓怨怒能消散。

心不善良老天爷，总使祸乱不消停。竟然摧残众生灵，让那万民不安宁。

我心忧愁如醉酒，究竟是谁掌权柄？君王不肯亲执政，百姓劳苦无安生。

套车驾起四公马，马肥颈粗赶路程。放眼四方我眺望，甚感局促难驰骋！

对待仇人心憎恨，凝视利矛欲逞凶。忽又面露和悦色，酒杯频传将礼行。

上天不肯降太平，让我周王不安宁！尹氏不改邪恶心，反怨众人多批评。

家父我作这首诗，追究尹氏大罪行。改变你的邪僻心，治理天下享太平。

《正月》解读

本诗是一首政治抒情诗，诗中运用了很多比喻和象征手法，极大地增强了诗的生动性和说服力，讽刺了周幽王昏庸无道，最终导致国家灭亡的结局，言语激烈，十分愤慨。诗中注重对细节和场景的描绘，将人物性格特征的揭示与社会环境及时代的背景相结合，视野开阔，论述发人深省，让我们不禁对那个时代的动乱以及民不聊生的状况发出感慨，同时对主人公的境遇和心情深有认知。

正 月

正月繁霜，我心忧伤。民之讹言，亦孔之将[1]。

念我独兮，忧心京京[2]。哀我小心，癙忧以痒[3]。

父母生我，胡俾我瘉(yù)[4]？不自我先，不自我后。

好言自口，莠言自口。忧心愈愈[5]，是以有侮。

忧心茕(qióng)茕，念我无禄。民之无辜，并其臣仆[6]。

哀我人斯，于何从禄？瞻乌爰止[7]，于谁之屋？

瞻彼中林，侯薪侯蒸[8]。民今方殆，视天梦梦[9]。

既克有定，靡人弗胜。有皇上帝，伊谁云憎[10]？

谓山盖卑[11]，为冈为陵。民之讹言，宁莫之惩？

召彼故老，讯之占梦。具曰予圣，谁知乌之雌雄？
谓天盖高，不敢不局[12]。谓地盖厚，不敢不蹐[13]？
维号斯言[14]，有伦有脊[15]。哀今之人，胡为虺蜴[16]？
瞻彼阪田[17]，有菀其特[18]。天之扤(yuè)我[19]，如不我克。
彼求我则，如不我得。执我仇仇[20]，亦不我力。
心之忧矣，如或结之。今兹之正，胡然厉矣？
燎(liáo)之方扬，宁或灭之？赫赫宗周，褒姒(bāo sì)灭之！
终其永怀，又窘阴雨。其车既载，乃弃尔辅。
载输尔载[21]，将(qiāng)伯助予[22]！
无弃尔辅，员于尔辐[23]。屡顾尔仆，不输尔载。
终逾绝险，曾是不意。
鱼在于沼，亦匪克乐。潜虽伏矣，亦孔之炤[24]。
忧心惨惨[25]，念国之为虐[26]！
彼有旨酒，又有嘉殽。洽比其邻[27]，昏姻孔云。
念我独兮，忧心殷殷。
佌佌彼有屋，蔌蔌方有谷。民今之无禄，天夭是椓[28]。
哿(kě)矣富人[29]，哀此茕独！

[注释]

①将：盛大，猖獗。②京京：忧不止。③癙：抑郁，烦闷。痒：生病。④胡：为什么。俾：使。瘉：痛苦，烦恼。⑤愈愈：忧惧的样子。⑥并：全，皆。臣仆：奴仆。⑦瞻：看。乌：乌鸦。爰止：落在什么地方。⑧侯：维，只。薪：柴草。⑨梦梦：形容昏聩。⑩伊谁云憎：憎谁，恨哪个人。伊、云，助词。⑪盖：何。卑：矮小，低微。⑫局：低头弯腰。⑬蹐：放轻脚步走路。⑭维：只有，只能。号：大声说出。斯言：这些话。⑮伦：条理。脊：内涵。⑯虺蜴：毒蛇和蜥蜴。⑰阪田：山坡上的田。

蜴，《诗经集传》插图

⑱菀：茂盛的样子。⑲扤：动、摇。⑳执：得到。仇仇：傲慢不逊。㉑输：掉落。㉒将：请求。伯：大哥。助：帮助。㉓员：巩固。㉔炤：明。㉕惨惨：忧郁的样子。㉖为：遭受。虐：灾祸。㉗洽：和谐。邻：亲近的人。㉘夭：摧残。椓：以斧劈柴，比喻沉重打击。㉙哿：表称许之词。

［译文］

炎热四月降浓霜，天道反常我心忧。百姓当中有谣言，沸沸扬扬极夸张。
想起自己很孤独，无数忧愁堆心上。谨慎小心我悲哀，烦闷忧虑受祸殃。
父母生我在人间，为何让我遭祸患？生前灾难不曾有，死后灾难未出现。
好话打从人口出，坏话也由人口传。心中忧伤日日深，反遭侮辱心不宁。
心忧孤独甚不安，想起自己无福禄。百姓人人无罪过，一旦亡国变奴仆。
可怜我们众辅臣，将从何处得幸福？看那乌鸦飞何处，觅食降落谁家屋？
看那茫茫树林里，唯有柴草在其间。百姓正在遭灾难，上天不明多昏庸。
上天终能止恶乱，没人能把它战胜。光明伟大上帝神，不知你把谁来憎？
那山何尝矮而低，是冈是陵高高站。百姓当中生谣言，竟不制止任其传？
故旧老臣都召见，询问占梦证灵验。占梦之人都自夸，乌鸦雌雄谁分辨？
苍天空阔何等高，不敢弯腰来低头。茫茫大地何等厚，敢不轻轻小步走？
他们呼喊这些话，合情合理有原因。可怜如今执政官，为何与蛇结成友？
看那山坡崎岖田，庄稼长得好茂盛。上天肆意摧残我，唯恐不能把我胜。
君王求我心好急，唯恐稍晚用不成。君王把我得到手，却又怠慢不重用。
我心忧伤难诉说，好像绳子打了结。当今政坛大官们，为何如此心凶恶？
野火熊熊好旺盛，有人竟能来扑灭？兴隆显赫周王朝，褒姒竟能把它灭！
忧伤既已时间长，阴雨困扰增凄凉。大车已经装满货，却把夹板丢一旁。
车载货物掉路上，才请大哥来相帮。
不要丢弃车夹板，还要加固那车辐。常常看视赶车夫，货物不致丢大路。
终能逾越绝险处，你却不想不测度。
鱼儿游在浅池中，始终不能尽欢腾。鱼虽潜伏深水中，仍然显著看得见。
心中忧伤很悲痛，想起国家施暴政！
达官贵人饮甜酒，美味佳肴享口福。与邻亲近很融洽，亲戚周旋相推许。
想起只有我孤单，心中多少愁与苦。
卑微小人有屋住，鄙陋小人有五谷。现在百姓无幸福，上天降灾人民苦。
富人欢乐来安处，可怜我啊太孤独！

《十月之交》解读

本诗以发生日食、地震等自然现象为切入点，进而描写人民所遭受的苦难，揭示了社会黑暗、人民流离失所的社会现实，讽刺了周幽王的昏庸无道。诗中所提到的那次日食（推算为公元前776年9月6日清晨），是世界上时间可以被准确推断的最早且最可信的一次日食记录。同时，诗中也表达了诗人的进步思想，他认为人间的灾难并非是上天降下的，而是君王的昏庸和朝廷的腐败造成的。

十月之交

十月之交，朔月辛卯。日有食之，亦孔之丑①。
彼月而微，此日而微。今此下民，亦孔之哀。
日月告凶，不用其行（háng）②。四国无政，不用其良。
彼月而食，则维其常。此日而食，于何不臧。
烨烨（yè yè）震电，不宁不令。百川沸腾，山冢（zhǒng）崒崩③。
高岸为谷，深谷为陵。哀今之人，胡憯（cǎn）莫惩④！
皇父卿士，番维司徒。家伯维宰，仲允膳夫。
聚（zōu）子内史，蹶维趣马。楀（jǔ）维师氏，艳妻煽方处⑤。
抑此皇父，岂曰不时。胡为我作，不即我谋？
彻我墙屋，田卒污莱⑥。曰予不戕⑦，礼则然矣。
皇父孔圣⑧，作都于向。择三有事⑨，亶侯多藏⑩。
不慭（yìn）犬遗一老，俾守我王。择有车马，以居徂向。
黾（mǐn）勉从事，不敢告劳。无罪无辜，谗口嚣嚣（áo）。
下民之孽⑪，匪降自天。噂（zǔn）沓背憎⑫，职竞由人⑬。
悠悠我里⑭，亦孔之痗（mèi）⑮。四方有羡⑯，我独居忧。
民莫不逸，我独不敢休。天命不彻⑰，我不敢效我友自逸。

[注释]

①丑：恶，不好。②行：道，度。③冢：山顶。④憯：乃。⑤艳：美色。方：正在，现时。⑥莱：指田土荒芜，杂草丛生。⑦戕：残害。⑧圣：聪明，这里有讽刺之意。⑨择三有事：选择人来担任三卿。⑩藏：积蓄，聚敛。⑪孽：灾难。⑫噂：会聚。沓：和气的样子。背：背地里。憎：仇恨。⑬职：主。⑭悠：忧思。⑮痗：病。⑯羡：宽裕。⑰天命不彻：上天不遵循常道。

[译文]

时间刚刚进十月，就在辛卯那一天。这天日食又发生，极坏征兆太惊险。

高岸为谷，深谷为陵

不久之前有月食，现在日食又出现。当今天下老百姓，心中忧伤不堪言。

太阳月亮显凶兆，由于运行不正常。天下各国无善政，都因不用众贤良。

不久之前有月食，还算正常的现象。今天日食又出现，为何如此不吉祥。

雷鸣不停电光闪，政治恶劣民不宁。条条河流水沸腾，山顶崩裂刹那间。

一时高崖成河谷，深谷忽然变成山。可怜现在执政官，为何不肯引为鉴！

皇父本是卿士官，番氏官职是司徒。家伯担任那冢宰，仲允任职是膳夫。

聚子做了内史官，趣马蹶氏把王辅。楀氏担任师氏官，褒姒势盛搞阴谋。

哎呀这位皇父爷，恐怕不是好高官。为何你将我来骗，不肯来把事商谈？

拆毁我家墙和屋，良地积水变荒田。还说不是把你害，按理就该如此办。

皇父自认大圣人，建筑都城就在向。亲自择选三有司，多藏财物饱私囊。

不肯留下一老臣，让他守卫我周王。挑选有车有马户，同往向邑奔驰忙。

尽力做事为周王，不敢诉说我辛劳。从政至今无罪过，谗言诬我声嚣嚣。

百姓遭受到灾祸，非自天上向地落。相聚谈笑背后恨，坏事全由人制造。

我的心中忧思长，好像得大病一场。四方之人皆欢喜，唯独我在把心伤。

人们生活皆安乐，唯我劳碌终日忙。上天之意不可知，不敢学友把福享。

《雨无正》解读

这是一首讽刺周幽王昏庸、害国害民的诗。整首诗从天灾写起，追本溯源地写到朝廷的腐败、官员的奸佞、民生凋敝流离失所，小官吏眼见国家飘摇，却心有余而力不足。诗中充满了诗人的忧患和悲哀。周幽王的苛政就像久下成灾的大雨一样，给人民造成无尽的苦难和忧伤。因此，本诗的题目正恰恰鲜明地点明了本诗的主题。

雨无正

浩浩昊天，不骏其德①。降丧饥馑，斩伐四国。

旻天疾威②，弗虑弗图。舍彼有罪，既伏其辜。

若此无罪，沦胥以铺③。周宗既灭，靡所止戾④。

正大夫离居，莫知我勚(yì)⑤。三事大夫，莫肯夙夜。

邦君诸侯，莫肯朝夕。庶曰式臧⑥，覆出为恶。

如何昊天，辟言不信⑦。如彼行迈，则靡所臻⑧。

凡百君子，各敬尔身。胡不相畏？不畏于天？

戎成不退，饥成不遂。曾我暬(xiè)御⑨，憯(cǎn)憯日瘁⑩。

凡百君子，莫肯用讯。听言则答，谮言则退⑪。

哀哉不能言，匪舌是出⑫，维躬是瘁。哿矣能言！

巧言如流，俾躬处休。维曰于仕⑬，孔棘且殆⑭。

云不可使，得罪于天子。亦云可使，怨及朋友。

谓尔迁于王都，曰予未有室家。鼠思泣血⑮，

无言不疾⑯。昔尔出居，谁从作尔室？

[注释]

①骏：长，久。②旻天：老天。疾威：暴戾，残忍。③沦胥：轮流，相继。铺：陷入苦难。④戾：平定，安详。⑤莫：没有人。勚：操劳，忙碌。⑥庶：庶几，也许可以。⑦辟：法度。⑧臻：至。⑨曾：居然。暬御：近臣。⑩憯憯：忧愁。瘁：憔悴，病弱。⑪谮言：谏言。退：斥责。⑫出：病。⑬维：语气词。于：去，往。⑭殆：危。⑮鼠：忧愁。泣血：哭得眼睛通红。⑯疾：痛恨。

听言则答，谮言则退

[译文]

皇天浩大广无边，不肯常常施恩典。死亡饥荒降人间，摧残天下民遭难。

皇天暴虐很凶残，是是非非都不管。周王放过有罪人，他们暴行全隐瞒。

就像这些无罪人，相继受害遭祸患。若是镐京被破灭，没有地方可逃亡。

高官逃命全离京，无人知我为国忙。三司大夫不尽职，不肯日夜替君王。

四方诸侯也不少，不肯朝夕辅周邦。希望周王任贤良，他却作恶更猖狂。

皇天皇天怎么办，法度之言你不听。就

如那个远行人，没有目的任驰骋。

那些高官大夫们，明哲保身装正经。为何彼此不敬畏？也不畏天修德行？

犬戎作乱未撤退，饥荒蔓延也未止。只有我这侍卫臣，忧伤憔悴为美政。

那些高官大夫们，谁愿向王说真情。顺从之言王采纳，忠言逆耳王不听。

可叹有话不能讲，不是舌头有病伤，憔悴身体迫遭殃。能说会道心欢乐！

乖巧美言滔滔讲，厚禄高官喜洋洋。虽说在朝我做官，甚感紧张且危险。

若说真话不顺从，得罪天子把罪担。若说假话顺周王，定遭朋友来埋怨。

我劝你们迁回都，都说京中无房居。忧伤落泪带血丝，真话句句遭嫉妒。

以前你们迁出京，谁随你们把房筑？

《小旻》解读

本诗是《诗经》中的名篇之一，揭示了朝廷腐化、政出多门等现象，进而说明社会危机重重，因而，此诗是一首劝谏诗，希望当权者能够引以为戒，深刻地认识社会中的问题，改变腐败的局面。本诗结构严谨，用词准确、鲜明。其中"筑室道谋""暴虎冯河"等都成为日后的固定成语。

小旻（mín）

旻天疾威，敷于下土。谋犹回遹[①]，何日斯沮[②]？

谋臧不从，不臧覆用。我视谋犹，亦孔之邛（qióng）[③]。

潝潝訿（zǐ）訿[④]，亦孔之哀。谋之其臧，则具是违[⑤]。

谋之不臧，则具是依。我视谋犹，伊于胡底！

我龟既厌[⑥]，不我告犹[⑦]。谋夫孔多，是用不集。

发言盈庭，谁敢执其咎？如匪行迈谋[⑧]，是用不得于道。

哀哉为犹，匪先民是程[⑨]，匪大犹是经。维迩言是听，

维迩言是争。如彼筑室于道谋[⑩]，是用不溃于成。

国虽靡止，或圣或否。民虽靡膴（wǔ）[⑪]，

或哲或谋，或肃或艾。如彼泉流，无沦胥以败。

不敢暴虎[⑫]，不敢冯（píng）河[⑬]。人知其一，莫知其他。

战战兢兢，如临深渊，如履薄冰。

［注释］

①回遹：邪僻。②沮：停止。③邛：错漏百出。④潝潝：相互应和。訿訿：诋

毁，诽谤。⑤具：俱，完全。违：违背，违反。⑥龟：占卜用的龟壳，指代占卜。厌：厌倦，厌烦。⑦犹：谋划。⑧匪：那，那些。行迈：行人。⑨程：法律，规则。⑩谋：聪明。⑪朊：多的样子。⑫暴虎：徒手打虎。⑬冯河：涉水过河。

[译文]

上天暴虐不慈祥，降灾人间民遭殃。周王政策甚邪僻，何年何月能改样？
佳谋良策你不从，反却采用坏主张。我看如今这政策，毛病严重太荒唐。
表面附和背地骂，这种做法令我哀。出谋划策如真好，定遭反对都抛开。
出谋划策如不好，全都依从拿过来。我看现在这政策，必使国家形势坏！
屡屡占卜龟厌烦，不把吉凶征兆显。献策出谋人很多，所以定论议不完。
廷上群臣都发言，出错没人敢承担？就如远行把事商，绝无结果在路间。
周王定策真可怜，不肯效法那先贤，不认大道作标杆。只听那些肤浅言，
只拿浅言来辩难。好像路上议盖房，成房理想难实现。
国家虽然并不大，亦有圣人和愚顽。国民虽然并不多，
聪明善谋人皆全，严肃善治人干练。好像奔流那泉水，不要相继都沦陷。
不敢空手打老虎，不敢徒步涉河川。人知危险就一桩，不知当官更危险。
战战兢兢很小心，如同来到深渊边，如踩薄冰心不安。

《小宛》解读

本诗是一位周朝的士大夫所作，用以劝诫周王要勤政爱民、严于教子的诗。全诗由古及今，由表及里，层层展开推进，言辞恳切、用心良苦。诗中所用的如斑鸠、豆角、螟蛉等象征十分贴切，这些意象既有丰富的内涵，又为本诗增添了鲜活、生动的气息，使读者读来感觉十分活泼，富有生机。

小宛

宛彼鸣鸠①，翰飞戾天②。我心忧伤，念昔先人。
明发不寐③，有怀二人④。
人之齐圣⑤，饮酒温克⑥。彼昏不知，壹醉日富⑦。
各敬尔仪，天命不又⑧。
中原有菽，庶民采之。螟蛉（míng líng）有子⑨，蜾蠃（guǒ luǒ）负之⑩。
教诲尔子，式谷似之⑪。
题彼脊令⑫，载飞载鸣。我日斯迈，而月斯征。
夙兴夜寐，无忝尔所生⑬。

交交桑扈[14]，率场啄粟。哀我填寡[15]，宜岸宜狱[16]。

握粟出卜[17]，自何能谷？

温温恭人[18]，如集于木。惴惴小心，如临于谷。

战战兢兢，如履薄冰。

《顾氏画谱》插图

[注释]

①宛：小的样子。②翰：高。戾：至，达到。③明发：天亮。④二人：指父母亲。⑤齐圣：聪明正直。⑥温克：蕴藉，从容。⑦壹：语气助词，没有实义。富：满。⑧不又：不再来。⑨螟蛉：螟蛾的幼虫。⑩蜾蠃：细腰蜂。负：背。⑪式：用。似：继嗣。⑫题：看。⑬忝：愧，辱没。生：指父母。⑭交交：飞来飞去。桑扈：鸟名。⑮填：苦。⑯岸：牢房。⑰出：问。⑱温温：温和谦恭的样子。

[译文]

短尾鸠鸟在鸣叫，展翅高飞向蓝天。我的心中甚忧伤，怀念先前老祖先。
醒来无法再入眠，思念父母在心间。
人若聪明懂事理，醉能温柔而克制。那人昏庸无智慧，饮酒必醉日严重。
你的威仪要保持，天命恩赐就一次。
田里大豆在生长，百姓采叶做羹汤。螟蛉小虫生幼子，蜾蠃背负将它伤。
儿子一定要教育，好传家业日兴旺。
你看那些脊令鸟，边飞边鸣于天空。我呀天天在远行，你呀月月要出征。
早起晚睡要努力，莫辱父母的美名。
青雀鸟儿在飞翔，沿着谷场把米啄。可叹我们穷病人，将打官司把牢坐。
抓把粮食去卜卦，怎得吉利把命活？
要做温和谦恭人，好像鸟儿落树上。惴惴不安心慌张，好像走近深谷旁。
战战兢兢身打颤，好像走在薄冰上。

《小弁》解读

周幽王的太子宜臼被废黜并放逐。太子在放逐后怀念父母，哀伤悲苦，因此作了这首诗，表达了被放逐期间的痛苦心情，读来凄楚不已，引人无限同情与哀伤。本诗以反衬起兴，描写快乐的乌鸦是为了反衬太子的哀伤和痛苦，全诗由此定下悲伤的基调。诗中所描写的大道、桑梓、垂柳、湖水等景物所代表的都是作者的悲伤情怀。所谓睹物伤怀，说的就是人们看风景的心情受到自己当时心情的影响。

小弁

弁彼与鸒(yù)斯①，归飞提(shí)提②。民莫不谷③，我独于罹。
何辜于天？我罪伊何？心之忧矣，云如之何？
踧(dí)踧周道④，鞫(jū)为茂草⑤。我心忧伤，惄(nì)焉如捣⑥。
假寐永叹，维忧用老。心之忧矣，疢(chèn)如疾首⑦。
维桑与梓，必恭敬止。靡瞻匪父，靡依匪母。
不属于毛，不罹于里。天之生我，我辰安在⑧？
菀彼柳斯⑨，鸣蜩(tiáo)嘒(huì)嘒⑩。有漼者渊⑪，萑苇淠(pèi)淠⑫。
譬彼舟流，不知所届⑬。心之忧矣，不遑假寐。
鹿斯之奔，维足伎伎⑭。雉之朝雊(gòu)⑮，尚求其雌。
譬彼坏木，疾用无枝。心之忧矣，宁莫之知。
相彼投兔⑯，尚或先之⑰。行有死人，尚或墐之⑱。
君子秉心，维其忍之。心之忧矣，涕既陨之。
君子信谗，如或酬之。君子不惠，不舒究之。
伐木掎矣⑲，析薪扡(chǐ)矣。舍彼有罪，予之佗(tuó)矣⑳。
莫高匪山，莫浚匪泉。君子无易由言，耳属于垣㉑。
无逝我梁，无发我笱㉒。我躬不阅㉓，遑恤我后！

[注释]

①弁：快乐。鸒：乌鸦。②提提：群飞的样子。③谷：生活好。④踧踧：平坦的样子。周道：大道。⑤鞫：全，尽。⑥惄：难过，伤心。⑦疢：痛苦。疾首：头疼。⑧辰：好运。⑨菀：茂盛的样子。⑩蜩：蝉。嘒嘒：蝉鸣声。⑪漼：水深的样子。⑫淠淠：茂盛的样子。⑬届：至。⑭伎伎：舒展的样子。⑮朝雊：早上叫。⑯投：关闭。⑰先：放纵。⑱墐：埋葬。⑲掎：依。⑳佗：加。㉑属：附于，贴在。垣：墙。㉒笱：鱼篓。㉓躬：自身。阅：相容，接纳。

[译文]

鸒，《诗经集传》插图

看那乌鸦多欢乐，成对成双飞回巢。人家生活好美满，唯独我把大祸遭。

怎么得罪老天爷？我犯罪过哪一条？心中忧伤真难熬，处境怎样才能好？

平直大路是坦途，茂草堵路不通畅。我的内心好忧伤，如同得一场心病。

穿衣而卧长叹息，因忧而老心凄凉。心里忧伤没尽时，头疼来自心火旺。

看见桑树和梓树，毕恭毕敬甚景仰。有谁不把父瞻望，有谁不把母依傍。

现在无法靠父亲，不能依靠慈母养。上天生我在人间，我的时运在何方？

那边茂盛柳枝上，时有蝉儿在鸣叫。深深河水岸边上，荻苇茂盛在生长。

我像水中一只船，不知漂浮到何方。我的心中有忧伤，无暇安眠和躺下。

鹿寻同伴奔跑忙，它的四足飞一般。早晨野鸡频呼唤，尚知寻找母同伴。

我像一棵小病树，因病无枝孤零零。我的心中有忧伤，竟然没人来相见。

看那被捕兔慌张，或许有人把它放。路上若是遇死人，定会有人来埋葬。

我那君王啥居心，为何残忍坏心肠。我的心里好忧伤，泪水即刻纷纷淌。

君王好听那谗言，如同劝酒喝得欢。君王不愿施恩爱，也不慢查追流言。

砍树倾斜拉倒它，柴斧据纹劈两半。有罪犯人不查办，加罪于我心愤怨。

那山高过其他山，那泉深过任何泉。聪明人不轻易讲，因有人耳贴墙边。

莫去我那拦鱼坝，莫开我那网鱼篮。自身还不被容纳，走后之事何必管！

《巧言》解读

这是一首强烈讽刺那些制造谣言的人的诗。由诗句的语气以及作者抒发的情感来看，诗人很可能也是谣言的受害者之一，因而十分气愤地作了这首诗。同时，本诗不仅仅揭示了那些流言制造者可恶的小人嘴脸，也对国君进行了批评，指明国君昏庸，没有分辨真假，轻易听信了小人的谗言才会如此。

巧言

悠悠昊天①，曰父母且(jū)②。无罪无辜，乱如此幠(hū)③。

昊天已威，予慎无罪④。昊天泰幠，予慎无辜。

乱之初生，僭始既涵⑤。乱之又生，君子信谗。

君子如怒⑥，乱庶遄沮(chuán jǔ)⑦。君子如祉⑧，乱庶遄已。

君子屡盟⑨，乱是用长。君子信盗，乱是用暴。

盗言孔甘，乱是用锬(tán)⑩。匪其止共，维王之邛⑪。

奕奕寝庙⑫，君子作之。秩秩大猷(yóu)⑬，圣人莫之⑭。

他人有心，予忖度之。跃跃毚(chán)兔⑮，遇犬获之。

荏染柔木⑯，君子树之。往来行言⑰，心焉数之。

蛇蛇硕言⑱，出自口矣。巧言如簧，颜之厚矣。

彼何人斯？居河之麋⑲。无拳无勇，职为乱阶⑳。

既微且尰㉑，尔勇伊何？为犹将多，尔居徒几何？

［注释］

①悠悠：远大的样子。②且：语气助词，没有实义。③幠：大。④慎：诚，确实。⑤僭：谗言。涵：包容。⑥君子如怒：君子如果听到谗言便发怒。⑦遄：很快。沮：止住。⑧祉：福，这里指贤人。⑨盟：在神坛前发誓。⑩锬：增加。⑪邛：病。⑫奕奕：房屋高大的样子。寝庙：宫室和宗庙。⑬秩秩：聪明的样子。大猷：大道理。⑭莫：谋划。⑮跃跃：跳得很快的样子。毚兔：狡猾的兔子。⑯荏染：软弱的样子。⑰行言：流言。⑱蛇蛇：轻率的样子。硕言：大言，大话。⑲麋：水边。⑳职：主管，职掌。㉑微：腿骨上生疮。尰：脚肿。

君子如祉，乱庶遄沮

［译文］

悠悠高远那苍天，呼喊爹娘我想说。我们百姓无罪过，降此大乱祸殃多。
上天对民甚暴虐，我们确实无罪恶。上天对民太傲慢，我们确实没有错。
祸乱刚生那时候，谗言一出即接受。祸患逐步又加重，君信谗言用奸谋。
君若怒斥进谗者，祸乱近乎速受阻。君若任贤来治国，祸乱很快会消除。
君王诸侯屡定盟，祸乱由此更增生。国君信任谗邪臣，祸乱因而更逞凶。
觉得谗言很甘甜，祸乱由此更猛烈。若把恭礼视为非，适足为王添大病。

宫室宗庙宽又高，武王周公修建它。治国方略显智谋，周家祖先所谋划。
他人有心来破坏，我能揣度准不差。狡兔跳跃纵欢乐，猛犬相遇把它抓。
柔弱好树有多种，祖先栽培至今天。流言四散不安定，取悦君王心计算。
夸夸其谈善欺诈，谗臣之话说不完。乖巧美言像吹簧，脸皮很厚色不变。
谗臣到底是啥人？居住河水那一边。既无勇气也无力，只是周朝祸乱源。
小腿生疮脚浮肿，你的勇气是什么？伪善欺诈坏事多，你拉同党有几何？

《何人斯》解读

《诗序》有云："何人斯，苏公刺暴公也。暴公为卿士，而僭苏公焉，故苏公作是诗以绝之。"苏公、暴公两人都是当朝公卿，且封地相交，因此矛盾冲突不断，长此以往，最终导致两人的决裂。本诗描写的就是两人决裂后的一个场面：暴公上朝时会经过苏公的家门，之前经常会顺便到访，可决裂之后，暴公过其家门而不入，因此引起了苏公的不满。

何人斯

彼何人斯？其心孔艰①。胡逝我梁，不入我门？
伊谁云从？维暴之云②。二人从行，谁为此祸？
胡逝我梁，不入唁我③？始者不如今，云不我可。
彼何人斯？胡逝我陈④？我闻其声，不见其身。
不愧于人？不畏于天？彼何人斯？其为飘风。
胡不自北？胡不自南？胡逝我梁？祇搅我心⑤。
尔之安行，亦不遑舍。尔之亟行⑥，遑脂尔车⑦？
壹者之来，云何其盱(xū)。尔还而入，我心易也⑧。
还而不入，否难知也。壹者之来，俾我祇也⑨。
伯氏吹埙(xūn)，仲氏吹篪(chí)。及尔如贯⑩，谅不我知。
出此三物⑪，以诅(zǔ)尔斯⑫。为鬼为蜮，则不可得。
有靦(tiǎn)面目⑬，视人罔极⑭。作此好歌，以极反侧⑮。

[注释]

①艰：狠心。②维：只能。暴：暴君。③唁：安慰。④逝：去，离开。陈：堂前的路。⑤祇：仅，只。搅：打搅，扰乱。⑥亟行：急行。⑦遑：有空。脂尔车：给你的车加油。⑧易：喜悦。⑨祇：病。⑩贯：用绳串物。⑪三物：指狗、猪、

鸡。⑫诅：盟誓。⑬靦：面目可见的样子。⑭视人：对待他人。罔极：迷惘，反复。⑮极：揭示，追究。反侧：反复无常的面目。

［译文］

那人究竟是何人？其心很难来测度。为何前往我鱼梁，不把我的家门进？
到底你把谁寻找？希望你把身影露。当年你我一起行，是谁造成这灾祸？
为何前往我鱼梁，不来家门慰劳我？开始对我很狂热，现在说我不称意。
那人究竟是何人？为何到我门前停？我只听到他说话，却未看到他身影。
难道对人不惭愧？难道对天不畏敬？那人究竟是何人？他像暴风逞凶狂。
为何不在北方刮？何不盛怒于南方？为何前往我鱼梁？搅我心中一场乱。
平日你在徐徐行，尚无闲时来停留。现在你在急向前，能有闲时涂车油？
为何不来见一面？使我心中无限忧。待你返程入我家，我的心中定喜悦。
若是返回不见我，今后再难相亲热。为何不来会一面，让我得病无欢乐。
当年大哥把埙吹，当年二哥吹篪忙。和你已经是一体，竟不与我亲热狂。
真想祭上猪狗鸡，请你对神发个誓。是鬼是蜮无形象，自然无法看容光。
你有清晰人模样，却显无常坏思想。我作这首好诗篇，追究你那坏心肠。

《巷伯》解读

巷伯即寺人，宫中内侍，就是后来的宦官。本诗就是一个名叫孟子的诗人所作，为的是劝谏国君要警惕寺人的谗言，不要被谗言所迷惑，以致误国。诗人十分痛恨那些制造流言的人，因此本诗言辞强烈，情绪高亢，读来让人热血沸腾，充满对那些制造谗言的小人的愤恨。

巷伯

萋兮斐兮①，成是贝锦。彼谮人者②，亦已大甚。
哆兮侈兮③，成是南箕④。彼谮人者，谁适与谋？
缉缉翩翩⑤，谋欲谮人。慎尔言也，谓尔不信。
捷捷幡幡，谋欲谮言。岂不尔受？既其女迁。
骄人好好⑥，劳人草草⑦。苍天苍天！
视彼骄人，矜此劳人⑧。彼谮人者，谁适与谋？
取彼谮人，投畀豺虎⑨！豺虎不食，投畀（bì）有北⑩！
有北不受，投畀有昊。杨园之道，猗于亩丘⑪。
寺人孟子，作为此诗。凡百君子，敬而听之。

豺，《诗经集传》插图

[注释]

①萋、斐：花纹错杂的样子。②谮：陷害，诬陷。③哆兮侈兮：嘴张大的样子。④成：简直，就像。箕：星座名，位南方。⑤缉缉：交头接耳。翩翩：来来往往。⑥好好：得意非凡。⑦草草：忧郁，愁苦。⑧矜：同情，怜悯。⑨畀：给予。⑩北：北方寒冷不毛之地。⑪猗：依，靠着。

[译文]

帛上花样很鲜明，织成锦缎有贝纹。善进谗言那些人，造谣生事真过分。

口儿张得宽又大，形成南方那箕星。爱说谎话那些人，谁愿和他谋事情？

附耳私语说坏话，害人主意共谋划。你们讲话需谨慎，都说你们把谎撒。

花言巧语翻新样，编造谗言陷害人。哪能无人信谎言？终于你把高官任。

谗人得志心欢畅，被害忠良心忧伤。老天爷啊老天爷！

细察骄人罪状多，怜悯劳人真凄凉。爱进谗言那些人，谁愿同他把事商？

快把他们都捉住，一齐丢到豺虎旁！豺虎若是不屑吃，把他扔到大北方！

北方若是不接受，把他丢给那上苍。宽敞大路通杨园，路依山丘紧相连。

我是寺人叫孟子，作下这诗讽黑暗。希望所有执政官，都要警惕记心间。

《谷风》解读

本诗是一位遭受丈夫遗弃的妇女的哀怨自诉。诗以从山谷吹来的大风起兴，风雨大作，在如此恶劣的环境下，女子又惨遭抛弃，狂暴的山风与激烈的愤恨交织在一起，显示出女子境遇的悲惨。诗中的压抑、灰暗，沉闷的气氛与妇女的心情相互映衬，更增添了她内心的失落与悲伤之情。

谷风

习习谷风[①]，维风及雨。将恐将惧[②]，维予与女[③]。

将安将乐，女转弃予。

习习谷风，维风及颓[④]。将恐将惧，寘(zhì)予于怀[⑤]。

将安将乐，弃予如遗。

习习谷风，维山崔嵬（cuī wéi）⑥。无草不死，无木不萎。

忘我大德，思我小怨⑦。

［注释］

①习习：风吹和顺的样子。谷风：东风。②将：连词，且。③与：亲近，救助。女：汝，你。④颓：旋风。⑤寘：同“置”，放置。⑥崔嵬：山势高峻的样子。⑦小怨：小毛病。

［译文］

山谷大风响不止，风雨交加天气坏。以前忧患甚艰苦，唯独有我把你爱。
如今生活很安乐，你却把我远抛开。
山谷大风响不住，风雨激荡震寰宇。以往忧患不安定，抱我在怀你欢愉。
现在生活很安乐，弃我如同扔废物。
山谷大风响不停，吹遍高高那山冈。一切青草皆死亡，所有树木都枯黄。
我的大德你全忘，我的小错你总想。

《蓼莪》解读

这是一首孤儿之歌。诗人体会到父母抚养教育自己的不易，如今自己已经成年，欲报养育之恩，而父母却已亡故。看到别人家幸福的生活，为人子女可以侍奉父母，想到小时候父母对自己的庇护、疼爱，不由得心境悲凉，因而作此诗，发出久久回荡在天际的慨叹。诗中情感浓烈、真挚，读来感人至深。

蓼（lù）莪

蓼蓼者莪①，匪莪伊蒿。哀哀父母②，生我劬劳！

蓼蓼者莪，匪莪伊蔚。哀哀父母，生我劳瘁！

瓶之罄矣③，维罍之耻④。鲜民之生⑤，不如死之久矣！

无父何怙⑥？无母何恃⑦？出则衔恤⑧，入则靡至⑨。

父兮生我，母兮鞠我⑩。拊我畜我，长我育我，

顾我复我，出入腹我⑪。欲报之德，昊天罔极⑫！

南山烈烈⑬，飘风发发。民莫不穀，我独何害！

南山律律，飘风弗弗。民莫不穀，我独不卒⑭！

[注释]

①蓼：长大的样子。②哀哀：可怜，可叹。③罄：空，完。④罍：酒坛子。耻：嘲笑。⑤鲜民：父母双亡的人。⑥怙：依靠。⑦恃：倚仗，指望。⑧出：外出。衔：饱含。恤：忧虑。⑨入：回家。靡至：没有目的。⑩鞠：养育。⑪腹：抱。⑫罔极：没有原则。⑬烈烈：艰阻的样子。⑭卒：终养父母。

无父何怙？无母何恃

[译文]

高高大大是那莪，不是那莪是香蒿。真正哀怜我父母，生我养我太辛劳！

高高大大是那莪，不是那莪是牡蒿。真正哀怜我父母，育我累病受苦劳！

瓶子里面已空空，这是坛子大耻辱。我这孤儿存世上，不如早死见父母！

父亲已死我靠谁？没有母亲谁保护？在外终日心有忧，回到家中无亲人。

我的父亲生养我，母亲细心养育我。爱抚我呀爱护我，喂养我呀教育我。

看护我呀庇护我，进进出出抱着我。本想报答父母恩，上天不使父母活！

那座南山真高大，暴风刮起呼呼响。别人全家生活好，为何我独受祸殃！

那座南山真高峻，暴风狂怒呜呜响。别人皆能养爹娘，为何我却不终养！

《大东》解读

这首诗描写的是周王朝的贵族对东方诸侯国的野蛮剥削和压榨，致使诸侯国的臣民穷苦窘迫，反映了西周朝廷与东方诸侯国之间的巨大矛盾，也揭示了统治阶级、上层贵族的贪婪本性。本诗写法独特，想象丰富，给人极大的空间感。利用对古代天文星象的描绘来讽刺、反对周王室及贵族的压榨，生动而形象。

大东

有饛(méng)簋(guǐ)飧(sūn)①，有捄(qiú)棘匕②。周道如砥③，其直如矢。

君子所履④，小人所视。睠(juàn)言顾之⑤，潸(shān)焉出涕⑥。

小东大东⑦，杼柚其空⑧。纠纠葛屦，可以履霜？

佻佻公子，行彼周行。既往既来，使我心疚。

有冽氿(guǐ)泉，无浸获薪。契契寤叹，哀我惮人[9]。
薪是获薪[10]，尚可载也。哀我惮人，亦可息也。
东人之子，职劳不来。西人之子，粲粲衣服。
舟人之子，熊罴是裘。私人之子，百僚是试[11]。
或以其酒，不以其浆。鞙鞙佩璲[12]，不以其长。
维天有汉[13]，监亦有光[14]。跂彼织女，终日七襄。
虽则七襄，不成报章[15]。睆彼牵牛，不以服箱[16]。
东有启明，西有长庚。有捄天毕，载施之行。
维南有箕，不可以簸扬。维北有斗[17]，不可以挹酒浆[18]。
维南有箕，载翕其舌[19]。维北有斗，西柄之揭[20]。

[注释]

①饛：装满食物的样子。簋：食器。飧：熟食。②捄：长而弯曲的样子。匕：勺子。③砥：磨刀石，形容平坦。④所履：走过的地方。⑤睠：同“眷”，回首。⑥潸：流泪的样子。⑦小东大东：大小诸侯。⑧杼柚：织布机。⑨哀：可怜。惮人：劳苦人。⑩获薪：砍来的柴火。薪，作动词，劈柴。⑪百僚：各种仆役。试：充当。⑫鞙鞙：美丽的样子。佩：佩戴的瑞玉。⑬汉：银河。⑭监：视。光：闪闪发光。⑮报：反复。章：图案花纹。⑯服：负，背。⑰斗：北斗星。⑱挹：舀。⑲翕：引。⑳揭：高举。

《诗余画谱》插图

[译文]

大碗熟食满满装，枣木勺子弯又长。大道平坦像磨石，笔直像矢伸前方。
贵族老爷路上行，平民百姓睁眼望。回头看到那周道，心伤痛苦泪汪汪。
东方远近诸侯国，织成布帛已搜光。葛草鞋子拿绳缠，穿它怎能来踩霜？
西周贵族甚轻狂，走在那边大道上。西周官吏常来往，使我诸侯心忧伤。
寒冷泉水从旁出，别湿已砍那柴薪。忧伤叹息不能眠，可哀可怜疲病人。
若用已砍众柴草，还可用车把它运。可叹我们疲病人，也该休息解疲困。
诸侯之人众子弟，忙于累活无奖赏。周人子弟很高贵，身穿华丽好衣裳。
富人子弟好阔气，熊罴皮袄穿身上。富家子弟官运通，各种官职皆能当。

周人痛饮有美酒，诸侯薄酒难品尝。周人佩带圆瑞玉，诸侯长佩难带上。
高高蓝空有天河，河水若镜闪闪光。织女三星三个角，一天七次换地方。
织女虽然七换位，不能织作布纹样。牵牛星儿亮晶晶，不能用它驾车辆。
启明清晨出东方，长庚晚上落西方。天毕柄儿弯又长，斜挂云天成一行。
南天箕星如簸箕，不能用它把糠扬。北方有颗北斗星，不能用它舀酒浆。
南天有个簸箕星，缩舌相吸敛取忙。北方有颗北斗星，柄儿朝西举天上。

《四月》解读

一个小官吏尽心为朝廷办事，却得不到提拔和重用。相反，还遇到不公平的待遇，横遭构祸。因此，作此诗来表达心中的愤懑与不满。诗中的环境描写很符合诗人此时的心情，利于抒发感情，感染读者。诗中几个问句强化了主人公的境遇，揭示了牢骚、抱怨的根源。诗的最后把希望寄托于对现实的逃避，实属一种无奈之举。

四 月

四月维夏，六月徂暑①。先祖匪人，胡宁忍予？
秋日凄凄，百卉具腓②。乱离瘼矣③，爰其适归？
冬日烈烈，飘风发发。民莫不谷，我独何害？
山有嘉卉，侯栗侯梅。废为残贼④，莫知其尤⑤！
相彼泉水，载清载浊。我日构祸⑥，曷云能谷？
滔滔江汉，南国之纪⑦。尽瘁以仕，宁莫我有⑧？
匪鹑(yuān)匪鸢，翰飞戾天。匪鳣(zhān)匪鲔，潜逃于渊。
山有蕨薇，隰有杞桋。君子作歌，维以告哀！

[注释]

①徂：到。暑：炎热。②腓：草木枯萎。③乱离：祸乱，忧愁。瘼：病，疾苦。④废：习以为常。残：残害。贼：破坏。⑤尤：罪过。⑥构祸：遭遇祸害。⑦纪：守则，纲纪。⑧有：通“友”，相亲。

[译文]

四月公出乃初夏，六月盛夏酷暑天。祖宗不是别人家，忍心使我受苦难？
秋天风雨甚凄凉，各种草木皆枯黄。遭到离乱心忧伤，身归何处是乐乡？
寒气凛凛刺人骨，暴风呼啸震天响。他人都有好生活，为何我独遭祸殃？
山上处处草木好，有那栗树又有梅。官吏肆意做残贼，竟然不知犯何罪！

瞧那泉水潺潺流，有时清澈有时浊。天天我都遭祸患，何时能有好生活？
长江汉水滚滚流，制约东南众江河。尽心苦为君王事，不肯友善来待我？
看那大雕和鸢鸟，展翅高飞到蓝天。瞧那鲤鱼和鲔鱼，潜身逃进那深渊。
山上长出蕨和薇，湿地生长杞梗树。君子之人写此诗，只是要把哀忧诉。

《北山》解读

这首诗描写的是一个为官差所累、不得歇息的小官吏在抱怨苦乐不均，自己受到不公正待遇，因而作此诗来表达心中的不满。其中“溥天之下，莫非王土”一句后来成为名句，即出于此诗。本诗最为精彩的地方就是诗的后三节连用了十二个排比句，道尽人们截然不同的生活。虽然并没有直接加以评论，但诗人的感情很强烈，我们也可以看出他对这种不公平的待遇是很不满意的，同时也说出出现这种情况就是因为士大夫有私心，对上层官员进行了讽刺。

北山

陟彼北山，言采其杞①。偕偕士子②，朝夕从事。王事靡盬（gǔ），忧我父母。

溥（pǔ）天之下③，莫非王土。率土之滨④，莫非王臣。大夫不均，我从事独贤⑤。

四牡彭彭⑥，王事傍傍⑦。嘉我未老⑧，鲜我方将⑨。旅力方刚⑩，经营四方⑪。

或燕燕居息⑫，或尽瘁事国。或息偃在床，或不已于行。
或不知叫号⑬，或惨惨劬劳⑭。或栖迟偃仰⑮，或王事鞅掌⑯。
或湛（dān）乐饮酒⑰，或惨惨畏咎⑱。或出入风议⑲，或靡事不为。

［注释］

①言：我。②偕偕：身体强壮的样子。③溥：大。④率土之滨：意思是说四海之内。率，从，沿着。滨，水边。⑤独贤：一个人辛苦。⑥彭彭：奔跑不停的样子。⑦傍傍：无穷无尽。⑧嘉：夸奖。⑨鲜：珍视，重视。将：强壮。⑩旅力：体力，筋力。⑪经营：做事。⑫燕燕：安闲的样子。⑬叫号：辛苦叫喊的声音。⑭惨惨：愁苦的样子。⑮栖迟：闲游。⑯鞅掌：负荷捧持，指公事繁忙。⑰湛乐：沉溺于享乐之中。⑱咎：过错。⑲风议：横发议论。

[译文]

登上那边北山冈，我采枸杞来品尝。我这士子身体壮，从早到晚劳作忙。君王之事没完尽，担忧父母无人养。

普天之下地面广，块块土地归周王。四海之内人众多，无一不是周王臣。执政大夫不公正，使我出力独自多。

四匹公马跑不停，君王之事忙不完。他们夸我还不老，赞我身体真强健。说我年富力正强，四方劳作理当然。

有人在家享安逸，有人累病替国忙。有人休息卧床上，有人路上从不停。

有人不问民间苦，有人劳苦多忧伤。有人游乐床上躺，有人忙碌为周王。

有人贪图美酒乐，有人不安怕惹祸。有人内外空议论，有人万事都需做。

《无将大车》解读

本诗是一位苦于正在服役的人的无奈感叹。无论怎么想，现实还是要不停地工作干活。徭役还没有结束，自己也只能扛下去。想与不想都是一样，因此索性就不想了，表现出诗人深深的无奈，这种无奈，也是对繁重劳役最有力的控诉。全诗语体采用自我劝解的方式，包含着主人公深深的孤独感和挫败感。面对现实无法可想、无力改变，只能自我安慰。

无将大车

无将大车①，祇自尘兮②。无思百忧，祇自疷兮③。

无将大车，维尘冥冥④。无思百忧，不出于颎(gěng)⑤。

无将大车，维尘雝(yōng)兮。无思百忧，祇自重兮⑥。

[注释]

①将：用手推车。大车：牛拉的载重车。②祇：只。自尘：招惹灰尘。③疷：生病。④冥冥：昏暗的样子。⑤颎：同“耿”，心中不安。⑥重：拖累。

[译文]

不要去推那牛车，若推只会沾灰尘。不要多思忧心事，若想只会添病身。

不要去推那牛车，尘埃飞扬天灰蒙。不要多思忧心事，越想前途越不明。

不要去推那牛车，灰尘扬起遮天空。不要多思忧心事，只会添病惹悲伤。

《小明》解读

一位官员出差在外，因王差没完没了，自己久久不能回家。他思念家人、朋友、同事，因此作了这首诗，表达了他对家人的想念以及对朋友和同事的真挚祝福，同时也表达了他对繁重官差的不满。诗中对于官吏的心态描写得很独特也很真实，把他此刻的复杂、矛盾的心情刻画得很到位，集思念、愤懑、恐惧、祝福等于一身。

小明

明明上天，照临下土。我征徂西，至于艽(qiú)野①。
二月初吉，载离寒暑。心之忧矣，其毒大苦②！
念彼共人③，涕零如雨。岂不怀归？畏此罪罟(gǔ)④！
昔我往矣，日月方除。曷云其还？岁聿云莫⑤。
念我独兮，我事孔庶⑥。心之忧矣，惮我不暇。
念彼共人，睠睠怀顾！岂不怀归？畏此谴怒⑦！
昔我往矣，日月方奥(yù)⑧。曷云其还？政事愈蹙(cù)。
岁聿云莫，采萧获菽。心之忧矣，自诒伊戚！
念彼共人，兴言出宿。岂不怀归？畏此反覆⑨！
嗟尔君子，无恒安处。靖共尔位，正直是与。
神之听之，式谷以女。嗟尔君子，无恒安息！
靖共尔位，好是正直。神之听之，介尔景福⑩。

[注释]

①艽：边远。②毒：灾祸。③共人：同僚。④罪罟：律法。⑤岁：年。聿云：助词，无义。莫：晚。⑥事：差事。庶：众，多。⑦谴怒：谴责，生气。⑧奥：暖。⑨反覆：乱加罪名。⑩介：给予。

[译文]

上天光明真辉煌，普照人间大地上。周王让我到西方，来到茫茫这远荒。

二月初吉离家乡，一度寒暑时间长。心中渐生无限忧，蒙受苦难真凄凉！

念起我的好朋友，两眼顿时泪汪汪。岂能不想回故乡？害怕周王撒法网！

《诗余画谱》插图

从前启程那一日，正是改岁过新年。何时才能把家还？今年岁末快过完。
想起在此好孤单，公事很多忙得欢。心中忧伤时烦恼，整日劳累不得闲。
想起我的好朋友，情意眷眷甚怀恋！哪能不想回故乡？害怕周王怒翻脸！
从前动身那一天，正好春来日暖和。何时才能把家还？政事急促日艰难。
今年又至岁暮时，割蒿摘豆忙不完。心中忧伤时凄凉，自找烦恼惹哀怨！
想起我的好朋友，无法入睡到外边。哪能不想把家还，害怕周王话不算！
哎呀我的同事们，不要安居常逸乐。细心做好分内事，结交正人要选择。
神明察知你们好，赐你福禄没得说。哎呀我的同事们，切勿安息无事做！
对待职务要认真，喜欢正人常联络。神明察知你们好，必赐你们福禄多。

《鼓钟》解读

这是一首借古讽今的诗。周朝当权统治者荒淫无度，整日鼓乐之声不绝于耳。诗人听到乐声，心生悲凉，想起昔日周朝的繁盛，周王的高尚品德，不由深深感叹。钟声的悠扬和河水的浩荡，提示的是一种亘古的期盼和缅怀，全诗以此起兴，可见作者立意的深远，同时也突现了诗人对现实的忧虑和感伤。

鼓钟

鼓钟将将①，淮水汤汤②，忧心且伤。
淑人君子③，怀允不忘④。
鼓钟喈喈⑤，淮水湝湝⑥，忧心且悲。
淑人君子，其德不回⑦。
鼓钟伐鼛(gāo)⑧，淮有三洲，忧心且妯(chōu)⑨。
淑人君子，其德不犹⑩。
鼓钟钦钦⑪，鼓瑟鼓琴，笙磬同音⑫。
以雅以南⑬，以籥(yuè)不僭⑭。

[注释]

①鼓：敲击。将将：钟声。②汤汤：水势奔腾的样子。③淑：善。④允：语气助词，没有实义。⑤喈喈：钟声。⑥湝湝：水势奔腾的样子。⑦回：奸邪。⑧伐：击打。鼛：大鼓。⑨妯：悲伤。⑩犹：终止。⑪钦钦：钟声。⑫笙：古代的一种管乐器。磬：古代的一种打击乐器。⑬雅：雅乐。南：南夷之乐。⑭籥：古代的

一种乐器。僭：乱。

［译文］

敲起钟来锵锵响，淮水奔流浩荡荡，我的心里好忧伤。
周王先祖品德佳，真是怀念不能忘。
敲打钟声和谐响，淮水奔流向前方，我心忧愁真悲伤。
周王先祖有声望，品德纯正不邪枉。
敲起钟来打大鼓，淮河三岛奏乐舞，心里忧伤多恐惧。
周王先祖威名好，品德极高无错误。
敲打钟乐声钦钦，演奏瑟乐又弹琴，吹笙击磬和谐音。
敲打雅来又敲南，吹籥和谐不紊乱。

《楚茨》解读

秋收之后，由于粮食大丰收，此时统治阶级多进行祭祀活动和仪式，以求上天降福。本诗所描写的就是周王祭祀祖先的场面。诗中关于祭祀的场面和步骤，进行了详细的描写，这对于我们了解、研究古代的祭祀有重要的历史价值。此后，这种祭祀的仪式由王室流传到民间，由此成为一种民俗，延续了几千年。

楚 茨

楚楚者茨[1]，言抽其棘[2]，自昔何为？我蓺黍稷。
我黍与与[3]，我稷翼翼[4]。我仓既盈，我庾维亿[5]，
以为酒食，以飨以祀。以妥以侑[6]，以介景福[7]。
济济跄跄[8]，絜尔牛羊[9]，以往烝尝。或剥或亨，
或肆或将[10]。祝祭于祊（bēng），祀事孔明[11]。先祖是皇，
神保是飨。孝孙有庆，报以介福，万寿无疆！
执爨（cuàn）踖（jí）踖[12]，为俎孔硕。或燔或炙，君妇莫莫[13]。
为豆孔庶，为宾为客，献酬交错。礼仪卒度，
笑语卒获。神保是格[14]，报以介福，万寿攸酢！
我孔熯矣[15]，式礼莫愆。工祝致告：徂赉（lài）孝孙[16]。
苾芬孝祀[17]，神嗜饮食。卜尔百福[18]，如几如式[19]。
既齐既稷[20]，既匡既敕。永锡尔极，时万时亿！

礼仪既备，钟鼓既戒。孝孙徂位，工祝致告：

神具醉止，皇尸载起[21]。鼓钟送尸，神保聿归[22]。

诸宰君妇，废彻不迟[23]。诸父兄弟，备言燕私[24]。

乐具入奏，以绥后禄。尔肴既将，莫怨具庆。

既醉既饱，小大稽首。神嗜饮食，使君寿考。

孔惠孔时，维其尽之。子子孙孙，勿替引之！

[注释]

①楚楚：植物丛生的样子。②抽：除。③与与：茂盛的样子。④翼翼：繁盛的样子。⑤庾：雨天堆积谷物处。⑥妥：安。侑：劝饮食。⑦景：大。⑧济济：形容众多。⑨絜：同“洁”，洁净。⑩肆：陈设。将：捧持。⑪明：指祭礼齐备。⑫爨：烧火煮饭。踖踖：敏捷而又恭敬。⑬莫莫：安静。⑭格：至。⑮熯：敬惧。⑯徂：往。赉：赏赐。⑰苾、芬：形容祭品的香味。孝祀：祭献。⑱卜：予。⑲几：期。⑳稷：急。㉑皇：荣耀。尸：代表祖先受祭的人。㉒聿：助词，无义。㉓废彻：撤去。不迟：不拖延。㉔备：结束。燕私：私燕，私家宴会。燕，通“宴”。

以为酒食，以飨以祀

[译文]

从从蒺藜多繁盛，除去棘刺开田地，从古开地有何意？就为种黍和植稷。

我的黍苗真茂盛，我的稷秧多整齐。我的粮仓全装满，囤中粮米已上亿。用粮酿成的美酒，用来敬祖把神祭。请神安坐忙劝酒，请神快把大福赐。

恭敬端庄至祖庙，牵来你的牛和羊，冬祭秋祭不一般。宰割烹煎很繁忙，或陈设来或献上。司仪站于庙门旁，祭祀礼仪甚周详。先祖来到这祭场，神尸把那酒肉尝。延续子孙多福康，主祭周王有吉祥，万寿无疆归周王！

厨师敏捷又恭敬，大肉放置俎板上。有烧有烤味道香，主妇勤劳操作忙。豆盛食物很多样，贵宾嘉客助祭来，交互敬酒都谦让。各样礼仪合法度，说说笑笑都得当。神尸此时已到场，要让祭主享大福，周王长寿得报答！

我们严肃敬先祖，一切礼仪不走样。工祝代神告周王：先祖必把子孙赏。祭品芬芳献神享，美味酒食神爱尝。赐你福禄上百样，合乎法度与期望。既恭敬来又严肃，既整饬来又端庄。永远赐予宏大福，福祥亿万永传扬！

各种礼仪俱完美，钟鼓乐器皆齐备。主祭周王到祭位，工祝代神把话讲：
神灵畅饮都已醉，伟大神尸要退回。敲钟打鼓送尸归，神尸礼毕开始退。
诸位厨师与主妇，撤除祭品不迟疑。各位父辈和兄弟，私相聚首开宴会。
各样乐器同演奏，安享祭后那福禄。你的菜肴全都好，没有怨恨都庆祝。
全喝醉来都吃饱，小孩大人皆叩首。神灵爱吃那祭品，定会让你得长寿。
祭祀顺利且善好，真是尽善又尽美。周王有子子有孙，不废祖祭永保留！

《信南山》解读

这是一首描写祭祀的诗。诗的意象广阔，风格活泼，气势宏大，是祭祀诗中的名篇。诗中描写了周天子祭祀先祖的场面，祈求天降祥瑞，谷物丰收。全诗围绕万物四季的生长展开，贯之以人们日常的起居生活，具有浓浓的乡土气息。祭祀的神圣和崇高在诗句中得到很好的体现，表达出人们对美好生活的向往。

信南山

信彼南山①，维禹甸之②。畇畇(yún)原隰③，曾孙田之。
我疆我理④，南东其亩。上天同云，雨雪雰雰。
益之以霢霂(mài mù)⑤，既优既渥。既沾既足，生我百谷。
疆埸翼翼，黍稷彧彧(yù)⑥。曾孙之穑，以为酒食。
畀(bì)我尸宾，寿考万年。中田有庐，疆埸有瓜。
是剥是菹，献之皇祖。曾孙寿考，受天之祜(hù)。
祭以清酒，从以骍牡。享于祖考，执其鸾刀⑦。
以启其毛，取其血膋(liáo)⑧。是烝是享，苾苾芬芬。
祀事孔明，先祖是皇。报以介福，万寿无疆。

[注释]

①信：通“伸”，长的样子。②甸：治理。③畇畇：平坦整齐的样子，形容开垦的田地。④疆：划分界限。理：区分田地好坏。⑤霢霂：小雨。⑥彧彧：茂盛的样子。⑦鸾刀：挂有铃铛的刀。⑧膋：肠间的膏脂。

[译文]

南山连绵远伸展，大禹治水开新田。高原低地皆平坦，曾孙耕种把粮产。
划定田界和沟渠，东南田垅易分辨。冬日密云飘蓝天，雪花纷纷落田园。
加上小小雨连绵，水多润泽易耕田。土地湿润水分足，作物生长是丰年。

大小田界真整齐，谷子高粱连成片。秋天曾孙来收割，酿酒做饭好喜欢。
献给神尸与宾客，神灵赐寿长万年。田中生长大萝卜，瓜儿长在田界旁。
削皮腌菜味道美，把它献给先祖尝。曾孙定有寿命长，上天会把幸福降。
我用清酒祭先祖，赤色公牛需用上。献给祖宗来品尝，手持屠刀铃儿响。
分开牛毛将刀下，取那鲜血和膏脂。冬祭忙把祭品献，烧起牛脂味道香。
祭祀事事皆完美，祖先来把祭品尝。大福赐你作回报，万寿无疆享吉祥。

《甫田》解读

本诗描写的也是周天子祭祀上天、祈祷丰收的场面。禾苗茁壮成长，风调雨顺，看来一定是个丰收之年，因此农民和天子都很高兴。本诗所抒发的感情也是欢快的，因此诗中的祭祀更像是在感谢上天的保佑。从诗中不难想见一幅政泰民和、国事昌隆，百姓安居乐业、生活美满的动人情景。

甫田

倬（zhuō）彼甫田[1]，岁取十千。我取其陈，食我农人。
自古有年，今适南亩。或耘或耔[2]，黍稷薿薿[3]。
攸介攸止，烝我髦士[4]。
以我齐明，与我牺羊[5]。以社以方，我田既臧。
农夫之庆，琴瑟击鼓。以御田祖，以祈甘雨。
以介我稷黍，以穀我士女。
曾孙来止，以其妇子，馌彼南亩[6]，田畯至喜。
攘其左右[7]，尝其旨否。禾易长亩[8]，终善且有。
曾孙不怒，农夫克敏。
曾孙之稼，如茨如梁。曾孙之庾，如坻（chǐ）如京[9]。
乃求千斯仓，乃求万斯箱。黍稷

以社以方，我田既臧

稻粱，农夫之庆。

报以介福，万寿无疆！

［注释］

①倬：大。②耘：锄草。耔：培土。③薿薿：茂盛的样子。④髦：漂亮潇洒。⑤牺：牛。⑥馌：给在田耕作的人送饭。⑦攘：礼让。⑧易：禾盛的样子。⑨坻：水中高地。

［译文］

宽广大田远无垠，一年收获千千万。我把陈粮取些来，送给农夫度艰难。
自古以来多丰年，今天我去向阳田。锄草培土忙操劳，谷子高粱长得欢。
青苗长大结实止，召来才俊做田官。
米饭装得礼器满，还要摆设牛与羊。祭罢土神祭四方，我的土地很肥沃。
这是农民的福气，弹琴奏瑟打鼓响。迎接神农把祭享，祈求好雨及时下。
保佑黍稷能丰产，养育百姓心欢畅。
周王亲自来督田，正遇农夫妻和子，送饭要去那田间，田官到来心欢喜。
提袖露臂出双手，田官尝饭是否香。遍地禾苗长势好，枝叶茂密果实繁。
周王何必来发怒，农夫干活都勤勉。
王的庄稼遍地长，好像屋顶和桥梁。周王露天在粮囤，好像山坡和高丘。
于是装粮寻千仓，祈求万车运粮忙。有黍有稷有稻粱，农夫有功给奖赏。
神灵回报降大福，周王长寿永无疆！

《大田》解读

这是一首描写周天子祭祀田祖、祈祷丰收的诗。当时每年春耕开始的时候，周天子都要亲自到田边，祭祀田祖和天地四方之神，以求神灵降福，保佑丰年。当时这作为一种固定的仪式来宣告春耕的正式开始。本诗所描写的就是这一仪式的全过程。诗句语气热烈、欢畅，表达生动、质朴，充满人们对来年丰收的渴望和期待。无论是农夫、妇女、小孩，还是天子、官吏，人人都呈现出欢喜的神情，读来恬静清爽，具有蓬勃的生命力。

大田

大田多稼，既种既戒①，既备乃事。以我覃(yǎn)耜②，

俶载南亩③，播厥百谷。既庭且硕④，曾孙是若⑤。

既方既皂，既坚既好，不稂(láng)不莠。去其螟螣(míng tè)，

及其蟊(máo)贼，无害我田稚。田祖有神，秉畀炎火⑥。

有渰萋萋[7]，兴雨祁祁[8]，雨我公田，遂及我私。

彼有不获稚，此有不敛穧[9]；彼有遗秉[10]，此有滞穗[11]，

伊寡妇之利。曾孙来止，以其妇子，馌彼南亩，

田畯至喜。来方禋祀[12]，以其骍黑，与其黍稷，

以享以祀，以介景福[13]。

[注释]

①种：选种。戒：修整农具。②覃：锋利。③俶载：开始从事。④庭：直。⑤是：代词，位于动词前复指宾语。若：顺心，任意。⑥秉：拿。畀：给。炎火：大火。⑦渰：云兴起的样子。萋萋：指云密集的样子。⑧祁祁：众多的样子。⑨穧：已割而未收的农作物。⑩秉：谷把。⑪滞穗：丢弃的谷穗。⑫禋祀：祭祀。⑬介：请求，求得。景：大的。福：福气，福泽。

螟螣，《诗经集传》插图

[译文]

大田庄稼品种多，选罢种子修农具，准备工作都结束。用那锋利好犁头，

向阳田里将土翻，及时播种那百谷。苗儿挺拔且高大，周王心顺意满足。

庄稼抽穗结果实，籽粒坚实长得旺，没有秃穗无莠草。螟虫螣虫全除掉，

蟊虫贼虫全铲除，无害生长小嫩苗。神农爱农有神通，大火尽把害虫烧。

天上阴云忽然起，霎时天阴云漫漫，好雨落到公田上，私田下雨亦普遍。

那边晚谷尚未割，这边谷捆没收完；那边禾把遗漏多，这边谷穗遗田间，

寡妇捡粮谷物全。周王亲自来视察，正遇农夫妻和子，一同送饭到田间，

田官赶到心欢喜。周王野祭于谷田，摆上赤牛和黑猪，还有黍稷好谷物，

献给神灵以祭祀，祈求神灵赐大福。

《瞻彼洛矣》解读

这首诗描写的是周王集各国诸侯于洛水，诸侯对周天子的赞美与称颂。滔滔的江水暗含这个国家历史的久远和发展的绵长，表达了各国诸侯对周王室的敬重和期许。全诗所描写的场面气派、辉煌，反映了国家的繁荣富强，给人以无比的信心和希望，从而体现了诸侯对周王朝的真挚祝愿：希望天降福禄，国家世代兴盛，天子永远长寿。

瞻彼洛矣

瞻彼洛矣，维水泱（yāng）泱[①]。君子至止，福禄如茨（cí）[②]。

韎韐（mèi gé）有奭[③]，以作六师。

瞻彼洛矣，维水泱泱。君子至止，鞞琫（bǐ běng）有珌（bì）[④]。

君子万年，保其家室。

瞻彼洛矣，维水泱泱。君子至止，福禄既同。

君子万年，保其家邦。

[注释]

①泱泱：水深广的样子。②茨：草屋的房顶，形容广而大。③奭：赤色。④珌：刀鞘的下饰物。

[译文]

遥望那边洛水河，河水深广浩荡荡。周王亲临到河旁，福如屋盖很宽广。
身系蔽膝闪红光，发动六军保家乡。
遥望那边洛水河，河水深广浩荡荡。周王亲临至河旁，刀鞘玉饰闪亮光。
周王高寿万年长，永保周家国运昌。
瞻望那边洛水河，河水深广浩荡荡。周王亲自到河旁，福禄会聚他身上。
周王高寿万年长，永保江山安家邦。

《裳裳者华》解读

这首诗是周天子赞美诸侯的诗，是对《瞻彼洛矣》的答谢。全诗以“裳裳者华”起兴，怒放的花朵伴随着欢快、愉悦的心情，是周天子此时心境的一种反映。诸侯对天子的称颂和天子对诸侯的感激之情溢于言表，宾主之间融合在国家昌盛、事业兴隆的共同憧憬和目标里。整首诗读来具有很强的凝聚力和感染力，充分体现了君臣之间互敬互重的礼节与和谐气氛。

裳裳者华

裳裳者华，其叶湑（xǔ）兮。我觏之子，我心写兮[①]。

我心写兮，是以有誉处兮。

裳裳者华，芸其黄矣。我觏之子[②]，维其有章矣。

维其有章矣，是以有庆矣[③]。

裳裳者华，或黄或白。我觏之子，乘其四骆。
乘其四骆，六辔沃若[④]。
左之左之，君子宜之。右之右之，君子有之。
维其有之，是以似之[⑤]。

[注释]

①写：通“泻”，高兴，畅快。②觏：遇见。③庆：福气。④沃若：鲜艳气派。⑤似：喜乐之意。

[译文]

花儿怒放色彩艳，叶儿茂盛绿莹莹。我已见到这个人，心中欢喜真轻松。
心中欢喜很舒畅，从此就有安乐处。
群花怒放真美丽，朵朵花儿皆深黄。我已见到这个人，他有才华能力强。
他有才华能力强，所以才能得奖赏。
群花怒放很漂亮，花儿有白亦有黄。我已见到这个人，四匹骆马套车上。
四匹骆马套车上，六条缰绳闪亮光。
佐君王啊佐君王，君王让他得安顺。佑君王啊佑君王，君王给他把官当。
只因君王疼爱我，所以心中真欢乐。

《桑扈》解读

这首诗描写的是周天子宴请诸侯的场面，充满了对诸侯属臣的赞美之情。本诗简洁明快、意思直白。前两节以桑扈羽毛的美丽映衬诸侯的贤德，后两节笔锋由赞誉转向劝诫、勉励，饱含天子对诸侯殷切的关怀和美好的期待，愿他们保万世安定。言辞贴切，很符合宾主身份。全诗尽显天子的气度和优雅。

桑扈

交交桑扈[①]，有莺其羽[②]。君子乐胥[③]，受天之祜。
交交桑扈，有莺其领[④]。君子乐胥，万邦之屏。
之屏之翰[⑤]，百辟为宪[⑥]。不戢不难[⑦]，受福不那[⑧]。
兕觥其觩(qiú)[⑨]，旨酒思柔[⑩]。彼交匪敖[⑪]，万福来求。

[注释]

①交交：鸟的叫声。桑扈：布谷鸟。②莺：有文采。③胥：语气词，无实义。

桑扈，《诗经集传》插图

④领：颈。⑤翰：指屏障。⑥辟：君主。⑦不：通“丕”，很，十分。戢：谦和。难：恭敬。⑧那：多。⑨兕觥：犀牛角做的酒杯。觩：兽角弯曲的样子，这里指酒杯。⑩思：助词，无实义。⑪交：通“骄”，骄横。敖：通“傲”，骄傲。

[译文]

交交鸣叫布谷鸟，羽色鲜艳多文采。各位诸侯心欢畅，上天赐福甚关怀。

交交鸣叫布谷鸟，颈毛文彩闪闪亮。各位诸侯多欢快，皆是周王好屏障。

是屏障啊是干才，诸侯百官作榜样。他很谦和很严肃，因而福多任他享。

犀牛角杯弯又弯，美好之酒醇且甜。他不侮慢不骄傲，万种幸福全聚全。

《鸳鸯》解读

这是一首赞美、称颂周王的诗。诗前两节以鸳鸯这一代表吉祥的鸟起兴，表达了对周王长命百岁、永享福禄的祝愿；诗的后两节以马厩里的马起兴，表达对周王永葆健康、平安的祝愿。全诗充满人民对天子真诚的爱戴和关注，赞美之心和祝福之意由表及里，表达情意深厚、意境悠远。

鸳鸯

鸳鸯于飞，毕之罗之①。
君子万年，福禄宜之。
鸳鸯在梁，戢其左翼②。
君子万年，宜其遐福。
乘马在厩，摧之秣之③。
君子万年，福禄艾之。
乘马在厩，秣之摧之。
君子万年，福禄绥之④。

鸳鸯，《诗经集传》插图

[注释]

①毕、罗：捕鸟的网。②戢：收起，绊缚。③摧：铡草。秣：喂马。④绥：平安。

[译文]

成双成对鸳鸯飞，及时捕捉用鸟网。周王寿命万年长，永享幸福心欢畅。

鸳鸯栖息在坝上，嘴埋左翼多安详。周王寿命万年长，宜把幸福长久享。

四匹马儿在马厩，既喂草料又喂粮。周王寿命万年长，有福有禄得保养。

四匹马儿在马厩，粮谷草料喂得全。周王寿命万年长，福禄尽享永平安。

《頍弁》解读

本诗描写的是周天子宴请兄弟和亲戚的场面，风格活泼，节奏感强。反问的重复一步步打消宾主之间的客套和拘束，一层层加深相聚的情谊和友爱，酒菜的丰盛是人情厚实的映照。从诗句中，我们可以感受宾主间和谐、舒适的气氛。诗中所抒发的感情是真诚、亲切的，同时也反映出统治阶级宴请的奢华。

頍(kuǐ)弁

有頍者弁[①]，实维伊何？尔酒既旨，尔肴既嘉。

岂伊异人？兄弟匪他。茑(niǎo)与女萝[②]，施于松柏[③]。

未见君子，忧心奕奕[④]。既见君子，庶几说怿[⑤]。

有頍者弁，实维何期[⑥]？尔酒既旨，尔肴既时。

岂伊异人？兄弟具来。茑与女萝，施于松上。

未见君子，忧心怲怲(bǐng)。既见君子，庶几有臧。

有頍者弁，实维在首。尔酒既旨，尔肴既阜[⑦]。

岂伊异人？兄弟甥舅。如彼雨雪，先集维霰(xiàn)[⑧]。

死丧无日，无几相见[⑨]。乐酒今夕，君子维宴。

[注释]

①頍：戴（帽）。弁：帽子。②茑与女萝：比喻兄弟亲戚相互依附。③施：蔓延，延续。④奕奕：心神不宁。⑤说怿：快乐的样子。⑥何期：期何，期待什么。⑦阜：丰富。⑧霰：雪粒。⑨无几：没有多少。

[译文]

有棱有角那皮帽，为何戴它头边上？你的美酒真香甜，你的肉菜味道鲜。

难道我们是外人？本是兄弟根相连。瞧那茑草和女萝，攀缘依附松柏间。
没能见到周王面，心中忧虑很不安。得见周王那尊容，心中高兴笑开颜。
有棱有角那皮帽，为何戴它头上边？你的美酒的确好，你的肉菜也香甜。
难道我们是外人？本是兄弟来相见。瞧那茑草和女萝，攀缘依托松树间。
没见周王他的面，心中忧伤恨绵绵。得见周王那尊颜，好运可望即眼前。
有棱有角那皮帽，把它戴在头边上。你的美酒好香甜，你的肉菜也丰赡。
难道我们是外人？本是兄弟甥舅间。好像大雪降落前，先下雪粒到人间。
死丧末日没几天，再没几时能相见。今晚纵情来饮酒，大家及时寻安乐。

《车辖》解读

本诗描写的是一位男子迎娶新娘，在迎亲途中看到新娘美丽容貌时的内心活动，男子兴奋异常，因而即兴作了这首诗。这位美丽而品德优秀的女子从头到尾没有参与男子的内心活动，但男子的内心活动却无一不围绕女子展开，故从男子充满赞誉、欣喜和自豪的陈述当中，我们不难想象女子的端庄、娴雅，并为之深深叹服。本诗格调高雅纯洁，不仅反映了新娘的美丽，更说明了男子内心的纯真。

车辖（xiá）

间关车之辖兮①，思娈季女逝兮②。匪饥匪渴，德音来括③。
虽无好友，式燕且喜④。
依彼平林⑤，有集维鷮（jiāo）⑥。辰彼硕女⑦，令德来教⑧。
式燕且誉，好尔无射（yì）⑨。
虽无旨酒，式饮庶几⑩。虽无嘉肴，式食庶几。
虽无德与女？式歌且舞。
陟彼高冈，析其柞薪⑪。析其柞薪，其叶湑（xǔ）兮⑫。
鲜我觏尔⑬，我心写兮⑭。
高山仰止，景行行止⑮。四牡騑騑⑯，六辔如琴。
觏尔新昏，以慰我心。

[注释]

①间关：车轮的摩擦声。辖：车轮轴头上的键。②思娈：思慕美貌。季女：少女。③德音：好消息。括：会面，见面。④式：语气助词，没有实义。燕：同“宴”。⑤依：茂密。平林：平地上的树林。⑥鷮：野鸡。⑦辰：时刻，这里指出嫁

的时刻。硕女：长大了的女子。⑧令德：好德行。⑨射：厌，厌恶。⑩庶几：勉强可以。⑪析：砍。柞：树名，栎树。⑫湑：茂盛。⑬鲜：善。觏：指婚媾。⑭写：同“泻”，除尽。⑮景行：大路，大道。⑯骓骓：并列行走。

鷮，《诗经集传》插图

[译文]

车行轴头间关响，美貌少女做新娘。不再如饥似渴想，美德妻子坐身旁。

岂无好友来相伴，高兴宴饮喜成双。

平原树林郁苍苍，长尾野鸡集树上。艳丽高大好姑娘，美德足以教新郎。

宴饮尽欢心乐畅，永远爱你不相忘。

岂能没有甜美酒，希望你来多品尝。岂无美味与佳肴，盼你吃饱食欲旺。

岂无美德把你配，且歌且舞心欢畅。

登上那边高山冈，砍下柞树当薪柴。砍下柞树作薪柴，树叶茂盛青山外。

今天我们来结婚，心意舒畅尽开怀。

仰望眼前那高山，举步走在大路上。四匹公马行不停，六条缰绳如琴弦。

我和新娘把婚成，早已满足我心愿。

《青蝇》解读

本诗讽刺了制造谣言、挑拨离间的人。本诗是一首劝谏诗，意在规劝周王不要相信谗言，以免祸害国民。诗以青蝇乱飞起兴，象征着进谗言的小人居心不良的特性，十分生动形象，讽刺效果强烈。本诗短小精悍，语气强烈，富有节奏感。在青蝇的嗡嗡声中，这从一开始就具有一种紧张不安的情绪，表明了诗人的警觉和厌恶之情，这和叙述中诗人思想的深刻、清晰形成相互的映照，表达中充满着小人必不能得逞的自信。

青蝇

营营青蝇①，止于樊②。岂弟君子③，无信谗言。

营营青蝇，止于棘。谗人罔极④，交乱四国。

营营青蝇，止于榛。谗人罔极，构我二人⑤。

［注释］

①营营：苍蝇飞来飞去的叫声。②樊：篱笆。③岂弟：同“恺悌”，开朗。④罔极：没有定准。⑤构：离间。

［译文］

苍蝇来往嗡嗡叫，落到那边篱笆上。平易和乐周幽王，莫信谗言坏主张。

苍蝇往来嗡嗡叫，落到酸枣小树间。谗人行为无准则，挑拨各国互相乱。

苍蝇往来嗡嗡叫，落到那边榛树间。谗人行为无定准，离间你我起祸端。

青蝇，《诗经集传》插图

《宾之初筵》解读

本诗描写了贵族统治阶级饮酒作乐的萎靡场面，刻画了贵族官员荒淫、丑恶的嘴脸，讽刺了他们的腐朽。诗中很生动细致地描写了客人们从彬彬有礼的入席到醉酒后丑态毕露的过程，使读者对那些人的神态、嘴脸有了更加深刻的印象，因而诗篇的讽刺效果十分到位。诗中语气充满调侃意味，一板一眼徐徐道来，让读者在那些醉汉的丑态面前忍俊不禁地笑了起来，幽默感随之而出，读来淋漓、畅快。

宾之初筵

宾之初筵，左右秩秩。笾（biān）豆有楚，殽核维旅。
酒既和旨，饮酒孔偕。钟鼓既设，举酬逸逸。
大侯既抗①，弓矢斯张。射夫既同②，献尔发功③。
发彼有的，以祈尔爵。
籥舞笙鼓，乐既和奏。烝衎（kàn）烈祖④，以洽百礼。
百礼既至，有壬有林⑤。锡尔纯嘏（gǔ）⑥，子孙其湛⑦。
其湛曰乐，各奏尔能。宾载手仇，室人入又。
酌彼康爵，以奏尔时。
宾之初筵，温温其恭。其未醉止，威仪反反⑧。
曰既醉止，威仪幡幡⑨。舍其坐迁，屡舞仙仙⑩。

其未醉止，威仪抑抑[11]。曰既醉止，威仪怭怭[12]。
是曰既醉，不知其秩。
宾既醉止，载号载呶(náo)[13]。乱我笾豆，屡舞僛僛。
是曰既醉，不知其邮[14]。侧弁之俄，屡舞傞(suō)傞[15]。
既醉而出，并受其福[16]。醉而不出，是谓伐德[17]。
饮酒孔嘉，维其令仪。
凡此饮酒，或醉或否。既立之监，或佐之史。
彼醉不臧，不醉反耻。式勿从谓，无俾大怠。
匪言勿言，匪由勿语[18]。由醉之言[19]，俾出童羖(gǔ)[20]。
三爵不识，矧敢多又[21]？

[注释]

①大侯：箭靶。②同：协调一致。③献：展现。发功：射箭的本领。④烝：进献。衎：使……快乐。⑤壬：隆重。林：众多。⑥纯：大。嘏：福。⑦湛：安乐、祥和。⑧威仪：严肃的仪容。反反：得体适宜。⑨幡幡：轻率不当。⑩仙仙：脚步轻浮。⑪抑抑：态度谨慎。⑫怭怭：轻薄的样子。⑬呶：叫喊，喧哗。⑭邮：过错。⑮傞傞：醉舞不止的样子。⑯并：指主人和客人。⑰伐德：败坏道德。⑱由：事由，情由。⑲由：因，由于。⑳羖：黑色公羊。㉑又：劝酒。

[译文]

宾客入座开了宴，宾主谦让井井然。竹笾木豆排成行，荤菜果品皆摆全。

酒皆醇和又香甜，大家痛饮都尽欢。钟鼓乐器陈列毕，敬酒有序不间断。

箭靶早已高竖起，利箭也已上了弦。射手会聚在一堂，各献本领众人前。

发箭即能中箭靶，以求罚酒把你灌。

执籥而舞笙鼓响，乐声和谐宾主欢。进献乐舞娱先祖，符合礼仪各条款。

各种礼节皆齐全，规模宏大仪式繁。神灵赏赐大福气，子子孙孙乐无限。

大家尽兴寻欢乐，各献本领来射箭。客人各自择对手，主人进场陪客玩。

大酒杯中斟满酒，献与善射众好汉。

宾之初筵，左右秩秩

客人入座开了宴，态度温顺且和谦。宾客喝酒尚未醉，仪表庄重很好看。
待到大家全喝醉，举止行为纷纷乱。离开座位随意窜，屡次赴舞飘飘然。
宾主喝酒还未醉，仪表严谨甚美观。一旦宾主皆喝醉，举止轻佻令人烦。
这是喝酒已大醉，不知已把过失犯。
宾客全都喝醉酒，喧哗不止大声喊。竹笾木豆全打翻，身子歪斜舞不停。
这是喝酒已大醉，不知已把过错犯。戴歪皮帽身体倾，歪歪扭扭舞盘旋。
既已喝醉肯出门，大家受福都不浅。若是已醉不肯出，这叫缺德叫人嫌。
喝酒虽然是好事，只是礼节要顾全。
凡是这帮喝酒人，或是清醒或醉倒。既设司正来监视，又有史官来督导。
醉者自觉很美好，醒者认为他可耻。不要对人多劝酒，别让醉者更胡闹。
不该询问莫要问，无理之言不称道。因酒而言不可靠，如说公羊没有角。
三杯下肚已不适，怎敢多劝夸酒好？

《鱼藻》解读

本诗以居住在藻丛中安逸、自由的大鱼起兴，描写了周天子逍遥放纵的生活。借古讽今，所要表达的真意是在提醒当朝统治者应该居安思危，不要盲目地荒淫下去。本诗将周王的生活和大鱼的生活对比，切入点十分巧妙独特。和周王的生活相比，对大鱼的描绘轻快活泼、生动可爱，表明了诗人对其生活的忧虑和对国家前途命运的系念，感情深刻而质朴。

鱼藻

鱼在在藻，有颁(fén)其首。王在在镐，岂乐饮酒①。
鱼在在藻，有莘(shēn)其尾②。王在在镐，饮酒乐岂。
鱼在在藻，依于其蒲。王在在镐，有那其居③。

[注释]

①岂乐：欢乐。②莘：长长的。③那：盛大的样子。

[译文]

鱼在何处在藻中，大大脑袋漫游荡。王在何处在镐京，欢乐喝酒心乐畅。
鱼在何处在藻中，长长尾巴在摆动。王在何处在镐京，饮酒享乐在深宫。
鱼在何处在藻中，依靠蒲草歇其间。王在何处在镐京，盛大群宫住处安。

《采薇》解读

本诗描写的是诸侯来京朝拜周天子，周天子赏赐诸侯的场面。一、二两节描绘诸侯不辞辛劳来京的情景，三、四两节描绘诸侯朝拜周天子时的表现，五、六两节则是表达了周天子对诸侯的感激和答谢。全诗开篇以采菽起兴即透露着自然、美好、和谐的意蕴。整首诗场景繁复，但读来却很顺畅、宜人，体现了周天子与诸侯之间的关系融洽、平和，同时暗示国家的安定昌盛，与慰劳诸侯的主题相得益彰。

采菽

采菽采菽，筐之筥之①。君子来朝，何锡予之？

虽无予之？路车乘马。又何予之？玄衮及黼(fǔ)。

觱(bì)沸槛泉②，言采其芹。君子来朝，言观其旂。

其旂淠(pèi)淠，鸾声嘒(huì)嘒。载骖载驷，君子所届③。

赤芾在股④，邪幅在下⑤。彼交匪纾⑥，天子所予。

乐只君子，天子命之。乐只君子，福禄申之⑦。

维柞之枝，其叶蓬蓬。乐只君子，殿天子之邦⑧。

乐只君子，万福攸同。平平左右，亦是率从。

泛泛杨舟，绋纚维之⑨。乐只君子，天子葵之。

乐只君子，福禄膍(pí)之⑩。优哉游哉，亦是戾矣。

[注释]

①筐之莒之：用筐和莒盛。筐，方形竹制器具。筥，圆形竹制器具。②沸：形容泉水冒出，像沸水一样。③届：至。④芾：蔽膝。⑤邪幅：绑腿。⑥交：通“娇”，骄横。纾：怠慢。⑦申：重复。⑧殿：镇定，安抚。⑨绋：麻制的大绳。⑩膍：厚赐。

芹，《诗经集传》插图

[译文]

采大豆啊采大豆，方筐圆筐将它装。诸侯前去朝天子，要拿什么把他赏？

岂无珍奇赐给他？四马辂车来嘉奖。再拿何物奖励他？黑色龙袍画斧裳。

泉眼喷涌清清水，采摘芹菜工作忙。诸侯前来朝天子，瞧那旌旗啥模样。

众旂随风飘荡荡，鸾铃声声和谐响。三马四马驾车来，诸侯已到京门旁。

赤红蔽膝盖大腿，绑腿缠绕膝下边。不急躁

来不怠慢，天子高兴将他赏。

和乐君子心舒畅，天子策命把他奖。和乐君子心欢畅，福禄一再加身上。

瞧那柞树枝条多，叶子繁茂而丰满。和乐君子心舒畅，镇抚天下国得安。

和乐君子心欢畅，各种幸福皆齐全。聪慧善治众亲信，随你为国把力献。

杨木船儿水中漂，要使大绳把它拴。和乐君子心舒畅，天子衡量功德全。

和乐君子心欢畅，重赏福禄没有完。悠闲从容很自得，这样生活心也安。

《角弓》解读

这是一首劝谏诗，规劝统治阶级贵族不要疏远身边的人，以免手足相怨，对国家、百姓不利。诗中恰当地提出了社会上层人士是普通百姓的榜样这一观点。要使国家昌盛、百姓安定，君王、贵族等必须谦虚祥和，有美好的德行，这样才能为百姓做出榜样，让国家长治久安。

角弓

骍骍角弓，翩其反矣①。兄弟昏姻，无胥远矣②。

尔之远矣，民胥然矣。尔之教矣，民胥效矣。

此令兄弟，绰绰有裕③。不令兄弟，交相为瘉④。

民之无良，相怨一方。受爵不让，至于已斯亡。

老马反为驹，不顾其后。如食宜饇(yù)⑤，如酌孔取。

毋教猱(náo)升木，如涂涂附。君子有徽猷，小人与属⑥。

雨雪瀌瀌⑦，见晛(xiàn)曰消⑧。莫肯下遗⑨，式居娄骄⑩。

雨雪浮浮，见晛曰流。如蛮如髦，我是用忧。

[注释]

①翩：通“偏”。反：反转。②胥：相互。远：疏远。③绰绰有裕：宽裕舒缓的样子。④为瘉：残害。⑤饇：饱。⑥小人与属：小人来依附。⑦瀌瀌：雨雪很大的样子。⑧晛：日气。⑨莫肯下遗：指小人不肯卑下顺从。⑩式：助词，无义。居：通“倨”。娄：通“屡”多次。骄：骄横。

[译文]

角弓调整很和谐，弦松竹弓反向弯。对待兄弟和亲戚，不要关系太疏远。

你若远离亲兄弟，百姓也都会如此。你爱兄弟作模范，百姓皆学不走样。

这些兄弟相友善，关系和谐很宽松。兄弟相互不友好，定会彼此来相攻。

人们如果不善良，互相怨恨那一方。贪求爵位不谦让，碰见私利把理忘。

老马反当小马用，后果怎样你不想。好像吃饭吃得饱，如请饮酒酌量好。
无须教那猴上树，用泥涂物必能牢。君子若是有美德，百姓定然跟着跑。
雪花纷纷漫天飘，太阳出来都融消。不肯对下态度恭，小人屡屡逞骄傲。
雪花纷纷漫天飘，太阳出来皆融消。小人如同蛮和髦，对此我忧虑心焦。

《菀柳》解读

一位士大夫为朝廷尽心尽力地工作，没有得到君王的夸奖与重用，反而被国君贬斥、流放。诗人愤懑不已，因而作了这首诗。“菀柳”是诗人自己心态和处境的映照。全诗读来哀怨忧伤，讽刺了反复无常、让人捉摸不透想法的君王，同时为自己的不幸遭遇深深地鸣不平。本诗感情抒发强烈而真挚，引起人们深深的同情。

菀(yùn)柳

有菀者柳[①]，不尚息焉[②]。上帝甚蹈[③]，无自暱(nì)焉。
俾予靖之[④]，后予极焉[⑤]！
有菀者柳，不尚愒(qì)焉[⑥]。上帝甚蹈，无自瘵(zhài)焉[⑦]。
俾予靖之，后予迈焉[⑧]！
有鸟高飞，亦傅于天[⑨]。彼人之心，于何其臻[⑩]？
曷予靖之，居以凶矜[⑪]！

[注释]

①菀：枝叶十分茂盛的样子。②尚：庶几。③蹈：动，指变化无常。④俾：使。靖：谋划。⑤极：诛，责罚。⑥愒：歇息，休息。⑦瘵：病，生病。⑧迈：行，指放逐。⑨傅：到达。⑩臻：至，到。⑪以：于。凶矜：凶险。

[译文]

柳树枝叶已枯黄，不该树下把凉乘。周王处事太无常，勿要亲近招祸殃。
让我谋划治国家，后来竟把我流放！
柳树枝叶已枯黄，不应休息树干旁。周王喜怒太无常，莫自找祸使悲伤。
让我谋划治家邦，后来竟把我流放！
有只鸟儿高飞翔，一直飞到蓝天上。周王想法难揣测，不知思绪到何方？
为何叫我治国家，反让我来遭祸殃！

《都人士》解读

一位西周遗民，游历旧都，怀念起昔日的繁华与荣盛之景，感叹不已。因此诗人在感叹和凭吊的时候，写下了这首诗，具有浓烈的历史沧桑感。本诗写法独特，切入点很巧妙。诗人并没有采取将往日繁华景象与现实的破败之景进行对比这种写法，而是通过回忆昔日都城中男女穿着的华丽来表达现在的心情，因此本诗的格调也很高雅。同时，诗中对于当时人们穿着的细致描写也为我们研究西周的服饰文化提供了重要的历史资料，极具研究价值。

都人士

彼都人士，狐裘黄黄。其容不改，出言有章。
行归于周，万民所望。
彼都人士，台笠缁撮①。彼君子女，绸直如发②。
我不见兮，我心不说。
彼都人士，充耳琇实。彼君子女，谓之尹吉。
我不见兮，我心苑结③。
彼都人士，垂带而厉④。彼君子女，卷发如虿(chài)⑤。
我不见兮，言从之迈。
匪伊垂之，带则有余。匪伊卷之，发则有旟(yú)。
我不见兮，云何盱矣⑥。

[注释]

①台：草名，可以作笠。缁：黑色的衣料。撮：束发的帽子。②绸：浓密。③苑结：忧闷积于心。④厉：腰带下垂的部分。⑤虿：毒虫。⑥盱：通“吁”，忧伤。

[译文]

那些京都男士们，狐皮黄衣亮光光。仪容常态不改变，言有文采皆堂皇。

即将返回镐京城，这是万民所仰望。那些镐京男士们，草帽布巾头上戴。

那些贵族姑娘们，秀发浓密黑而长。现在我已见不到，心中有忧不舒畅。

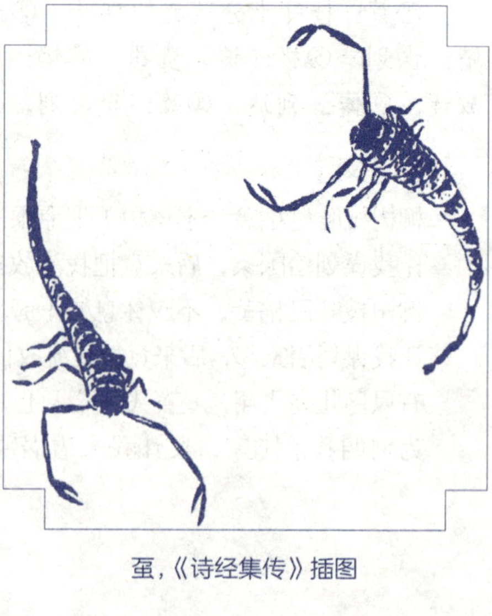

虿，《诗经集传》插图

那些镐京男士们，美石之琇挂耳旁。那些贵族姑娘们，称呼尹吉人敬仰。
现在我已看不到，内心郁结很忧伤。那些镐京男士们，长长佩带垂腰间。
那些贵族姑娘们，发似蝎尾向上卷。现在我已看不到，见到定随他们还。
不是故意向下垂，佩带本来长又长。不是故意向上卷，头发自然就有弯。
现在我已看不到，怎不忧叹添愁绪。

《采绿》解读

本诗描写的是一位妻子在思念外出丈夫时的内心独白，表达了妻子思念丈夫，急于盼丈夫归家的心情。诗的后两节不是实写，而是妻子想象丈夫回来的情景，届时她会多么的开心，以此更能表达出她的焦急心情和对丈夫的想念。诗中妻子对丈夫归来情景的设想，写得十分温馨感人，由此不难想象他们夫妻生活的幸福甜蜜。

采绿

终朝采绿，不盈一匊①。予发曲局，薄言归沐。
终朝采蓝，不盈一襜（chān）②。五日为期，六日不詹③。
之子于狩，言韔其弓④。之子于钓，言纶之绳。
其钓维何？维鲂及鱮。维鲂及鱮，薄言观者。

[注释]

①匊：两手合捧。②襜：围裙。③詹：到。④韔：装弓入袋。

[译文]

整个早晨采绿草，浅浅一捧未采满。我的头发已卷曲，回家洗头不怠慢。

一个早晨采蓝草，小小围裙未装满。约定五天是归期，今已六日仍未见。

丈夫若是去打猎，我来给他把弓装。丈夫若是去钓鱼，我缠钓绳在身旁。

丈夫钓得什么鱼？鲂鱼鲢鱼皆齐全。鲂鱼还有那鲢鱼，我要生火做美食。

《飞影阁士记画册》插图

《黍苗》解读

周宣王封他的舅舅申伯于申地，又命令召伯（即召穆公）为申伯营建谢邑作为申的国都。本诗描写的就是召伯建谢邑。工程即将完工的时候，工人们作了这首诗。诗中有对工程过往的追忆，表明建设工作的辛苦，映衬出大功告成的喜悦和欣慰。全诗表达了对召伯的由衷赞美，在表现他丰功伟绩的同时，也反映了工人们得以见证历史的成就感和责任感。

黍苗

芃芃黍苗，阴雨膏之。悠悠南行，召伯劳之。
我任我辇[①]，我车我牛[②]。我行既集[③]，盖云归哉。
我徒我御[④]，我师我旅。我行既集，盖云归处。
肃肃谢功[⑤]，召伯营之。烈烈征师，召伯成之。
原隰既平，泉流既清。召伯有成，王心则宁。

［注释］

①任：负荷，挑担。②车：手扶车行。③集：完成。④徒：步行。御：驾驶。⑤谢功：营建谢邑的工程。

［译文］

黍苗生长真茂盛，阴雨滋润长得壮。兵士南行路遥远，召伯慰劳暖心间。
或用肩背或拉车，或驾车来或牵牛。远行任务都完成，何不归家开步走。
或徒步来或驾车，我们当兵跋涉远。远行任务皆完成，何不归家去安歇。
赶忙修起那谢城，召伯亲自来经营。威武远征众兵将，都由召伯来统领。
高原低地都平整，泉水河流全疏通。召伯大功已告成，宣王心中得安宁。

《隰桑》解读

这是一首女子向爱人表达深厚爱恋之情的诗。诗以美丽的桑树、树叶起兴，象征着爱人就像那桑树和树叶一样美好，表达出女子心中深深的爱意。诗句节奏紧凑，读来朗朗上口，女子直爽、快乐的性格一下呈现在我们面前，让人不由眼前一亮。诗中令女子爱恋的男子不仅有好的外表和风度，更有为世人推崇的美德。

隰桑

隰桑有阿[①]，其叶有难[②]。既见君子，其乐如何！

隰桑有阿，其叶有沃③。既见君子，云何不乐？

隰桑有阿，其叶有幽④。既见君子，德音孔胶⑤。

心乎爱矣，遐不谓矣⑥！中心藏之⑦，何日忘之！

隰桑有阿，其叶有难

[注释]

①阿：美好的样子。②难：枝叶茂盛的样子。③沃：柔嫩润泽的样子。④幽：厚，浓荫。⑤胶：牢固。⑥遐不：何不，为什么不。⑦藏：同“臧”，善。

[译文]

低湿田里桑树美，桑叶密密真好看。既然见到丈夫面，我的心中好喜欢！

低湿地里桑树美，桑叶光润绿汪汪。既然见到丈夫面，怎不欢喜心乐畅？

低湿地里桑树美，桑叶肥厚且浓荫。既然见到丈夫面，两情浓浓心意坚。

既然心里把你爱，我要当面把话讲！我已深深将你爱，何时不能把你忘！

《白华》解读

这是一首弃妇的哀怨之诗。诗的语气委婉，格调高雅，于无声处表达出妇人的怨恨、悲戚、哀伤的心情，使读者为其不幸的遭遇报以深深的同情。本诗另有一说是被周幽王废黜的申后所作的控诉之词。从诗的高雅格调以及诗中对于宫内宫外钟声的描写来看，此说亦可信。

白华

白华菅(jiān)兮，白茅束兮。之子之远，俾我独兮。

英英白云，露彼菅茅。天步艰难①，之子不犹②。

滮(biāo)池北流，浸彼稻田。啸歌伤怀，念彼硕人。

樵彼桑薪，卬烘于煁(shén)③。维彼硕人，实劳我心。

鼓钟于宫，声闻于外。念子懆懆④，视我迈迈⑤。

有鹙(qiū)在梁，有鹤在林。维彼硕人，实劳我心。

鸳鸯在梁，戢其左翼。之子无良，二三其德[⑥]。

有扁斯石[⑦]，履之卑兮[⑧]。之子之远，俾我疷兮。

[注释]

①天步：命运。②不犹：无谋。③烘：燎。煁：能移动的灶。④懆懆：忧虑不安。⑤迈迈：不高兴。⑥二三：多次。⑦扁：扁平的上车用的垫脚石。⑧履：踩。卑：低。

[译文]

满地菅草开白花，白茅缠束紧相连。这个人儿远离我，让我终日遭孤单。

轻柔明亮白云飘，露水湿润菅茅草。我的命运好艰难，这个人儿很不好。

滮池之水向北流，浇灌那边水稻田。哭喊歌唱心悲伤，我将硕人深怀念。

我砍桑木作薪柴，把它放入行灶烧。想起那个硕人来，着实令我心烦恼。

宫内敲打钟声响，宫外钟声遍播扬。想念这人愁不安，他却对我恨入肠。

秃鹫走在鱼梁上，仙鹤却在林里藏。想念那个硕人呀，着实让我心内伤。

鹙，《诗经集传》插图

鸳鸯结对在鱼梁，嘴插左翼相依傍。这人品格真不好，朝三暮四无主张。

这块石头扁又平，踩它自己亦不高。这人远去离开我，使我忧病总不安。

《绵蛮》解读

诗人行役劳乏困顿，正在无奈的时候，有人来帮助他，诗人酒足饭饱之后，心中充满感激之情，因此作了这首诗，赞美那位乐于助人的救助者，诚挚地表达了自己深深的感激之情。黄鸟的意象即是对自己旅途疲倦的映射，全诗以此起兴，把诗人当时的困顿情境表露无余，从而表明自己得到救助的重要和及时。

绵蛮

绵蛮黄鸟[①]，止于丘阿[②]。道之云远，我劳如何[③]！

饮之食之，教之诲之。命彼后车[④]，谓之载之。

绵蛮黄鸟，止于丘隅。岂敢惮行⑤，畏不能趋⑥。

饮之食之，教之诲之。命彼后车，谓之载之。

绵蛮黄鸟，止于丘侧。岂敢惮行，畏不能极⑦。

饮之食之，教之诲之。命彼后车，谓之载之。

[注释]

①绵蛮：小黄雀的模样。②丘阿：山坳。③如何：像什么样。④后车：副车，跟在后面的从车。⑤惮：畏惧，惧怕。⑥趋：快走。⑦极：到达终点。

[译文]

小小黄雀飞青天，停落弯弯那山腰。行役道路太遥远，知我怎样受辛劳！
水喝足来饭吃饱，我把你来多教导。转告后车那个人，使你乘车免辛劳。
小小黄雀飞青天，停落山角得休闲。哪敢害怕行路远，不能疾行把路赶。
水喝足来饭吃饱，谆谆教导你自勉。转告后车那个人，叫你乘车免艰难。
小小黄雀飞青天，停落休息在山边。哪敢惧怕走路远，担心不能到终点。
水喝足来饭吃饱，谆谆教诲你自勉。转告后车那个人，让你乘车免劳艰。

《瓠叶》解读

这首诗描写的是主人宴请宾客的场面，表现了主人与宾客之间关系的和谐与美好，赞美了主人的深情厚意。诗中描写了主人的谦虚，虽然食物不算丰盛，但却表现了主人的真诚。全诗风格活泼、气氛融洽、场面热烈、宾主尽欢，不难推测出主人公豪爽的性格。

瓠(hù)叶

《唐诗画谱》插图

幡幡瓠叶①，采之亨之。君子有酒，酌言尝之②。

有兔斯首，炮之燔之③。君子有酒，酌言献之。

有兔斯首，燔之炙之。君子有酒，酌言酢之。

有兔斯首，燔之炮之。君子有酒，酌言酬之。

[注释]

①幡幡：反复翻动的样子。②酌：舀出来。尝：品尝。③燔：把肉放在火上烤。

[译文]

迎风瓠叶频翻转，采些瓠叶把汤煮。主人家中有美酒，酒杯斟满尽情尝。
有只兔子脑袋白，泥烧火烤味真香。主人家中有美酒，酒杯斟满请客尝。
有只兔子白脑袋，火烧火熏味道美。主人家里有美酒，客敬主人把酒尝。
有只兔子白脑袋，火烧泥烧味清香。主人家中有美酒，再次敬酒让客尝。

《渐渐之石》解读

本诗描写的是一位出征战士的内心独白。战士出征在外，征途艰险，车马劳顿，有家难回，且生死莫测，但是军令难违，仍旧要继续征战，奔赴东方，反映了战士的悲壮心情和深深的无奈。从战士娓娓的叙述中，我们确切地体会到士兵生活的辛苦，并能与主人公的心绪产生共鸣。

渐(zhǎn)渐之石

渐渐之石，维其高矣。山川悠远，维其劳矣①。
武人东征，不遑朝矣。
渐渐之石，维其卒矣②。山川悠远，曷其没矣？
武人东征，不遑出矣。
有豕白蹢(dí)③，烝涉波矣④。月离于毕⑤，俾滂沱矣⑥。
武人东征，不遑他矣⑦。

[注释]

①劳：通“辽”，劳苦。②卒：通“崒”，高峻而危险。③豕：猪。白蹢：白蹄。④烝：多。涉波：涉水。⑤月：月亮。离：通“丽”，附着。毕：星宿名。⑥俾：使。滂沱：大雨。⑦不遑他矣：无暇顾及其他。

[译文]

高高耸立那山石，那样宽阔高又高。山川绵延好遥远，跋涉其间甚辛劳。
将帅士卒去东征，晨起无暇忙征讨。
高高耸立那山石，那样高危冲云天。山川绵延真辽远，何时才能奔波完？
将帅士卒去东征，无暇顾及躲危险。
有只大猪有白蹄，涉足渡水走向前。月亮出现毕星边，大雨滂沱下不完。

将帅士卒去东征，其他事情无暇顾。

《苕之华》解读

本诗描写的是遭遇荒年百姓饥饿、困苦不堪的景象。诗人以凌霄花开起兴，衬托着此时破败的情境和诗人走投无路、伤心欲绝的心情，因而诗人发出感叹“不如无生”，慨叹生不如死。本诗虽短，但意象生动贴切富于想象，感情抒发得十分悲戚，引起人们深深的同情。

苕之华

苕，《诗经集传》插图

苕之华[①]，芸其黄矣[②]。心之忧矣，维其伤矣！

苕之华，其叶青青。知我如此，不如无生！

牂羊坟首[③]，三星在罶(liǔ)[④]。人可以食？鲜可以饱。

[注释]

①苕：凌霄花，藤本蔓生植物。②芸其黄：草木枯黄的样子。③牂羊：母绵羊。坟：大。④三星：指星光。

[译文]

凌霄花茂盛开放，鲜艳美丽色深黄。我的心中藏忧虑，让我如此太悲伤！
凌霄花儿已开放，叶儿茂盛长得旺。要知遭遇大荒年，不如莫生在世上！
雌性绵羊头肥大，星光空把鱼篓照。百姓将吃啥活命？少数富人吃得饱。

《何草不黄》解读

统治者征役不断，人民劳乏困顿不堪，本诗描写的就是这一情况。通过一位征人的痛苦自诉反映了人民生活的窘迫，讽刺了统治者不惜民力，大肆摧残征夫的腐朽。本诗语气强烈悲怆，节奏感强，一气呵成。诗中的意象运用得生动而形象，暗示征人的生活还不如林间的野兽。

何草不黄

何草不黄？何日不行？何人不将[①]？经营四方[②]。

何草不玄[③]？何人不矜（guān）[④]？哀我征夫，独为匪民？

匪兕匪虎，率彼旷野[⑤]。哀我征夫，朝夕不暇。

有芃者狐[⑥]，率彼幽草[⑦]。有栈之车[⑧]，行彼周道[⑨]。

[注释]

①将：行，走路。②经营：办理公务。四方：全国各地。③玄：黑色，这里指凋零。④矜：同“鳏”，年老无妻，此处指劳瘁病苦。⑤率：沿着。⑥芃：兽毛蓬松的样子。⑦幽：深。⑧栈、车：役车。⑨周道：大道。

[译文]

什么草儿不枯黄？哪天没在奔走忙？什么人儿不走路？来往劳作忙四方。
什么草儿不变黑？什么人儿不累病？可叹我们远征人，难道不被当人看？
那些犀牛和老虎，沿着旷野不停息。可叹我们远征人，从早到晚闲不停。
狐狸全身毛蓬蓬，沿着深草往前行。我们坐于高车上，沿着大路行不停。

大　雅

《文王》解读

本诗描写了周王朝在祭祀、朝会等盛典的时候对周文王的歌颂和赞美。据说本诗为周公旦所作。本诗写得情真意切，而且使用了“顶真”的修辞手法，令人耳目一新。节与节之间衔接紧密、流畅，读起来一气呵成，富于韵律感，同时彰显了礼仪制度及祭祀朝会的严谨、规范。

文　王

文王在上，於昭于天！周虽旧邦，其命维新。
有周不显，帝命不时。文王陟降①，在帝左右。
亹(wěi)亹文王，令闻不已②。陈锡哉周，侯文王孙子③。
文王孙子，本支百世。凡周之士，不显亦世。
世之不显，厥犹翼翼④。思皇多士⑤，生此王国。
王国克生，维周之桢⑥。济济多士⑦，文王以宁。
穆穆文王，於缉熙敬止⑧！假哉天命⑨，有商孙子。
商之孙子，其丽不亿。上帝既命，侯于周服⑩。
侯服于周，天命靡常。殷士肤敏，裸(guàn)将于京。
厥作裸将，常服黼(fǔ)冔(xǔ)。王之荩(jìn)臣，无念尔祖。
无念尔祖，聿修厥德。永言配命，自求多福。
殷之未丧师⑪，克配上帝。宜鉴于殷，骏命不易！
命之不易，无遏尔躬⑫。宣昭义问，有虞殷自天⑬。
上天之载，无声无臭。仪刑文王⑭，万邦作孚⑮！

[注释]

①陟降：升降。②令闻：善声。③侯：乃，于是。④厥：他们。翼翼：小心谨慎。⑤皇：美。⑥桢：栋梁，支柱。⑦济济：形容众多。⑧缉熙：光辉灿烂。⑨假：伟大。⑩周服：臣服于周。⑪丧师：丧失人心。⑫遏：止。⑬有：又。虞：想到。⑭仪刑：效法。⑮孚：信服，悦服。

[译文]

文王神灵在天堂，神灵显赫闪光芒！周家虽然建国早，接受天命乃新邦。周朝功业甚显赫，天帝命它永兴旺。文王神灵时升降，就在天帝近身边。勤勉不息周文王，美誉至今流四方。文王反复赐周福，子孙封侯将禄享。文王儿孙代相传，本宗旁枝百代长。凡是周朝众卿士，也都累世显荣光。世代功臣荣光耀，为王谋事多深远。众多卿士多美好，王国生来王国产。周国能有这样人，都是周朝好骨干。有此众多贤能臣，文王所以得平安。文王恭谨又和善，心地光明仪端庄！上天之命好伟大，商王子孙都归降。商王子孙实在多，数以上亿计难详。上帝已经把令下，只得称臣降周邦。殷商臣服降周邦，可见天命亦无常。降周殷士多勉强，镐京献酒祭周王。他们献酒助祭时，还用殷时旧服装。周王任用殷旧臣，莫想先祖殷商王。莫念先祖殷商王，只把美德来修养。言行永远合天命，很多幸福任你享。殷朝尚得民心向，能合天命治家邦。当以殷商为镜子，天命难得非寻常！天命得来好不易，别在你手全丢光。应当宣扬美名传，依据天命把事想。上天之事一桩桩，无声无味难测量。只有效法周文王，万国对你都信服！

《大明》解读

本诗是记述周代历史的史诗之一，讲述了王季与太任、文王与太姒的联姻以及武王伐纣等历史事件，赞美了周文王和周武王的贤明及英武治世的伟大功绩。其中，日后的“小心翼翼”“天作之合”等成语就出于此诗。全诗以“大明”为题，旨在突出周朝诸位先主的功绩，并对后世给予深切的期望，希望能开创和先人一样的事业，获得和他们一样非凡的成就。

大 明

明明在下，赫赫在上。天难忱斯①，不易维王。

天位殷适(dí)②，使不挟四方③。挚仲氏任，自彼殷商。

来嫁于周，曰嫔于京。乃及王季，维德之行。

大(tài)任有身，生此文王。维此文王，小心翼翼。

昭事上帝，聿怀多福④。厥德不回⑤，以受方国⑥。

天监在下，有命既集。文王初载⑦，天作之合⑧。

在洽之阳⑨，在渭之涘。文王嘉止，大邦有子。

大邦有子，伣(qiàn)天之妹⑩。文定厥祥⑪，亲迎于渭。

造舟为梁，不显其光。有命自天，命此文王，于周于京。缵（zuǎn）女维莘[⑫]，长子维行，笃生武王。

保右命尔，燮伐大商[⑬]。殷商之旅，其会如林[⑭]。

矢于牧野，维予侯兴。上帝临女，无贰尔心。

牧野洋洋[⑮]，檀车煌煌[⑯]，驷騵彭彭。维师尚父，

时维鹰扬。凉彼武王[⑰]，肆伐大商，会朝清明。

[注释]

①忱：信赖。②适：通“嫡”，嫡子。③挟：拥有。④怀：招来，招致。⑤厥：他的。不回：不正常。⑥受：承受。⑦初载：初年。⑧作：选定。合：配偶。⑨阳：水的北面。⑩俔：好比，好像。天之妹：天上的女子。⑪文：送聘礼。祥：吉祥。⑫缵：继娶。⑬燮：顺应。⑭会：集会，集合。⑮洋洋：广大的样子。⑯檀车：战车。煌煌：光彩夺目。⑰凉：辅佐。

[译文]

挚仲氏任，自彼殷商

君王勤勉在人间，功绩显赫达上天。天命确实难相信，王位不易长保全。

天帝立了殷纣王，却又使他丢政权。挚国任家二女儿，从那殷国至周邦。

太任嫁到周国来，就在周京做新娘。太任王季好夫妻，有德之事尽情做。

太任终于有身孕，生下这个周文王。只有这个周文王，小心谨慎治家邦。

光明磊落侍上帝，获得幸福多多享。言行不违天帝心，因此得做大国王。

上天监视在人间，天命已降给文王。文王即位之初年，上帝为他配新娘。

在那洽河水北岸，在那渭河水近旁。文王要行大婚礼，莘国姑娘嫁周邦。

莘国有个好女儿，好像天帝少女郎。文王选定吉祥日，渭河之滨迎新娘。

船儿相连搭浮桥，迎亲仪式甚辉煌。天命从天降人间，命令这个周文王，

就在周京建家邦。莘国靓丽好姑娘，她是长女嫁周王，日后生下周武王。

上帝保佑周武王，命他领兵伐殷商。殷商发兵来抵挡，军旗排列密林样。

武王牧野来誓师，我要出兵讨伐商。上帝在天望殷军，你们莫藏鬼心肠。

牧野地面好宽广，檀木军车多辉煌，四马拉车真雄壮。太师吕望指挥忙，

周军好似鹰飞扬。辅助武王统三军，于是讨伐殷纣王，甲子清晨灭殷商。

《绵》解读

本诗描述的是周的始祖太王迁岐创业兴国、治世安邦的故事。基于此，才有了后来的文王开国、武王伐纣等历史，表达了对太王的歌颂与赞美。本诗同《大明》一样，同为记述周朝的史诗。诗中对于开创事业的艰辛做了细致的描绘，表现了当时条件的恶劣和人们兴国顽强、乐观的精神，同时显示出君民一心、众志成城的骄傲与自豪。

绵

绵绵瓜瓞(dié)①，民之初生②。自土沮漆③，古公亶父④。陶复陶穴⑤，未有家室。

古公亶父，来朝走马。率西水浒⑥，至于岐下。爰及姜女⑦，聿来胥宇⑧。

周原膴膴⑨，堇(jǐn)荼如饴⑩。爰始爰谋⑪，爰契我龟⑫。曰止曰时⑬，筑室于兹。

乃慰乃止，乃左乃右，乃疆乃理，乃宣乃亩⑭。自西徂东，周爰执事。

乃召司空⑮，乃召司徒⑯，俾立室家。其绳则直，缩版以载⑰，作庙翼翼⑱。

捄(jiū)之陾(réng)陾⑲，度之薨薨⑳。筑之登登，削屡冯冯㉑。百堵皆兴㉒，鼛(gāo)鼓弗胜㉓。

乃立皋门㉔，皋门有伉㉕。乃立应门㉖，应门将将㉗。乃立冢土㉘，戎丑攸行㉙。

肆不殄厥愠㉚，亦不陨厥问㉛。柞棫(yù)拔矣，行道兑矣㉜。混夷駾(tuì)矣㉝，维其喙矣㉞。

虞芮质厥成㉟，文王蹶厥生㊱。予曰有疏附㊲，予曰有先后㊳。予曰有奔奏㊴，予曰有御侮㊵。

[注释]

①绵绵：连续不断的样了。瓞：小瓜。②民：指周朝的民众。③土：指杜水。沮、漆都是水名。④古公：亶父的号。亶父：周太王的名。⑤陶：挖掘。复：地室。

⑥水浒：水边。⑦及：带着，一起。⑧胥：视察，察看。⑨周原：地名。朊朊：土地肥美的样子。⑩堇、荼：两种野菜的名字。饴：饴糖。⑪始：谋划。⑫契：用火烧龟壳以占卜。⑬止、时：居住。⑭宣：开沟挖渠。亩：耕田种地。⑮司空：古代掌管土地的官。⑯司徒：古代掌管役工的官。⑰缩版：用绳子捆束筑墙的木板。⑱翼翼：房子高大严正的样子。⑲捄：把泥土装在器物中。陾陾：人多的样子。⑳度：把泥土填进夹板中。薨薨：人多嘈杂的声音。㉑削屡：指修整墙头。冯冯：墙头坚硬的声音。㉒兴：起。㉓鼛：长一丈二尺的大鼓。㉔皋门：国君的城门。㉕伉：高的样子。㉖应门：王官里的正门。㉗将将：房屋高大严正的样子。㉘冢土：大的土地庙。㉙戎丑：众人。㉚肆：遂。殄：断绝。愠：怨愤。㉛陨：落下，废除。㉜兑：通达，通畅。㉝混夷：西戎名。蜕：因惊恐而逃走。㉞喙：困窘。㉟虞、芮：周初两个国名。质：问，这里指争执。成：平息、平和。㊱蹶：动。生：性，天性。㊲疏附：意思是下臣亲近上臣。㊳先后：指引导。㊴奔奏：奔走。㊵御侮：抵抗外敌欺侮。

乃召司空，乃召司徒，俾立室家

［译文］

小瓜大瓜蔓绵长，周民开始创事业。从那杜水迁漆旁，古公亶父有思想。率领大伙挖洞穴，当时没有现成房。

古公亶父创业忙，清晨骑马奔他乡。沿着渭水向西走，一直到达岐山旁。他的妻子是太姜，共同选地建新房。

周原土地真肥美，苦菜也像麦芽糖。大伙共同来谋划，刻灼龟甲卜吉祥。神灵告知可留住，就在这里盖新房。

周人安心来定居，或住左边或右方，划定田界来耕田，开通河道垄成行。周原由西到东方，人人劳作日夜忙。

先召司空管工程，司徒再把力役掌，令其率众盖新房。基脚准绳要拉直，夹板捆到立柱上，宗庙整齐好模样。

挖土噗噗装进筐，板间填土轰轰鸣。捣土筑墙声噔噔，把墙铲平声冯冯。百堵墙儿皆建成，铲墙之声胜鼓声。

王城郭门已建成，皋门高高真雄壮。正殿大门也修成，应门威严又辉煌。建起大社祭神坛，变成大众活动场。

虽未消除狄人怨，周人声誉也未伤。柞树棫树全拔除，道路无阻皆畅通。混夷受惊慌逃亡，困顿疲惫甚紧张。

虞君芮君来和解，文王将那百官奖。我有率民亲君臣，我有左右亲近臣。我有奔波效力臣，我有杀敌英雄臣。

《棫朴》解读

本诗描写的是周文王礼贤下士、任用贤才，以至四海归附，开创了周代的历史。诗中以形象的事例说明周朝由于对人才的重视，获得了众多贤人辅佐的盛况，表达了诗人对周文王重视人才、品行美好的赞美。正是由于周代的这一举措和文德之治，才有了后来数百年之久的周朝历史。诗句洋洋洒洒，气志昂扬，充满了身为大国的荣耀和激荡。

棫（yù）朴

芃芃棫朴，薪之槱（yóu）之①。济济辟王，左右趣之②。

济济辟王，左右奉璋③。奉璋峨峨④，髦士攸宜。

淠（pì）彼泾舟⑤，烝徒楫之⑥。周王于迈，六师及之。

倬（zhuō）彼云汉⑦，为章于天。周王寿考，遐不作人。

追琢其章⑧，金玉其相。勉勉我王，纲纪四方。

[注释]

①槱：积。②趣：趋，疾。③奉：捧。④峨峨：雄壮庄严的样子。⑤淠：船行进的样子。泾：泾水。⑥楫：划船。⑦倬：广阔。云汉：银河。

[译文]

柞树丛生多茂盛，砍作祭柴临时放。恭谨庄重周文王，左右群臣紧跟上。

恭谨庄重周文王，周围大臣捧玉璋。捧璋之人多雄壮，俊才行礼皆适当。

泾水船儿在游荡，众多船夫竞划桨。周王伐征朝前行，六师紧随大方向。

银河高高又宽敞，群星灿烂天空上。文王长寿把福享，培育人才眼光长。

服饰美丽似雕琢，道德纯美金玉样。励精图治周文王，统管天下镇四方。

《旱麓》解读

本诗与前一首《域朴》题旨相通，但与其不同的是，除了表现周文王礼贤下士、重视培养人才之外，还表现了他及时祭祀上天与神灵，对上天与神灵的赐予深怀感激。诗中语气谦和、恭敬，流露着毫无掩饰的喜悦和骄傲，体现了文王宽广、坦荡的胸襟，因此不仅得到了人民的拥护，也得到了上天的保佑。同时，本诗还透露出“天人感应”这一思想。

旱麓

榛，《诗经集传》插图

瞻彼旱麓[①]，榛楛(hù)济济[②]。岂弟君子[③]，干禄岂弟[④]。

瑟彼玉瓒[⑤]，黄流在中。岂弟君子，福禄攸降。

鸢飞戾天，鱼跃于渊。岂弟君子，遐不作人。

清酒既载，骍牡既备。以享以祀，以介景福[⑥]？

瑟彼柞棫，民所燎矣[⑦]。岂弟君子，神所劳矣。

莫莫葛藟，施(yì)于条枚[⑧]。岂弟君子，求福不回[⑨]。

［注释］

①麓：山脚。②济济：众多。③岂弟：安乐的样子。④干禄：追求福禄。⑤玉瓒：古时以圭为柄的一种酒器，在圭的前头有一勺，可以灌酒祭神。⑥介：求。景：大。⑦燎：燃烧。⑧条：树枝。枚：树干。⑨不回：不违背正道。

［译文］

遥望旱山山脚下，榛树楛树遍地生。和乐平易周文王，求得福禄心欢畅。
条条花纹那玉勺，鎏金勺里酒流来。和乐平易周文王，天降福禄多关怀。
鸢鸟高飞至蓝天，鱼儿欢游在深渊。和乐平易周文王，培养人才想得远。
清酒已经摆设毕，红色公牛也备全。真诚献祭众祖先，怎么能不造人才？
柞树棫树长得茂，人们砍来烧祭天。和乐平易周文王，神灵赏赐多周全。
葛藟长得好茂密，爬上树去缠枝条。和乐平易周文王，求福从不违祖先。

《思齐》解读

本诗赞美了周文王善于纳贤的美好品德，使人才都能得到重用，最终实现国家的长治久安。同时，诗中也表明了文王之所以能有这样的品行，与他圣明的母亲和贤惠的妻子有着很大的关系，正是在她们的影响和帮扶下文王才成长为一代明君。诗中大部分篇幅写的是文王，仅在开篇的一小段中写到他的母亲及妻子，体现了中国文化对女子贤德的要求和美化。所谓

"母凭子贵""妻以夫荣"，历史已经深深记住这两位深情而博大的女性，而我们读来也不由为之动容。

思齐

思齐大任①，文王之母。思媚周姜②，京室之妇③。
大姒嗣徽音④，则百斯男⑤。惠于宗公⑥，神罔时怨⑦，
神罔时恫（tōng）⑧。刑于寡妻⑨，至于兄弟，以御于家邦⑩。
雝雝在宫⑪，肃肃在庙⑫。不显亦临⑬，无射亦保⑭。
肆戎疾不殄⑮，烈假不瑕⑯。不闻亦式，不谏亦入⑰。
肆成人有德，小子有造。古之人无斁（yì）⑱，誉髦斯士⑲。

[注释]

①思：语气助词，无实义。齐：端庄。大任：太任，王季之妻，周文王的母亲。②媚：敬爱。周姜：太姜，周文王的祖母。③京室：周王室。④大姒：太姒，指周文王的妻子。嗣：继承。徽音：美好的名声。⑤则百斯男：意思是说子孙众多。⑥惠：孝顺。宗公：宗庙的先人。⑦时：是。⑧恫：伤痛。⑨刑：法则，这里指做典范。寡妻：周代指正妻。⑩御：治理。⑪雝雝：和谐的样子。宫：家。⑫肃肃：庄严恭敬的样子。⑬不显：丕显，指国家大事。临：视察。⑭射：不明显，隐蔽。保：提防，警惕。⑮肆：因此，所以。戎疾：大灾难。不：语气助词，无实义。殄：断绝。⑯烈假：指大病。瑕：过，去。⑰入：容纳，采纳。⑱斁：厌倦。⑲誉：同"豫"，乐于。髦：选拔。

[译文]

太任端庄好漂亮，文王之母美名扬。德高貌美乃太姜，姜家姑娘嫁太王。
太姒继承好声誉，生下上百好儿郎。文王遵从众先祖，先祖神灵无怨痛，
先祖神灵无痛伤。言行是妻好楷模，推广扩展到兄弟，进而扩大治家邦。
在那宫室好和睦，在那庙宇很严肃。光明显耀亲临政，一心保民不满足。
因此瘟疫病患绝，一切灾害都远离。听到善言便采纳，若有谏言记心里。
成年之人有美德，少年也都有成就。文王爱才不厌倦，培育此辈成俊杰。

《皇矣》解读

本诗描述了太王、王季的创业艰难以及文王伐密、伐崇的故事，歌颂了他们的伟大功绩和创世之业。全诗从夏殷两个朝代的覆亡写起，把周朝历史娓娓道来。开篇以皇矣起兴，表达了敬慕、称颂与自豪的内心情感。诗中对文王美好品德的描写更为细致、深入，叙述中涉

及的内容相当的丰富、广泛，视角开阔、提纲挈领。

皇矣

皇矣上帝，临下有赫[1]。监观四方，求民之莫[2]。

维此二国，其政不获[3]。维彼四国，爰究爰度。

上帝耆之[4]，憎其式廓[5]。乃眷西顾[6]，此维与宅。

作之屏之[7]，其菑(zì)其翳。修之平之，其灌其栵(lì)。

启之辟之，其柽(chēng)其椐。攘之剔之[8]，其檿(yǎn)其柘(zhè)。

帝迁明德，串夷载路[9]。天立厥配，受命既固。

帝省其山，柞棫斯拔，松柏斯兑。帝作邦作对，

自大伯王季。维此王季，因心则友，则友其兄，

则笃其庆，载锡之光。受禄无丧，奄有四方[10]。

维此王季，帝度其心，貊(mò)其德音[11]。其德克明[12]，

克明克类，克长克君。王此大邦，克顺克比[13]。

比于文王，其德靡悔。既受帝祉，施于孙子。

帝谓文王："无然畔援[14]，无然歆羡[15]，诞先登于岸[16]。"

密人不恭，敢距大邦，侵阮徂共。王赫斯怒，

爰整其旅，以按徂旅。以笃于周祜，以对于天下[17]。

依其在京，侵自阮疆。陟我高冈，无矢我陵[18]，

我陵我阿，无饮我泉，我泉我池。度其鲜原[19]，

居岐之阳，在渭之将。万邦之方，下民之王。

帝谓文王："予怀明德，不大声以色，不长夏以革。

不识不知，顺帝之则。"帝谓文王："询尔仇方，

同尔弟兄。以尔钩援[20]，与尔临冲，以伐崇墉。"

临冲闲闲，崇墉言言。执讯连连，攸馘(guó)安安。

是类是禡(mà)[21]，是致是附[22]，四方以无侮。临冲茀茀，

崇墉仡仡[23]。是伐是肆，是绝是忽。四方以无拂[24]。

[注释]

①临下：俯视天下。赫：清楚，明白。②莫：安居乐业。③不获：不得民心。④耆：通“稽”，检查，考察。⑤憎：恨，恼怒。式：助词，无实义。廓：阔，大，这里指作恶。⑥眷：回顾。⑦作：砍，斩。屏：除掉。⑧攘、剔：排除，挑选。⑨串夷：西部少数民族。路：通“露”，失败。⑩奄有：覆盖，广有。⑪貊：宣传，流传。⑫克：能够。明：明辨是非。⑬比：亲近，顺从。⑭无然：不要这样。畔援：飞扬跋扈。⑮歆羡：觊觎，贪婪。⑯诞：助词，无实义。岸：地势高的地方。⑰对：安定，平定。⑱矢：陈列。⑲鲜原：山地与平原。⑳钩援：古时攻城工具。㉑类：出师时举行的祭祀。祃：在到达地点举行的祭祀。㉒致：招致。附：依附。㉓仡仡：高耸的样子。㉔拂：违抗。

爰整其旅，以按徂旅

[译文]

伟大上帝真辉煌，监视人间甚明亮。观察天下看四方，求得万民安无恙。
念起夏殷统治者，治理国家民心丧。想那四方诸侯国，效法何人做榜样。
上帝考察那商王，憎其奸恶黑心肠。上帝回首望西方，同住周地保周王。
砍下树来砍掉树，各种枯树皆扫光。修剪理齐枝和叶，灌木丛丛新枝长。
开辟道路斩草木，柽椐尽除道路畅。剪掉杂枝和密叶，山桑柘树生得旺。
上帝助王势力强，犬戎失败慌逃亡。上帝确定辅佐者，太王受命做周王。
上帝察看这岐山，柞树棫树皆砍光，松柏高直长得旺。上帝建周立明王，
太伯王季都相让。这位王季心善良，一片爱兄好心肠，遵从兄意敬兄长，
王季为善增吉祥，上帝恩赏显荣光。接受福禄永不丧，终有天下安四方。
这位王季德高尚，上帝审度其思想，传布美名扬四方。明辨是非其所长，
区分坏人和善良，能做师长和君王。王季称王在周邦，万民顺服心所向。
王位传到周文王，美德不改民向往。既已接受天赐福，传给子孙万代长。
上帝告知周文王：“莫要跋扈太轻狂，不要贪婪私欲强，先据高位制四方。”
密人傲慢不顺从，竟敢抗拒我周王，侵阮掠共好猖狂。文王勃然怒满腔，
整顿军队除不祥，阻遏敌兵攻莒疆。以此多增周民福，亦使天下得安康。
周京驻军势力强，援阮凯旋意气扬。登上高冈远眺望，不许陈兵我山冈，
高山大陵属周王，不准喝我山泉水，我的清泉我池塘。测度小山平原广，
定居岐山南坡上，就于渭水河一旁。万邦依附周天子，他是万民好君王。
上帝告知周文王：“你有美德我称赏，莫重声色把德伤，不靠兵革显威望。

莫显知识玩聪明，当顺天意治周邦。”上帝告诉周文王：“要与友邦来商量，会合同姓诸国王。你的钩梯要用上，临车冲车上战场，攻击崇国那城墙。”临车冲车奔向前，崇国城墙高又坚。捉获俘虏一长排，割取敌耳心安详。祭天神呀求福佑，招抚崇人都投降，各国无敢犯周疆。临车冲车很强壮，崇国城墙已摇荡。进击崇国气势盛，崇国终于被灭亡，四方无人再对抗。

《灵台》解读

本诗描写的是灵台落成时，人们对文王的赞美。诗的上半部分写灵台落成进展迅速，说明文王深受百姓的爱戴，人民干活很卖力；下半部分写灵园中安乐祥和的生活，展现出生机勃勃的景象，说明了文王仁人治世的美好及崇高。全诗气氛热烈，感情纯粹，给人以积极、明朗的感受。通过本诗中的描写，我们可以看到一个古代圣明仁君的形象。

灵台

经始灵台[1]，经之营之[2]。庶民攻之[3]，不日成之。

经始勿亟[4]，庶民子来。王在灵囿[5]，麀鹿攸(yōu)伏[6]。

麀鹿濯(zhuó)濯[7]，白鸟翯(hè)翯[8]。王在灵沼，於牣(rèn)鱼跃[9]。

虡(jù)业维枞(cōng)[10]，贲(fén)鼓维镛(yōng)[11]。於论鼓钟[12]，於乐辟雍[13]。

於论鼓钟，於乐辟雍。鼍(tuó)鼓逢逢[14]，矇瞍(měng sǒu)奏公[15]。

[注释]

①经始：计划开始。灵台：周文王所造，由于造得快，有如神助，所以叫灵台。②经：测量。营：建造。③攻：用力工作。④亟：急。⑤灵囿：灵台下面养鸟兽的花园。⑥麀鹿：母鹿。攸：语气助词，无实义。⑦濯濯：鸟兽毛色润泽的样子。⑧翯翯：鸟的羽毛白净的样子。⑨於：语气助词，没有实义。牣：满。⑩虡：挂钟的直柱子。业：挂钟横梁上的大版。枞：崇牙，横梁上像牙一样的挂钟的地方。⑪贲：大鼓。镛：大钟。⑫论：同“伦”，依次（演奏）。⑬辟雍：水环山的风景区。⑭鼍鼓：鳄鱼皮蒙的鼓。逢逢：和顺的鼓声。⑮矇：有眼珠的瞎子。瞍：无眼珠的瞎子。公：同“工”“功”，这里指奏乐。

鼍，《诗经集传》插图

[译文]

文王开始造灵台，量度完毕干起来。平民百姓来修建，不日修成干得快。
文王告民不着急，平民如子把王爱。文王来至灵囿中，母鹿伏地多悠闲。
母鹿肥美有光泽，白鸟洁白光闪闪。文王站在灵沼岸，满池鱼儿跳跃欢。
钟磬鼓架都配备，挂起大鼓和大钟。钟鼓乐声多美妙，文王欢乐在离宫。
钟鼓乐声真美妙，文王欢乐在离宫。鼍鼓逢逢响四方，乐师奏乐颂功绩。

《下武》解读

这首诗描写的是诸侯朝拜周武王时对武王的赞美之词。周武王是文王的儿子，武王承上启下，继往开来，消灭商纣，建立万世功勋。同时，本诗也表达了对周朝代代出明君，保佑周朝永远强盛的美好愿望。诗中对“孝”道十分重视，详细叙述了武王的“孝”，并以“孝”贯穿全诗，借此尽显祖辈的美好德行，以使其发扬光大。

下武

下武维周①，世有哲王②。三后在天③，王配于京④。
王配于京，世德作求⑤。永言配命，成王之孚⑥。
成王之孚，下土之式⑦。永言孝思，孝思维则。
媚兹一人⑧，应侯顺德。永言孝思，昭哉嗣服。
昭兹来许⑨，绳其祖武⑩。于万斯年，受天之祜(hù)。
受天之祜，四方来贺。于万斯年，不遐有佐⑪。

[注释]

①下：后，后代。武：继承。②世：世代。哲王：英明的君主。③三后：三代君王。④配：顺应天命。⑤求：通“逑”，搭配。⑥孚：声誉。⑦式：榜样。⑧媚：拥护，爱戴。⑨来许：后进。⑩绳：承接，继承。⑪遐：通“胡”，何，为什么。

[译文]

能继祖业唯姬周，世代都有贤圣王。三位先君灵升天，武王镐京掌周邦。
武王受命将国享，继承祖德有发扬。永远顺从天旨意，成就王业增威望。
成就王业增威望，世上之人有榜样。心中永存孝敬心，孝心就是法先王。
世人爱这周武王，他顺祖德治周疆。心中永存孝敬心，明告后人切勿忘。
明告后人切莫忘，继承祖业增荣光。周王朝啊国运长，接受天恩把福享。
接受天恩把福享，四面诸侯贺周王。周王朝啊国运长，远方夷人佐周邦。

《文王有声》解读

本诗是一首记述周朝的史诗，描述了文王迁都于丰，武王迁都于镐的故事。通过这两次迁都，直接表现了周朝的兴盛与强大。诗中反复提及四方称颂和万民归心，极大地显示了周王朝的强盛与和平，表达了对两位英明伟大的君主文王和武王的赞美。诗中感情抒发强烈，透露着无比坚定的自信。

文王有声

文王有声，遹(yù)骏有声①。遹求厥宁，遹观厥成。文王烝哉②！

文王受命，有此武功。既伐于崇，作邑于丰。文王烝哉！

筑城伊淢(xù)③，作丰伊匹④。匪棘其欲⑤，遹追来孝⑥。王后烝哉！

王公伊濯⑦，维丰之垣。四方攸同，王后维翰⑧。王后烝哉！

丰水东注，维禹之绩。四方攸同，皇王维辟⑨。皇王烝哉！

镐京辟廱(yōng)⑩，自西自东，自南自北，无思不服。皇王烝哉！

考卜维王，宅是镐京。维龟正之，武王成之。武王烝哉！

丰水有芑(qǐ)，武王岂不仕⑪？诒厥孙谋⑫，以燕翼子⑬。武王烝哉！

［注释］

①遹：发语词。骏：大。②烝：君道。③淢：护城河。④匹：匹配。⑤棘：通“急”。⑥追：追悼，缅怀。孝：孝心。⑦公：通“功”，功德，功业。濯：伟大。⑧翰：骨干。⑨辟：国君。⑩辟廱：设立学校。⑪仕：通“事”，做事。⑫诒：通“贻”，遗留。⑬翼：保护。

［译文］

文王本有好声名，巨大声望传四方。力求政权得安宁，想见事业成大功。英明伟大周文王！

文王接受天帝命，建立这样大武功。终于讨伐那崇国，建成新都在丰城。文王伟大真英雄！

修城又挖护城河，丰城规模正适当。不是急着满私欲，追尽孝道敬先王。文王美好皆赞扬！

文王事业真辉煌，修筑丰都那城墙。四方诸侯来朝会，文王真是国栋梁。天下称美周文王！

丰水奔流朝东方，大禹功绩美名扬。四方诸侯来朝会，光明君王是榜样。武王伟大又辉煌！

镐京修起那离宫，来自西方与东方，来自南方和北方，无不归服我周王。武王伟大又辉煌！

周王前来细问卜，定居镐京可吉祥。龟甲卜定迁都事，武王对此功无量。伟大辉煌周武王！

丰水岸边芑谷生，武王岂能察不详？远大谋略留后人，似燕护子心慈祥。伟大辉煌周武王！

《生民》解读

本诗是一首记述周的始祖后稷生平事迹的神话史诗。诗中记述了后稷从其母受孕、后稷诞生、日后发家的全过程，歌颂了后稷播种五谷所取得的成就。《生民》是代代相传的民间传说，是歌谣体的口头文学。传说中的农业之神后稷被赋予了神秘的色彩，语言生动神奇，极富创造力。

生民

厥初生民？时维姜嫄。生民如何？克禋(yīn)克祀①，
以弗无子。履帝武敏歆②，攸介攸止③。载震载夙④，
载生载育，时维后稷。
诞弥厥月⑤，先生如达。不坼(chè)不副(pì)，无菑无害。
以赫厥灵⑥。上帝不宁？不康禋祀？居然生子。
诞置之隘巷，牛羊腓字之⑦。诞置之平林，会伐平林⑧。
诞置之寒冰，鸟覆翼之。鸟乃去矣，后稷呱矣。
实覃实訏(xū)⑨，厥声载路⑩。
诞实匍匐，克岐克嶷(yí)⑪，以就口食。蓺(yì)之荏菽⑫，
荏菽旆(pèi)旆⑬。禾役穟(suì)穟，麻麦幪(měng)幪⑭，瓜瓞(dié)唪(běng)唪。
诞后稷之穑，有相之道。茀厥丰草，种之黄茂。
实方实苞，实种实褎(yòu)⑮。实发实秀⑯，实坚实好，
实颖实栗，即有邰(tái)家室。
诞降嘉种，维秬(jù)维秠(pī)，维穈(mén)维芑(qǐ)。恒之秬秠，
是获是亩。恒之穈芑，是任是负。以归肇(zhào)祀(sì)。
诞我祀如何？或舂或揄⑰，或簸或蹂⑱。释之叟叟⑲。

烝之浮浮[20]。载谋载惟，取萧祭脂，取羝(dǐ)以軷(bó)。

载燔载烈，以兴嗣岁。

卬盛于豆，于豆于登。其香始升，上帝居歆(xīn)[21]，

胡臭(xiù)亶时！后稷肇祀。庶无罪悔[22]，以迄于今[23]。

［注释］

①禋：升烟以祭，古代祭天的典礼。②武：足迹。敏：脚趾。歆：激动惊喜。③攸：于是。介、止：休息。④震：有孕。夙：严肃。⑤弥：终，指怀胎足月。⑥赫：显示，显耀。灵：灵异。⑦腓：庇护。字：哺育。⑧会：碰上。伐平林：伐木的樵夫。⑨实：是。覃、訏：长。⑩载：充满。⑪岐：明事理。嶷：辨事物。⑫蓺：种植。⑬旆旆：长大。⑭幪幪：茂盛的样子。⑮种：粗壮。⑯发：禾苗发兜。秀：扬花。⑰揄：舀取。⑱蹂：用手搓米。⑲释：淘米。叟叟：淘米声。⑳浮浮：蒸饭的气。㉑居歆：安享。㉒庶：幸好。㉓迄：流传。

［译文］

是谁最先生周民？这位先妣是姜嫄。她是怎样生周民？她能虔诚祭上天，
祈求得子代代传。脚踩上帝足拇迹，停下休息心喜欢。怀胎时小心谨慎，
十月生子来养育，后稷这样降人间。

姜嫄怀孕足十月，头胎生子很顺当。产门完好不破裂，无灾无害无祸殃。
预示灵异大吉祥。上帝心里不安宁？不能安享那祭祀？徒然生个小儿郎。

丢弃后稷于小巷，牛羊庇护来喂养。丢弃后稷于森林，有人伐木正碰上。
丢弃后稷寒冰上，大鸟保护展翅膀。大鸟不久飞离去，后稷呱呱哭声叫。
哭声很大又很长，满路哭声远传扬。

不久后稷可爬行，能够有知又有识，且能觅食来为生。种植庄稼播豆种，
大豆长得真茂盛。禾穗下垂沉甸甸，麻麦繁茂覆垄间，瓜实累累数不尽。

后稷尽心种庄稼，助苗生长有方法。除去田间丰茂草，播植黄茂品种佳。
禾苗初生分枝好，生得肥壮向高拔。庄稼茎高结成穗，颗粒坚实成色佳，
穗芒下垂头低下，后稷于邰安了家。

上天恩赐良谷种，既有秬来又有秠，还有穈来尚有芑。遍地皆种秬和秠，
收获按亩把数计。满地遍种穈和芑，大获丰收抱又背。回至家中把祖祭。

周民怎么来祭祀？或舂米来或舀粮，或搓米粒或簸糠。有人淘米声叟叟，
蒸饭热气飘天上。祭祀细节共商量，取来香蒿和脂肪，拿来公羊祭路神。
烧烤牺肉献神灵，保佑来年庄稼旺。

我把祭品盛木豆，木豆瓦登都摆放。香气开始升上天，上帝得把祭品享。
香味确实真美好！后稷开始祭上苍。幸得神佑无罪过，从古到今永兴旺。

《行苇》解读

本诗是一首宴请诗，歌颂了睦亲敬老、仁及草木的高尚情操。诗中记述周初时入席的先后顺序由射箭成绩的高低来决定，而不是按地位来定或是论资排辈，发扬了一种平等的精神。在艺术上，这首诗用叮嘱牛羊不要践踏路边芦苇来象征兄弟之间不要互相伤害，描写十分形象、感人。

行苇

敦(tuán)彼行苇，牛羊勿践履。方苞方体，维叶泥泥①。
戚戚兄弟，莫远具尔②。或肆之筵，或授之几。
肆筵设席，授几有缉御。或献或酢，洗爵奠斝(jiǎ)。
醓醢(tǎn hǎi)以荐③，或燔或炙。嘉骰脾臄(jué)④，或歌或咢(è)。
敦弓既坚⑤，四镞既钧⑥。舍矢既均⑦，序宾以贤。
敦弓既句⑧，既挟四镞。四镞如树⑨，序宾以不侮。
曾孙维主，酒醴(lǐ)维醹(rú)⑩。酌以大斗，以祈黄耇(gǒu)。
黄耇台背，以引以翼。寿考维祺，以介景福。

[注释]

①泥泥：指茂盛的样子。②尔：同“迩”，接近。③醓醢：多汁的肉酱。④脾：牛胃。⑤敦：画弓。⑥镞：箭矢。钧：同“均”。⑦均：指均射中。⑧句：张。⑨树：通“竖”。⑩醹：醇厚的酒。

[译文]

从从芦苇长道旁，别让牛羊来踩伤。芦苇含苞茎儿长，叶子茂盛生得旺。

亲亲热热众兄弟，关系皆近勿疏远。有的给他铺筵席，有的为他设几案。

摆好筵席铺上席，几旁侍者侍周详。主人敬酒客回敬，洗涤酒爵

《飞影阁士记画册》插图

放案上。

肉汤肉酱全端上，烧肉烤肉多花样。牛肚牛舌有佳肴，有人击鼓有人唱。

雕弓全都好坚劲，四人皆用相同箭。每人射箭数相等，贤才名次排在前。

雕弓已经拉满弦，四人手中全持箭。四箭皆中树靶间，未得名次不轻慢。

曾孙自己乃主人，甜酒醇美献席间。大斗舀酒斟满杯，敬献老人寿命长。

老人背驼是长者，引路扶持将他帮。长寿本来是吉祥，祝他大福毕生享。

《既醉》解读

这是一首答谢诗，是客人赞美主人的诗。全诗以“既醉”起兴，说明主人的盛情及客人的兴奋，为下文的展开打下了很好的基础。客人借着酒兴从感激主人的菜肴款待谈起，逐渐引申出对国家、社稷的称颂和赞美，进而祝福周王，祝愿美好的生活，表现了一个礼教大国的风度和客人真诚的情怀。值得一提的是，诗中首次出现了“女士”这个词，在整首诗倡导礼仪制度的风格下，同时也成就了后世的礼仪规范。

既醉

既醉以酒，既饱以德①。君子万年，介尔景福。

既醉以酒，尔殽既将②。君子万年，介尔昭明。

昭明有融③，高朗令终④。令终有俶⑤，公尸嘉告。

其告维何？笾豆静嘉。朋友攸摄⑥，摄以威仪。

威仪孔时，君子有孝子。孝子不匮，永锡尔类。

其类维何？室家之壸(kǔn)。君子万年，永锡祚胤⑦。

其胤维何？天被尔禄。君子万年，景命有仆⑧。

其仆维何？厘尔女士⑨。厘尔女士，从以孙子。

［注释］

①饱：饱食。②将：美好。③融：长久。④高朗：光荣明朗。令：美。终：持久。⑤令终有俶：祝词，祝其善始善终。⑥摄：佐理，辅助。⑦祚：福。胤：后代。⑧仆：跟随。⑨厘：赐福。女士：男女。

［译文］

痛饮美酒已经醉，受你恩德似吃饱。周王长寿万万年，赐你大福真美好。

痛饮美酒已喝醉，你的荤菜甚美好。周王长寿亿万年，赐你光明智慧高。

光明智慧远无垠，嘉美名望好结果。美好结果有善始，神主好话对你说。

那么祝词是什么？祭祀礼物要美洁。同来群臣都助祭，助祭一定有礼节。
礼节严肃很美好，周王又是大孝子。孝子之心永不竭，神将法则永赐你。
孝子法则是什么？先要治家后治邦。周王长寿亿万年，子孙幸福绵延长。
子孙相承怎么样？上天为你降大福。周王长寿万年长，天命你得众奴仆。
天赐奴仆什么样？赐你男仆和女仆。赐你女仆和男仆，子孙相随代代传。

《凫鹥》解读

这是一首周天子祭祀祖先后的第二天宴请神主的诗。从诗中可以看出，当时的君臣关系还是十分亲密的。诗中用野鸭和鸥鸟始终在河中同游共乐为象征，表现主宾之间不但同席饮宴，而且礼让和谐、地位平等，在简洁的形式中包含着深切的内容。与之前宾主宴饮的诗不同，这首诗涉及的不仅是美酒佳肴和欢聚场面，更主要描绘了神主的眷顾和荣光，表达了对美好生活深刻的向往之情。

凫（fú）鹥（yī）

凫鹥在泾，公尸在燕来宁。尔酒既清，尔殽既馨。
公尸燕饮，福禄来成[1]。
凫鹥在沙，公尸来燕来宜。尔酒既多，尔殽既嘉。
公尸燕饮，福禄来为。
凫鹥在渚，公尸来燕来处。尔酒既湑（xū），尔殽伊脯[2]。
公尸燕饮，福禄来下[3]。
凫鹥在潨（zhōng），公尸来燕来宗。既燕于宗[4]，福禄攸降。
公尸燕饮，福禄来崇。
凫鹥在亹（mén），公尸来止熏熏[5]。旨酒欣欣，燔炙芬芬。
公尸燕饮，无有后艰[6]。

鹥，《诗经集传》插图

[注释]

①成：促成。②脯：干肉。③下：降。④于宗：在宗室，在宗庙。⑤熏熏：舒畅安详的样子。⑥艰：灾难，不幸。

[译文]

野鸭水鸥泾水游，神主宴享好安详。主人美酒多清爽，你的菜肴味好香。

神主前来赴宴会，大福大禄双双降。

野鸭水鸥于沙滩，神主宴享舒且安。主人美酒多多献，你的菜肴全新鲜。

神主高兴来赴宴，福禄双降数量添。

野鸭水鸥在沙滩，神主宴饮意真欢。主人美酒真清爽，你的佳肴有肉干。

神主降临来赴宴，福禄双降你身边。

野鸭水鸥在河岸，神主宴饮心中欢。宗庙之中来饮宴，福禄双降在此间。

神主前来享酒宴，福禄积聚在面前。

野鸭水鸥在水边，神主休息心意舒。主人美酒很芳香，烧肉烤肉味香甜。

神主前来享饮宴，主人从此没后患。

《假乐》解读

这是一首群臣在宴会上赞美周天子的诗。祝福周天子多福多禄、子孙万代、和乐永享，表达了群臣对周天子及周王室衷心的爱戴和期盼。诗中以周天子为例，详细归总了作为一代明君应具备的操守、品德以及作为一个泱泱大国的纲纪、章法，强调了治国安邦的榜样和典范作用，传递了对国家及人民深刻、厚重的思想和情感。

假乐

假乐君子①，显显令德。宜民宜人，受禄于天。

保右命之②，自天申之③。

干禄百福④，子孙千亿。穆穆皇皇，宜君宜王。

不衍(yǎn)不忘⑤，率由旧章⑥。

威仪抑抑，德音秩秩。无怨无恶，率由群匹⑦。

受福无疆，四方之纲。

之纲之纪，燕及朋友。百辟卿士⑧，媚于天子⑨。

不解于位，民之攸塈(xì)⑩。

[注释]

①假乐：欢喜愉悦。②右：佑助。③申：不断的。④干：求。⑤不衍：没有过失。⑥率：依照，遵循。由：跟随。旧章：原有的制度。⑦群匹：群臣。⑧辟：诸侯。卿士：大臣。⑨媚：喜爱。⑩塈：休息。

[译文]

心中喜乐周君王，美誉显赫真辉煌。安民任贤皆适宜，从天受福来安享。
上天下命保周君，多次赐福兴周邦。
祈求福禄千百样，子孙千亿传久长。恭恭敬敬心明亮，适合做君宜做王。
不犯过失不遗忘，遵循旧法治国忙。
仪表举止气度美，聪明多智有名望。举国上下无怨恨，遵依群臣好主张。
接受福禄大无疆，你是四方好榜样。
你是天下好楷模，使那群臣安乐享。诸侯百官众群臣，都爱天子敬酒忙。
你对国政不懈怠，人们安心都守道。

《公刘》解读

本诗是周的开国史诗之一，叙述并赞美了周的远祖公刘迁都的史实。诗中细致地描写了公刘考察地势的过程。全诗以“笃公刘”起兴，强调了周先祖憨厚朴实的性格，同时揭示了其行为的踏实严谨，歌颂了公刘慎重求实的行为作风。诗歌风格古朴，可能因为产生的时间较早，生动性略有不足。

公 刘

笃公刘①，匪居匪康②。乃埸(yì)乃疆，乃积乃仓；
乃裹糇(hóu)粮，于橐(tuó)于囊③，思辑用光④。弓矢斯张，
干戈戚扬⑤，爰方启行⑥。
笃公刘，于胥斯原⑦。既庶既繁，既顺乃宣⑧，
而无永叹。陟则在巘(yǎn)⑨。复降在原。何以舟之？
维玉及瑶，鞞琫(bǐngběng)容刀⑩。
笃公刘，逝彼百泉，瞻彼溥原。乃陟南冈，
乃觏于京。京师之野，于时处处，于时庐旅。
于时言言，于时语语。
笃公刘，于京斯依。跄跄济济⑪，俾筵俾几⑫，
既登乃依。乃造其曹⑬，执豕于牢，酌之用匏。
食之饮之，君之宗之。
笃公刘，既溥既长⑭，既景乃冈⑮，相其阴阳⑯，

观其流泉；其军三单，度其隰原，彻田为粮⑰。
度其夕阳⑱，豳居允荒。
笃公刘，于豳斯馆。涉渭为乱⑲，取厉取锻⑳。
止基乃理，爰众爰有㉑。夹其皇涧，溯其过涧。
止旅乃密㉒，芮鞫(jū)之即㉓。

［注释］

①笃：敦厚正直。②居：安居。康：康宁。③橐：袋子。④思：想方设法。辑：安定繁荣。用：从而，进而。光：发扬光大。⑤干：盾。戈：戟。戚扬：指挥动干戈。⑥爰：于是。方：开始。启行：动身出发。⑦胥：相，观看。⑧顺：和顺。宣：畅快。⑨巘：独立的小山。⑩容刀：佩刀。⑪跄跄：步趋有节奏的样子。济济：庄严恭敬的样子。⑫俾：使。筵：（摆）酒席。几：（摆）案几。⑬造：适，去。曹：通"禮"，指祭豕神。⑭溥：宽大。⑮景：日影。冈：山冈。⑯相：看。⑰彻：治，开发。⑱度：测量。夕阳：山的西边。⑲乱：横渡。⑳厉：磨刀石。㉑众：指人口增加。有：指物产丰富。㉒旅：众。密：安。㉓芮鞫：水边弯曲之地。即：靠近，去、到。

弓矢斯张，干戈戚扬，爰方启行

［译文］

忠诚敦厚好公刘，不敢安居度时光。划定田界来耕田，堆积粮食盛满仓。于是包装备干粮，各种口袋一齐装，让民和睦有荣光。拉开弓来箭上弦，盾牌戈斧持手中，开往豳地奔向前。

忠诚敦厚好公刘，视察原野日夜忙。随来百姓日日多，百事和顺心舒畅，不再哀叹把心伤。有时登上小山头，然后再回平原上。公刘佩带是何物？美玉宝石挂腰间，佩刀玉鞘闪光亮。

忠诚敦厚好公刘，前往百泉去视察，广阔平原放眼望。登上南边高山冈，方见京地好地方。京师原野多宽广，于是在此来安居，在此寄居造新房。于是人人说笑忙，你言我语喜洋洋。

忠诚敦厚好公刘，安心在京建新邦。仪容庄重人满堂，恳请赴宴到座上，宾客就座靠桌旁。先行曹祭求吉祥，圈中抓猪做佳肴，斟酒用瓢操作忙。请吃饭来请喝酒，公刘做君为宗长。

忠诚敦厚好公刘，开垦土地宽且长，观测日影登山冈，察看山的南北方，
探明河流何处淌；组建三军相轮换，湿地平原都测量，尽力耕田多打粮。
西山坡上度量忙，豳地原野实在广。
忠诚敦厚好公刘，豳地之上建宫房。率民横渡渭水河，拿回砺锻建房忙。
基地已定治田亩，民多物足心欢畅。住在皇涧岸两边，对面过涧很宽敞。
居民众多都平安，河弯内外人攘攘。

《泂酌》解读

这是一首赞美君王的诗，赞美了一位平和宽厚的君主。诗中以泉水为日常必需、给人种种方便为象征，体现了这位君王言近旨远、处处为人着想，以致民心所向、万民敬仰。另外，流动着的清泉也是情怀高洁的象征，表现了人民对这位君王真诚的爱戴和敬重，读来如泉水般清冽可人。

泂（jiǒng）酌

泂酌彼行潦（lǎo）[1]，挹彼注兹[2]，可以餴饎（fēn chì）[3]。岂弟君子，
民之父母。泂酌彼行潦，挹彼注兹，可以濯罍[4]。
岂弟君子，民之攸归。泂酌彼行潦，挹彼注兹，
可以濯溉[5]。岂弟君子，民之攸塈[6]。

［注释］

①泂：远。行潦：指路旁积水。②挹：舀。注：倒。③餴：蒸饭。饎：酒食。④罍：古代器名，盛酒和水。⑤濯：洗涤。⑥塈：休息。

［译文］

远处沟中舀积水，水缸将它来装满，可以使它来蒸饭。和乐平易周天子，
是民父母民欢喜。远处沟中舀积水，水缸将它来装满，可使它来洗酒坛。
和乐平易周天子，百姓归附心意安。远处沟中舀积水，水缸将它来装满，
可用它来洗酒樽。和乐平易周天子，可使人们休息久。

《卷阿》解读

本诗是一首赞美周成王出游的抒情诗，作者是召康公。这首诗在赞美之中寄寓了劝勉之意，希望成王不忘祖德，礼贤下士，仁爱人民。全诗生机勃勃，流露出一种蓬勃向上的时代精神，带有清新明快的浪漫色调。诗句气势轩昂，有一种开阔、优美的气象。在语言运用上，本诗句法灵活，旋律明快，凤凰意象的反复出现也颇具想象力。

卷阿

有卷者阿①，飘风自南。岂弟君子，来游来歌，以矢其音②。

伴奂尔游矣③，优游尔休矣。岂弟君子，俾尔弥尔性④，似先公酋矣。

尔土宇昄章⑤，亦孔之厚矣。岂弟君子，俾尔弥尔性，百神尔主矣。

尔受命长矣，茀禄尔康矣⑥。岂弟君子，俾尔弥尔性，纯嘏尔常矣⑦。

有冯有翼⑧，有孝有德，以引以翼。岂弟君子，四方为则。

颙颙卬卬，如圭如璋，令闻令望。岂弟君子，四方为纲。

凤凰于飞，翙翙其羽，亦集爰止。蔼蔼王多吉士，维君子使⑨，媚于天子。

凤凰于飞，翙翙其羽，亦傅于天⑩。蔼蔼王多吉人，维君子命，媚于庶人。

凤凰鸣矣，于彼高冈。梧桐生矣，于彼朝阳。菶菶萋萋⑪，雝雝喈喈。

君子之车，既庶且多。君子之马，既闲且驰。矢诗不多⑫，维以遂歌⑬。

[注释]

①卷：曲，起伏。阿：大土山。②矢：展示。音：声音，歌喉。③伴奂：悠然自得。④俾：使。弥：增加，延长。性：命。⑤土宇：国土。昄章：版图。⑥茀：通“福”。⑦纯：大。嘏：福气。⑧冯：依。翼：庇护。⑨使：差遣。⑩傅：到，及。⑪菶菶萋萋：草木茂盛的样子。⑫矢：敬献。⑬遂：谱写。

[译文]

曲曲折折大山丘，旋风从南方吹来。平易和乐周君王，到此游玩把歌唱，

群臣献诗诉衷肠。你可尽情来游赏，悠闲休息意气扬。平易和乐周君王，

让你生命得延长，继承祖谋业辉煌。你的疆

凤凰，《诗经集传》插图

域版图大，确实辽阔又宽广。

平易和乐周君王，你的生命需延长，主祭百神乃周王。受命为王时间久，福禄多多你安享。平易和乐周君王，你的生命得延长，大福使你尽情享。有依靠来有辅佐，有孝心来有美德，教导辅助功业多。平易和乐周君王，四方视你为法则。温和肃敬气轩昂，美德纯粹似圭璋，名声美好有威望。平易和乐周君王，天下认你为榜样。凤凰鸟儿高高飞，双翅振动翙翙响，停飞落在大树上。周王贤才熙攘攘，任使君王来差遣，人人都爱周君王。凤凰鸟儿高高飞，振动双翅翙翙响，一直飞到蓝天上。周王贤才熙攘攘，任让君王下命令，爱护百姓事事忙。凤凰鸟儿在鸣叫，停落那个高山冈。梧桐树儿在生长，就在东面向朝阳。枝叶茂密长得盛，凤凰鸣声甚悠扬。周王安排众车辆，车儿数多又堂皇。周王备马把车驾，马儿熟练奔驰忙。群臣献诗有许多，随时谱曲给王唱。

《民劳》解读

这是一首臣子劝勉君王的诗。诗中恳切的期望多于严厉的谴责，是耐心的劝勉而不是尖锐的抨击。诗人对君王如此语重心长地劝诫和期勉，其为国为民的精神是可贵的。“小康”一词就来源于本诗，“中国”一词也是在这首诗中第一次出现。

民劳

民亦劳止，汔(qì)可小康①。惠此中国②，以绥四方。
无纵诡随③，以谨无良④。式遏寇虐⑤，憯(cǎn)不畏明⑥。
柔远能迩⑦，以定我王。民亦劳止，汔可小休。
惠此中国，以为民逑⑧。无纵诡随，以谨惽怓(mènnáo)⑨。
式遏寇虐，无俾民忧。无弃尔劳，以为王休。
民亦劳止，汔可小息。惠此京师，以绥四国。
无纵诡随，以谨罔极⑩。式遏寇虐，无俾作慝(tè)⑪。
敬慎威仪，以近有德。民亦劳止，汔可小愒(qì)⑫。
惠此中国，俾民忧泄。无纵诡随，以谨丑厉⑬。
式遏寇虐，无俾正败。戎虽小子⑭，而式弘大⑮。
民亦劳止，汔可小安。惠此中国，国无有残⑯。
无纵诡随，以谨缱(qiǎn)绻⑰。式遏寇虐，无俾正反。

王欲玉女[18]，是用大谏[19]。

[注释]

①汔：求。②中国：指京师。③纵：听信。诡随：诡计多端的人。④谨：小心，警惕。⑤式：应当。遏：制止。寇：劫掠。⑥憯：乃，曾。不畏明：不畏其坚强高明。⑦柔：安。能：而。迩：近。⑧逑：聚居。⑨惛怓：争执。⑩罔：无，没有。极：法纪。⑪慝：恶。⑫愒：休息。⑬丑厉：为非作歹。⑭戎：你。⑮而：但，表转折。式：地位，作用。⑯残：破坏。⑰缱绻：反复不定。⑱玉女：玉汝，成就你。⑲大谏：力谏。

[译文]

百姓劳苦心哀伤，只求稍微得安康。爱怜西周京师民，就可安定那四方。

莫信狡诈欺骗言，谨防恶人把权掌。禁止抢掠和暴虐，他们竟然抗法网。

怀柔远人爱近人，以此安定我周王。百姓劳苦心凄凉，稍作休息乃希望。

爱怜西周京师民，你是万民好榜样。勿听狡诈欺骗言，谨防混乱坏朝纲。

禁止抢掠和暴虐，勿使百姓心忧伤。不要放弃你功劳，成就我王好名望。

百姓劳苦心忧伤，稍事休息是希望。爱怜西周京师民，各国平安是吉祥。

勿听狡诈欺骗言，警惕坏人乱官场。禁止抢掠和暴虐，莫使有人来作恶。

严肃谨慎举止好，亲近贤才理应当。百姓劳苦心悲凉，略作休息是理想。

爱怜西周京师民，万民消除心内伤。勿听狡诈欺骗话，谨防丑类将官当。

《帝鉴图说》插图

禁止抢掠与暴虐，莫使朝政遭沦丧。你虽年轻把权掌，责任重大应思量。

百姓劳苦心凄凉，稍得安逸是理想。爱怜西周京师民，整个社会安无恙。

莫信狡诈欺骗话，谨防内讧结私党。禁止抢掠和暴虐，莫使朝政错方向。

我望周王你完美，因此深谏你周王。

《板》解读

这是一首大臣假托规劝同僚、实则讽刺周厉王的诗。全诗富有崇高感，充满强烈的忧患意识。诗人直抒胸臆，风格浪漫。诗人的悲哀、痛楚、愤怒与抗争一并写入诗中，诗句节奏紧促，满腔落寞变成纸上诤言，一字一句顿挫有力，读来感同身受，心有戚戚。诗中表现出的无所畏惧的耿耿忠心，为后世所称颂。

板

上帝板板，下民卒瘅（dǎn）①。出话不然②，为犹不远。
靡圣管管③，不实于亶④。犹之未远，是用大谏⑤。
天之方难，无然宪宪⑥。天之方蹶，无然泄（yì）泄。
辞之辑矣⑦，民之洽矣。辞之怿（yì）矣⑧，民之莫矣⑨。
我虽异事⑩，及尔同僚。我即尔谋，听我嚣（áo）嚣。
我言维服⑪，勿以为笑。先民有言："询于刍荛⑫。"
天之方虐，无然谑谑⑬。老夫灌灌⑭，小子跻（jué）跻⑮。
匪我言耄，尔用忧谑⑯。多将熇（hè）熇⑰，不可救药。
天之方懠（qí）⑱，无为夸毗⑲。威仪卒迷⑳，善人载尸。
民之方殿屎（xī），则莫我敢葵㉑。丧乱蔑资㉒，曾莫惠我师㉓？
天之牖（yǒu）民㉔，如埙（xūn）如篪（chí）。如璋如圭，如取如携。
携无曰益，牖民孔易。民之多辟㉕，无自立辟。
价人维藩㉖，大师维垣。大邦维屏，大宗维翰。
怀德维宁，宗子维城。无俾城坏，无独斯畏。
敬天之怒，无敢戏豫。敬天之渝，无敢驰驱㉗。
昊天曰明，及尔出王。昊天曰旦，及尔游衍。

[注释]

①瘅：病。②不然：不对，不正确。③管管：任性妄为。④不实于亶：言行相违。⑤是用：因此。大谏：深切地劝谏。⑥无然：不要如此。宪宪：高兴忘怀。⑦辞：政令。辑：协调，温和。⑧怿：高兴。⑨莫：平安。⑩异事：职务不同。⑪服：实情。⑫刍荛：割草打柴的人。⑬谑谑：喜乐的样子。⑭灌灌：恳切。⑮跻跻：狂妄。⑯用：认为，以为。忧：忧患。谑：玩笑。⑰熇熇：火势炽盛的样子。⑱懠：发怒。⑲夸毗：奉承，谄媚。⑳卒：尽。迷：迷乱。㉑葵：度，猜。㉒蔑：无。资：财。㉓曾：居然。惠：安抚。师：众民。㉔牖：通"诱"，诱导。㉕辟：怪异。㉖价：诚，善。藩：藩篱。㉗驰驱：放纵。

［译文］

上帝旨意不寻常，下界人们遭祸殃。君王说话真不对，制定政令无眼光。

处事无据自主张，不守信用甚放荡。谋划国事无远见，所以深谏我君王。

上天正在降祸患，不要如此喜洋洋。上天正在起动乱，莫要喋喋把话讲。

政令和缓不苛刻，百姓心中都舒畅。政令若是不合理，百姓受害遭祸殃。

你我任职不相同，都是同僚侍周王。我去同你议国事，傲慢不肯听我讲。

我的主张很有用，勿当笑话丢一旁。古人曾把名言留："请教樵夫把事商。"

上天正在施暴虐，不要这样嬉笑忙。老夫恳恳诉衷肠，小子高傲意气扬。

不是我把昏话讲，你在嬉笑逞轻狂。只助火势烧得旺，无法救治国沦丧。

《帝鉴图说》插图

上天正在发怒气，莫把媚言大话讲。举止礼节全惑乱，好人如尸口不张。
百姓遭难苦呻吟，王朝前途不敢想。社会丧乱资财空，无人救民除灾殃?
上天诱使老百姓，如造埙篪用土竹。如制圭璋用美玉，如同提携来帮助。
提携不会遭拦阻，因材施教很容易。现在百姓多邪僻，无从立法来惩处。
卫国军队是藩篱，民众就是那围墙。大国好像那屏障，同宗大族是栋梁。
保有美德才安宁，太子好比是城墙。别让城墙遭破坏，孤立无援最恐慌。
敬畏上天发大怒，不敢嬉笑娱乐忙。敬畏上天常变动，不敢放纵太骄狂。
上天眼睛最明亮，你的举动瞧得清。上天双目最明朗，看你游逛去何方。

《荡》解读

这是一首担忧厉王无道、社稷将亡的诗。诗人假托周文王之口谴责昏君、诅咒暴政，表面上是在责骂纣王，实际上是在抨击周厉王。这种托古讽今的手法，开了后世咏史诗的先河。全诗以"荡荡上帝"开篇，是对厉王昏庸、民不聊生的现实的一种反映，把作诗的背景加以简洁明了地表现出来。诗中周文王的叹息一方面是对昏君的无奈，另一方面更是对自己的提醒，两者对比鲜明而深刻。

荡

荡荡上帝，下民之辟（bì）①。疾威上帝②，其命多辟（pì）。

天生烝民，其命匪谌（chén）[3]。靡不有初，鲜克有终。

文王曰咨[4]。咨女殷商！曾是强御，曾是掊（póu）克[5]，

曾是在位，曾是在服。天降滔德，女兴是力[6]。

文王曰咨，咨女殷商！而秉义类[7]，强御多怼（duì）[8]。

流言以对，寇攘式内[9]。侯作侯祝，靡届靡究。

文王曰咨，咨女殷商！女炰烋（páoxiāo）于中国[10]，敛怨以为德。

不明尔德，时无背无侧。尔德不明，以无陪无卿。

文王曰咨，咨女殷商！天不湎尔以酒[11]，不义从式。

既衍尔止[12]，靡明靡晦。式号式呼，俾昼作夜。

文王曰咨，咨女殷商！如蜩（táo）如螗，如沸如羹。

小大近丧，人尚乎由行[13]。内奰（bì）于中国[14]，覃（tán）及鬼方[15]。

文王曰咨，咨女殷商！匪上帝不时[16]，殷不用旧。

虽无老成人，尚有典刑。曾是莫听，大命以倾[17]。

文王曰咨，咨女殷商！人亦有言：颠沛之揭[18]，

枝叶未有害，本实先拨[19]。殷鉴不远[20]，在夏后之世。

蜩，《诗经集传》插图

[注释]

①辟：国君。②疾威：狂暴。③谌：信。④咨：叹词。⑤掊克：聚敛贪狠。⑥兴：助长。⑦而：尔，你。秉：执掌。义类：德政。⑧怼：怨恨。⑨攘：窃取。式：任用。⑩炰烋：怒吼，咆哮。⑪湎：沉迷于酒。⑫衍：使有差错。止：言行举止。⑬尚：还，仍。由：顺着，沿着。行：执行，做。⑭奰：激怒。⑮覃：及，延。鬼方：即远方。⑯不时：不好。⑰大命：天数。⑱颠沛：倒。揭：连根而起。⑲本：根。拨：断，断绝。⑳鉴：镜子。

[译文]

上帝放纵无节度，他是下民之君王。暴虐凶狂那上帝，政令偏转无定向。上天生下众百姓，政令无信将民诳。建国之初无不好，很少能有好收场。

文王开口一声叹。可叹殷朝商纣王！竟然如此逞强暴，竟然如此敛财粮。竟然这样据高位，垄断政事太猖狂。天降傲慢无德人，喜欢权力日夜想。

文王开口一声叹。可叹殷朝商纣王！你做邪屈事儿多，强暴之行招怨恨。听信谣言来定罪，强盗之人站朝堂。诅咒贤才害他人，无休无止生祸殃。

文王开口一声叹。可叹殷朝商纣王！都城之中狂咆哮，聚怨自得乐洋洋。你的德行不可信，没有贤人在身旁。你的德行不可信，贤人俊士离朝堂。

文王开口一声叹，可叹殷朝商纣王！上天不许你嗜酒，你做坏事真猖狂。你的举止有过失，昼夜不停酒乐享。大喊大叫闹嚷嚷，竟把白天当晚上。

文王开口一声叹，可叹殷朝商纣王！百姓悲叹似蝉鸣，心忧不安如沸汤。大小官员都背叛，正路你还拒绝上。你已激怒国内民，作恶延及至鬼方。

文王开口一声叹，可叹殷朝商纣王！不是上帝不善良，由于你废旧规章。虽无德高望重臣，尚有常法可依傍。竟然这样不听劝，国运倾覆将沦亡。

文王开口一声叹，可叹殷朝商纣王！人们常常这样讲：大树倒地树根扬，树叶尚未遭损伤，树根先坏难生长。殷商镜子未离远，且看夏桀怎灭亡。

《抑》解读

本诗是一首卫武公入朝为相时规劝周厉王并自警的诗。全诗情词恳切，体现出来一位正直老臣对少年君主的关怀。从这首诗中还可以看出一个心智尚未成熟年轻君主的形象。少年虽然难免轻狂、糊涂妄为，但似乎并未到达无可救药的地步。体味老臣的苦心，在其细致和包容的字里行间，我们可以感觉少年的谦恭和羞愧。

抑

抑抑威仪，维德之隅。人亦有言："靡哲不愚。"

庶人之愚，亦职维疾①。哲人之愚，亦维斯戾②。

无竞维人，四方其训之。有觉德行，四国顺之。

訏(xū)谟定命③，远犹辰告④。敬慎威仪，维民之则。

其在于今，兴迷乱于政。颠覆厥德，荒湛(zhǎn)于酒。

女虽湛乐从⑤，弗念厥绍⑥。罔敷求先王⑦，克共明刑。

肆皇天弗尚⑧，如彼泉流，无沦胥以亡。

夙兴夜寐，洒扫廷内[9]，维民之章。

修尔车马，弓矢戎兵。用戒戎作[10]，用逷（tì）蛮方。

质尔人民[11]，谨尔侯度，用戒不虞。

慎尔出话，敬尔威仪，无不柔嘉。

白圭之玷，尚可磨也；斯言之玷，不可为也。

无易由言，无曰苟矣。莫扪朕舌[12]，言不可逝矣。

无言不雠（chóu）[13]，无德不报。惠于朋友，庶民小子。

子孙绳绳[14]，万民靡不承。

视尔友君子，辑柔尔颜，不遐有愆。

相在尔室，尚不愧于屋漏。无曰不显，莫予云觏（gòu）。

神之格思，不可度思，矧（shěn）可射思[15]。

辟尔为德[16]，俾臧俾嘉。淑慎尔止，不愆于仪。

不僭不贼[17]，鲜不为则。投我以桃，报之以李。

彼童而角[18]，实虹小子[19]。

荏染柔木，言缗之丝。温温恭人，维德之基。

其维哲人，告之话言，顺德之行。

其维愚人，覆谓我僭[20]，民各有心。

於乎小子！未知臧否。匪手携之，言示之事。

匪面命之，言提其耳。借曰未知[21]，亦既抱子。

民之靡盈，谁夙知而莫成？

昊天孔昭，我生靡乐。视尔梦梦，我心惨惨[22]。

诲尔谆谆[23]，听我藐藐[24]。匪用为教，覆用为虐[25]。

借曰未知，亦聿既耄[26]。

於乎小子！告尔旧止。听用我谋，庶无大悔。

天方艰难，曰丧厥国。取譬不远，昊天不忒。

回遹其德，俾民大棘[27]。

［注释］

匪面命之，言提其耳

①职：本身。疾：生病。②戾：罪。③讦：大。谟：谋略。定：确定。命：命令，政令。④辰：按时。⑤虽：惟。⑥绍：指继承者。⑦罔：无。敷：铺，广。求：探求。⑧肆：于是。尚：佑助。⑨廷内：室内。⑩戒：戒备。戎作：戎事。⑪质：诚。⑫扪：执持。⑬雠：应验。⑭绳绳：戒慎的样子。⑮矧：况。⑯辟：法，指以身作则。⑰僭：逾越。贼：害人。⑱童：童羊。⑲虹：同“讧”，溃乱。⑳僭：不信。㉑借：假如。㉒惨惨：悲伤。㉓谆谆：教诲不倦的样子。㉔藐藐：疏远的样子。㉕覆：反。㉖耄：老。㉗棘：危急。

［译文］

仪容举止真美好，道德品质也相称。人们常讲这句话：“智者人人都愚蠢。”

如果平民显得笨，只因自己有病身。智者若是变得愚，那是装愚避祸根。

不用强暴去压人，天下之民皆归顺。君子德行高又直，诸侯个个皆顺从。

治国大计要确定，长远政策时宣示。举止严肃又谨慎，人们以你为标准。

现在局势很不好，各种政事皆混乱。君王德行已败坏，沉溺于酒日寻欢。

你只日夜来玩乐，国家后果不考虑。不求先王治国策，如何执行好法典。

皇天不肯加保佑，好似泉水终日流，君臣相率而沦亡。

你应早起和晚睡，洒水打扫院和室，要为人民做楷模。

修治你的车和马，弓矢兵器都很强。防备战争突然起，消灭蛮方卫边疆。

安定你的老百姓，国防建设需加强，突发之事要提防。

开口说话要谨慎，行动举止要端庄，事无不美全像样。

白玉之上有污点，尚可磨掉闪光亮；出口之言出差错，驷马难追挽不回。

不要轻易把话讲，莫说言语可随便。无人按舌去阻挡，一言既出难追上。

话已出口有回响，施恩肯定得补偿。朝中群臣要爱护，庶民子弟得沾光。

子子孙孙无穷尽，万民顺从敬君王。

看你关照朝中臣，容颜和悦善心肠，没有过错喜洋洋。

瞧你独自在室中，无愧上方神察访。别说室内无光亮，没人把我举动望。

神人到来难知详，不知何时从天降，哪可厌倦不自强。

你的品德应可信，使它美好又高尚。行为举止要美好，礼节无错需端庄。

不进谗言不害人，很少不被人效仿。人家赠我一筐桃，我必赠李作补偿。

那羊无角说有角，此人想乱你周王。
柔韧木料好制琴，加上丝弦弹奏响。温和善良又谨慎，美德之本众向往。
他若是个有心人，对他要把名言讲，依顺道德实践忙。
他若是个愚蠢人，却说我把错话讲，人心不同难勉强。
可叹君王真年少！不知好坏和重轻。不但扶你往前行，也曾指点理朝政。
不但当面教导你，也曾提耳细叮咛。假若你说还年少，你已有子是成人。
人虽很难达完美，谁说早知好晚成？
皇天在上眼明亮，晓我一生无欢畅。瞧你昏聩那模样，我心时时在忧伤。
我本谆谆教诲你，你反轻蔑我所望。施教为你你不知，反开玩笑不体谅。
你说你尚年龄小，却似老迈年已长。
可叹君王太年少！听我来把旧礼说。你若能听我主张，政事大概会兴旺。
现在上天把灾降，我怕国家要沦亡。浅显比喻我来打，上天做事不出框。
如果邪僻性难改，定使人们遭大殃。

《桑柔》解读

本诗是《诗经》中的长诗之一。全诗义正词严，描述了一个政权即将崩溃时的种种迹象，诗人的忧患让人甚为感动。在艺术上，这首诗具有深厚的抒情力量，直接渗透于一系列或热爱或憎恶的形象之中，激动人心却不过分外露。细读此诗激动之余不免有深深的悲哀。国家不幸，政权不稳，诗人的寄予对象依旧只能是借此激发昏庸君主的痛定思痛，振奋图强，但显然希望渺茫，是故愤激越大失望越大。

桑柔

菀(wǎn)彼桑柔，其下侯旬。捋采其刘，瘼此下民①。
不殄(tiǎn)心忧②，仓兄填兮！倬彼昊天③，宁不我矜。
四牡骙(kuí)骙，旟旐有翩。乱生不夷，靡国不泯。
民靡有黎，具祸以烬④。於乎有哀，国步斯频！
国步蔑资⑤，天不我将⑥。靡所止疑⑦，云徂何往？
君子实维⑧，秉心无竞。谁生厉阶？至今为梗⑨！
忧心殷殷，念我土宇。我生不辰，逢天僤怒。
自西徂东，靡所定处。多我觏痻(mín)，孔棘我圉⑩！
为谋为毖(bì)，乱况斯削⑪。告尔忧恤，诲尔序爵。
谁能执热，逝不以濯？其何能淑？载胥及溺！

如彼溯风，亦孔之僾[12]。民有肃心[13]，荓云不逮。
好是稼穑，力民代食。稼穑维宝，代食维好。
天降丧乱，灭我立王。降此蟊贼，稼穑卒痒。
哀恫中国，具赘卒荒。靡有旅力，以念穹苍。
维此惠君，民人所瞻。秉心宣犹，考慎其相。
维彼不顺，自独俾臧。自有肺肠，俾民卒狂。
瞻彼中林，甡甡其鹿[14]。朋友已谮[15]，不胥以穀[16]。
人亦有言：进退维谷。维此圣人，瞻言百里；
维彼愚人，覆狂以喜。匪言不能，胡斯畏忌？
维此良人，弗求弗迪[17]；维彼忍心，是顾是复。
民之贪乱，宁为荼毒。大风有隧，有空大谷。
维此良人，作为式穀；维彼不顺，征以中垢。
大风有隧，贪人败类。听言则对[18]，诵言如醉。
匪用其良，覆俾我悖[19]。嗟尔朋友，予岂不知而作[20]？
如彼飞虫[21]，时亦弋获。既之阴女[22]，反予来赫。
民之罔极，职凉善背。为民不利，如云不克。
民之回遹，职竞用力。民之未戾，职盗为寇。
凉曰不可[23]，覆背善詈[24]。虽曰匪予，既作尔歌。

[注释]

①瘼：苦难，病痛。②殄：断绝。③倬：宽大的样子。④具：通“俱”。烬：灰烬。⑤蔑资：无资财。⑥将：助。⑦疑：定。⑧实维：实，是。维，作，干。⑨梗：指害人。⑩圉：边疆。⑪况：情况。⑫僾：喘气，窒息。⑬肃：进，进取。⑭甡甡：同“莘莘”。⑮谮：诬陷，中伤。⑯穀：善，友好。⑰求：贪求。⑱对：答。⑲悖：谬误，悖逆。⑳而：你。㉑飞虫：飞鸟。㉒阴：同

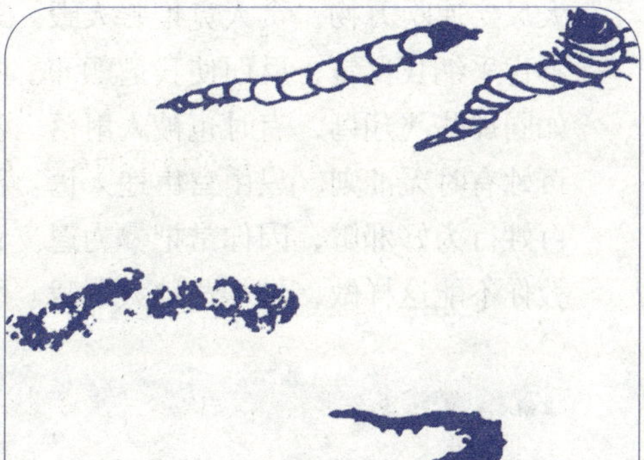
蟊贼，《诗经集传》插图

“荫”，庇护。㉓凉：语气助词。㉔善：大。詈：骂。

[译文]

茂盛桑树嫩叶盛，树下浓荫可乘凉。桑叶频采叶稀疏，百姓遭害苦难当。心中忧伤总不消，长久失意难顺畅！上天眼睛很明亮，何不哀怜我遭殃。四匹雄马奔行忙，旟旗旐旗随风扬。祸乱发生不消除，全国各地乱攘攘。百姓之中老人少，都因战乱而死亡。一声长叹心哀凉，国运危急意凄惶！国运危难无资财，皇天不愿把我帮。我无处所可栖止，怎没可去好地方？我曾如此来思量，确无争夺坏心肠。是谁制造这罪恶？至今为害民遭殃！心中隐痛多悲伤，思念故土我家乡。生不逢时到世上，正遇上天怒气旺。打从西方到东方，未有安定好地方。我遭祸害实在多，又逢敌寇扰边疆！尽心筹划慎行事，祸乱减轻有希望。忧国之事告诉你，教你赐爵好主张。有谁救治热火烫，又用冷水洗得凉？不然何能变得好？大家溺水将命丧！好像逆风往前闯，喘气困难心紧张。百姓皆想把官当，君王使他当不上。厉王喜欢聚敛者，使他代君榨取忙。聚敛之人你当宝，代君搜刮得赞赏。丧乱大祸由天降，在位之王被灭亡。天降蟊贼满田地，庄稼全都被吃光。哀痛国都好可怜，虫吃庄稼田皆荒。我没力量改现状，只能深谏向上苍。只有顺理好君王，人民才把他敬仰。好君存心明哲显，择取辅臣慎考量。唯有逆理坏君王，只让自己得吉祥。昏君自行坏主张，使民人人皆迷狂。瞻望那边树林里，野鹿成群多亲热。朋友再不相信任，不能以善来辅佐。人都有话这样说：进退维善来求索。唯有这些明智人，才能见到忧患多；只有这些愚蠢人，反而狂喜而欢乐。不是有话我不说，到底为啥想得多？唯有这些善良人，不找不用受冷落；只有那些残忍人，你反关照包庇多。百姓为何把乱作，乃因暴政太苛刻。大风疾速刮过来，山谷漫长而空廓。唯有这些善良人，皆用善意把事做；只有那些愚蠢人，做事想得好龌龊。大风疾速吹万物，贪人竟把善人毁。顺从之言你答对，听到谏言像喝醉。不肯采纳我良言，反而使我遭颠沛。哎呀我的好朋友，我怎不知你所为？如同那些飞翔鸟，有时也被人射落。我已前去庇护你，你将怒气来发作。百姓有时无准则，只由官吏违人情。治民使其无利得，你还以为没取胜。百姓行为好邪僻，因你常把暴力逞。百姓有时行为差，由于盗臣来抢夺。教你不能这样做，你却背地大骂我。纵然你要反对我，我来写诗遣责你。

《云汉》解读

这首诗可以说是周宣王祈雨无效后的内心独白。诗句忧急攻心，情辞恳切，表现出用尽各种方法仍无济于事后的失望慨叹。全诗以“旱既大甚”的慨叹起兴，突出现实形式的严峻，把君王的无可奈何和艰难处境衬托得淋漓尽致，表达的情绪也因此变得真实、可触。可贵的是，诗的最后并没有绝望，而是在苦苦期盼。本诗可以说是历代帝王所作的最为感人的诗作之一。

云汉

倬彼云汉[1]，昭回于天[2]。王曰於乎：何辜今之人[3]？
天降丧乱，饥馑荐臻[4]。靡神不举[5]，靡爱斯牲。
圭璧既卒[6]，宁莫我听！旱既大甚，蕴隆虫虫[7]。
不殄禋祀，自郊徂宫。上下奠瘗(yì)[8]，靡神不宗。
后稷不克，上帝不临。耗斁(dù)下土[9]，宁丁我躬[10]！
旱既大甚，则不可推[11]。兢兢业业，如霆如雷。
周余黎民，靡有孑遗。昊天上帝！则不我遗[12]。
胡不相畏？先祖于摧[13]。旱既大甚，则不可沮。
赫赫炎炎，云我无所。大命近止，靡瞻靡顾。
群公先正[14]，则不我助。父母先祖，胡宁忍予？
旱既大甚，涤涤山川。旱魃(bá)为虐，如惔如焚。
我心惮暑，忧心如熏。群公先正，则不我闻[15]。
昊天上帝！宁俾我遁？旱既大甚，黾勉畏去。
胡宁瘨(diān)我以旱[16]，憯(cǎn)不知其故[17]。祈年孔夙，方社不莫。
昊天上帝！则不我虞[18]。敬恭明神，宜无悔怒。
旱既大甚，散无友纪[19]。鞫(jū)哉庶正[20]，疚哉冢宰。
趣马师氏，膳夫左右。靡人不周[21]，无不能止。
瞻卬昊天，云如何里？瞻卬昊天，有嘒其星。
大夫君子，昭假无赢。大命近止，无弃尔成。
何求为我，以戾庶正。瞻卬昊天，曷惠其宁？

[注释]

①倬：大。云汉：银汉，天河。②昭：光。回：运转。③辜：罪。④荐臻：接连而来。⑤举：祭祀。⑥卒：用尽。⑦蕴：闷热。隆：雷声。虫虫：热气蒸人。⑧奠：祭天。瘗：祭地。⑨斁：败坏。⑩丁：当，逢。⑪推：去，除。⑫遗：慰问，恩赐。⑬摧：断绝。⑭群：众，诸位。⑮闻：恤问。⑯瘨：病害。⑰憯：竟然。⑱虞：安抚，帮助。⑲散：涣散。友，通“有”。纪：纪律。⑳鞫：困窘。庶：

众。正：公卿，大臣。㉑周：周济。

［译文］

浩瀚银河高高悬，明亮回转蓝天上。周王一叹曰呜呼：现在人们何罪状？

上天已把灾祸降，饥饿相连闹灾荒。哪位神仙没献祭，怎么吝啬猪牛羊。

圭璧祭神全用光，上天不听诉衷肠！旱象已经很严重，暑气闷热如火腾。

《帝鉴图说》插图

求雨祭祀总不停，自郊来至祖庙中。祭了天神祭地神，无论何神全恭敬。
后稷不能把灾除，上帝不来助成功。人间土地都遭灾，宁愿自身把祸承！
旱象已经很严重，若想消除难成功。终日恐慌惧危险，如怕雷霆震天空。
周地残余众百姓，现在一个也未剩。苍天上帝是依靠！竟然不肯把粮送。
怎不相互来惧怕？祖业断绝没人承。旱象已经太严重，毫无办法去纠正。
烈日炎热把人灼，让我无处把凉乘。寿命眼见要终止，神不照顾无行动。
诸侯贤臣之神灵，不肯帮我把灾平。父母在天之神灵，怎忍看我受痛苦？
旱象已经很严重，山上荒秃河水无。旱神肆意来逞狂，人间如同火烧遍。
暑热难熬使人畏，忧心如焚难睡眠。诸侯贤臣之神灵，不闻不问不肯管。
叫声上帝问苍天！竟肯叫我来逃窜？旱象已经很严重，尽心而为不畏惧。
何以大旱加害我，竟然不知为何故。很早祭祀求丰年，祭方祭社没耽误。
苍天之上天帝神！竟然不把我帮助。心中恭敬众神灵，应当不会对我怒。
旱象已经太严重，人民离散无法度。众官之长办法尽，朝中宰相徒焦虑。
趣马师氏求雨忙，膳夫近臣也相助。没有一人不救灾，救民行动不打住。
抬头仰望那上天，心有忧愁向谁诉？抬头仰望那上苍，群星微光布满天。
大夫君子众百官，诚心求神消灾难。死亡虽然要临近，争取成功莫等闲。
祈雨不光为周王，是让官民将心安。瞻望苍天再祈求，何时赐民宁与欢？

《崧高》解读

这是一首周宣王的大臣尹吉甫赠给申伯的诗。申伯是宣王的母舅，宣王登基后扩大了他的封地，并为申伯创建了都城谢邑，希望申伯能安定南方各诸侯国，这首诗描述的就是这件事。全诗以细致的笔触赞美了申伯的贤良品格及君王对他的信任和重视，将君臣之间融洽的关系展露无遗。

崧高

崧高维岳，骏极于天[1]。维岳降神，生甫及申。

维申及甫，维周之翰。四国于蕃，四方于宣。

亹(wěi)亹申伯[2]，王缵之事[3]。于邑于谢，南国是式[4]。

王命召伯，定申伯之宅。登是南邦，世执其功。

王命申伯，式是南邦。因是谢人，以作尔庸。

王命召伯，彻申伯土田。王命傅御，迁其私人。

申伯之功，召伯是营。有俶其城，寝庙既成。

既成藐藐，王锡申伯。四牡跻跻[5]，钩膺濯濯[6]。

王遣申伯，路车乘马。我图尔居，莫如南土。

锡尔介圭，以作尔宝。往近(jì)王舅，南土是保。

申伯信迈[7]，王饯于郿。申伯还南，谢于诚归。

王命召伯，彻申伯土疆。以峙其粻[8]，式遄其行[9]。

申伯番(bō)番，既入于谢。徒御啴(tān)啴[10]，周邦咸喜，

戎有良翰[11]，不显申伯。王之元舅，文武是宪[12]。

申伯之德，柔惠且直。揉此万邦，闻于四国。

吉甫作诵，其诗孔硕[13]。其风肆好[14]，以赠申伯。

［注释］

①骏：通“峻”，高。②亹亹：勤勉。③缵：继承，接手。④南国：周王朝南边的国家。式：法，引申为治理。⑤跻跻：强壮的样子。⑥濯濯：光明的样子。⑦迈：走。⑧粻：食粮。⑨遄：速。⑩啴啴：和乐的样子。⑪戎：你们。⑫宪：法，法则。⑬孔：很。硕：大，指诗意深切。⑭风：穆如清风，用以称颂有才德的人。肆好：极好。

［译文］

四岳之一是崧山，高峻上至蔚蓝天。崧山之神降人间，甫侯申伯生相连。

说是申伯与甫侯，捍卫周朝是主干。皆是诸侯好屏障，全是天下好墙垣。

申伯做事真勤勉，宣王命他把事担。封他新地是谢城，南国诸侯好模范。

宣王命令召伯虎，先替申伯把房建。建成南方新邦国，申伯世世基业传。

徒御啴啴，周邦咸喜

宣王吩咐那申伯，要成南国好榜样。充分利用谢邑民，修筑你的新都墙。

宣王命令召伯虎，协同申伯定封疆。宣王命令傅和御，助伯家臣搬家忙。

申伯建谢事务繁，召伯经营日夜忙。谢城落成真美好，内寝宗庙立地上。

工程完毕很堂皇，宣王赏赐申伯多。雄马四匹真强壮，樊缨闪闪亮光光。

宣王亲自送申伯，大车四马作奖赏。你的居处我思量，何地都无南国强。

赐你美玉之大圭，留作国宝永珍藏。我的娘舅急上路，保卫南国永不忘。

申伯确实要上路，宣王郿郊饯行忙。申伯启程到南方，诚心住谢忙前往。

宣王下令召伯虎，帮助申伯划封疆。要为申伯多储粮，助他急行奔南方。

申伯勇武气轩昂，走到谢邑好地方。步兵车骑熙攘攘，周人高兴喜洋洋。

宣王有了好屏障，申伯显赫甚堂皇。他是宣王大舅父，文才武略是楷模。

申伯自有好美德，做人正直而温和。他使天下得安宁，美名传扬到四国。

吉甫作下这首诗，诗长含义很深刻。曲调优美也甚好，把它拿来赠申伯。

《烝民》解读

这是周的大臣尹吉甫赠别大臣仲山甫的诗。全诗格调高雅、朴素无华，渗透出一种深层次的互相理解和知己之谊。从诗中可以看出尹吉甫和仲山甫二人都有高尚的情怀，在详尽描述和赞美仲山甫的能力和气度的同时，也把诗人尹吉甫的人格魅力和治国能力凸现了出来。

烝民

天生烝民①，有物有则②。民之秉彝③，好是懿德。

天监有周，昭假于下。保兹天子，生仲山甫。

仲山甫之德，柔嘉维则④。令仪令色，小心翼翼。

古训是式，威仪是力。天子是若，明命使赋。

王命仲山甫，式是百辟。缵戎祖考，王躬是保。

出纳王命，王之喉舌。赋政于外，四方爰发⑤。

肃肃王命⑥，仲山甫将之⑦。邦国若否，仲山甫明之。

既明且哲，以保其身。夙夜匪解，以事一人。

人亦有言：柔则茹之⑧，刚则吐之⑨。维仲山甫，

柔亦不茹，刚亦不吐。不侮矜寡⑩，不畏强御。

人亦有言：德輶如毛⑪，民鲜克举之。我仪图之：

维仲山甫举之，爱莫助之。衮职有阙⑫，维仲山甫补之。

仲山甫出祖⑬，四牡业业。征夫捷捷，每怀靡及。

四牡彭彭，八鸾锵锵。王命仲山甫，城彼东方。

四牡骙骙，八鸾喈喈。仲山甫徂齐，式遄其归⑭。

吉甫作诵，穆如清风。仲山甫永怀，以慰其心。

[注释]

①烝：众。②物：事物。法：法则。③彝：常理，道理。④柔：温和。嘉：美好。则：有原则。⑤发：执行。⑥肃肃：庄严的样子。⑦将：奉行。⑧茹：吃。⑨刚：硬物。⑩侮：侮辱，欺负。矜寡：无所依靠的人。⑪輶：轻车。⑫阙：缺失。⑬祖：路祭。⑭遄：速。

[译文]

上天生此无数民，造万物来有法则。万民心中有常理，都爱这种好品德。
上天视察周王朝，神明来到这下界。保佑这位周天子，置辅山甫于君侧。
山甫生有好品德，柔和善良是原则。仪容脸色都姣好，小心谨慎很严格。
效法先王之遗典，行事努力合礼节。事事皆从周天子，颁布政令不出辙。
周王命令仲山甫，要给诸侯树榜样。祖先事业要继承，一心保佑周君王。
出纳周王众政令，代王说话不寻常。政令发布诸侯国，执行王命到四方。
周王命令很严肃，山甫施行不走样。国家政情好与坏，山甫明辨全知详。
知识渊博心明亮，保全名节身无恙。日夜操劳不懈怠，尽心侍奉周宣王。
人们都讲这样话：东西柔软要吃下，东西若硬便吐它。只有山甫同此异，
软的东西不吃下，硬的东西不吐它。不肯欺负鳏与寡，强暴之徒亦不怕。
人们都讲这样话：品德轻得如毛发，少能有人举起它。我便认真作思考：
只有山甫能举它，可惜我帮不上他。君王执政偶有失，只有山甫来补救。
山甫外出祭路神，四匹公马高又壮。随从征夫很勤勉，常想公事尚没完。
四匹公马跑不止，八个鸾铃锵锵响。周王命令仲山甫，修筑齐城到东方。

四匹公马好强壮，八个鸾铃叮当响。山甫往齐奔驰忙，祝他早日返故乡。

吉甫送行写此诗，和如清风真舒畅。山甫心中思虑长，以此诗歌慰衷肠。

《韩奕》解读

这是一首尹吉甫赞美韩侯的诗。全诗先写韩侯受封、领赏、饯别返国；再写韩侯的婚姻，从而转到对韩国的地理环境、物产的描述；最后写韩侯所肩负有镇抚北方诸侯的重任，赞美中寄寓着厚望。本诗与《崧高》为姊妹篇，两首诗都涉及众多的人物和事件，但叙述脉络分明，主人公的形象突出、性格鲜明。

韩　奕

奕奕梁山[1]，维禹甸之[2]。有倬(zhuō)其道，韩侯受命。

王亲命之：缵戎祖考，无废朕命。夙夜匪解(xiè)[3]，

虔共尔位。朕命不易，榦不庭方[4]，以佐戎辟。

四牡奕奕，孔修且张[5]。韩侯入觐(jìn)，以其介圭。

入觐于王，王锡韩侯：淑旂绥章，簟茀错衡。

玄衮赤舄(xì)，钩膺镂锡。鞹(kuò)鞃(hóng)浅幭(miè)，鞗(tiáo)革金厄。

韩侯出祖[6]，出宿于屠。显父饯之，清酒百壶。

其殽维何？炰(páo)鳖鲜鱼。其蔌维何？维笋及蒲。

其赠维何？乘马路车。笾豆有且，侯氏燕胥[7]。

韩侯取妻，汾王之甥，蹶父之子。韩侯迎止，

于蹶之里。百两彭彭，八鸾锵锵，不显其光！

诸娣从之，祁祁如云。韩侯顾之，烂其盈门[8]。

蹶父孔武，靡国不到。为韩姞相攸[9]，莫如韩乐。

孔乐韩土，川泽讦(xū)讦[10]，鲂𫚈(xù)甫甫[11]，麀鹿噳(yǔ)噳[12]，

有熊有罴，有猫有虎。庆既令居，韩姞燕誉。

溥彼韩城，燕师所完。以先祖受命，因时百蛮[13]。

王锡韩侯：其追其貊[14]，奄受北国，因以其伯。

实墉实壑[15]，实亩实藉[16]。献其貔(pí)皮，赤豹黄罴。

[注释]

①奕奕：高大的样子。②甸：治。③解：松懈，放松。④榦：修正。庭：来庭朝贡。方：国家。⑤修：长。张：大。⑥祖：祭路神。⑦侯氏：诸侯。燕：宴。胥：皆。⑧烂：灿烂，有光彩。盈门：满门。⑨相：看。攸：所，居处。⑩讦讦：广大。⑪甫甫：大的样子。⑫噳噳：众多的样子。⑬因：统辖，治理。时：这些。蛮：少数民族。⑭追、貊：两个少数民族部落。⑮实：通“是”，表示两个并排的动作。壑：深沟。⑯亩：整饬田地。藉：征收赋税。

[译文]

梁山巍峨又高大，大禹治水到此间。去周大路真宽广，韩侯受封把王见。

宣王亲自向他说：继承祖业努力干，莫把君命弃一边。日夜奋力别懈怠，

谨守职事莫等闲。我颁册命不随便，整顿整治纷乱国，望你辅佐令君安。

四匹雄马气轩昂，体型高大而强壮。韩侯进京朝宣王，手持大圭进朝堂。

终于得见周君王，宣王赠物来嘉奖：美丽龙旗花纹好，车帘车衡闪着光。

黑色龙袍红色鞋，樊缨雕锡皆用上。浅色虎皮包车轼，笼头车轭金光闪。

韩侯出京祭路神，中途住宿屠地方。显父设宴来饯行，清酒百壶呈上宴。

席上荤菜是何物？煮鳖鲜鱼任你尝。席上蔬菜是什么？竹笋嫩蒲好多样。

所赠礼物是什么？大车四匹马儿壮。笾豆果菜好又多，韩侯宴饮喜洋洋。

笋，《诗经集传》插图

韩侯成婚做新郎，妻子之舅乃汾王，妻是蹶父好姑娘。韩侯新婚来亲迎，

来到蹶邑好地方。车儿百辆行不停，八个鸾铃锵锵响，大显派头好风光！

陪嫁众妾随后方，随从如去熙攘攘。韩侯曲顾把礼行，满门灿烂真堂皇。

蹶父威武真雄壮，出使足迹遍四方。他为女儿择对象，没有哪里比韩强。

韩国令人很欢乐，河川大泽好宽广，鲂鱼鲔鱼都很多，雌鹿雄鹿聚山冈，

还有熊来还有罴，有猫有虎吼声亮。庆贺获得好归宿，韩姑安乐心欢畅。

建成韩城真宽广，全由燕民献力量。由于先祖受王命，依靠蛮族势力强。

宣王赏赐新韩侯：追貊两国属韩邦，控制整个大北方，你是北方大长官。

城墙壕沟要增修，垦田征税切勿忘。命令外族献兽皮，赤豹黄罴亦献上。

《江汉》解读

全诗六章，每章八句。这是一首记叙召伯平淮夷，受周王赏赐的诗。诗赞扬宣王命召虎平淮夷的武功。后半则写宣王与召虎对答之词，君臣嘉勉颂扬。

江 汉

江汉浮浮，武夫滔滔。匪安匪游①，淮夷来求②。

既出我车，既设我旟。匪安匪舒，淮夷来铺③。

江汉汤汤④，武夫洸洸（guāng）⑤。经营四方，告成于王。

四方既平，王国庶定。时靡有争⑥，王心载宁。

江汉之浒，王命召虎：式辟四方⑦，彻我疆土⑧。

匪疚匪棘⑨，王国来极⑩。于疆于理⑪，至于南海。

王命召虎：来旬来宣⑫，文武受命，召公维翰。

无曰予小子，召公是似。肇敏戎公，用锡尔祉。

厘尔圭瓒，秬（jù）鬯（chàng）一卣（yǒu）。告于文人，锡山土田。

于周受命，自召祖命。虎拜稽首⑬，天子万年！

虎拜稽首，对扬王休⑭，作召公考，天子万寿！

明明天子，令闻不已。

矢其文德，洽此四国。

[注释]

①匪：不（敢）。安：安逸。游：游玩。②求：征讨。③铺：出兵。④汤汤：浩浩荡荡。⑤洸洸：威武的样子。⑥时：是。争：战争。⑦式：应。辟：开拓，扩展。⑧彻：治，开发。⑨疚：病。⑩极：准则。⑪于：助词。疆：规划疆土。理：治理田地。⑫来：语气助词。旬：巡视。宣：宣抚。⑬稽首：古时跪拜礼。⑭对扬：颂扬。王休：王的美德。

[译文]

长江汉水浩荡荡，出征将士气轩昂。不求安逸非游逛，只征淮夷保周王。

我军兵车出京城，树起战旗随风飘。不求安逸非娱乐，陈兵淮夷昼夜忙。

长江汉水水汪洋，出征将士勇又壮。讨伐叛逆驰四方，胜利捷报告周王。

四方叛军皆平定，安定局面遍周邦。战争此时被消除，周君心宁意安详。

既出我车，既设我旐

长江汉水岸一旁，宣王对那召虎言：为我开辟天下忙，整治田地划土疆。

为民施政勿苛急，王朝就是好榜样。划定边界治田地，直到南海那去处。

周王命令召伯虎：遍地巡视要宣讲，文王武王接天命，召公姬奭是栋梁。

勿说我还很年轻，继承祖业要发扬。你要迅速建大功，赐你永久大福祥。

赏你玉制舀酒勺，一壶黍酒味道香。向你先祖来报告，大山土田周王赏。

你在岐周得封号，仍用旧典保荣光。召虎磕头拜周王，恭祝天子万年长！

召虎叩头拜周王，报答君德需颂扬，铸成召公簋一件，祝君万年寿无疆！

光明正大周天子，美誉千古永传扬。

施行仁政治家邦，天下和睦国运昌。

《常武》解读

这是一首赞美诗，赞美了周宣王御驾亲征徐国，使周王朝的势力直达东部海滨，完成了统一大业。全诗从整装出发写起，随着军队的行进步步深入，生动细致地刻画了这场战役的全过程。诗篇赞美了周王朝军队的威武、行动的迅速和士兵的勇猛。与徐军溃败的惨状形成鲜明对比，周军给人深刻印象。同时，赞扬了君主的谋略和英明的领导。

常武

赫赫明明[①]，王命卿士。南仲大祖，大师皇父：

整我六师，以修我戎[②]。既敬既戒[③]，惠此南国。

王谓尹氏，命程伯休父：左右陈行，戒我师旅。

率彼淮浦[④]，省此徐土[⑤]。不留不处，三事就绪[⑥]。

赫赫业业，有严天子。王舒保作[⑦]，匪绍匪游[⑧]。

徐方绎骚[⑨]，震惊徐方。如雷如霆，徐方震惊。

王奋厥武[⑩]，如震如怒。进厥虎臣，阚(hǎn)如虓(xiāo)虎[⑪]。

铺敦淮濆(fén)[⑫]，仍执丑虏[⑬]。截彼淮浦[⑭]，王师之所。

王旅啴啴，如飞如翰。如江如汉，如山之苞。

如川之流，绵绵翼翼。不测不克⑮，濯征徐国。

王犹允塞⑯，徐方既来。徐方既同⑰，天子之功。

四方既平，徐方来庭。徐方不回⑱，王曰还归。

[注释]

①明明：明察，明智。②修：完善。戎：军队装备。③既：表示并列。敬：警惕。戒：戒备，调集。④率：顺，沿。浦：水滨。⑤省：察看，勘探。⑥三事：指立三个卿。⑦舒：徐。保：安。作：行。⑧绍：缓。游：玩耍。⑨绎：方阵，队列。骚：动乱。⑩奋：发挥，发扬。武：勇猛。⑪阚：虎怒的样子。虓：虎咆哮的叫声。⑫渍：大堤，沿河高地。⑬仍：就。执：俘虏，捕获。⑭截：切断，引申为整治。⑮测：推测。克：战胜。⑯允：果然。塞：可行。⑰同：会同。⑱回：谋反，背叛。

[译文]

威武勤勉周宣王，他令卿士去战场。任命南仲在祖庙，皇父太师在一旁：

整顿六军精神好，修理武器使其强。事事警惕要戒备，加惠南国保边疆。

宣王告知尹太师，传命程伯任司马：左右兵士列阵行，告知将士欲开拔。

沿着淮水往前行，严把徐国来巡察。不停息来不久住，准备就绪把徐伐。

威仪赫赫真伟大，庄严神圣周宣王。周军从容稳前进，不缓慢来不游逛。

徐国军阵已骚动，举国震惊真恐慌。其势就像雷霆响，徐国震惊很紧张。

周王威武尽奋扬，就像雷震怒冲天。如虎大臣冲在前，吼声似虎震山川。

周军布阵淮水岸，频捉俘虏笑开颜。截断退路淮水边，周军驻扎在此间。

周王大军势正盛，像鸟高飞冲蓝天。好像江汉涌大地，似是环山难摇撼。

好像河水无阻拦，绵绵不断齐向前。难测难识神一般，大征徐国保江山。

周王谋划好实在，徐国终于来投降。徐国归顺天下同，大功必归周宣王。

天下已经皆平定，徐君来朝拜宣王。徐国不再谋反叛，王命大军急回还。

王舒保作，匪绍匪游

《瞻卬》解读

这是一首抨击周幽王宠爱褒姒、滥施暴政，以致民不聊生、国运衰微的诗。诗中极尽讽刺、挖苦之能事，把周幽王昏聩、褒姒扰乱朝纲的种种倒行逆施以及善良人的被迫离散层层展现出来。本诗语气激昂，充满极端的愤慨和不平，表达了深刻的无奈与悲哀，“瞻卬昊天，则不我惠”形象地体现了作者这种情怀。全诗氛围灰暗、感情凝重。

瞻卬(yǎng)

瞻卬昊天，则不我惠。孔填(chén)不宁①，降此大厉。
邦靡有定，士民其瘵(zhài)②。蟊(máo)贼蟊疾③，靡有夷届④。
罪罟不收⑤，靡有夷瘳(chōu)⑥。人有土田，女反有之；
人有民人，女覆夺之。此宜无罪，女反收之⑦。
彼宜有罪，女覆说之⑧。哲夫成城，哲妇倾城。
懿厥哲妇⑨，为枭(xiāo)为鸱(chī)。妇有长舌，维厉之阶。
乱匪降自天，生自妇人。匪教匪诲，时维妇寺⑩。
鞫人忮忒⑪，谮始竟背⑫。岂曰不极？伊胡为慝⑬？
如贾三倍，君子是识。妇无公事，休其蚕织。
天何以刺⑭？何神不富⑮？舍尔介狄，维予胥忌。
不吊不祥⑯，威仪不类⑰。人之云亡，邦国殄瘁。
天之降罔⑱，维其优矣。人之云亡，心之忧矣。
天之降罔，维其几矣。人之云亡，心之悲矣。
觱(bì)沸槛泉，维其深矣。心之忧矣，宁自今矣？
不自我先，不自我后。藐藐昊天，无不克巩⑲。
无忝皇祖，式救尔后。

［注释］

①填：通“陈”，长久。②瘵：痛苦不堪。③蟊：害虫。贼、疾：损害，破坏。④夷：语气助词。届：止尽。⑤罪罟：罪网。不收：不停。⑥瘳：病愈。⑦收：逮捕。⑧说：通“释”。⑨懿：通“噫”，叹词。⑩时：通“是”，这。寺：宦官。⑪鞫：陷害。忮：妒忌。忒：奸诈。⑫谮：欺骗。始：开始。竟：最后。背：

褒姒，明刻《历代列女传》插图

背叛。⑬慝：恶，残忍。⑭刺：责。⑮富：福。⑯吊：善。⑰类：善。⑱罔：同“网”。⑲巩：控制，管理。

[译文]

抬头仰望那苍天，天不爱我不肯管。人间长久不安宁，上天降下大祸患。

全国无处得安定，士卒百姓受苦难。如同害虫吃庄稼，总是吃来没有完。

罪网害人不收敛，消除病困无年月。人家若是有田产，你却抢掠独侵占。

别人那里人口多，你硬抢来自己管。这人原来没有罪，你却拘捕投牢监。

那人本来有罪恶，你却开脱将罪免。聪明男人建周国，褒姒灭掉周政权。

那位聪明褒姒妃，是枭是鸱罪滔天。这个妇人有长舌，她是祸乱总根源。

西周混乱非由天，褒姒作孽自推翻。无谁教王施暴虐，妇人宦者将他管。

奸人善于做坏事，谗言开始终背逆。她做恶事还不多？为何幽王好喜欢？

就像商人能赚钱，君子对此有见识。女人不应参政事，她却参政不养蚕。

上天为何责罚我？缘何神灵不赐福？披甲夷狄你不管，只是对我很厌恶。

天灾人祸不恤问，不拘礼节心术坏。贤良之人全逃亡，周朝政权将倾覆。

上天把那灾殃降，祸患太多难说详。贤人个个都逃亡，我心终日甚忧伤。

上天将那灾祸降，国运危险不吉祥。贤良人士皆逃亡，我的心中好悲凉。

泉水翻滚向上涌，泉源深深流不尽。我的心中忧虑多，难道今日开其端？

灾难不生在我前，亦不生我身后边。苍天茫茫甚高远，万物都要由它管。

切莫辱没你祖宗，让你子孙把业传。

《召旻》解读

这是一首斥责周幽王任用小人、危害国家的诗。全诗将过去与现在进行对比，突出了国家目前所面临的严峻形势。天灾人祸、内讧暴乱，周朝风雨飘摇，人心惶惶，整首诗笼罩在一种行将覆没的危险气氛当中。诗句满含焦虑、不安之感。诗中对自然景物和周围环境的观察和刻画极为细致，将满心的悲哀寄于寓意深刻的象征意象当中。

召旻

旻天疾威，天笃降丧。瘨我饥馑[①]，民卒流亡。我居圉卒荒。

天降罪罟，蟊贼内讧。昏椓靡共[②]，溃溃回遹[③]，实靖夷我邦[④]。

皋皋訿訿[⑤]，曾不知其玷。兢兢业业，孔填不宁，我位孔贬。

如彼岁旱，草不溃茂[⑥]，如彼栖苴。我相此邦，无不溃止。

维昔之富不如时，维今之疚不如兹[⑦]。彼疏斯粺[⑧]，胡不自替[⑨]？职兄斯引。

池之竭矣，不云自频[⑩]？泉之竭矣，不云自中？

溥斯害矣，职兄斯弘[⑪]，不灾我躬。

昔先王受命，有如召公。日辟国百里，今也日蹙国百里[⑫]。

於乎哀哉，维今之人，不尚有旧！

［注释］

①瘨：使受苦。②椓：受过宫刑的人，指阉人。共：供职。③溃溃：乱。回遹：邪僻。④夷：平。⑤皋皋：欺骗。訿訿：陷害。⑥溃茂：茂盛。⑦疚：灾害。⑧疏：糙米。粺：细米。⑨自替：主动退位。⑩云：助词，无实义。频：水边。⑪职兄：这种形势。弘：扩大。⑫蹙：缩小，紧迫。

《唐诗画谱》插图

［译文］

上天向民逞暴虐，肆意降下大灾殃。让我百姓挨饥饿，无法生活都逃亡。全国到处一片荒。

上天降下那罪网，奸臣内讧不礼让。昏聩造谣废职事，混乱邪僻真放荡，实欲谋划灭周邦。

小人欺诈进谗言，幽王不晓其肮脏。君子谨慎又小心，很久不安心慌张，我的职位还要降。

如同干旱年景来，大地野草不丰满，草伏地上全枯黄。我看周朝这景象，必定崩溃而灭亡。

以前富有人人足，不像今天这样穷。如今贫病很普遍，不像此地太严重。民吃粗米他细米，为何自己不退让？此种情况将加重。

池水有时会枯竭，皆从水边开始干？泉水有时会枯竭，都从泉中开始干？
这次灾祸面积大，这种情况在扩展，灾祸必到我身边。
从前祖先得天命，贤臣召公最杰出。一日百里开国土，现今日削百里土。
呜呼哀哉我长叹，今天朝中大臣多，无一像旧臣召公！

颂

周 颂

《清庙》解读

本诗是《颂》的第一首诗，是周天子在宗庙祭祀文王的诗。全诗从描写清庙的庄严深邃开始，进而写到诸位过往贤臣的高贵威严，由此追忆、唱颂文王的功绩和美德。全诗篇幅短小，内容浅显，但其中所蕴含的感情深沉、古朴，表达了对先人的感激、崇敬和对其未竟事业的继承、发扬。整首诗的风格庄严、厚实，有一定的文采。

清 庙

於(wū)穆清庙[①]，肃雍显相[②]。济济多士，秉文之德[③]。

对越在天[④]，骏奔走在庙。不(pī)显不(pǐ)承[⑤]，无射(yì)于人斯[⑥]。

［注释］

①於：叹词。穆：美好。②雍：和顺。显：尊贵。相：助祭者。③秉：承继。④对越：报答称颂。⑤不：通“丕”，十分。显：耀眼。承：好。⑥射：厌。

对越在天，骏奔走在庙

［译文］

呜呼深远清庙里，庄重和顺助祭者。执事人多又整齐，文王美德来继承。

报答文王在天灵，祭祀奔走于庙中。无限光辉和美好，从无厌倦皆尊奉。

《维天之命》解读

这是一首周天子祭祀文王的诗，格调开阔、庄严，充满崇敬之感。全诗以彰显文王的道德品质为主旨，显示了他泽被后世的光耀和尊严，表达了对文王崇敬和景仰及向先王学习的决心和气魄。由此体现了祭祀的虔诚和主人公心性的坦荡，读来感觉气氛和谐，神圣肃穆。

维天之命

维天之命，於穆不已[①]。於乎不显，文王之德之纯。

假以溢我[2]，我其收之。骏惠我文王[3]，曾孙笃之。

[注释]

①不已：无极，无穷尽。②假以：拿来。溢：授予。③骏：大。惠：顺从，忠。

[译文]

想那上天有旨意，辽远壮美无边极。呜呼显赫又光明，文王之德真纯正。
他用美政戒慎我，我们必定来执行。坚决顺从周文王，后世子孙定继承。

《维清》解读

这是一首祭祀文王的乐歌。诗序："《维清》，奏《象舞》也。"《象舞》分文、武两种，文舞执钥，武舞执干，本诗是文舞。全诗读来节奏鲜明，抑扬顿挫，可以想到舞者在节奏陪伴下腾挪有力，大气磅礴，展现了文王典范的浩大、光明，以及祭祀的庄严、盛大，同时显示了人们充满自信、祥和的精神状态。

维清

维清缉熙[1]，文王之典[2]。
肇禋[3]（zhào yīn），迄用有成[4]，维周之祯[5]。

[注释]

①清：清明。缉：延续。熙：光明。②典：前代定下的法则。③肇：开始。禋：祭天的仪式。④迄：至，到。有成：指拥有天下。⑤祯：祥瑞，吉祥。

[译文]

清明奋发勇向前，文王美德天下传。
始从西土建功业，直到最终大功成，这是周朝大吉祥。

《烈文》解读

这首诗是周天子分封诸侯时的简单演说词，以乐歌的形式演奏。本诗要言不烦，突出强调了诸侯知人善任与推行德政。诗中有对诸侯的赞赏和劝谏，感情表达诚挚、动人。诗中语气平静、谦和并不失威严、庄重，既体现了天子对诸侯的尊重和赞赏，更体现了对诸侯的关心和爱护。全诗显得语重心长，情深义重。

烈文

烈文辟公[1]，锡兹祉（cǐ）福。惠我无疆，子孙保之。

无封靡于尔邦[2]，维王其崇之[3]。念兹戎功，继序其皇之[4]。

无竞维人[5]，四方其训之。

不显维德，百辟其刑之，於乎前王不忘！

[注释]

①辟公：君公，文王初不称王，为诸侯之一。②封靡：大累，指大罪。③崇：尊重。④皇：辉煌，光大。⑤无：语气助词。竞：逞强。

[译文]

有功有德诸侯公，赏赐大家大幸福。上帝赐恩无穷尽，你们子孙要保住。

莫犯大罪在本国，王才尊重且保护。牢记你祖大功劳，继承宏扬要思虑。

切勿与人逞豪强，四方诸侯才顺服。

最最显耀是美德，天下诸侯都效法，呜呼不忘先王德！

《天作》解读

本诗是一首祭祀岐山、象征国运的诗。诗中大山、开垦、劳作、大路等分别与国家、最初建立国家、治理国家、建成为伟大国家一一对应。全诗简短含蓄，言近旨远，继承、发扬了先祖意志和精神。整首诗以天作为题，显示了人类征服自然、建立国家的豪迈气势。

天作

天作高山[1]，大王荒之[2]。彼作矣[3]，文王康之[4]。

彼徂矣岐(qí)[5]，有夷之行[6]。子孙保之。

《事林广记》插图

[注释]

①作：生。高山：指岐山。②大王：指周代开国君主。荒：治理。③彼：指周太王。④康：继承发扬。⑤徂：同“阻”，山势险峻。⑥夷：平，平坦。

[译文]

天造高大那岐山，太王开垦费思量。太王于此创基业，文王继续开周疆。

万民归周皆前往，岐山道路始坦荡，儿孙永保岐山冈。

《昊天有成命》解读

本诗是一首祭祀成王的乐歌。全诗以深情的笔调描绘了文王、武王继承天命，不辞辛苦奋力开创伟大事业的事件。歌颂了他们为国日夜操劳，殚精竭虑的精神。整首诗的句式灵活，表达意思清楚准确，风格凝练隽永，体现了对先祖的敬重和缅怀。

昊天有成命

昊天有成命，二后受之①。成王不敢康，

夙夜基命宥密②。於缉熙，单厥心③，肆其靖之④。

[注释]

①二后：指文王和武王。②基：巩固，踏实。命：天命，政权。宥：宽厚，仁德。密：安静，平和。③单：同“殚”，用尽。④靖：太平，安康。

[译文]

上天已有成命在，文王武王把王做。成王哪敢享安乐，日夜谋划为国忙。

呜呼奋力向前闯，用尽心血为周邦，遂使世人得安康。

《我将》解读

这是一首祭祀上帝、配祭文王的乐歌。全诗十分朴素，诗中关于祭祀的描绘与中华民族后世的民间祭祀没有什么本质上的不同，读来感觉十分亲切。从全诗所表达的淳朴、深厚的情感当中，我们可以想象当时人们生活的安定、祥和以及当时民风的纯朴。

我将

我将我享，维羊维牛。维天其右之①。

仪式刑文王之典②，日靖四方③。

伊嘏(jiǎ)文王④，既右飨(xiǎng)之⑤。

我其夙夜，畏天之威，于时保之⑥。

[注释]

①右：佑，保佑。②式：用。刑：法。③靖：平定。④嘏：伟大。⑤飨：神来享用。⑥时：是。

［译文］

我捧祭品贡上苍，有那牛来还有羊。请求上帝把我助。
文王美德是榜样，日思安定那四方。
伟大国君周文王，邀他来把祭品享。
我要日夜为国忙，心怕上天真威严，于是永保我周邦。

《时迈》解读

这是一首周武王巡视天下、祭祀山川的乐歌。全诗以第三者的视角来描绘巡视以及祭祀的盛况，客观地显现了周武王仁厚的品德。诗中简单回顾武王伐纣的事迹，把事情的起因、经过、结果完整地表现出来，表达了对武王的赞美及对国家昌运的期待。

时 迈

时迈其邦①，昊天其子之。实右序有周，薄言震之②，
莫不震叠(dié)③。怀柔百神④，及河乔岳。允王维后⑤！
明昭有周⑥，式序在位。载戢(jí)干戈，载櫜(gāo)弓矢。
我求懿德，肆于时夏⑦。允王保之！

［注释］

①时：是。迈：行。邦：指诸侯的国家。②震：威慑。③震叠：震惊。④怀柔：安抚。⑤允：确实。后：君王。⑥明昭：明见。⑦肆：遂，故。夏：华夏，指中国。

［译文］

如今天下有万国，天视如子显慈祥。实是保佑我周邦，武王发兵灭纣王，
天下各国全惊慌。安抚众神来祭祀，黄河四岳把祭享。武王确是好君王！
上帝昭示周王朝，周家代代传为王。从此收起干和戈，弓矢装袋都收藏。
美德俊才我寻访，普施德政国势强。周王定保国运昌！

《执竞》解读

这是一首颂扬周武王功业、赞美成康之治的乐歌。全诗以武王起兴，武王之后成王及其子康王继承武王的功业，务从节俭，克制多欲，缓和阶级矛盾，又令周公制礼作乐，创立和推行王朝的各种典章制度，使成康时期成为周朝最为强盛的时期，史称“天下安宁，刑具四十余年不曾动用”，故有“成康之治”的赞誉。整首诗主要反映的就是这一时期的盛况。

执竞

执竞武王，无竞维烈[①]。不显成康，上帝是皇。

自彼成康，奄有四方[②]，斤斤其明。钟鼓喤喤[③]，

磬筦将将[④]，降福穰穰(rǎng)[⑤]。降福简简[⑥]，威仪反反[⑦]。

既醉既饱，福禄来反。

[注释]

①竞：超过，比得上。烈：功绩。②奄：拥有。③喤喤：声音大而和谐。④筦：管，是一种乐器。⑤穰穰：众多。⑥简简：广大。⑦反反：慎重的样子。

[译文]

制服强暴乃武王，灭商伟业世无比。成王康王好显赫，上帝真心来嘉奖。

周自成王和康王，拥有天下日益强，可察秋毫眼明亮。钟鼓之声喤喤响，

磬管和谐声锵锵，三王降福好吉祥。盛大幸福由天降，礼节井然又端庄。

神灵享祭醉又饱，必将福禄报周王。

《思文》解读

这是一首祭祀周的远祖后稷以配天的乐歌，也是一首短小精悍的抒情诗。传说后稷是邰氏之女姜嫄踏巨人脚迹，怀孕而生。因一度被弃，故又名弃。后稷善于种植各种粮食作物，曾在尧舜时代当农官，教民耕种，被认为是开始种稷和麦的人。这首诗通过追述后稷的功绩，表达人们对他深切的怀念。

思文

思文后稷，克配彼天[①]。立我烝民[②]，莫匪尔极[③]。

贻我来牟[④]，帝命率育[⑤]。无此疆尔界，陈常于时夏。

[注释]

①配：匹配。②立：通“粒”，谷粒，指种粮食养人。③极：准则。④来牟：麦种。⑤率育：普遍种植。

[译文]

文德伟大是后稷，能配上帝享郊祀。养育民众布恩德，耕种准则皆依你。

遗留麦种传后人，上帝命你遍供食。地界不分彼与此，耕种常法遍华夏。

《臣工》解读

这是一首周天子籍田的诗。籍田，是每年春耕前于田头所举行的一种仪式，表示破土始耕，由天子和农官主持，类似于现在的剪彩。这首诗细致地描绘了仪式的整个过程，说明中国古代对农业生产的高度重视，同时也表达了人们期盼丰收、吉利的美好愿望。

臣工

嗟嗟臣工，敬尔在公。王厘尔成①，来咨来茹②。

嗟嗟保介，维莫之春③，亦又何求④？如何新畬(yú)⑤？

於皇来牟⑥，将受厥明。明昭上帝，迄用康年。

命我众人：庤(zhì)乃钱镈(jiǎn bó)⑦，奄观铚艾⑧。

［注释］

①厘：整理，治理。②咨：询问。茹：商讨。③莫：通“暮”，晚。④又：有。⑤新：新田。畬：旧田。⑥皇：美。⑦庤：储备。钱：一种类似铁铲的农具。镈：锄田去草的农具。⑧铚：农具名，一种短小的镰刀。

［译文］

啊呀群臣和百官，公事必须认真办。你有成绩王奖赏，有事询问多商谈。

啊呀田官尽职守，暮春要到快耕田。农夫还有何请求？新田耕种怎妥善？

啊呀麦种实在好，交给农夫播田间。光明上帝心良善，赏与我们丰收年。

快去命令农夫们：储备你的锹与锄，快去检验剪与镰。

《噫嘻》解读

这是一首赞美成王亲临田头、督促农官负责耕种的诗。本诗是《臣工》的姊妹篇。从诗中可以看出当时的农耕制度和耕作的实际状况。全诗在成王亲临现场的带动下，使所描绘的农耕过程带有活泼、激昂的情绪，显得很有干劲，读来耳目一新，不禁为之所感染，也仿佛投身于他们轰轰烈烈的劳动当中。

噫嘻

噫嘻成王，既昭假尔①。率时农夫，播厥百谷。

骏发尔私②，终三十里③。亦服尔耕，十千维耦(ǒu)④。

[注释]

①尔：指招请的神灵。②骏：快。发：发掘，开发。③终：尽。④耦：两人并耜而耕。

[译文]

成王赞美求上帝，虔诚真情达上天。率领这些农夫们，播种百谷至田间。

迅速开发你私田，三十里田望到边。你们快将公田种，万人耦耕齐努力。

《振鹭》解读

这首诗是周天子赞美来朝参与祭祀的杞、宋两位诸侯的诗。杞、宋二位诸侯分别是夏与商的后代，周天子毫无征服者的姿态，对他们亲切致意，优礼有加。本诗是一首相当优美的兴体诗。诗以白鹭象征来朝的两位诸侯，表达对他们德行的赞赏和敬重，同时也对他们寄予深深的厚望。

振 鹭

振鹭于飞，于彼西雝。我客戾止①，亦有斯容②。

在彼无恶，在此无斁③。庶几夙夜，以永终誉④。

[注释]

①戾：到，至。②亦有斯容：指有白鹭高洁的容貌。③斁：同“恶”，厌恶。④誉：声誉，名望。

[译文]

成群白鹭天飞上，飞到西郊水泽旁。我的宾客都来到，也像白鹭真漂亮。

本国无人怨恨他，得到欢迎在周邦。望你勤勉无日夜，盛大名誉永传扬。

鹭，《诗经集传》插图

《丰年》解读

本诗是一首农事完毕后祭祀祖先的乐歌。丰收年份，粮食满仓，人们的喜悦之情可想而知，同时内心充满对祖先的感激。大家把谷物、粮食酿成清酒，一方面是为了庆贺的需要，另一方面则是为了敬奉祖先的需要。诗中强调礼节的周全，表明当时礼教制度深入人心，已成为社会的道德规范。

丰 年

丰年多黍多稌(tú)①，亦有高廪(lǐn)②，万亿及秭(zǐ)③。

为酒为醴(lǐ)，烝畀(bǐ)祖妣④，以洽百礼⑤，降福孔皆⑥。

［注释］

①稌：稻子。②廪：收藏粮食的米仓。③亿：数万。秭：数亿。亿、秭都指数量极多。④烝：进献。畀：给予。⑤洽：配合。⑥孔：很。皆：普遍。

［译文］

丰年收获黍稻丰，装满高高那粮仓，成万上亿难数尽。

新米酿成酒与醴，进献祖先来品尝，祭祀礼节都相合，神灵普降大福祥。

《有瞽》解读

这是一首周天子在宗庙合乐祭祖的诗。全诗详细地描绘了宗庙上各种乐器的摆放位置和演奏秩序，表现了周天子祭祖时一丝不苟的作风和谨慎的态度，表明人们对祭祀的重视程度。同时诗中还表现了乐声的悠扬动听，以至神人共享，无形中拉近了彼此的距离，从而达到祈祷和祝愿的目的。

有 瞽(gǔ)

有瞽有瞽，在周之庭。设业设虡(jù)①，崇牙树羽②。

应田县鼓③，鞉(táo)磬(qìng)柷(zhù)圉(yǔ)④，既备乃奏，箫管备举。

喤(huáng)喤厥声，肃雝和鸣，先祖是听。

我客戾止，永观厥成⑤。

［注释］

①虡：挂钟鼓的架子。②崇牙：设在大版上，形状像牙齿，可以挂钟鼓。树羽：在崇牙上饰的五彩鸟羽。③应：小鼓。田：大鼓。④鞉磬柷圉：四种打击乐器。⑤永：长久。

［译文］

盲人乐师盲乐师，就在宗庙大庭上。陈设钟架和鼓架，彩羽装饰木齿上。

小鼓大鼓都挂起，鞉磬柷圉排成行，乐器备齐忙演奏，排箫管乐合奏忙。

各种乐声很洪亮，庄严肃穆和谐响，祖宗听罢心欢畅。

我的宾客都来到，一曲奏毕久欣赏。

《潜》解读

本诗是在宗庙献鱼祭祖时所唱的乐歌。诗中对鱼在水里游的情态描绘简洁而有生气，非常活泼动人。同时对各种鱼类名称的列举，说明人们对鱼的熟悉，也暗示当时人们生活的富裕、安康，从而体现了祭祀的庄重和美好，表现了人们对生活所抱有欢快、积极乐观的情绪。

潜

猗与漆沮①！潜有多鱼，有鳣(zhān)有鲔，鲦鲿(cháng)鰋鲤。

以享以祀，以介景福②。

鲦，《诗经集传》插图

[注释]

①猗与：赞叹词，好啊。②介：祈求。

[译文]

漆水沮水多美丽！很多鱼藏柴堆旁，有那鳣鱼和鲔鱼，鲦鲿鰋鲤好多样。

把鱼献给祖宗尝，乞求大福尽情享。

《雝》解读

本诗是一首周武王祭祀文王的诗。诗的开头描绘了祭祀的场景，天子、诸侯、祭品烘托了气氛的庄重肃穆，接下来就是对上天的祈祷和对文王的祭奠。祭词语气蓬勃、声势浩大，表达了对上天恩德的感怀和对文王功绩的称颂，同时也表明人们对于世代福禄寿泽的寄望和期待。整首诗强调了孝子、孝道，表达了“百善孝为先”的道理，对我们不无教育意义。

雝

有来雝雝①，至止肃肃。相维辟公②，天子穆穆。

於荐广牡③，相予肆祀。假哉皇考！绥予孝子④。

宣哲维人，文武维后。燕及皇天，克昌厥后。

绥我眉寿⑤，介以繁祉⑥。既右烈考，亦右文母。

[注释]

①雝雝：和睦的样子。②相：助祭。③荐：进献。广牡：大的公牛。④绥：安。⑤绥：给，助。⑥介：赏赐。

[译文]

前来祭者皆和睦，进入宗庙真严肃。助祭之人是诸侯，周王容止很静穆。

进献公牛躯体大，助我摆设众祭物。美好伟大我的父，把我孝子来安抚。

文王作臣好明哲，作君才能兼文武。治国能使天帝安，子孙昌盛永继祖。

文王赐我寿命长，帮我获得大幸福。既请先父保佑我，保佑我者还有母。

《载见》解读

这是一首诸侯来朝求取象征身份的车马、服饰及典章制度，并协助祭祀武王之灵的乐歌。诗中描绘了诸侯车马配饰的耀眼华美，表明当时礼仪制度的完备。全诗没有直接描写祭祀的场景，但从对诸侯车马的描写和对祭词的陈述中我们不难想象当时气氛的隆重、盛大，以及君臣关系的和谐、有序。

载见

载见辟王，曰求厥章。龙旂阳阳①，和铃央央②。

鞗（tiáo）革有鸧（qiāng）③，休有烈光④。率见昭考，以孝以享。

以介眉寿，永言保之。思皇多祜⑤，烈文辟公⑥，

绥以多福，俾缉熙于纯嘏（gǔ）⑦。

[注释]

①阳阳：鲜艳夺目。②央央：指响动铃声。③鞗革：马龙头上的装饰。鸧：饰物的撞击声。④休：华美。⑤祜：福。⑥辟公：指诸侯。⑦俾：使。缉熙：光明。纯嘏：大福。

[译文]

诸侯初次拜成王，求取王朝众典章。交龙旗子多鲜亮，车行和铃叮当响。

缰绳饰玉声悦耳，既华美来且光亮。率领诸侯祭武王，献上祭品武王品。

祈求长寿心乐畅，永久保佑参祭者。成王伟大福祥多，有功有德诸侯王。

载见辟王，曰求厥章

先王赐福靠你帮，让我光明福禄长。

《有客》解读

这是一首商的后代宋微子朝周，周天子设宴饯行时演奏的乐歌。全诗以欢呼的语气开始，全诗气氛亲切、欢快，把主人的好客和客人的尊贵都烘托出来，给人生动、鲜明的印象。诗中的描述更进一步地印证了宾主之间热情、友善的情谊，表现了当时礼仪根基的深厚。

有 客

有客有客，亦白其马①。有萋有且，敦琢其旅②。

有客宿宿③，有客信信④。言授之絷，以絷其马。

薄言追之，左右绥之⑤。既有淫威，降福孔夷⑥。

[注释]

①亦：语气助词。②敦琢：指有礼节。旅：众。③宿宿：两宿。④信信：四宿。⑤绥：安抚。⑥孔夷：很大。

[译文]

骑着白马入京城，宾客微子朝周王。随从官员人很多，服饰美丽花样多。

宾客住了两夜晚，嘉宾住了四晚上。快把绳索交与他，绊住马腿不要放。

宾客难留且饯行，群臣安抚情意浓。终有大德封宋国，很大福禄从天降。

《武》解读

本诗是赞美武王克商所作的乐歌。全诗采用追述的方式，体现了武王继承文王基业开创盛事的辉煌和光荣。诗的开头即发出对武王深深的赞叹，表明其功绩的伟大，从而为全诗打下很好的感情基调，表达了诗人对武王的崇敬之情。

武

於皇武王，无竞维烈①。允文文王②，克开厥后。

嗣武受之，胜殷遏刘③，耆(zhǐ)定尔功④。

[注释]

①烈：业。②文：文德，文彩。③刘：杀。④耆定：成就，促成。

[译文]

啊呀伟岸周武王，功业无人比得上。文王确实有文德，能替后代把业创。

武王继承文王业，战胜纣王杀人狂，终成大功美名传。

《闵予小子》解读

本诗是周成王登基之日朝于宗庙时所作。年少的成王面对一个庞大的王朝，孤苦无依的他深感困惑和忧虑。全诗以第一人称的视角切入，具有个人化性质，抒发的是真感情、真忧虑，表现了诗人鲜明独特的心理感受，读起来感人至深，使读者对其处境和情感有深刻的理解和认同。

闵予小子

闵予小子[1]，遭家不造[2]，嬛嬛(qióng)在疚[3]。

於乎皇考！永世克孝。念兹皇祖，陟降庭止。

维予小子，夙夜敬止[4]。於乎皇王！继序思不忘[5]。

[注释]

①闵：可怜。②遭：遇上。不造：不幸。③嬛嬛：孤独忧伤、无所停靠的样子。疚：生病。④敬止：戒慎。⑤继：继承。思：想法。

[译文]

可怜我这小孩子，遭逢家庭大不幸，孤苦无依心忧伤。

哎呀伟大我父王！毕生能孝爹和娘。想起祖父周文王，上下推行直道忙。

现在我这小孩子，终日勤劳理朝纲。哎呀文王和武王！我承祖业永不忘。

《访落》解读

这是一首周王向先父悔过的诗，祈求神灵保佑自己。全诗是在开始商讨国事时主人公的一份内心独白，表达了他希望能够继承先祖遗志，励精图治的美好愿望，但同时也清醒地认识到所要担当责任的艰巨和自己能力的不足。诗的口吻朴素、诚实。

访落

访予落止[1]，率时昭考[2]。

於乎悠哉，朕未有艾[3]。

将予就之，继犹判涣④。

维予小子，未堪家多难。

绍庭上下⑤，陟降厥家。

休矣皇考，以保明其身。

访予落止，率时昭考

[注释]

①访：询问。落：始。②率：遵照。③艾：经验。④判涣：分散。⑤绍：继。

[译文]

执政之始即谋划，追随父道治周邦。武王之道真远大，阅历很浅难追上。

扶我因袭你王法，继承大业未理想。现在我尚年纪轻，周家多灾难担当。

父继大道施上下，暗中保佑周国强。美好伟岸周先王，保护我身享大康。

《敬之》解读

这是一首周成王自我警诫并告群臣的诗。全诗以上天的监督表示自警，同时以任重道远及自己的能力不足希望群臣能够不遗余力地帮助自己，提醒自己，共同把国家治理好。从中我们可以看出，成王的严于律己、虚怀若谷。一位少年天子考虑问题如此之周详，其气度和风范不禁让人为之折服。

敬之

敬之敬之①，天维显思，命不易哉②！

无曰高高在上，陟降厥士，日监在兹。

维予小子，不聪敬止③。日就月将④，

学有缉熙于光明⑤。佛(bì)时仔肩⑥，示我显德行。

[注释]

①敬：戒慎。②不易：言其难也。③敬：小心谨慎。④日就：天天积累。月将：月月进步。⑤缉熙：继承发扬。⑥佛：通“弼”，辅佐。仔肩：责任，重担。

[译文]

行事处处要警惕，上天省察眼睛亮，天命不易保持长！
别说天帝高在上，他派众臣时升降，日日监视大地上。
我当君王年纪轻，听从教诲常自省。日积月累无懈怠，
学问广大心明亮。群臣辅我肩重担，指示明德为榜样。

《小毖》解读

这是一首成王针对管蔡之乱自警的诗。诗的题旨是凡事应察其先机，防患于未然。全诗语气沉重、严肃，具有深刻的反省和自诫意识。由小鸟变大鹰的比喻形象地说明了做事情不谨慎所带来的严重后果，同时表明自己如今的困境，已无力承担更多的祸乱，从而具有很强的约束和警惕效果。

小毖

予其惩①，而毖后患②。莫予荓蜂③，自求辛螫④。
肇允彼桃虫⑤，拚飞维鸟⑥，未堪家多难，予又集于蓼⑦。

[注释]

①惩：警戒，警惕。②毖：小心谨慎。③荓：牵扯，牵引。④辛螫：指祸害。⑤肇：开始。允：语气助词，没有实义。桃虫：指小鹪鹩。⑥拚飞：上下飞舞。⑦蓼：一种苦草，比喻陷入困境。

[译文]

我以管蔡作警戒，慎防后患莫生祸。
不去打击那蜂虫，自惹祸患遭毒螫。
始信那只小鹪鹩，翻飞可以成大雕。
家遭多乱难承当，我又栖止在蓼草。

蜂，《诗经集传》插图

《载芟》解读

这是一首周天子春耕祭神时的乐歌。全诗以“载芟载柞”为契机，围绕其展开。人物三三两两相聚而来，田地禾苗那么漂亮，美酒祭祀礼仪那么欢畅。整首诗意境淳朴、温馨，表现了人民生活的和平、幸福。诗中“思媚其妇，有依其士”二句看似闲笔，却使整首诗的画面变得含情脉脉。

载芟(shān)

载芟载柞(zé)①，其耕泽泽②。千耦其耘，徂隰徂畛。
侯主侯伯，侯亚侯旅，侯彊侯以。有嗿(tǎn)其馌(yè)③，
思媚其妇，有依其士。有略其耜，俶载南亩。
播厥百谷，实函斯活④。驿驿其达⑤，有厌其杰⑥。
厌厌其苗，绵绵其麃(biāo)⑦。载获济济，有实其积⑧，
万亿及秭。为酒为醴，烝畀(bì)祖妣，以洽百礼。
有飶(bì)其香⑨，邦家之光。有椒其馨⑩，胡考之宁⑪。
匪且有且，匪今斯今，振古如兹。

［注释］

①芟：除草。柞：砍伐树木。②泽泽：细碎的样子。③嗿：吃饭时发出的声响。馌：饭食。④实：果实。函：蕴含。活：生机，活力。⑤驿驿：接连不断的样子。⑥厌：佳，好。杰：生长旺盛的。⑦麃：耕耘。⑧实：指粮食。⑨飶：食物芳香。⑩馨：芳香。⑪胡：寿。

［译文］

除去杂草砍树木，用力翻地土松散。千对农夫除田草，前往湿地与路间。
主人率领大儿子，小儿晚辈走向前，还有雇工和壮汉。大家吃饭有响声，
送饭妇女真美丽，种田男子真健壮。翻地犁头很锋利，起土耕种南亩间。
农夫皆来播百谷，种粒勃勃欲发芽。禾苗陆续钻出土，初生苗儿真好看。
禾苗长得很整齐，谷穗连绵一大片。开始收获人众多，场上谷堆一片片，
上亿上秭数难算。新粮酿酒好香甜，进献男女老祖先，祭祀合礼很周全。
祭物香味都飘散，国家光荣心欢喜。酒味醇香很浓厚，进献老人得平安。
耕种非从今日起，丰收祭祀非自今，自古至今就如此。

《良耜》解读

本诗是一首秋收后祭祀土神、谷神的乐歌。全诗细致地描写了人们在田间劳作的场景。语言生动、活泼，具有浓浓的农村生活气息。诗中情感醇厚、质朴，感觉清新、欢快，展现了人们良好的精神状态和道德风貌。这是一首展现三千多年前农业劳动的诗，对今天来说具有极大的史料价值。

良耜(sì)

畟(cè)畟良耜，俶载南亩①。播厥百谷，实函斯活。
或来瞻女，载筐及筥(jǔ)，其饟(xiǎng)伊黍②。其笠伊纠③，
其镈(bó)斯赵，以薅(hāo)荼蓼(liǎo)。荼蓼朽止，黍稷茂止。
获之挃(zhì)挃④，积之栗栗⑤。其崇如墉⑥，其比如栉(zhì)，
以开百室。百室盈止，妇子宁止。杀时犉(rún)牡⑦，
有捄(qiú)其角。以似以续，续古之人。

[注释]

①俶：翻土。载：除草。②饟：用食物款待。③纠：编织。④挃挃：收割作物的声音。⑤栗栗：众多的样子。⑥崇：高。⑦犉：大公牛。

[译文]

良好犁头深翻地，起土翻草南亩上。大家携手播百谷，种有生机芽欲发。
有的妇女来看你，手持方筐和圆筐，送来米饭给你尝。头上斗笠用草编，
手拿锄头来锄田，清除荼蓼使禾长。荼蓼已经都腐烂，黍稷繁茂长得旺。
收获庄稼挥刀响，田间谷堆小山样。粮垛高高像城墙，谷堆排列如篦齿，
储粮打开上百仓。上百仓房堆满粮，老婆孩子心安详。祭祀宰杀壮公牛，
牛角弯弯好模样。丰收祭祀社稷神，先人传统需发扬。

《丝衣》解读

这是一首祭神的乐歌。至于所祭何神，尚无定论，从诗的内容看，可能是岁终祭祀。全诗以喜悦的笔触描写了人们进行祭祀的情景。从人们的穿着和祭祀活动中，我们可以感受到一种淳朴、欢快的民风和礼仪教化的清明。全诗读来意象生动、鲜明，很有亲和力。

丝衣

丝衣其紑(fǒu)①，载弁俅俅②。自堂徂基③，
自羊徂牛，鼐(nài)鼎及鼒(zī)④。兕觥(gōng)其觩(qiú)，
旨酒思柔。不吴不敖⑤，胡考之休。

[注释]

①丝衣：祭服。紑：指衣服鲜洁。②俅俅：恭顺的样子。③基：门槛。④鼐：

大鼎。鼒：小鼎。⑤敖：傲慢。

[译文]

丝绸祭服光又亮，漂亮礼帽戴头上。察看庙堂到墙根，
看完牛来又看羊，摸摸大鼎和小鼎。犀牛角杯弯弯样，
味道柔和甜酒浆。大家不嚷不骄傲，愿都美好又寿长。

《酌》解读

这是一首武王伐商成功登上王位后赞美王师将士的诗。全诗气象宏阔，诗中军队整齐井然，充满必胜的信心和勇气。天时、地利、人和有机地配合在一起，显示了周王室强烈的号召力和凝聚力，表达了对王师的崇敬和赞叹，同时也表达了为国效力、尽忠的愿望和决心。

酌

於(wū)铄王师[①]，遵养时晦[②]。时纯熙矣[③]，是用大介[④]。
我龙受之[⑤]，蹻(jué)蹻王之造。载用有嗣，实维尔公允师[⑥]。

[注释]

①铄：辉煌。②遵：率。养：取。晦：韬晦。③时：时机。纯：大，极。熙：光明。④大介：大军。⑤龙：光宠。⑥师：效法。

[译文]

啊呀周军真辉煌，养精蓄锐待时机。天下形势大光明，大举进兵得胜利。
承受天宠做君王，勇武有功周武王。伐商是继文王业，效法先王有榜样。

《桓》解读

这是一首描述周灭商后的太平景象的诗，社会安定，五谷丰登，人民安居乐业，社稷兴旺昌隆，显示出勃勃的生机与活力，言语中满怀激动和自豪，表达了作者对周武王的崇敬和赞美以及对美好未来的信心和希望。诗的格调高雅、明朗，感情表达浓烈、赤诚，十分坦荡。

桓

绥万邦，娄丰年[①]，天命匪解。
桓桓武王[②]，保有厥士。于以四方，
克定厥家。於昭于天，皇以间之[③]。

[注释]

①娄：屡。②桓桓：威武的样子。③间：取代，接替。

[译文]

安定天下安万邦，年年丰收得吉祥，遵奉天命无懈怠。
勇猛威武周武王，保有祖传好土地。前往伐商取四方，
能定天下使兴旺。武王光辉照天上，皇天让他代殷商。

《赉》解读

这是一首周武王灭商后与群臣共勉的诗。诗的语气恳切、恭谨，有对先祖深深的尊敬和感激，更有对天下归心、务必确保国泰民安的责任感和使命感。诗中情感真挚，其中对民心的重视和维护，表现了一代英主的胸怀和气节，让人由衷叹服。

赉(lài)

文王既勤止，我应受之①，敷时绎思②，
我徂维求定③。时周之命，於绎思④！

[注释]

①受：继承，接受。②敷：推广，普及。③徂：往。求定：寻求安定。④绎：继，继续。思：句末语气词。

[译文]

文王一生很勤劳，他的基业我继承，普天归向周王朝，
我征南国使安定。各国承奉周王令，继续伟业忙不停！

《般》解读

这是一首周武王灭商后巡狩天下、祭祀四岳河海，回返周的故地后所作的乐歌。本诗视野开阔、气魄宏大，登高望远，上下千年，纵横万里，尽抒胸怀，表达的是对祖国大好山河的热爱和对周王室的无比拥戴，是一首典型的祖国颂，为《周颂》的压卷之作，也是同类诗歌中的绝唱，读来潇洒大方。

般

於皇时周，陟其高山，隋(duò)山乔岳①，允犹翕(xì)河②。
敷天之下，裒(póu)时之对③，时周之命。

[注释]

①嶞：狭长连绵的小山。②允：通“沇”，亦名济水。犹：通“湭”，水名。翕：汇聚。河：黄河。③裒：聚集。时：世代。对：配，指配祭。

[译文]

壮伟美好周王朝，登上它的高高山，狭长小山大高山，众川流进黄河川。

普天之下各诸侯，聚集在此受封疆，承奉周王将令传。

鲁颂

《駉》解读

本诗是一首赞美鲁僖公善于养马以增强国力的诗。雄壮、剽悍、飞驰的骏马是草原的宠儿，更是力量与强盛的象征。这是一首写实诗，同时也可以看作是一首象征诗，用各种各样的马暗喻各种各样的人才，国家因此才有希望和期待。本诗的语言有一种明快、流畅的内在乐感。

駉(jiōng)

駉駉牡马，在坰(jiǒng)之野①。薄言駉者！有驈(yù)有皇②，
有骊有黄，以车彭彭。思无疆，思马斯臧！
駉駉牡马，在坰之野。薄言駉者！有骓(zhuī)有駓(pī)③，
有骍(xīn)有骐④，以车伾伾(pī)⑤。思无期，思马斯才！
駉駉牡马，在坰之野。
薄言駉者！有驒(tuó)有骆⑥，
有駵(liú)有雒(luò)⑦，以车绎绎⑧。
思无斁⑨，思马斯作⑩！
駉駉牡马，在坰之野。
薄言駉者！有骃(yīn)有騢(xiá)⑪，
有驔(diàn)有鱼⑫，以车祛祛(qū)。
思无邪⑬，思马斯徂！

駉駉牡马，在坰之野

[注释]

①駉：歌颂鲁侯养马肥壮。②驈：身为黑色股间为白色的马。③骓：苍白杂色的马。駓：黄白杂色的马。④骍：赤黄色的马。骐：青黑色的马。⑤伾伾：有力的样子。⑥驒：青骊马。⑦駵：赤身黑鬣的马。雒：黑身白鬣的马。⑧绎绎：跑得快。⑨无斁：无厌，满意。⑩作：善，好。⑪骃：浅黑带白色的杂色马，騢：赤白杂色的马。⑫驔：脚胫有长毛的马。

鱼：二目毛色白的马。⑬无邪：不坏，不错。

［译文］

群马高大又肥壮，远郊原野把牧放。众马之中品种全！有骊马来还有皇，又有骊马又有黄，用来驾车真雄壮。养马事业无止境，马儿如此美无双！群马高大又肥壮，远郊原野来放牧。众马之中品种多！有骓有驱很多种，又有骍马又有骐，用来驾车力量大。养马事业无止境，马儿成才事业旺！群马高大且肥壮，远郊田野把牧放，众马之中品种多！有骅有骆好多样，又有骝马又有雒，用来驾车腿力强。养马事业无止境，马儿振作精神爽！群马高大且肥壮，远郊田野来放牧，众马之中品种多！有骃有騢好多样，又有驔马和鱼马，用来驾车腿力强。养马事业无止境，马儿如此真雄壮！

《有駜》解读

这是一首宴会时以舞助兴、表达喜庆气氛所作的乐歌。紧张繁忙的工作之余，举杯同乐，欢聚一堂。诗中对于人们畅饮及醉后情景的刻画细致、生动，读来饶有趣味，感情状态奔放、率真。全诗句法自由灵活，节奏短促，富于变化，表达出潇洒优游的心态。

有駜（bì）

有駜有駜①，駜彼乘黄。夙夜在公，在公明明②。

振振鹭③，鹭于下④。鼓咽（yuān）咽⑤，醉言舞。于胥乐兮⑥！

有駜有駜，駜彼乘牡。夙夜在公，在公饮酒。

振振鹭，鹭于飞。鼓咽咽，醉言归。于胥乐兮！

有駜有駜，駜彼乘駽（xuān）⑦。夙夜在公，在公载燕。

自今以始，岁其有。君子有穀，诒孙子。于胥乐兮！

［注释］

①駜：马肥壮有力的样子。②明明：勤勉的样子。③鹭：指持鹭羽的舞蹈。④鹭于下：舞者仿鹭蹲下。⑤咽咽：鼓声。⑥胥：皆，都。⑦駽：铁青色的马。

［译文］

马肥壮啊马肥壮，四匹黄马肥且壮。日夜为公事务多，勤勉努力忙又忙。手拿鹭羽舞翩翩，好像白鹭从天降。鼓声咚咚声深长，酒醉起舞意飞扬。君臣全都乐陶陶！马肥壮啊马肥壮，四匹公马肥且壮。日夜为公不得歇，今日休闲把酒尝。手执鹭羽翩翩舞，好像白鹭在飞翔。鼓声咚咚声深长，醉酒而舞心意畅。君臣全都喜滋滋！马肥壮啊马肥壮，四匹青马肥且壮。日夜为公事务忙，公事完了来宴上。打从今年为开始，年年丰收多打粮。鲁君始终得福祥，传给子孙大发扬。君臣全部喜洋洋！

《泮水》解读

本诗是一首赞美鲁僖公平定淮夷后宴请宾客的诗。这首诗的构思特点是以大众的眼光看待鲁侯。全诗从鲁侯的仪仗及其外貌写起，进而联系到他的美好德行和光辉业绩。全诗叙述侃侃而来，表现了人民对君主事迹的久远传唱，有种民间说道的味道，显示出浓厚的民歌之风，但本诗与鲁国的史实不符，所以研究者多以为是鲁国大臣的想象之辞，涉嫌阿谀。

泮(pàn)水

思乐泮水[1]，薄采其芹。鲁侯戾止，言观其旂。

其旂茷(pèi)茷，鸾声哕(huì)哕。无小无大，从公于迈。

思乐泮水，薄采其藻。鲁侯戾止，其马蹻(jiǎo)蹻。

其马蹻蹻，其音昭昭[2]。载色载笑，匪怒伊教。

思乐泮水，薄采其茆(mǎo)。鲁侯戾止，在泮饮酒。

既饮旨酒，永锡难老。顺彼长道，屈此群丑[3]。

穆穆鲁侯，敬明其德。敬慎威仪，维民之则。

允文允武，昭假烈祖[4]。靡有不孝[5]，自求伊祜(hù)[6]。

明明鲁侯，克明其德。既作泮宫，淮夷攸服。

矫矫虎臣，在泮献馘(guó)[7]。淑问如皋陶，在泮献囚。

济济多士，克广德心。桓桓于征[8]，狄彼东南。

烝烝皇皇，不吴不扬[9]。不告于讻[10]，在泮献功。

角弓其觩[11]，束矢其搜[12]。戎车孔博，徒御无斁(yì)[13]。

既克淮夷，孔淑不逆。式固尔犹，淮夷卒获。

翩彼飞鸮(xiāo)，集于泮林。食我桑黮(shèn)，怀我好音[14]。

憬彼淮夷[15]，来献其琛。元龟象齿，大赂南金。

[注释]

①泮：泮宫外的水。②音：指德行声誉。③屈：收。④昭假：祈祷。⑤孝：通

"效"，效法。⑥祜：赐福。⑦献馘：献上敌人的左耳朵请功。⑧桓桓：威武的样子。⑨吴：哗。⑩告：拷问。讻：争辩。⑪觩：弯曲的样子。⑫搜：众多的样子。⑬斁：疲倦，厌烦。⑭怀：回馈。⑮憬：远。

茆，《诗经集传》插图

［译文］

泮水岸边真欢乐，人们采芹泮水间。鲁侯亲自来此地，看那龙旗在前面。

龙旗飘飘迎风展，车铃叮当无间断。无论大官或小官，跟随鲁侯迈向前。

泮水岸边真欢乐，人们采藻泮水间。鲁侯亲自来这里，他的马儿真雄健。

他的马儿好雄健，话音洪亮四方传。表情和善笑开颜，他不发怒善言传。

泮水岸边真欢乐，人们采茆泮水间。鲁侯亲自来此地，泮宫之中设酒宴。

大家畅喝甜美酒，赐予长寿永保全。沿着漫漫长征路，征服淮夷灭祸患。

威严庄重鲁僖公，美德显耀天下扬。严肃认真举止好，是民榜样人称赞。

他既能文又能武，功追烈祖不一般。敬祖没有不孝事，自求幸福乐无边。

事事勤勉鲁僖公，能修美德天下传。筑建泮宫泮水旁，征服淮夷淮水间。

官兵勇武猛若虎，泮宫尽把敌耳献。法官善审如皋陶，俘虏皆献泮宫前。

贤才众多都献力，鲁侯善意广流传。威武大军去征讨，铲除东南大祸患。

军容盛美班师回，不夸军功不骄蛮。不对顽敌穷治罪，泮宫献功事周全。

牛角饰弓弯又弯，束束弓箭查不完。兵车众多奔向前，步兵车御不疲倦。

淮夷已经被战胜，尽说好话哪敢反。坚定你的好计谋，终胜淮夷得平安。

翩翩飞舞猫头鹰，栖于泮边树林中。吃我鲁国桑树果，说尽好话于我听。

淮夷觉悟从心中，稀有珍宝来上呈。大龟象牙都献上，大贝南金双手擎。

《閟宫》解读

这是一首歌颂鲁僖公的史诗。诗中叙述了周的兴起，鲁的建国和僖公的功业。这首诗长达一百二十句，是《诗经》中最长的一首。整首诗涉及内容庞杂，吟咏繁复，滔滔不绝，充斥着媚上之词，为后世文人给统治者歌功颂德开了先河。但从叙述情节和对场景的把握和描写的方面来看，本诗不失为一篇优秀的诗作。

閟宫

閟宫有侐[1]，实实枚枚[2]。赫赫姜嫄，其德不回。
上帝是依，无灾无害，弥月不迟[3]，是生后稷。
降之百福：黍稷重穋，稙稚菽麦[4]。奄有下国[5]，
俾民稼穑。有稷有黍，有稻有秬。奄有下土，
缵禹之绪。后稷之孙，实维大王。居岐之阳，
实始翦商。至于文武，缵大王之绪。致天之届，
于牧之野：无贰无虞，上帝临女。敦商之旅，
克咸厥功[6]。王曰叔父，建尔元子，俾侯于鲁。
大启尔宇，为周室辅。乃命鲁公，俾侯于东。
锡之山川，土田附庸。周公之孙，庄公之子。
龙旂承祀，六辔耳耳。春秋匪解，享祀不忒，
皇皇后帝，皇祖后稷。享以骍牺，是飨是宜[7]，
降福孔多。周公皇祖，亦其福女。秋而载尝，
夏而楅衡。白牡骍刚，牺尊将将。毛炰胾羹，
笾豆大房[8]。万舞洋洋，孝孙有庆。俾尔炽而昌，
俾尔寿而臧。保彼东方，鲁邦是常。不亏不崩，
不震不腾。三寿作朋，如冈如陵。公车千乘，
朱英绿縢，二矛重弓。公徒三万，贝胄朱綅[9]，
烝徒增增。戎狄是膺[10]，荆舒是惩，则莫我敢承[11]。
俾尔昌而炽，俾尔寿而富。黄发台背，寿胥与试。
俾尔昌而大，俾尔耆而艾。万有千岁，眉寿无有害。
泰山岩岩，鲁邦所詹。奄有龟蒙，遂荒大东[12]。
至于海邦，淮夷来同。莫不率从，鲁侯之功。
保有凫绎[13]，遂荒徐宅。至于海邦，淮夷蛮貊。
及彼南夷，莫不率从。莫敢不诺，鲁侯是若[14]。

天锡公纯嘏，眉寿保鲁。居常与许，复周公之宇。
鲁侯燕喜，令妻寿母。宜大夫庶士，邦国是有。
既多受祉，黄发儿齿。徂来之松，新甫之柏，
是断是度⑮，是寻是尺。松桷有舄，路寝孔硕，
新庙奕奕。奚斯所作，孔曼且硕⑯，万民是若。

[注释]

①閟：关闭，不让人随便进入。侐：清静。②枚枚：细密的样子。③弥：满。迟：推迟，拖延。④稙：先种的庄稼。稚：后种的庄稼。⑤奄：覆盖，拥有。下国：天下。⑥咸：成就，达成。⑦飨、宜：鬼神享用祭品。⑧大房：玉饰的俎。⑨贝胄：用贝装饰的甲。绶：线。⑩膺：击。⑪承：制止，抵御。⑫大东：极东。⑬保：抚，安定。⑭若：归顺。⑮度：剖。⑯曼：长。

[译文]

閟宫神庙很清静，广大严密不一般。光辉显耀那姜嫄，道德纯正不违天。
依赖天帝来行事，无灾无害保平安，怀胎满月未拖延，生下后稷周祖先。
上天赐予许多福：黍稷重穋品种繁，豆麦播种分后先。普天之下稷所有，
他教百姓会种田。会种稷来会植黍，稻秬丰收人开颜。天下土地全归稷，

禹王事业由他传。后稷子孙代代传，古公亶父是太王。居于岐山面向南，

奠定基业为灭商。待到文王与武王，太王事业得发扬。执行天命来惩罚，

牧野大战歼纣王：勿有二心莫惊慌，上帝监视在上方。集合殷商众俘虏，

能成大业灭殷商。成王开口喊叔父，立你长子为侯王，让他去鲁建新邦。

开拓疆域多占有，辅佐周朝守东方。以前成王命伯禽，封他为侯在东方。

赏赐大山与河WWW川，还有土地和城墙。周公子孙鲁僖公，庄公儿子做侯王。

树起龙旗承祭祀，华美四马有六缰。四季祭祀不懈怠，供奉祭品没差错。

光明伟大是天帝，先祖后稷多辉煌。进献一头赤公牛，飨祭宜祭真风光，

天赐幸福多无量。光明先祖乃周公，赐福给你尽情享。秋天开始搞尝祭，

姜嫄，明刻《历代列女传》

夏天便把牛饲养。白赤公牛好多样，牺尊相碰锵锵响。烤成乳猪做肉汤，
捧上笾豆与大杯。跳起万舞场面宏，僖公祭祀得福祥。使你昌盛而兴旺，
让你长寿又安康。你要保卫那东方，永远守住那鲁邦。永不亏损不崩溃，
久不震动不摇晃。大寿为伴生命长，坚固似山不动荡。鲁侯兵车几千辆，
矛弓系缨丝绒长，备用矛弓都成双。鲁公步卒三万整，贝饰头盔垂红缨，
步卒层层向前方。打击北狄和西戎，惩罚荆舒护边疆，没人敢把鲁兵挡。
让你兴旺国势旺，使你幸福寿命长。白发变黄肤黑纹，长寿无人能匹敌。
使你兴旺国运强，使你寿命长又长。万年千年永无疆，长寿没灾无损伤。
泰山高高耸天上，鲁国人人全仰望。龟山蒙山在鲁邦，地面扩展至东方。
直到沿海水边上，淮夷朝见鲁君王。他们没人不顺从，鲁侯之功不可忘。
凫山绎山皆占有，徐国旧地归鲁邦。势力发展到海边，淮夷蛮族全投降。
军威达到荆楚乡，无人胆敢来对抗。人人都得很听话，顺从鲁侯不逞强。
天赐鲁公大幸福，长寿永远安鲁邦。收复失地常与许，恢复周公旧封疆。
鲁侯安乐又喜庆，贤妻寿母喜洋洋。大夫众臣都和谐，鲁国方能长兴旺。
屡得上天把福降，白发变黄新齿长。徂徕山上生苍松，新甫山中柏树长，
砍伐松柏劈成柴，大小长短细细量。松木方椽真粗大，庙后正室很宽敞，
新庙落成很漂亮。奚斯写诗来颂扬，诗篇很长意义深，顺应万民把诗唱。

商颂

《那》解读

《商颂》有五篇，《那》为五篇之首，是商的后人宋君祭祀先祖汤王的乐歌。诗中对于祭祀场面的细致描绘，从中我们可以想象当时祭祀的隆重、热烈。鼓声响起、管乐悠扬，人们载歌载舞，情绪激昂，通过祭祀表达自己对祖先的缅怀。全诗秩序井然，同时强调人们的谦恭和主持的庄重，说明了当时礼仪制度的完备。

那

猗与那与，置我鞉鼓。奏鼓简简，衎(kàn)我烈祖。

汤孙奏假①，绥我思成。鞉鼓渊渊，嘒嘒管声。

既和且平，依我磬声②。於赫汤孙，穆穆厥声。

庸鼓有斁③，万舞有奕④。我有嘉客，亦不夷怿⑤。

自古在昔，先民有作⑥。温恭朝夕，执事有恪(kè)⑦。

顾予烝尝⑧，汤孙之将。

［注释］

①奏假：奏，进。②依我磬声：指奏乐时依磬声相终始。③庸：大钟。④奕：舞影闪动的样子。⑤夷怿：高兴，欢快。⑥先民：祖先。作：作为。⑦恪：恭敬。⑧顾：光顾，光临。烝：冬祭。尝：秋祭。

［译文］

舞姿婀娜真美丽，竖起摇鼓在堂上。敲起鼓儿咚咚响，娱乐先祖纵情享。
国君虔诚祭神明，赐我成就定辉煌。摇鼓声声咚咚响，竹管吹得好洪亮。
乐声和谐且纯正，随声磬声而抑扬。啊呀赫赫宋襄公，和美音乐真悠扬。
敲打钟鼓声锵锵，跳起万舞人攘攘。我有嘉宾去助祭，人人欢乐喜洋洋。
回首古代好遥远，先民祭祀也这样。子孙早晚温且恭，主持礼仪怀敬仰。
秋冬祭祀盼神降，宋君献祭神来享。

《烈祖》解读

这首诗也是祭祀成汤的乐诗。诗的语气虔诚、恭敬，表达了深切的祈求和希望。诗中详细叙述了献祭的过程，给人以意象分明，历历在目的感觉。显示了人们对祭祀所持有的庄严、神圣的态度，读来流畅、顺口，心里也为之感动。

烈祖

嗟嗟烈祖，有秩斯祜①。申锡无疆，及尔斯所。

既载清酤②，赉（lài）我思成③。亦有和羹④，既戒既平⑤。

鬷假无言⑥，时靡有争。绥我眉寿，黄耇无疆。

约軧（qí）错衡，八鸾鸧鸧⑦。以假以享⑧，我受命溥将⑨。

自天降康，丰年穰穰。来假来飨，降福无疆。

顾予烝尝，汤孙之将。

[注释]

①秩：大。②载：陈列。酤：酒。③赉：赐予。思：助词，无实义。成：和平。④和羹：五味调和的浓汤。⑤戒：到，及。平：平静。⑥鬷假无言：指默默祈祷。⑦鸧：同“锵”，铃铛作响。⑧假：到。⑨溥：广大。

[译文]

啊呀先祖功业大，绵绵大福任他享。再三赏赐福无疆，大福延至宋君王。
祭祖清酒已摆上，赏赐成功兴宋邦。五味醇羹献神灵，神灵肃穆至祭场。
祭者默默来祷告，这时没有乐声响。神灵赐我寿命长，黄发之年福无量。
皮绳缠軧衡绘彩，八个车铃叮当响。宋君告神来受祭，我受天命大而长。
安定康乐由天降，五谷丰收乐洋洋。先祖神灵尝祭品，奖赏五福永无疆。
秋冬祭祀企神降，宋君献祭神来享。

《玄鸟》解读

这是一首祭祀商的中兴之主高宗武丁的乐歌。诗中把部族原始神话与后人的历史事实结合在一起。全诗从商的起源说起，概述了商朝诸位祖先的功绩，并以此突出武丁的地位和作用，从而表达了对其的称颂。本诗可能不是周人所作，而是商代时就有，代代相传。

玄鸟

天命玄鸟，降而生商，宅殷土芒芒①。古帝命武汤，

正域彼四方②。方命厥后，奄有九有③。商之先后，

受命不殆，在武丁孙子。武丁孙子，武王靡不胜。

龙旂十乘，大糦是承④。邦畿千里，维民所止，

肇域彼四海⑤。四海来假，来假祁祁。景员维河，

殷受命咸宜⑥，百禄是何⑦。

武丁像

［注释］

①宅：住在。②正域：征服拥有。③九有：九州，九域。④糦：同“稀”，酒食。⑤肇：助词，无义。域：统治。四海：天下。⑥咸：都。宜：适宜，相称。⑦何：通“荷”，承受。

［译文］

天帝命令燕飞翔，下临人间生商王，居于殷土地茫茫。帝命勇武那成汤，

征伐占领有四方。普遍命令部落长，尽取九州做君王。商朝前代诸先君，

承受天命无懈怠，武王子孙乃贤王。武王子孙有好多，武丁常胜继成汤。

兵车十辆插龙旗，各种酒食都奉上。国境千里很漫长，百姓所住好地方，

才有四海地面广。四海共来朝商王，来朝官员熙攘攘。幅员广阔绕黄河，

殷商受命很适宜，承受大福万代享。

《长发》解读

本诗是一首赞美商久远文明传统的诗。先写商的发祥，再写起契、相土、成汤的功业，以开国之君成汤为歌颂的重点，最后引出大贤伊尹。全诗气象宏阔，内容涵盖历史上下，贯穿九州四方，脉络分明，井然有序。整首诗表现的是商朝的泱泱大度和自古传承的神勇和智慧，表达了对商朝文明的崇敬。

长发

濬哲维商①，长发其祥②。洪水芒芒，禹敷下土方③。

外大国是疆，幅陨既长④。有娀方将⑤，帝立子生商。

玄王桓拨，受小国是达⑥，受大国是达。率履不越，

遂视既发⑦。相土烈烈⑧，海外有截⑨。帝命不违，

至于汤齐。汤降不迟，圣敬日跻⑩。昭假迟迟，

上帝是祗[11]，帝命式于九围[12]。受小球大球，

为下国缀旒[13]。何天之休，不竞不絿[14]。不刚不柔，

敷政优优[15]，百禄是遒。受小共大共，为下国骏厖(méng)[16]。

何天之龙，敷奏其勇。不震不动，不戁(rǎn)不竦[17]，

百禄是总。武王载旆，有虔秉钺(yuè)[18]。如火烈烈，

则莫我敢曷。苞有三蘖，莫遂莫达。九有有截。

韦顾既伐，昆吾夏桀。昔在中叶，有震且业[19]。

允也天子，降予卿士。实维阿衡，实左右商王[20]。

[注释]

①濬哲：英明睿智。②长：久远。发：出现。祥：好的征兆。③敷：治理。④幅陨：幅员。⑤将：大，指长大。⑥达：顺畅。⑦遂：遍。视：巡视。发：行。⑧烈烈：威武的样子。⑨截：整齐。⑩跻：升。⑪祗：敬。⑫九围：九州。⑬缀旒：表率。⑭絿：心急，烦躁。⑮优优：平和的样子。⑯骏厖：庇护。⑰戁、竦：恐惧。⑱虔：牢固。⑲震：动荡。业：危机。⑳左右：辅佐。

[译文]

智慧深邃属契王，久远时代呈吉祥。大水荡荡白茫茫，夏禹治水安四方。
安邑以外定封疆，幅员已经好宽广。有娀之国正兴旺，天助简狄生商王。
玄王威武且刚强，尧授小国治得好，舜授大国政令畅。遵循礼法不越轨，
巡视天下业辉煌。契孙相土真威武，海外齐心都归降。不敢违背上帝令，
传至成汤王业成。生逢其时成汤王，勤于治事威望高。天帝降临久不去，
汤心牢记天旨意，定作九州好楷模。接受上帝大小法，作为诸侯好典范。
汤承上帝庇护多，不争不躁性平缓。不刚烈来不柔软，推行政令好宽和，
各种福气皆聚全。接受上天小大法，诸侯依他得庇护。承受上天之荣宠，
向天广进那武功。成汤不惊又不动，不胆怯来不恐慌，各种福气皆聚拢。
汤王开始发雄师，勇猛持钺向前闯。汤军势盛若烈火，没人胆敢来阻挡。
一棵树干生三杈，没有谁能把叶长。九州大地大一统。韦顾先后全荡平，
昆吾夏桀全扫光。商王终生拼搏忙，功业威武好雄壮。确是上天一骄子，
天降卿士来相帮。卿士就是那伊尹，是他辅佐商汤王。

《殷武》解读

本诗是一首赞美武丁的乐歌，突出赞美了成汤之孙商高宗武丁征讨荆楚的武功以及商的治国之道、都城建设等等。全诗霸气十足，显示了殷武的神勇和气概。军队势如破竹，政令

严肃清明，国家安康繁荣，具有强大感召力和威慑力，具有宣喻四方的作用，表达了强烈的自信和无比的镇定。

殷武

挞彼殷武[①]，奋伐荆楚。罙入其阻[②]，裒(pōu)荆之旅。

有截其所[③]，汤孙之绪[④]。维女荆楚，居国南乡[⑤]。

昔有成汤，自彼氐羌，莫敢不来享[⑥]，莫敢不来王，

曰商是常[⑦]。天命多辟，设都于禹之绩。岁事来辟[⑧]，

勿予祸适，稼穑匪解。天命降监，下民有严[⑨]。

不僭不滥[⑩]，不敢怠遑。命于下国，封建厥福。

商邑翼翼，四方之极[⑪]。赫赫厥声，濯濯厥灵。

寿考且宁，以保我后生。陟彼景山，松伯丸丸。

是断是迁，方斫是虔。松桷有梴，旅楹有闲[⑫]，

寝成孔安。

［注释］

①挞：“达”的假借，勇武。②罙：“深”的本字，险阻。③截：治服。④绪：功绩。⑤国：中国。⑥享：进贡。⑦常：长。⑧来辟：来朝君。⑨严：敬。⑩僭：差失。⑪极：中心。⑫闲：空旷广大的样子。

［译文］

勇武伟大殷高宗，奋力伐楚至南方。深入荆楚险阻地，俘获敌军胜楚王。
尽夺楚地扩封疆，商汤子孙功业旺。你们荆楚诸国民，居于我国大南方。
从前商朝有成汤，虽然氐羌逞凶狂，没人胆敢不进贡，没谁不来朝商王，
商王永远是君王。上天命令各诸侯，建都九州大地上。年年朝见殷商王，
不对你们加谴责，努力农耕生产忙。天子命令去巡察，百姓严谨皆守法。
不越礼法没过失，不敢松懈无闲暇。天子命令遍天下，树立大福享天下。
商朝京都真繁华，各国以它为榜样。武丁名声甚显赫，威灵光明闪闪亮。
他既安宁又寿长，保佑后世永兴旺。踏上景山高山冈，松柏挺直在成长。
砍下松柏搬回来，又砍又削将材量。松木椽子长又长，个个楹柱都粗壮，
寝庙修毕神安详。

图书在版编目（CIP）数据

图解诗经 / 佚名著；崇贤书院释译．— 合肥：黄山书社，2021.8

（中华古典珍品）

ISBN 978-7-5461-3895-4

Ⅰ．①图… Ⅱ．①佚… ②崇… Ⅲ．①古体诗－诗集－中国－春秋时代 ②《诗经》－通俗读物 Ⅳ．① I222.2

中国版本图书馆 CIP 数据核字（2021）第 172367 号

出 品 人　贾兴权
选题策划　贾兴权　汤吟菲
编辑统筹　刘　春
责任编辑　朱莉莉
装帧设计　观止堂_未　氓　朱　璇
责任印制　李　磊
出版发行　时代出版传媒股份有限公司（http：//www.press-mart.com）
　　　　　黄山书社（http：//www.hspress.cn）
地址邮编　合肥市政务文化新区翡翠路 1118 号出版传媒广场 7 层 230071
印　　刷　安徽新华印刷股份有限公司
版　　次　2021 年 9 月第 1 版
印　　次　2021 年 9 月第 1 次印刷
开　　本　700 mm × 1000 mm　1/16
字　　数　442 千字
印　　张　21
书　　号　ISBN 978-7-5461-3895-4
定　　价　30.80 元

服务热线　0551-63533706

销售热线　0551-63533761

官方直营书店（https：//hsss.tmall.com）